Lisa Kleypas

C'est à 21 ans qu'elle publie son premier roman après avoir fait des études de sciences politiques. Elle a reçu les plus hautes récompenses et le prix Romantic Times du meilleur auteur de romance historique lui a été décerné en 2010. Ses livres sont traduits en quatorze langues. Son ton, la légèreté de son style et ses héros, souvent issus d'un milieu social défavorisé, caractérisent son œuvre. Elle écrit également de la romance contemporaine.

Un diable en hiver

Du même auteur aux Éditions J'ai lu

Dans la collection :
Aventures et Passions

Par pure provocation
N° 3945
L'ange de minuit
N° 4062
Prince de l'éternité
N° 4426
La loterie de l'amour
N° 4915
Un jour tu me reviendras
N° 5263
Parce que tu m'appartiens
N° 5337
L'imposteur
N° 5524
Courtisane d'un soir
N° 5808
Frissons interdits
N° 6085
Sous l'emprise du désir
N° 6330
L'amant de lady Sophia
N° 6702
Libre à tout prix
N° 6990

LA RONDE DES SAISONS
1 – Secrets d'une nuit d'été
N° 9055
2 – Parfum d'automne
N° 9171
3 – Un diable en hiver
N° 9186
4 – Scandale au printemps
N° 9277
5 – Retrouvailles
N° 9409

LES HATHAWAY
1 – Les ailes de la nuit
N° 9424
2 – L'étreinte de l'aube
N° 9531
3 – la tentation d'un soir
N° 9598
4 – Matin de noce
N° 9623
5 – L'amour l'après-midi
N° 9736

Dans la collection :
Promesses

LA SAGA DES TRAVIS
1 – Mon nom est Liberty
N° 9248
2 – Bad boy
N° 9307
3 – La peur d'aimer
N° 9362

FRIDAY HARBOR
1 – La route de l'arc-en-ciel
N°10261

LISA

KLEYPAS

LA RONDE DES SAISONS – 3

Un diable en hiver

Traduit de l'anglais (États-Unis)
par Edwige Hennebelle

J'AI LU

AVENTURES
&PASSIONS

Vous souhaitez être informé en avant-première
de nos programmes, nos coups de cœur ou encore
de l'actualité de notre site *J'ai lu pour elle* ?

Abonnez-vous à notre *Newsletter* en vous connectant
sur **www.jailu.com**

Retrouvez-nous également sur Facebook pour avoir
des informations exclusives :
www.facebook/pages/aventures-et-passions
et sur le profil *J'ai lu pour elle.*

Titre original
DEVIL IN WINTER

Éditeur original
Avon Books, an imprint of HarperCollins Publishers Inc., New York

Pour Christina, Liz, Mary et Terri,
dont l'amitié me réchauffe le cœur.

Avec toute mon affection,
L.K.

1

Londres, 1843

Sebastian, lord Saint-Vincent, observait la jeune femme qui venait de forcer la porte de sa résidence londonienne. Et il lui vint à l'esprit que, peut-être, ce n'était pas la bonne héritière qu'il avait tenté d'enlever la semaine précédente, à Stony Cross Park.

Certes, l'enlèvement ne figurait pas jusqu'alors sur la longue liste de ses méfaits ; il n'empêche qu'il aurait pu faire preuve de plus d'habileté.

Rétrospectivement, le choix de Lillian Bowman avait été stupide, même si elle apparaissait comme la solution parfaite à ses problèmes. Sa famille était riche, alors que Sebastian connaissait des difficultés financières mais portait un titre. De plus, Lillian promettait d'être une compagne de lit divertissante, avec sa beauté ténébreuse et son tempérament ardent. Mais il aurait dû choisir une proie beaucoup moins fougueuse. La jeune héritière américaine avait opposé une résistance féroce à son entreprise jusqu'à ce que son fiancé, lord Westcliff, vienne à son secours.

Mlle Evangeline Jenner, la douce créature qui se tenait à cet instant devant lui, était aussi différente de Lillian Bowman qu'il était possible de l'être. S'efforçant de ne pas lui laisser voir le mépris qu'elle lui inspirait, Sebastian essaya de se rappeler ce qu'il savait d'elle. Evangeline était l'enfant unique d'Ivo Jenner, le célèbre propriétaire de l'établissement de jeu londonien du même nom. Sa mère, qui s'était enfuie avec lui, n'avait pas tardé à s'apercevoir de son erreur. Et même si cette dernière était issue d'une famille honorable, Ivo Jenner, lui, sortait plus ou moins du ruisseau. Malgré cette ascendance peu glorieuse, Evangeline aurait pu contracter une union convenable, si elle n'avait été affligée d'une timidité paralysante qui se manifestait par un atroce bégaiement.

Sebastian avait entendu des hommes prétendre qu'ils préféreraient porter un cilice à s'en arracher la peau plutôt que de tenter d'avoir une conversation avec elle. Naturellement, Sebastian avait tout fait pour l'éviter. Ce qui n'avait guère été difficile, la timide Mlle Jenner ayant tendance à se dissimuler dans les recoins. En fait, ils ne s'étaient jamais parlé directement – ce qui avait paru les arranger tous les deux.

Mais il n'y avait plus moyen de l'éviter, à présent. Pour une raison inconnue, Mlle Jenner avait jugé bon de s'inviter chez lui à une heure scandaleusement tardive. Pour faire en sorte que la situation soit encore plus compromettante, elle n'était pas accompagnée, alors que passer plus de trente secondes en tête à tête avec lui suffisait à ruiner la réputation de n'importe quelle fille. Sebastian était un débauché, un être amoral, ce dont il tirait une fierté perverse. Il excellait dans son rôle favori – celui du séducteur dégénéré –, et rares étaient les coureurs de jupons capables de rivaliser avec lui.

S'adossant à son fauteuil, il observa avec une désinvolture trompeuse Evangeline Jenner qui s'approchait. La bibliothèque était plongée dans la pénombre, à l'exception du feu qui brûlait dans la cheminée et éclairait d'une lueur douce le visage de la jeune fille. Elle ne paraissait pas avoir plus de vingt ans, avec son teint frais et ses yeux remplis de cette sorte d'innocence qui ne manquait jamais de susciter le dédain de Sebastian. Il n'avait jamais apprécié ni admiré l'innocence.

En tant que gentleman, il aurait dû se lever de son fauteuil, mais il jugea inutile de se montrer poli dans ces circonstances. Il se contenta donc de lui désigner l'autre fauteuil d'un geste négligent de la main.

— Asseyez-vous si vous voulez. Encore qu'à votre place, je ne prévoirais pas de rester longtemps. Je m'ennuie assez facilement, et votre réputation n'est pas vraiment celle d'une causeuse étincelante.

Face à sa grossièreté, Evangeline ne broncha pas. Sebastian ne put s'empêcher de s'interroger sur le genre d'éducation qui avait pu la rendre aussi insensible aux affronts, quand n'importe quelle autre fille aurait rougi ou fondu en larmes. Elle possédait soit une cervelle d'oiseau, soit un sang-froid remarquable.

Après s'être débarrassée de sa cape, Evangeline la posa sur l'un des bras du fauteuil capitonné de velours et s'assit sans grâce ni artifice. Une des « laissées pour compte », songea Sebastian, qui se souvint qu'elle était l'amie non seulement de Lillian Bowman, mais aussi de sa jeune sœur, Daisy, et d'Annabelle Hunt. Au cours des saisons précédentes, ces quatre jeunes femmes avaient fait constamment tapisserie lors des innombrables bals et soirées auxquels elles avaient assisté. La chance semblait toutefois avoir tourné en leur faveur, car Annabelle avait fini par décrocher un mari, et Lillian venait juste de prendre lord Westcliff au piège. Sebastian doutait cependant que leur bonne fortune s'étende à cette créature balbutiante.

Bien que tenté de lui demander la raison de sa visite, il s'en abstint de crainte d'induire un accès de bégaiement prolongé qui les mettrait tous les deux au supplice. Il attendit, se forçant à la patience, tandis qu'Evangeline paraissait réfléchir à ce qu'elle allait dire. Comme le silence se prolongeait, Sebastian l'observa à la lueur dansante des flammes, et s'aperçut, non sans surprise, qu'elle était séduisante. Ne l'ayant jamais vraiment regardée, il avait gardé d'elle le souvenir d'une rousse mal fagotée, et qui se tenait mal. En vérité, elle était fort jolie.

Alors qu'il ne la quittait pas des yeux, Sebastian sentit une légère tension lui raidir les muscles, et les poils de sa nuque se hérisser. Il conserva une attitude détendue, mais le bout de ses doigts s'enfonça dans le capitonnage des accoudoirs. Comment avait-il pu ne pas la remarquer ? s'étonna-t-il. Elle ne manquait pourtant pas de traits remarquables. Sa chevelure, du roux le plus flamboyant qu'il eût jamais vu, semblait se nourrir des flammes du foyer et étincelait, comme portée à l'incandescence. Ses sourcils finement arqués étaient, de même que la frange épaisse de ses cils, d'un auburn sombre ; elle avait une peau de vraie rousse, laiteuse et semée de quelques taches de rousseur sur le nez et les joues. Sebastian s'amusa de ce joyeux éparpillement de paillettes dorées, qui semblait dû au caprice d'une fée amicale. Les lèvres de la jeune fille étaient pulpeuses – ce qui n'était guère à la mode, ces temps-ci – et naturellement roses ; ses grands yeux bleus étaient beaux, mais dépourvus d'émotion, comme ceux d'une poupée de cire.

— Je... j'ai appris que mon amie Mlle Bowman était à présent lady Westcliff, commença prudemment Evangeline. Le comte et elle se sont rendus à Gret... Gretna Green après qu'il vous a... renvoyé.

— « Réduit en bouillie » serait plus exact, rectifia Sebastian, affable, sachant qu'elle n'avait pas pu ne pas remarquer les hématomes laissés sur sa mâchoire par les poings de Westcliff.

— Apparemment, il n'a pas bien pris que je lui emprunte sa fiancée.

— Vous... vous l'avez enlevée, répliqua Evangeline avec calme. « Emprunter » implique que vous aviez l'intention de la lui rendre.

Sebastian esquissa un sourire, son premier vrai sourire depuis longtemps. Elle n'avait rien d'une nigaude, de toute évidence.

— Enlevée, alors, puisque vous tenez à être précise. Est-ce la raison de votre visite, mademoiselle Jenner ? Me donner des nouvelles des heureux mariés ? Je suis las de ce sujet. Vous avez intérêt à me raconter quelque chose d'intéressant très vite, sous peine de devoir partir, je le crains.

— Vous voul... vouliez Mlle Bowman parce que c'est une héritière. Et que vous avez besoin d'épouser une femme fortunée.

— Exact, reconnut Sebastian. Mon père, le duc, a manqué à la seule responsabilité qui lui incombait : conserver la fortune familiale intacte afin de me la transmettre. Ma responsabilité à moi, c'est de mener l'existence oisive d'un libertin en attendant qu'il condescende à mourir. Je m'acquitte de ma tâche à merveille ; le duc, en revanche, a failli à la sienne. Il a saboté les finances de la famille et il est à présent non seulement d'une pauvreté impardonnable, mais en fort bonne santé.

— Mon père est riche, déclara Evangeline sans émotion. Et mourant.

— Félicitations.

Sebastian l'étudia avec attention. Il ne doutait pas qu'Ivo Jenner tirait des revenus considérables de son club. Les gentlemen londoniens se rendaient chez *Jenner's* pour le jeu, la nourriture soignée, les alcools forts et les prostituées à bas prix. L'atmosphère y était d'un luxe teinté d'une bonne dose de vulgarité. Près de vingt ans plus tôt, *Jenner's* avait été une alternative de second choix au légendaire *Craven's*, le plus somptueux et le plus célèbre des établissements de jeu que l'Angleterre eût jamais connu.

Cependant, quand *Craven's* avait été entièrement détruit par un incendie et que son propriétaire avait renoncé à le reconstruire, le club d'Ivo Jenner avait hérité d'un flot de riches clients qui, faute de mieux, l'avaient hissé à la première place. Non pas qu'il puisse jamais espérer égaler *Craven's*. Un club reflétait en grande partie la personnalité et le style de son propriétaire, deux qualités qui faisaient cruellement défaut à Jenner. Dereck Craven avait été indiscutablement un homme de goût, doté d'un vrai sens du spectacle. Par comparaison, Ivo Jenner apparaissait comme une brute aux mains comme des battoirs, un ancien boxeur qui n'avait jamais excellé en rien mais qui, par quelque miraculeux caprice du destin, était devenu un homme d'affaires prospère.

Et voilà que sa fille unique se tenait devant lui. Si elle s'apprêtait à lui faire l'offre qu'il soupçonnait, Sebastian ne pourrait s'offrir le luxe de refuser.

— Je ne veux pas de vos fé… félicitations, dit-elle en réponse à sa remarque.

— Alors, que voulez-vous, jeune fille ? demanda Sebastian. Venez-en au fait, s'il vous plaît. Cela commence à devenir pénible.

— Je veux être auprès de mon père durant ses de… derniers jours. La famille de ma mère refuse que je le voie. J'ai essayé de m'enfuir pour aller à son club, mais ils me rattrapent toujours, et ensuite, ils me punissent. Je ne re… retournerai pas chez eux cette fois. Ils ont des projets auxquels je n'ai pas l'in… intention de me soumettre… quitte à y laisser ma vie, s'il le faut.

— Et quels sont ces projets ? s'enquit Sebastian d'une voix languide.

— Ils veulent me forcer à épouser l'un de mes cousins, M. Eustace Stubbins. Il n'a au… aucune affection pour moi, pas plus que moi pour lui… mais il est disposé à tenir le rôle que la famille lui a assigné.

— Qui est de prendre le contrôle de la fortune de votre père à sa mort ?

— Oui. Dans un premier temps, j'ai envisagé la possibilité d'épouser M. Stubbins, parce que je pensais que nous aurions notre propre maison… et que… l'existence pou… pourrait être supportable si je vivais loin des autres. Mais M. Stubbins m'a dit qu'il n'avait pas l'intention de s'installer ailleurs. Il veut rester sous le toit familial… et je ne crois pas que je pourrais survivre là-bas plus longtemps.

Confrontée à son silence apparemment indifférent, Evangeline ajouta d'un ton posé :

— Je crois qu'ils ont l'intention de me tu… tuer après avoir mis la main sur l'argent de mon père.

Sebastian continuait à la fixer du regard. Ce fut néanmoins d'un ton désinvolte qu'il répliqua :

— Quel manque d'égard de leur part ! Et pourquoi devrais-je m'en soucier ?

Evangeline ne mordit pas à l'hameçon. Elle se contenta de soutenir son regard, avec un calme qui trahissait une force intérieure comme Sebastian n'en avait encore jamais rencontré chez une femme.

— Je vous pro… propose de m'épouser. J'ai besoin de votre protection. Mon père est trop malade et trop faible pour m'aider, et je ne veux pas être un fardeau pour mes amies. Je pense qu'elles offriraient de me recueillir, mais, même alors, il me fau… faudrait être toujours sur mes gardes de peur que ma famille ne réussisse à m'enlever et ne me force à me soumettre à leur volonté. Une femme non… non mariée a peu de recours, socialement ou légalement. Ce n'est pas jus... juste, mais je ne peux me permettre de me battre contre des moulins. J'ai besoin d'un ma... mari. Vous avez besoin d'une femme riche. Nous sommes aussi désespérés l'un que l'autre, ce qui me laisse à penser que vous accepterez ma prop... proposition. Le cas échéant, j'aimerais que nous partions pour Gretna Green sur-le-champ. Je suis persuadée que ma famille est déjà à ma recherche.

Dans le silence pesant qui suivit, Sebastian l'observa d'un regard peu amène. Il n'avait pas confiance en elle. Et après la débâcle de l'enlèvement contrarié de la semaine précédente, il n'avait aucun désir de répéter l'expérience.

Toutefois, Mlle Jenner avait raison sur un point: il se trouvait effectivement dans une situation désespérée. Comme d'innombrables créanciers auraient pu l'attester, il aimait à bien s'habiller, bien manger, bien vivre. La maigre pension mensuelle que lui versait le duc allait bientôt être supprimée, et il n'avait pas assez d'argent sur son compte pour finir le mois. Pour un homme qui ne répugnait pas à choisir la facilité, cette offre était un don du ciel. Dans la mesure où Evangeline Jenner désirait vraiment aller jusqu'au bout.

— Ce n'est pas que je veuille me montrer tatillon, dit Sebastian, désinvolte, mais votre père est-il vraiment près de mourir? Certaines personnes traînent des années sur leur lit de mort. J'ai toujours pensé qu'il était de très mauvais goût de faire attendre les gens.

— Vous n'aurez pas à attendre longtemps, répondit-elle d'un ton cassant. On m'a dit qu'il mourrait sans doute dans les deux semaines à venir.

— Quelle garantie ai-je que vous ne changerez pas d'avis avant que nous n'ayons atteint Gretna Green?

Vous n'ignorez pas quel genre d'homme je suis, mademoiselle Jenner. Dois-je vous rappeler que j'ai essayé d'enlever et de violer l'une de vos amies la semaine dernière ?

Evangeline planta son regard dans le sien. À la différence des yeux de Sebastian, d'un bleu pâle, les siens étaient comme des saphirs sombres.

— Avez-vous tenté d'abuser de Lillian ? demanda-t-elle avec raideur.

— J'ai menacé de le faire.

— Auriez-vous mis votre menace à exécution ?

— Je ne sais pas. Je ne l'ai jamais fait auparavant mais, comme vous le dites si bien, ma situation est désespérée. Et puisque nous abordons le sujet… Me proposez-vous un mariage de convenance ou coucherons-nous ensemble à l'occasion ?

Evangeline ignora sa question.

— Auriez-vous pris Lillian de fo… force ou pas ? insista-t-elle.

Sebastian l'observa d'un air ouvertement moqueur.

— Si je dis non, mademoiselle Jenner, comment saurez-vous si je mens ou pas ? Non. Je ne l'aurais pas violée. Est-ce la réponse que vous souhaitez ? Croyez-le, dans ce cas, si cela doit vous rassurer. À présent, pour en revenir à ma question…

— Je… je coucherai avec vous une fois, pour que le mariage soit légal. Et plus jamais ensuite.

— Formidable, murmura-t-il. Il est rare que j'aie envie d'honorer une femme plus d'une fois. Quel ennui mortel, quand le plaisir de la nouveauté n'existe plus ! De plus, je ne serai jamais assez bourgeois pour désirer ma propre épouse. Cela laisserait entendre que je n'ai pas les moyens d'entretenir une maîtresse. Évidemment, se pose le problème de me donner un héritier… Mais tant que vous restez discrète, je pense que peu m'importera de qui sera l'enfant.

Elle ne sourcilla même pas.

— Je veux qu'une pa… part de l'héritage soit placée sur un fond à mon bénéfice. Une part généreuse. Les intérêts seront exclusivement pour moi et je les dépenserai comme il me plaira, sans avoir à me justifier auprès de vous.

Sebastian comprit qu'elle n'était pas sotte, loin de là, même si de nombreuses personnes pensaient le contraire du fait de son bégaiement. Elle avait l'habitude d'être sous-estimée, ignorée, dédaignée… et il pressentait, non sans intérêt, qu'elle était capable d'en tirer avantage si besoin était.

— Je serais idiot de vous faire confiance, dit-il. Vous pouvez dénoncer notre accord à n'importe quel moment. Et vous seriez encore plus idiote de me faire confiance. Parce qu'une fois mariés, je pourrais faire de votre vie un enfer bien plus insupportable que tout ce que pourrait imaginer votre famille.

— Je pré… préfère que cela me vienne de quelqu'un que j'ai choisi, *moi*, riposta-t-elle. Mieux vaut vous qu'Eustace.

— Ce n'est pas flatteur pour Eustace, commenta-t-il avec un grand sourire.

Elle ne le lui rendit pas, mais se tassa un peu dans son fauteuil, comme libérée d'une forte tension, et le fixa avec une volonté mêlée de résignation. Leurs regards se soutinrent, et Sebastian éprouva un choc étrange qui l'ébranla de la tête aux pieds.

Qu'il soit facilement excité par une femme n'était en rien nouveau pour lui. Il avait compris depuis longtemps qu'il était plus physique que la plupart des hommes, et que certaines femmes enflammaient sa sensualité plus vite et plus sûrement que de l'amadou. Pour quelque raison inconnue, cette fille gauche et bafouillante était l'une d'elles. Il voulait coucher avec elle.

Des images jaillirent de son imagination en ébullition: son corps, ses courbes, cette peau qu'il n'avait pas encore vus, la rondeur de ses fesses sous ses mains. Il voulait sentir son odeur dans ses narines, et sur sa propre peau... la soie de ses longs cheveux sur sa gorge et sur son torse... Il voulait faire des choses inavouables avec sa bouche à elle, et avec la sienne.

— Dans ce cas, c'est décidé, murmura-t-il. J'accepte votre proposition. Il y a encore beaucoup de points à discuter, bien sûr, mais nous disposerons de deux jours entiers avant d'atteindre Gretna Green.

Il quitta son fauteuil, s'étira, et son sourire s'accentua quand il remarqua la manière dont le regard de la jeune femme glissait subrepticement sur son corps.

— Je vais faire atteler la voiture et demander à mon valet de préparer mes vêtements, reprit-il. Nous partirons dans une heure. Soit dit en passant, je vous signale que si vous revenez sur votre décision lors de notre voyage, je vous étrangle.

Elle lui adressa un regard sardonique.

— Vous ne seriez p... pas aussi nerveux à ce sujet si vous n'aviez pas tenté la chose avec une vic... victime non consentante, la semaine dernière.

— Touché. Nous pouvons donc vous décrire comme une victime consentante?

— Impatiente, même, répliqua Evangeline, qui semblait prête à partir sur-le-champ.

— Celles que je préfère, fit-il remarquer.

Sur ce, il s'inclina poliment et quitta la bibliothèque.

2

Dès que lord Saint-Vincent fut sorti, Evangeline laissa échapper un soupir tremblant et ferma les yeux. Il n'avait pas lieu de s'inquiéter : elle ne changerait pas d'avis. À présent qu'un accord avait été conclu, elle était cent fois plus pressée que lui de se mettre en route. Savoir qu'oncle Brook et oncle Peregrine étaient très certainement à sa recherche la remplissait de terreur.

Lorsqu'elle s'était échappée une première fois, à la fin de l'été, elle avait été rattrapée à l'entrée du club de son père. Oncle Peregrine l'avait battue dans la voiture et, avant même d'avoir atteint la maison, elle avait la lèvre fendue, un œil au beurre noir, le dos et les bras couverts d'ecchymoses. Deux semaines de réclusion dans sa chambre s'étaient ensuivies, avec guère plus que du pain et de l'eau.

Personne, pas même ses amies Annabelle, Lillian et Daisy, ne savait ce qu'elle avait enduré. La vie dans cette maison s'apparentait à un cauchemar. Les Maybrick, la famille de sa mère, et les Stubbins – Florence, la sœur de sa mère et le mari de celle-ci, Peregrine – avaient joint leurs efforts pour briser sa volonté. Ils avaient été déconcertés et furieux de se heurter à sa résistance… et Evangeline n'avait pas été moins déconcertée qu'eux. Elle ne se serait jamais crue capable de supporter sans s'effondrer les punitions sévères, l'indifférence et même la haine. Peut-être tenait-elle plus de son père que quiconque ne l'aurait deviné. Ivo Jenner s'était battu à poings nus, et le secret de son succès, sur le ring ou en dehors, n'était pas le talent mais la ténacité. Elle avait hérité d'une opiniâtreté semblable.

Evangeline voulait voir son père. Elle le voulait si violemment que c'en était physiquement douloureux. C'était la seule personne au monde pour qui elle comptait. Même s'il l'aimait de manière négligente, c'était plus qu'elle n'avait jamais reçu de quiconque. Elle comprenait les raisons pour lesquelles il l'avait abandonnée aux Maybrick, tout de suite après la mort de sa mère en couches. Un club de jeu n'était pas un endroit où élever un enfant. Et si les Maybrick n'appartenaient pas à l'aristocratie, ils étaient issus d'un bon milieu. Evangeline ne pouvait toutefois s'empêcher de s'interroger : si son père avait su comment elle serait traitée, aurait-il fait le même choix ? S'il avait soupçonné qu'ils reporteraient sur une enfant sans défense la colère que leur fille rebelle avait suscitée... Mais s'interroger ne servait plus à rien, à présent.

Sa mère était décédée, son père n'avait plus longtemps à vivre, et il y avait certaines choses qu'Evangeline voulait lui demander avant qu'il ne meure. Le meilleur moyen d'échapper aux griffes des Maybrick, c'était d'épouser cet aristocrate insupportable avec lequel elle venait de conclure un accord.

Elle était stupéfaite d'avoir réussi à s'entretenir aussi aisément avec lord Saint-Vincent, qui était plus qu'intimidant, avec sa chevelure dorée, ses yeux d'un bleu de glace et sa bouche faite pour les baisers et les mensonges. Il ressemblait à un ange déchu, doté de la beauté virile la plus dangereuse que

Lucifer aurait pu imaginer. Il était également égoïste et dépourvu de scrupules, ce que prouvait sa tentative d'enlèvement de la fiancée de son meilleur ami. Mais il était venu à l'esprit d'Evangeline qu'un tel homme constituerait un adversaire à la mesure des Maybrick.

Saint-Vincent ferait, évidemment, un mari épouvantable. Mais tant qu'elle ne se faisait aucune illusion à son sujet, tout irait bien. Comme elle n'éprouvait aucun sentiment pour lui, elle n'aurait aucun mal à fermer les yeux sur ses écarts de conduite et à faire la sourde oreille quand il l'insulterait.

Dieu comme son mariage allait être différent de celui de ses amies ! À la pensée des autres « laissées pour compte », Evangeline fut saisie d'une brusque envie de pleurer. Il n'y avait pas la moindre possibilité qu'Annabelle, Daisy et Lillian – Lillian surtout – lui conservent leur amitié une fois qu'elle aurait épousé Saint-Vincent. Après avoir battu des paupières pour chasser les larmes qui menaçaient, elle avala la boule qui lui obstruait douloureusement la gorge. À quoi bon pleurer ? Même si ce n'était pas la solution idéale pour résoudre son problème, elle n'en avait pas trouvé de meilleure.

Imaginant la fureur de ses proches quand ils apprendraient qu'elle, et surtout sa fortune leur échappaient à jamais, elle sentit son chagrin s'estomper un peu. Tout valait mieux que de demeurer sous leur coupe le reste de son existence ; que d'être contrainte d'épouser ce pauvre Eustace, si lâche qu'il cherchait refuge dans la nourriture et la boisson, au point qu'il serait bientôt trop corpulent pour passer la porte de sa propre chambre. Même s'il haïssait ses parents presque autant qu'Evangeline, jamais il n'oserait les défier.

L'ironie du sort voulait que ce soit Eustace, finalement, qui ait poussé Evangeline à s'enfuir ce soir. Un peu plus tôt dans la journée, il était venu la trouver avec une bague de fiançailles, un anneau d'or orné d'une pierre de jade.

— Tenez, lui avait-il dit d'un air un peu penaud. Mère veut que je vous donne ceci – et que je vous avertisse que vous ne serez pas autorisée à prendre un repas dans la salle à manger tant que vous ne la porterez pas. Les bans seront publiés la semaine prochaine.

Evangeline n'avait pas vraiment été surprise. Après avoir essayé en vain, durant trois saisons consécutives, de lui trouver un mari issu de l'aristocratie, la famille en était venue à la conclusion qu'il ne fallait pas compter sur elle pour leur apporter une alliance avantageuse. Sachant qu'elle ne tarderait pas à entrer en possession de sa fortune, ils avaient élaboré un plan pour accaparer son héritage en lui faisant épouser l'un de ses cousins.

En entendant les paroles d'Eustace, Evangeline avait été néanmoins saisie d'une telle colère qu'elle en avait rougi violemment. À cette vue, Eustace s'était carrément mis à rire.

— Crénom, vous en avez une tête quand vous rougissez ! On dirait que vos cheveux sont orange.

Ravalant une réplique cinglante, Evangeline avait bataillé pour se calmer, et s'était concentrée sur les mots qui virevoltaient dans sa tête telles des feuilles volant au vent. Elle les avait alignés à grand-peine et avait réussi à demander sans bégayer :

— Cousin Eustace… Si j'acceptais de vous épouser… prendriez-vous mon parti contre vos parents ? Me permettriez-vous d'aller voir mon père et de m'occuper de lui ?

Le sourire d'Eustace s'était évanoui et il l'avait regardée fixement, ses grosses bajoues pendantes.

Puis il avait détourné les yeux et déclaré évasivement :

— Ils ne se montreraient pas aussi durs avec vous, ma cousine, si vous n'étiez pas une pareille tête de mule.

À bout de patience, Evangeline avait été reprise de bégaiement.

— Vous... vous prendriez ma fort... fortune et vous ne fe... feriez rien pour moi en retour...

— À quoi donc vous servirait-il de posséder une fortune ? avait-il demandé avec mépris. Vous êtes une souris timide qui passe son temps à se cacher... Vous n'avez pas besoin de vêtements élégants ou de bijoux... Vous n'êtes pas douée pour la conversation, vous êtes trop quelconque pour qu'on couche avec vous, et vous n'avez aucun talent particulier. Vous devriez m'être reconnaissante de bien vouloir vous épouser, mais vous êtes trop stupide pour vous en rendre compte !

— Je... je... je...

La contrariété l'avait rendue impuissante à rassembler les mots pour se défendre. Le souffle court, elle n'avait pu que le foudroyer du regard.

— Quelle idiote vous faites ! avait lancé Eustace avec impatience.

Saisi d'un accès de colère, il avait jeté la bague sur le sol, où elle avait rebondi avant de rouler sous le sofa.

— Et voilà, elle est perdue, maintenant. Par votre faute ! C'est vous qui m'avez contrarié ! Vous avez intérêt à la retrouver ou vous jeûnerez. Je vais aller dire à mère que j'ai fait ma part et que je vous l'ai donnée.

Evangeline avait renoncé au dîner et, au lieu de chercher la bague perdue, elle avait fébrilement préparé un petit bagage. Après avoir enjambé la fenêtre du premier étage, elle s'était laissée glisser le long de la gouttière, puis avait traversé la cour en courant. La chance avait voulu qu'elle trouve un fiacre sitôt la grille franchie.

Sans doute ne reverrait-elle plus jamais Eustace, songea-t-elle avec une satisfaction morose. Plus son tour de taille augmentait, plus il restait confiné à Maybrick House. Quelles que fussent les épreuves qui l'attendaient, elle ne regretterait jamais d'avoir échappé au sort qui aurait été le sien si elle l'avait épousé. Il était peu probable qu'Eustace ait été capable de s'acquitter un jour de son devoir conjugal… car il ne semblait pas posséder en quantité suffisante ce que l'on appelait par décence « vitalité animale ». Il n'éprouvait de passion que pour la nourriture et le vin.

Lord Saint-Vincent, pour sa part, avait séduit et compromis un nombre incalculable de femmes. Contrairement à la plupart d'entre elles, Evangeline ne voyait rien là d'irrésistiblement attirant ; néanmoins, personne ne douterait un instant que leur mariage ait été consommé, et plutôt deux fois qu'une.

À cette pensée, son estomac eut un soubresaut. Dans ses rêves, elle s'était imaginée épousant un homme bon et sensible, un peu enfantin même. Il ne se moquerait jamais d'elle parce qu'elle bégayait, et se montrerait aimant et tendre.

Sebastian, lord Saint-Vincent, était le contraire absolu du mari de ses rêves. Il n'y avait en lui rien de bon, de sensible, et encore moins d'enfantin. C'était un prédateur qui, sans aucun doute, aimait à jouer avec sa proie avant de la mettre à mort.

Les yeux fixés sur le fauteuil qu'il avait occupé, Evangeline essaya de se souvenir de lui tel qu'elle l'avait vu à la lueur du foyer. Il était grand et mince, avec une silhouette admirablement mise en valeur par des vêtements élégants, d'une simplicité étudiée pour ne pas éclipser la séduction de celui qui les portait. Sa chevelure, de la couleur vieil or d'une icône médiévale, était épaisse, légèrement bouclée, avec des reflets d'ambre clair. Ses pâles yeux bleus scintillaient comme des diamants rares ; des yeux magnifiques qui ne montraient aucune émotion quand il souriait. Son sourire suffisait à vous couper le souffle… La bouche sensuelle, cynique, l'éclat des dents blanches… Oh, oui, Saint-Vincent était un homme éblouissant ! Et il ne le savait que trop.

Curieusement, pourtant, Evangeline n'avait pas peur de lui. Il était bien trop intelligent pour recourir à la violence physique quand quelques mots bien choisis transperçaient quelqu'un avec un minimum d'efforts. Evangeline redoutait autrement plus la brutalité primaire d'oncle Peregrine, pour ne rien dire des mains vicieuses de tante Florence, toujours promptes à distribuer des claques cuisantes ou des pincements sournois.

« Jamais plus ! » se jura-t-elle tout en lissant d'un air absent les plis de sa robe, sur laquelle la gouttière avait laissé des traînées noires. Elle était tentée de se changer et de passer la robe propre qui se trouvait dans sa valise, laquelle était restée dans le hall. Mais après quelques heures de voyage, ses vêtements seraient si poussiéreux et chiffonnés que cela ne servait à rien de se changer maintenant.

Elle releva la tête en entendant du bruit à la porte. Une domestique replète lui demanda d'un ton mal assuré si elle souhaitait se rafraîchir dans l'une des pièces réservées aux invités. Notant avec tristesse que la jeune fille ne semblait que trop accoutumée à la présence de femmes non accompagnées dans la maison, Evangeline la suivit jusqu'à une petite chambre à l'étage. Comme les autres parties de la maison qu'elle avait vues jusqu'à présent, cette pièce était joliment meublée et très bien tenue. Les murs étaient recouverts d'un papier de couleur claire, orné de motifs chinois peints à la main – des oiseaux et des pagodes. Elle eut le plaisir de découvrir dans l'antichambre, un lavabo alimenté en eau courante par des robinets dont les poignées étaient habilement sculptées en forme de dauphins. Non loin se trouvait un cabinet d'aisances.

Après avoir satisfait ses besoins intimes, Evangeline s'approcha du lavabo pour se laver le visage et les mains, et boire avidement dans une tasse en argent. Puis elle retourna dans la chambre à la recherche d'un peigne ou d'une brosse. N'ayant trouvé ni l'un ni l'autre, elle lissa avec les doigts les mèches échappées de son chignon.

Il n'y eut aucun bruit, rien ne l'avertit de l'arrivée de quelqu'un, pourtant, elle eut soudain conscience d'une présence. Elle se retourna dans un sursaut. Saint-Vincent se tenait juste à l'intérieur de la pièce, dans une attitude détendue. Il l'observait, la tête légèrement inclinée de côté. Une sensation curieuse la traversa, comme une douce onde de chaleur, et elle se sentit tout à coup prise de faiblesse. Elle était très fatiguée, en vérité. Et à la pensée de tout ce qui l'attendait… le voyage en Écosse, le mariage hâtif, la consommation de celui-ci… elle était épuisée. Redressant les épaules, elle commença à s'avancer; c'est alors qu'une averse d'étincelles aveuglantes lui brouilla la vue et qu'elle dut s'arrêter, vacillante.

Quand elle eut secoué la tête pour éclaircir sa vision, elle s'aperçut que Saint-Vincent était debout devant elle, et lui tenait les coudes. Elle ne s'était jamais trouvée aussi près de lui auparavant. Ses sens s'imprégnèrent rapidement de son odeur et de son toucher: l'effluve subtil d'une eau de Cologne coûteuse, l'odeur de peau propre sous le lin fin et le drap de laine. Il irradiait de santé et de virilité. Très troublée, Evangeline battit des paupières tout en levant les yeux vers son visage, qui se trouvait bien plus haut qu'elle ne s'y attendait. Elle était surprise de constater à quel point Saint-Vincent était grand : on n'évaluait pas sa taille tant qu'on ne se trouvait pas très près de lui.

— Quand avez-vous mangé pour la dernière fois ? demanda-t-il.

— Hier mat… matin… je crois.

Il arqua l'un de ses sourcils fauves.

— Ne me dites pas que votre famille vous affamait ?

Quand elle hocha la tête, il leva les yeux au ciel.

— Cela devient de plus en plus sordide. Je vais demander à la cuisinière de préparer un panier de sandwichs. Prenez mon bras, je vais vous aider à descendre.

— Je n'ai pas besoin d'aide, merc… merci.

— Prenez mon bras, répéta-t-il d'une voix qui, pour être amène, n'en était pas moins impérieuse. Je n'ai pas envie que vous tombiez et vous rompiez le cou avant même que nous ne soyons en voiture. Les héritières se font rares. J'aurais un mal de chien à vous remplacer.

Evangeline devait être plus chancelante qu'elle ne le croyait, car alors qu'ils se dirigeaient vers l'escalier, elle apprécia son soutien. À un moment donné, Saint-Vincent glissa le bras derrière son dos et s'empara de sa main libre pour la guider avec précaution le long des dernières marches. Il avait quelques contusions sur les phalanges – souvenir de sa bagarre avec lord Westcliff. En songeant à la manière dont cet aristocrate bichonné se sortirait d'une confrontation physique avec son gros oncle Pere-grine, Evangeline frissonna légèrement. Si seulement ils étaient déjà à Gretna Green !

Percevant son frémissement, Saint-Vincent resserra le bras autour d'elle.

— C'est le froid ou la nervosité ? s'enquit-il.

— Je veux quit... quitter Londres avant que ma famille me retrouve.

— Ont-ils une raison de soupçonner que vous êtes venue chez moi ?

— Oh no... non. Personne n'irait imaginer que je puisse être aussi folle.

Si elle n'avait été déjà étourdie, le sourire étincelant de Saint-Vincent y aurait suffi.

— Fort heureusement, je dispose de solides réserves de vanité ! Sinon, vous l'auriez réduite en poussière.

— Je suis certaine que suffisamment de femmes l'ont alimentée. Vous n'avez pas besoin d'une de plus.

— J'ai toujours besoin d'une femme de plus, mon cœur. C'est là mon problème.

Il la ramena dans la bibliothèque, et la fit asseoir devant l'âtre avant de s'éclipser. Elle commençait à somnoler dans son fauteuil quand il revint la chercher. Un peu hébétée, elle le suivit jusqu'à une voiture à la laque noire étincelante stationnée devant la maison. Saint-Vincent l'aida à monter à l'intérieur. Le luxueux capitonnage de velours crème qui tapissait l'habitacle était sans doute suprêmement salissant, mais il n'en était pas moins magnifique à la lueur tamisée d'une minuscule lanterne de voyage. Evangeline éprouva un sentiment peu familier de bien-être comme elle s'appuyait contre le coussin frangé de soie. La famille de sa mère vivait selon une série de règles étroites censées incarner le bon goût, et se méfiait en conséquence de tout ce qui s'apparentait à un excès. Chez lord Saint-Vincent, toutefois, Evangeline devinait que l'excès était courant, surtout lorsqu'il s'agissait de confort physique.

Un panier de cuir tressé était posé sur le sol. Se risquant à fouiller dedans d'une main timide, Evangeline découvrit, enveloppés dans des serviettes, plusieurs sandwichs constitués d'épaisses tranches de pain au babeurre garnies de viande et de fromage. L'odeur du porc fumé déclencha en elle une faim incontrôlable, et elle mangea deux sandwichs l'un à la suite de l'autre, avec une telle voracité qu'elle faillit s'étrangler.

Après être monté à son tour dans la voiture, Saint-Vincent plia son long corps souple sur la banquette opposée. Il esquissa un sourire à la vue d'Evangeline qui terminait les dernières miettes d'un sandwich.

— Vous vous sentez mieux ?

— Oui, merci.

Saint-Vincent ouvrit la porte d'un petit placard habilement inséré dans la cloison, et en sortit un petit verre de cristal ainsi qu'une bouteille de vin blanc placés là par un domestique. Après avoir rempli le verre, il le lui tendit. Evangeline goûta prudemment une gorgée de la suave boisson glacée, puis la but à grands traits. Les jeunes filles étaient rarement autorisées à boire du vin pur. En général, il était largement coupé d'eau. À peine eut-elle achevé le verre que Saint-Vincent le lui remplit de nouveau. La voiture s'ébranla avec une légère secousse, et Evangeline heurta légèrement le rebord du verre du bout des dents. Craignant de renverser du vin sur le velours immaculé, elle en avala une grande gorgée, et entendit Saint-Vincent rire doucement.

— Buvez lentement, mon cœur. Un long voyage nous attend.

Adossé avec nonchalance aux coussins, il ressemblait à l'un de ces pachas oisifs qui peuplent les romans torrides dont raffolait Daisy Bowman.

— Dites-moi, qu'auriez-vous fait si je n'avais pas accepté votre proposition ? reprit-il. Où seriez-vous allée ?

— Je suppose que j'aurais demandé l'hospit... l'hospitalité à Annabelle et à M. Hunt.

Se réfugier auprès de Lillian et de lord Westcliff n'aurait pas été possible, vu qu'ils étaient partis en voyage de noces pour un mois. Quant à s'adresser aux Bowman... Même si Daisy avait plaidé sa cause avec ferveur, ses parents auraient refusé d'être impliqués en quoi que ce soit.

— Pourquoi n'avoir pas privilégié cette solution ?

Evangeline fronça les sourcils.

— Il aurait été difficile – voire impossible – aux Hunt d'empêcher mes oncles de me reprendre. Je suis bien plus en séc... sécurité en étant votre femme qu'en tant qu'invitée chez quelqu'un d'autre.

Le vin l'étourdissait agréablement et elle s'enfonça un peu plus sur son siège.

Après l'avoir observée d'un air songeur, Saint-Vincent se pencha pour lui enlever ses chaussures.

— Vous serez plus confortablement installée sans cela, fit-il. Pour l'amour du ciel, ne jouez pas les effarouchées ! Je ne vais pas m'attaquer à votre vertu dans la voiture.

Tout en dénouant les lacets, il ajouta d'une voix suave :

— Et si jamais j'y étais enclin, ce serait de peu de conséquence, puisque nous serons bientôt mariés.

Il sourit quand elle lui arracha son pied déchaussé, et tendit la main vers l'autre.

Evangeline s'efforça de se détendre, malgré l'étrange frémissement que provoquait le frôlement de ses doigts sur sa cheville.

— Vous devriez desserrer les lacets de votre corset, lui conseilla-t-il. Cela rendra votre voyage plus plaisant.

— Je... je ne porte pas de cor... corset, avoua-t-elle sans le regarder.

— Vraiment ? Mon Dieu… Quel tendron agréablement proportionné vous faites, déclara-t-il après l'avoir détaillée d'un regard appréciateur.

— Je n'aime pas ce mot.

— « Tendron » ? Pardonnez-moi… la force de l'habitude. Je traite toujours les dames comme des tendrons et les tendrons comme des dames.

— Et cette tactique vous réussit ? demanda-t-elle, sceptique.

— Oh oui ! répondit-il avec une arrogance si joyeuse qu'elle ne put s'empêcher de sourire.

— Vous êtes ho… horrible.

— Exact. Mais c'est un fait que les personnes horribles finissent d'ordinaire à obtenir bien mieux qu'elles ne le méritent. Tandis que les gentilles, comme vous…

Il désigna d'un geste Evangeline et ce qui l'entourait, comme si sa situation actuelle illustrait parfaitement son propos.

— Peut-être que je ne suis pas aussi gen… gen… gentille que vous le pensez.

— On ne peut que l'espérer.

Il plissa les yeux d'un air pensif. Evangeline remarqua que ses cils, d'une longueur indécente pour un homme, étaient beaucoup plus foncés que ses cheveux. Malgré sa taille et ses larges épaules, il y avait quelque chose de félin en lui… Il ressemblait à un tigre nonchalant, mais potentiellement dangereux.

— De quoi votre père souffre-t-il ? voulut-il savoir. J'ai entendu des rumeurs, mais rien de certain.

— De phtisie, murmura Evangeline. La maladie a été diagnostiquée il y a six mois – je ne l'ai pas vu depuis. C'est la pre… première fois qu'il s'écoule autant de temps sans que je lui rende visite. Les Maybrick m'autorisaient à me rendre au club pour le voir. Mais, l'année… dernière, tante Florence a décidé que la fréquentation de mon père amoindrissait mes chances de trouver un mari, et qu'il fallait donc que… que je prenne mes distances. Ils veulent que je fasse comme s'il n'existait pas.

— Comme c'est surprenant, murmura-t-il, sarcastique, avant de croiser les jambes. Pourquoi ce désir soudain de rôder autour de son lit de mort ? Vous voulez être sûre de figurer sur son testament, c'est cela ?

Ignorant son persiflage, Evangeline réfléchit un instant, puis répondit froidement :

— Quand j'étais petite, on me permettait de le voir souvent. Nous étions proches l'un de l'autre. Il était – il est toujours – le seul homme à s'être jamais soucié de moi. Je l'aime. Et je ne veux pas qu'il meure seul. Vous pouvez vous moq… moquer de moi si cela vous amuse, cela m'est égal. Votre opinion ne m'importe absolument pas.

— Doucement, mon cœur, dit-il avec une pointe d'amusement dans la voix. Je crois déceler en vous un certain tempérament, hérité sans aucun doute de ce brave Jenner. J'ai vu ses yeux étinceler exactement de la même manière quand il se mettait en rogne au sujet d'une broutille quelconque.

— Vous connaissez mon père ? fit-elle, surprise.

— Bien sûr. Tous les hommes de plaisir se sont rendus un jour ou l'autre chez *Jenner's*. Votre père n'est pas un mauvais bougre, même s'il est aussi inflammable que de l'amadou. Je ne peux pas m'empêcher de vous poser la question : comment diable une Maybrick s'est-elle retrouvée mariée à un cockney ?

— Je crois, entre autres raisons, que ma mère a dû voir en lui un moyen d'échapper à sa famille.

— Comme dans votre cas, commenta Saint-Vincent. Il y a une certaine symétrie, vous ne trouvez pas ?

— J'espère que… que la symétrie s'arrêtera là, répliqua Evangeline. Parce que j'ai été conçue peu de temps après leur mariage, et que ma mère est morte en couches.

— Je ne vous engrosserai pas, si tel est votre souhait, dit-il aimablement. Les moyens ne manquent pas pour éviter de concevoir… Condoms, éponges, poires de lavage, sans parler de ces petites breloques d'argent si astucieuses qu'on peut…

Il s'interrompit en voyant son expression et éclata brusquement de rire.

— Mon Dieu, vous ouvrez des yeux comme des soucoupes ! Vous ai-je alarmée ? Ne me dites pas que vos amies mariées n'ont jamais parlé de ce genre de choses devant vous.

Evangeline secoua lentement la tête. Même si Annabelle Hunt acceptait, à l'occasion, d'éclaircir certains mystères concernant les relations conjugales, elle n'avait absolument jamais évoqué un moyen quelconque d'éviter une grossesse.

— Je doute qu'elles en aient elles-mêmes entendu parler, dit-elle, ce qui provoqua un nouveau rire.

— Je serai plus que ravi de vous éclairer lorsque nous aurons rejoint l'Écosse.

Ses lèvres esquissèrent ce sourire auquel les sœurs Bowman avaient un jour trouvé un charme irrésistible… mais sans doute n'avaient-elles pas remarqué la lueur calculatrice qui brillait dans son regard.

— Mon cœur, avez-vous envisagé que vous puissiez trouver suffisamment de plaisir à la consommation de notre union pour souhaiter renouveler l'expérience ?

Avec quelle facilité les termes affectueux semblaient lui venir !

— Non, répondit Evangeline avec fermeté. Elle ne se renouvellera pas.

— Mmm… fit-il, et l'on aurait dit un chat en train de ronronner. J'aime les défis.

— Il se peut que cela me… me plaise de coucher avec vous, répliqua Evangeline en soutenant son regard, même si cet échange prolongé l'embarrassait au point de la faire rougir. Je l'espère même. Mais cela ne changera rien à ma décision. Parce que je sais ce que vous êtes… et je sais ce dont vous êtes capable.

— Ma chère… dit-il presque tendrement, vous n'avez même pas commencé à découvrir le pire en moi.

3

Pour Evangeline qui, la semaine passée, avait mal supporté le voyage de douze heures qui la ramenait du domaine de lord Westcliff, dans le Hampshire, les quarante-huit heures de route qui la séparaient de l'Écosse s'apparentaient à une torture. Si leur allure avait été plus modérée, ç'aurait été plus supportable. Mais c'était elle qui avait insisté pour qu'ils se rendent directement à Gretna Green, ne s'arrêtant que toutes les trois heures pour changer de cocher et d'équipage. Elle craignait, si ses oncles avaient découvert ses intentions, qu'ils ne se lancent à leurs trousses. Or, à en juger par l'issue de la bagarre entre Westcliff et Saint-Vincent, elle avait peu d'espoir que ce dernier fasse le poids face à son oncle Peregrine.

Même si la voiture était bien suspendue et confortablement équipée, Evangeline, secouée et ballottée, à force de rouler ainsi à tombeau ouvert, commença à se sentir nauséeuse. Elle était épuisée et ne parvenait pas à trouver de position confortable pour dormir. Sa tête ne cessait de heurter la paroi. Il lui semblait que dès qu'elle réussissait à s'assoupir, il ne s'écoulait que quelques minutes avant qu'elle se réveille.

Saint-Vincent semblait moins affecté qu'elle, même si sa tenue, à lui aussi, était à présent défraîchie et chiffonnée. Cela faisait longtemps qu'ils avaient renoncé à toute tentative de conversation, et ils voyageaient désormais dans un silence stoïque. Étonnamment, Saint-Vincent ne protesta pas une seule fois contre l'exercice d'endurance qui lui était imposé. Evangeline se rendit compte qu'il avait tout autant hâte qu'elle d'atteindre l'Écosse. Il était dans son intérêt, peut-être même davantage que dans le sien, à elle, qu'ils soient légalement mariés.

Encore, encore et encore… la voiture cahota sur des portions de route défoncées, menaçant parfois de projeter Evangeline sur le sol. Elle continua de dormir par à-coups et de se réveiller en sursaut. Chaque fois que la portière s'ouvrait et que Saint-Vincent descendait pour s'enquérir d'un nouvel équipage, un vent glacé s'engouffrait dans l'habitacle. Transie, raide et courbaturée, Evangeline se blottissait dans un coin.

Après la nuit, ce fut une journée de froid mordant et de pluie si drue qu'elle transperça la cape d'Evangeline quand Saint-Vincent lui fit traverser la cour d'une auberge. Il la conduisit jusqu'à une chambre où elle mangea un bol de soupe tiède et put utiliser un pot de chambre, tandis que lui-même veillait au changement de chevaux et de cocher. La vue du lit rendit Evangeline presque malade d'envie. Mais elle se reposerait plus tard, après être passée par Gretna Green et s'être soustraite pour toujours aux entreprises de sa famille.

Tout compris, cette pause dura moins d'une demi-heure. Une fois revenue dans la voiture, Evangeline essaya d'enlever ses chaussures boueuses sans tacher le velours du capitonnage. Saint-Vincent la rejoignit et se pencha pour l'aider. Pendant qu'il les délaçait et libérait ses pieds engourdis, Evangeline le débarrassa en silence de son chapeau trempé, qu'elle jeta sur le siège opposé. Ses cheveux, dont les reflets allaient de l'ambre au champagne, paraissaient incroyablement doux.

Se déplaçant pour s'asseoir à côté d'elle, Saint-Vincent étudia son visage aux traits tirés et tendit la main pour effleurer sa joue glacée.

— Je vais vous dire une chose... murmura-t-il. N'importe quelle autre femme en serait à se répandre en plaintes et récriminations.

— Je serais mal... malvenue de me plaindre, répondit-elle, alors qu'un violent frisson la secouait, vu que c'est moi qui ai demandé à aller directement en Écosse.

— Nous avons parcouru la moitié du trajet. Il reste une nuit, puis une journée, et demain soir, nous serons mariés.

Il esquissa un sourire ironique.

— Il n'y a sans doute jamais eu de femme plus pressée de rejoindre le lit conjugal.

Les lèvres tremblantes, Evangeline répondit à son sourire quand elle comprit le sous-entendu, qu'elle aspirait au sommeil et non pas aux jeux amoureux. Alors qu'elle contemplait son visage, si proche du sien, elle se demanda vaguement comment les marques de fatigue et les cernes sous les yeux pouvaient le rendre aussi séduisant. Peut-être était-ce parce qu'il semblait humain, à présent, et ne ressemblait plus à quelque beau dieu romain dépourvu de cœur. Il avait perdu beaucoup de sa morgue aristocratique, laquelle resurgirait sans doute dès qu'il se serait reposé. À cet instant, toutefois, il était détendu et accessible. Un lien fragile paraissait s'être tissé entre eux au cours de ce voyage épouvantable.

On frappa soudain à la portière. Quand Saint-Vincent l'ouvrit, une femme de chambre se tenait sous la pluie. Jetant un coup d'œil de sous sa capuche dégoulinante, elle lui tendit deux objets.

— V'là pour vous, milord. Un pot bien chaud et une brique, comme vous avez demandé.

Saint-Vincent pêcha une pièce dans son gilet et la lui donna, ce qui lui valut un sourire radieux avant qu'elle ne s'élance pour retourner se mettre à l'abri. Prise de court, Evangeline cilla quand Saint-Vincent lui tendit une tasse en terre émaillée remplie d'un liquide fumant.

— Qu'est-ce que c'est ?

— Quelque chose pour vous réchauffer les entrailles. Et ceci, ajouta-t-il en levant la brique enveloppée de plusieurs épaisseurs de flanelle grise, c'est pour vos pieds. Posez les jambes sur la banquette.

En toute autre circonstance, Evangeline aurait protesté de le voir manipuler ses jambes avec désinvolture. Mais elle ne sourcilla pas quand il arrangea ses jupes et installa la brique chaude sous ses pieds.

— Ohhhh…

Elle frissonna de bien-être en sentant une chaleur délicieuse se diffuser dans ses orteils gelés.

— Oh… Je n'ai jamais rien connu d'aussi divin…

— C'est ce que les femmes me disent tout le temps, assura Saint-Vincent, un sourire dans la voix. Venez, appuyez-vous contre moi.

Evangeline obéit, s'allongea à demi sur lui ; il referma les bras autour d'elle. Son torse était solide, très ferme, mais formait un coussin parfait pour sa tête. Après avoir porté la tasse à ses lèvres, elle avala prudemment une gorgée de la boisson chaude. Celle-ci contenait un alcool quelconque, coupé d'eau et agrémenté de sucre et de citron. À mesure qu'elle buvait, une vague de chaleur se répandit dans son corps. Elle laissa échapper un long soupir de contentement. Quand la voiture s'ébranla, Saint-Vincent resserra spontanément son étreinte et maintint Evangeline confortablement blottie contre sa poitrine. Elle peinait à comprendre comment l'enfer avait pu se transformer aussi abruptement en paradis.

Elle n'avait jamais connu cette proximité physique avec un homme auparavant. Cela semblait terriblement mal d'y prendre plaisir. D'un autre côté, il aurait fallu qu'elle soit totalement privée de sens pour y être indifférente. La nature avait répandu une quantité invraisemblable de beauté virile sur cette créature indigne. Plus appréciable encore : Saint-Vincent était incroyablement chaud. Evangeline lutta contre l'envie de se presser davantage contre lui. Il portait des vêtements taillés dans des tissus exquis : un manteau de laine fine, un gilet de soie épaisse, une chemise en lin d'une douceur de pêche. Des effluves de linge amidonné et d'eau de Cologne raffinée se mêlaient à l'odeur légèrement salée de sa peau.

Craignant qu'il ne veuille l'écarter de lui une fois qu'elle aurait fini sa boisson, Evangeline s'efforça de la faire durer aussi longtemps que possible. À son grand regret, elle finit par avaler les dernières gouttes. Saint-Vincent la lui prit des mains et la posa sur le plancher. Evangeline fut profondément soulagée quand elle le sentit se redresser, les bras toujours refermés autour d'elle. Elle l'entendit bâiller au-dessus de sa tête.

— Dormez, à présent, murmura-t-il. Vous avez trois heures avant la prochaine étape.

Calant les orteils contre la brique chaude, Evangeline se tourna à demi, se lova contre lui, et ne tarda pas à succomber au sommeil.

Le reste du voyage s'écoula dans un brouillard de mouvement, de lassitude et de réveils brutaux. Plus l'épuisement la gagnait, plus elle devenait dépendante de Saint-Vincent. À chaque nouveau relais, il s'arrangeait pour lui rapporter un pot de thé ou de potage, et faire réchauffer la brique. Il dénicha même une couverture matelassée, et conseilla, pince-sans-rire, à Evangeline de ne pas lui demander comment il l'avait acquise. Convaincue que, sans lui, elle serait réduite à présent à l'état de glaçon, Evangeline perdit rapidement tout scrupule à s'accrocher à lui dès qu'il était dans la voiture.

— Je... je ne vous fais pas d'avance, lui dit-elle alors qu'elle se plaquait contre sa poitrine. Il se trouve que vous êtes une source de chal... de chaleur disponible.

— Que vous dites, répliqua Saint-Vincent en resserrant les plis de la couverture autour d'eux. Toutefois, au cours de ce dernier quart d'heure, vous avez caressé des parties de mon anatomie que personne n'avait jamais osé toucher auparavant.

— J'en... J'en doute beaucoup.

Elle s'enfouit plus profondément dans les plis de son manteau et ajouta d'une voix étouffée :

— Vous avez été pro... probablement plus manipulé qu'un panier cadeau de chez *Fortnum and Mason* à Noël.

— Et on peut m'avoir pour un prix beaucoup plus raisonnable.

Il tressaillit soudain et la déplaça légèrement.

— Ne posez pas le genou là, ma chérie, sous peine de mettre en péril la consommation du mariage que vous projetez.

Evangeline somnola jusqu'à l'arrêt suivant et, juste au moment où elle commençait à plonger dans un sommeil profond, Saint-Vincent la secoua avec précaution.

— Evangeline, murmura-t-il en repoussant les mèches qui lui tombaient sur le visage, ouvrez les yeux. Nous avons atteint le relais suivant. C'est le moment d'aller passer quelques minutes à l'intérieur.

Elle repoussa sa main avec irritation.

— Je ne veux pas, marmonna-t-elle.

— Il le faut, insista-t-il doucement. L'étape suivante sera très longue. Il faut que vous usiez des commodités maintenant, car ce sera la dernière occasion avant un moment.

Sur le point de protester qu'elle n'avait aucun besoin d'utiliser les commodités, Evangeline se ravisa en s'apercevant du contraire. À la pensée de devoir affronter de nouveau la pluie glaciale, elle eut presque les larmes aux yeux. Pliée en deux, elle enfila à grand-peine ses chaussures sales et mouillées, et se débattit ensuite avec les lacets. Saint-Vincent finit par lui écarter les mains pour les nouer lui-même. Il l'aida à descendre de la voiture, et elle serra les dents quand une bourrasque la cingla. Il faisait un froid à mourir, dehors. Après lui avoir rabattu sa capuche sur le visage, Saint-Vincent lui entoura les épaules d'un bras solide et l'aida à traverser la cour de l'auberge.

— Croyez-moi, dit-il, mieux vaut passer quelques minutes ici plutôt que vous arrêter au bord de la route un peu plus tard. Connaissant les femmes et leurs problèmes de tuyauterie…

— Je connais ma propre tuyauterie, déclara Evangeline d'un ton irrité. Il est inutile de me l'expliquer.

— Bien sûr. Pardonnez-moi si je parle trop… j'essaie de me garder éveillé. Et vous aussi, par la même occasion.

Accrochée à sa taille mince, Evangeline avançait en pataugeant dans la boue glacée. Pour se distraire, elle songea à son cousin Eustace et au bonheur de n'avoir pas à l'épouser. Penser qu'elle n'aurait plus jamais à vivre sous le toit des Maybrick lui donnait de la force. Une fois qu'elle serait mariée, ils n'auraient plus aucun pouvoir sur elle. Seigneur Dieu, qu'elle avait hâte !

Après avoir négocié l'usage temporaire d'une chambre, Saint-Vincent prit Evangeline par les épaules et l'étudia d'un regard scrutateur.

— Vous semblez sur le point de vous évanouir, dit-il sans détour. Mon ange, vous pouvez prendre le temps de vous reposer une heure ou deux. Pourquoi ne vous…

— Non, coupa-t-elle sèchement. Je veux qu'on continue à avancer.

Saint-Vincent la regarda avec une contrariété évidente, mais c'est sans rancune qu'il demanda :

— Êtes-vous toujours aussi têtue ?

Il l'accompagna jusqu'à la chambre et lui recommanda de fermer la porte à clé derrière lui.

— Essayez de ne pas vous endormir sur le pot de chambre, lui suggéra-t-il obligeamment.

Quand ils regagnèrent la voiture, Evangeline s'abandonna à ce qui était devenu leur rituel : elle enleva ses chaussures, et Saint-Vincent plaça la brique chaude sous ses pieds. Puis il l'installa entre ses jambes, posa l'un de ses pieds déchaussés près de la brique, et laissa l'autre par terre pour maintenir leur équilibre. Le cœur d'Evangeline battit plus fort, ses veines se dilatèrent sous l'afflux du sang quand Saint-Vincent s'empara d'une de ses mains et commença à jouer avec ses doigts gelés. Sa main était délicieusement chaude, et l'extrémité de ses doigts était comme du velours, avec des ongles courts et soigneusement limés. C'était une main solide, mais qui appartenait sans conteste à un homme oisif.

Saint-Vincent croisa légèrement leurs doigts, dessina du pouce un petit cercle sur sa paume, puis plaqua sa main contre celle d'Evangeline. Bien qu'il eût le teint clair, sa peau avait une carnation chaude et devait être du genre à bronzer facilement. Finalement, il cessa de jouer et garda ses doigts repliés dans les siens.

Difficile de croire que c'était bien elle, la « laissée-pour-compte » Evangeline Jenner… seule dans une voiture avec un dangereux séducteur… roulant à tombeau ouvert vers Gretna Green. « Et c'est moi qui ai tout fait ! » songea-t-elle, prise de vertige. Tournant la tête, elle posa la joue contre son torse et demanda d'une voix somnolente :

— À quoi ressemble votre famille ? Vous avez des frères et des sœurs ?

Les lèvres de Saint-Vincent jouèrent un instant dans les boucles d'Evangeline, puis il se redressa pour répondre :

— Il ne reste plus personne à part mon père et moi. Je n'ai pas de souvenirs de ma mère – elle est morte du choléra quand j'étais encore enfant. J'avais quatre sœurs plus âgées. Étant le dernier, et l'unique garçon, j'ai été gâté au-delà du raisonnable. Mais alors que j'étais encore jeune, j'ai perdu trois de mes sœurs de la scarlatine… Je me souviens qu'on m'a envoyé dans notre propriété à la campagne quand elles sont tombées malades et, quand je suis revenu, elles n'étaient plus là. La seule qui restait – ma sœur aînée – s'est mariée. Mais comme votre mère, elle est morte en couches. Et le bébé n'a pas survécu.

Evangeline se tint complètement immobile durant ce récit prononcé d'un ton détaché. Elle s'obligea à rester détendue contre lui alors qu'à l'intérieur d'elle-même, elle ressentait une bouffée de pitié pour le petit garçon qu'il avait été. Une mère et quatre sœurs aimantes, toutes disparues de son existence. N'importe quel adulte confronté à une telle perte aurait eu du mal à comprendre, alors un enfant…

— Vous arrive-t-il de vous interroger sur ce que votre vie aurait été si vous aviez eu une mère? s'entendit-elle lui demander.

— Non.

— Moi, si. Je me demande souvent quels conseils elle m'aurait donnés.

— Votre mère s'étant retrouvée mariée à un vaurien comme Ivo Jenner, répliqua Saint-Vincent, sarcastique, j'aurais eu quelques réserves concernant ses conseils.

Il marqua une pause, puis:

— Comment se sont-ils rencontrés? Ce n'est pas souvent qu'une fille de bonne famille a l'occasion de fréquenter quelqu'un comme Jenner.

— C'est vrai. Ma mère se trouvait dans une voiture avec ma tante – c'était l'un de ces jours d'hiver londoniens où le brouillard est si épais à midi que l'on n'y voit pas à quelques pas. La voiture a fait une embardée pour éviter la charrette d'un vendeur des rues et a renversé mon père, qui se trouvait au bord du trottoir. Ma mère a insisté pour que le cocher s'arrête afin de s'enquérir de son état. Et je suppose… je suppose que mon père a dû l'intéresser, parce qu'elle lui a envoyé une lettre le lendemain pour lui demander une nouvelle fois comment il allait. Ils ont commencé à correspondre – mon père demandait à quelqu'un d'écrire ses lettres à sa place car il ne savait pas écrire. Je n'en sais pas plus, sinon qu'ils ont fini par s'enfuir ensemble.

Elle esquissa un sourire satisfait en imaginant la fureur des Maybrick lorsqu'ils avaient découvert que sa mère s'était sauvée avec Ivo Jenner.

— Elle avait dix-neuf ans quand elle est morte, murmura-t-elle, songeuse. Et j'en ai vingt-trois. Cela fait bizarre d'avoir vécu plus longtemps qu'elle.

Se tournant entre les bras de Sebastian, elle leva les yeux vers lui.

— Quel âge avez-vous, milord ? Trente-quatre ans ? Trente-cinq ?

— Trente-deux. Encore qu'à cet instant, j'ai l'impression d'avoir au moins cent deux ans.

Il l'observait avec curiosité.

— Qu'est-il arrivé à votre bégaiement, mon cœur ? Il a disparu quelque part entre ici et Teesdale.

— Ah bon ? fit Evangeline, quelque peu surprise. Je suppose que… que je dois me sentir à l'aise avec vous. J'ai tendance à moins bégayer avec certaines personnes.

C'était curieux… Son bégaiement ne disparaissait ainsi que lorsqu'elle parlait avec des enfants.

Sous son oreille, elle sentit la poitrine de Saint-Vincent se gonfler comme il laissait échapper un son amusé.

— Personne ne m'a jamais dit que j'étais du genre avec qui l'on se sentait à l'aise. Cela ne me plaît pas, je vous assure. Il va falloir que je fasse bientôt quelque chose de diabolique pour corriger votre impression.

— Je ne doute pas que vous vous y emploierez.

Elle ferma les yeux et se laissa aller lourdement contre lui.

— En fait, je crois que je suis trop fatiguée pour bégayer.

Il posa la main sur sa tête, lui caressa légèrement les cheveux, puis la joue, avant de lui masser doucement la tempe du bout des doigts.

— Dormez, chuchota-t-il. Nous sommes presque arrivés. Si c'est l'enfer qui vous attend, vous devriez avoir bientôt plus chaud.

Ce ne fut pas le cas, cependant. Plus ils se dirigeaient vers le nord, plus le froid s'intensifiait, au point qu'Evangeline songea, maussade, que même un bol de potion du diable ou de brouet de sorcière aurait été le bienvenu. Le village de Gretna Green se trouvait dans le district de Dumfries, juste après la frontière qui séparait l'Angleterre et l'Écosse. Pour contourner les lois qui régissaient strictement le mariage en Angleterre, des centaines de couples empruntaient la route qui menait de Londres à Gretna Green, en passant par Carlisle. Ils y allaient à pied, en voiture ou à cheval, à la recherche d'un refuge où ils pourraient prononcer leurs vœux matrimoniaux, avant de retourner en Angleterre comme mari et femme.

Dès qu'un couple avait franchi le pont sur la rivière Sark et pénétré en Écosse, il pouvait se marier n'importe où. Une simple déclaration faite devant témoins suffisait. Un marché florissant s'était développé à Gretna Green, dont les habitants rivalisaient pour célébrer des mariages dans des maisons particulières, des auberges ou même à l'extérieur. L'endroit le plus renommé – et le plus tristement célèbre – était toutefois l'atelier du forgeron, où il y avait tant de célébrations hâtives qu'on appelait « mariage à la forge » n'importe quelle union conclue à Gretna Green. La tradition remontait au XVIIIe siècle, quand un maréchal-ferrant avait fondé une longue lignée de prêtres forgerons.

La voiture finit par atteindre sa destination, une auberge située à côté de l'atelier du forgeron. Craignant apparemment qu'Evangeline ne s'effondre de fatigue, Saint-Vincent la soutint d'un bras ferme pendant qu'ils se tenaient devant l'antique bureau de l'aubergiste. Celui-ci, un certain M. Findley, sourit jusqu'aux oreilles en apprenant qu'ils s'étaient enfuis pour se marier, et il leur assura, avec force clins d'œil, qu'il gardait toujours une chambre en réserve pour ce genre de situation.

— C'n'est pas légal tant qu'vous n'avez pas consommé l'mariage, les informa-t-il avec un accent presque incompréhensible. Y a un couple, qu'on a dû l'sortir par-derrière de chez le forgeron, que ceux qu les coursaient, y frappaient cont'la porte de d'vant à la défoncer. Et quand y z'ont réussi à rentrer et qu'y z'ont trouvé nos amoureux au lit, eh ben, le marié, y portait encore ses bottes ! Mais pas d'doute, la chose était faite, et comme y faut !

Il partit d'un rire tonitruant à cette évocation.

— Qu'a-t-il dit ? marmonna Evangeline contre l'épaule de Saint-Vincent.

— Je n'en ai pas la moindre idée, lui murmura-t-il à l'oreille. Et je préfère ne pas chercher à savoir.

Relevant la tête, il s'adressa à l'aubergiste.

— Je voudrais un bain chaud dans la chambre lorsque nous reviendrons de chez le forgeron.

— Oui, milord, répondit l'homme en empochant avec célérité les pièces que Saint-Vincent lui tendait en échange d'une clé d'apparence grossière. Et vous voudrez vot'souper aussi, milord ?

Après avoir interrogé Evangeline du regard, Saint-Vincent secoua la tête.

— Non. Mais je pense que nous apprécierons un bon petit déjeuner demain matin.

— Oui, milord. C't'au forgeron, qu'vous allez vous marier ? Ah, ben, y a pas mieux com'prêtre à Gretna que Paisley MacPhee. Éduqué, qu'il est… Y vous f'ra un beau certificat.

— Merci.

Saint-Vincent garda le bras autour d'Evangeline quand ils quittèrent l'auberge pour se diriger vers la maison du forgeron, juste à côté. Un rapide coup d'œil le long de la rue révéla un alignement de petites maisons coquettes et de boutiques, dans lesquelles des lampes s'allumaient pour combattre le crépuscule grandissant. Tandis qu'ils s'approchaient du bâtiment blanchi à la chaux, Saint-Vincent murmura :

— Encore un peu de courage, mon cœur. C'est presque fini.

S'appuyant lourdement contre lui, le visage à demi dissimulé dans son manteau, Evangeline attendit pendant qu'il frappait à la porte. Celle-ci ne tarda pas à s'ouvrir sur un homme corpulent, au visage rougeaud orné d'une belle moustache qui rejoignait ses favoris considérables. Heureusement, son accent n'était pas aussi prononcé que celui de l'aubergiste, et Evangeline réussit à suivre la conversation.

— Êtes-vous MacPhee ? demanda Saint-Vincent sans préambule.

— Oui.

Après s'être présenté rapidement, Saint-Vincent lui fit part de leur requête. Le visage du forgeron se fendit d'un grand sourire.

— Vous dites qu'vous voulez vous marier. C'est ça ? Entrez donc.

Après avoir appelé ses filles, toutes deux brunes et potelées, qui répondaient aux prénoms de Florag et de Gavenia, il les conduisit dans son échoppe, qui jouxtait la maison. Tous les MacPhee étaient aussi joviaux que l'aubergiste Findley, ce qui contredisait ce qu'Evangeline avait toujours entendu dire sur la prétendue austérité des Écossais.

— Vous voulez d'mes deux petiotes comme témoins ? suggéra MacPhee.

— Oui, répondit Saint-Vincent.

Du regard, il fit le tour de l'atelier rempli de pièces de voitures, de fers à cheval et de matériel agricole. La lueur de la lampe allumait de minuscules reflets dorés dans sa barbe naissante.

— Comme vous pouvez sans doute le constater, ma...

Il s'interrompit comme s'il ne savait comment désigner Evangeline.

— … fiancée… et moi sommes assez fatigués. Nous sommes venus de Londres à très vive allure, et je souhaiterais hâter la cérémonie.

— De Londres ? répéta le maréchal-ferrant, visiblement ravi, en adressant un grand sourire à Evangeline.

» Pourquoi être venue à Gretna, petite ? C'est vos parents qui voulaient pas qu'vous vous mariiez ?

Evangeline lui adressa un sourire vague.

— J'ai bien peur que ce ne soit pas aus… aussi simple que cela, monsieur.

— C'est pas souvent simple, acquiesça MacPhee. Mais j'dois vous avertir, petite… y faut y réfléchir à deux fois avant d'se jeter tête baissée… Pass'que les vœux d'un mariage écossais, c't'un lien irrévocable qui peut jamais être brisé. Faut être sûre que vot'amour, il est sincère, et alors…

Interrompant ce qui s'annonçait comme un long discours de recommandations paternelles, Saint-Vincent dit d'une voix sèche :

— Ce n'est pas un mariage d'amour. C'est un mariage de convenance, et il n'y a pas suffisamment de flamme entre nous pour allumer une bougie d'anniversaire. Passez aux choses sérieuses, je vous prie. Ni l'un ni l'autre n'avons dormi correctement ces deux derniers jours.

Un lourd silence s'abattit. MacPhee et ses filles parurent choqués par ces remarques brutales. Puis le forgeron fronça ses épais sourcils.

— Vous, j'vous aime pas.

Saint-Vincent lui adressa un regard exaspéré.

— Ma future femme non plus ne m'aime pas. Mais puisque cela ne va pas l'empêcher de m'épouser, ça ne devrait pas vous empêcher de célébrer le mariage. Allez, poursuivez.

Le regard que MacPhee tourna vers Evangeline était à présent plein de pitié.

— La pauvre a pas de fleurs ! s'exclama-t-il, visiblement déterminé à instaurer une atmosphère romantique avant de continuer. Florag, cours chercher de la bruyère blanche.

— Elle n'a pas besoin de fleurs, aboya Saint-Vincent, ce qui n'empêcha pas la jeune fille de s'éclipser.

— C't'une vieille coutume écossaise que la mariée, elle porte de la bruyère blanche, expliqua MacPhee à Evangeline. Vous voulez qu'j'vous dise pourquoi ?

Evangeline hocha la tête en s'efforçant de réprimer une furieuse envie de glousser. En dépit de sa fatigue – ou peut-être à cause d'elle – elle commençait à prendre un plaisir pervers à voir Saint-Vincent lutter pour dominer sa contrariété. À cet instant, l'homme mal rasé et de mauvaise humeur qui se tenait à côté d'elle ne ressemblait plus du tout à l'aristocrate suffisant qui fréquentait la maison de lord Westcliff dans le Hampshire.

— Y a d'ça longtemps, longtemps… commença MacPhee sans prêter attention au grognement étouffé de Saint-Vincent, y avait une jolie fille qui s'appelait Malvina. Elle était fiancée à Oscar, un guerrier qu'avait gagné son cœur. Oscar, il demanda à sa bien-aimée d'l'attendre pendant qu'il irait chercher fortune. Mais un jour fatal, Malvina, elle apprit que son amoureux, il avait été tué au combat. Il gisait pour toujours dans l'repos infini d'collines lointaines… condamné au sommeil éternel…

— Dieu que je l'envie ! marmonna Saint-Vincent en frottant ses yeux cernés.

— Et comme les larmes de douleur de Malvina mouillaient l'herbe plus que la rosée, continua MacPhee, la bruyère pourpre, à ses pieds, elle est devenue blanche. Et c'est pour ça que toutes les mariées écossaises, elles ont un bouquet de bruyère blanche l'jour d'leur mariage.

— C'est ça l'histoire ? demanda Saint-Vincent avec une grimace d'incrédulité. La bruyère vient des larmes d'une fille qui pleure la mort de son amoureux ?

— Oui.

— Alors, comment diable peut-elle être un symbole de bonheur ?

MacPhee ouvrait la bouche pour répondre lorsque Florag revint et tendit à Evangeline une branche de bruyère blanche séchée. Après avoir murmuré un remerciement, Evangeline se laissa conduire par le forgeron jusqu'à l'enclume qui trônait au centre de l'atelier.

— Vous avez une alliance pour la demoiselle ? demanda ce dernier à Saint-Vincent, qui secoua la tête. C'est ben c'que j'pensais. Gavenia, va chercher la boîte.

Il se pencha alors vers Evangeline pour expliquer :

— J'travaille les métaux précieux aussi bien que l'fer. D'la belle ouvrage, et rien que d'l'or écossais.

— Elle n'a pas besoin…

Saint-Vincent s'interrompit, les sourcils froncés, comme Evangeline levait les yeux vers lui. Il laissa échapper un bref soupir.

— Très bien. Choisissez quelque chose rapidement.

MacPhee tira de la boîte un carré de lainage qu'il déploya sur l'enclume, et sur lequel il plaça avec un soin empreint de tendresse une demi-douzaine de bagues. Evangeline se pencha pour les étudier de plus près. Il s'agissait d'anneaux en or de tailles et de dessins différents, tous d'un travail si exquis et si délicat qu'il semblait impossible qu'il ait été réalisé par les doigts épais du forgeron.

— Celui-ci, c'est des chardons, l'emblème de l'Écosse, expliqua MacPhee en lui présentant l'une des bagues. Et là, c'est une rose des Shetland.

Evangeline ramassa la plus petite des bagues et l'essaya à l'annulaire de la main gauche. Elle lui allait à la perfection. Elle l'approcha de son visage pour en examiner le dessin. C'était la plus simple de toutes les bagues, un anneau d'or poli sur lequel étaient gravés les mots : *Tha Gad Agam Ort*.

— Qu'est-ce que cela signifie ? demanda-t-elle à MacPhee.

— Elle dit : « Mon amour veille sur toi. »

Saint-Vincent ne bougea pas, n'émit pas le moindre son. Dans le silence contraint qui s'ensuivit, Evangeline se sentit rougir et retira l'anneau. Elle regrettait à présent d'avoir montré de l'intérêt pour les bagues. Le sentiment qu'exprimait l'inscription était tellement déplacé dans cette cérémonie hâtive que ce simulacre de mariage sonnait encore plus faux.

— Finalement, je crois que je ne veux pas d'alliance, marmonna-t-elle en reposant l'anneau sur le carré de lainage.

Quelle ne fut pas sa stupéfaction d'entendre Saint-Vincent déclarer en le ramassant :

— Nous la prenons. Ce ne sont que des mots, ajouta-t-il sèchement comme Evangeline le regardait avec de grands yeux. Cela ne veut rien dire.

Elle acquiesça d'un signe de tête et baissa les yeux, consciente d'être toujours écarlate.

Le front plissé, MacPhee les regarda tour à tour en tirant sur les favoris de sa joue droite.

— Mes filles, finit-il par dire avec un enjouement forcé, nous écoutons votre chanson.

— Une chanson… commença Saint-Vincent.

Mais Evangeline le tira par le bras.

— Laissez-les, murmura-t-elle. Plus vous protesterez, plus cela prendra de temps.

Après avoir juré entre ses dents, Saint-Vincent fixa l'enclume, tandis que les deux sœurs chantaient avec une harmonie née de l'habitude.

Oh, mon amour est comme une rose rouge, rouge,
En juin tout juste éclose
Oh, mon amour est comme une mélodie
Jouée avec douceur et harmonie
Tu es si belle, ma tendre amie,
Et je t'aime tant
Et je t'aimerai toujours, ma mie
Quand tous les océans seront taris...

Rouge de fierté, le forgeron écouta ses filles jusqu'à ce que la dernière note se fût évanouie, puis il les couvrit de louanges. Après quoi, il se tourna vers le couple qui patientait devant l'enclume et déclara d'un air important :

— Voilà la question que j'dois vous poser : vous êtes pas des gens mariés, tous les deux ?

— Non, répondit Saint-Vincent.

— Et vous avez une alliance pour la d'moiselle ?

— Vous venez juste de...

Saint-Vincent s'interrompit en grommelant une imprécation quand MacPhee arqua ses sourcils broussailleux. Il était évident que s'ils voulaient en terminer avec la cérémonie, il leur faudrait en passer par les exigences du forgeron.

— Oui, gronda Saint-Vincent. J'en ai une, et elle est là.

— Alors, passez-la au doigt de la d'moiselle et ensuite, joignez vot'main à la sienne.

Debout face à Saint-Vincent, Evangeline éprouva une sensation bizarre, comme un vertige. À l'instant où il lui glissa l'anneau au doigt, son cœur se mit à battre bien trop vite, déclenchant des vagues irrésistibles de quelque chose qui n'était ni de l'impatience ni de la peur, mais une émotion nouvelle qui exacerbait ses sens de manière insupportable. Il n'existait pas de mots pour décrire ce sentiment. Elle était affreusement tendue, soudain, et les battements de son cœur refusaient de se calmer. Leurs mains se plaquèrent l'une contre l'autre ; les doigts de Saint-Vincent étaient bien plus longs que les siens, et sa paume douce et chaude.

Il inclina légèrement la tête vers elle. Même si son visage était dépourvu d'expression, un soupçon de couleur marquait le haut de ses pommettes bien dessinées, et son souffle paraissait plus rapide que d'ordinaire. Surprise de constater qu'elle connaissait déjà quelque chose d'aussi intime que le rythme normal de sa respiration, Evangeline détourna les yeux. Elle vit le forgeron prendre un morceau de ruban blanc des mains d'une de ses filles, et elle tressaillit quand il en entoura fermement leurs poignets joints.

Un murmure inaudible lui chatouilla l'oreille, puis elle sentit la main libre de Saint-Vincent remonter sur le côté de son cou et la caresser comme si elle était un animal nerveux. Elle se détendit sous le frôlement léger de ses doigts sur sa peau.

— À présent, nous serrons le nœud, annonça MacPhee en joignant le geste à la parole. Répétez après moi, ma fille : « Je te prends pour mari. »

— Je te prends pour mari, articula Evangeline.

— Milord ?

Saint-Vincent la regarda ; ses yeux froids, brillants comme le diamant, ne révélaient rien. Pourtant, elle sentit que lui aussi avait conscience de cette tension étrange, fiévreuse, qui grandissait entre eux, aussi chargée d'électricité qu'un éclair.

— Je te prends pour femme, dit-il d'une voix basse et calme.

La satisfaction de MacPhee fut évidente.

— Devant Dieu et devant ces témoins, je vous déclare mari et femme. Ce que Dieu a uni, aucun homme ne peut le défaire. Ça fera quatre-vingt-deux livres, trois couronnes et un shilling.

Saint-Vincent arracha son regard à celui d'Evangeline et considéra le forgeron, le sourcil levé.

— Y a cinquante livres pour la bague, expliqua MacPhee en réponse à sa question muette.

— Cinquante livres pour une bague sans aucune pierre ? répliqua Saint-Vincent d'un ton acide.

— C'est d'l'or *écossais*, précisa MacPhee, indigné que l'on puisse remettre son prix en cause. C'est des ruisseaux des collines d'Lowther qu'il vient...

— Et pour le reste ?

— Trente livres pour les rites, une livre pour l'atelier qu'je prête, une guinée pour le certificat de mariage – y sra prêt demain matin –, une couronne chacune pour les témoins...

Le forgeron s'interrompit pour désigner d'un geste ses filles, qui gloussèrent et esquissèrent des révérences.

— ... une autre couronne pour les fleurs...

— Une couronne pour une poignée d'herbes sèches ? s'exclama Saint-Vincent, outré.

— J'vous compte la chanson pour rien, concéda gracieusement MacPhee. Oh, et un shilling pour l'ruban... que vous devez *pas* dénouer jusqu'à ce que l'mariage soit consommé... Sinon, ça porte malheur.

Saint-Vincent ouvrit la bouche pour protester, mais après avoir jeté un coup d'œil au visage d'Evangeline dont les traits étaient tirés par la fatigue, il plongea la main dans la poche de sa redingote pour y chercher de l'argent. Ses gestes étaient maladroits, car il était droitier et ne pouvait utiliser que sa main gauche. Après avoir tiré une liasse de billets et quelques pièces, il jeta le tout sur l'enclume.

— Voilà, dit-il d'un ton bourru. Non, gardez la monnaie. Vous l'offrirez à vos filles… avec ma gratitude pour la chanson, ajouta-t-il avec une pointe de sarcasme.

MacPhee et ses filles se répandirent en remerciements, et ces dernières, à qui le forgeron souffla d'accompagner les mariés jusqu'à la porte de l'atelier, entonnèrent de nouveau la chanson du mariage :

Et je t'aimerai toujours, ma mie,
Quand tous les océans seront taris…

4

Lorsqu'ils quittèrent la maison du forgeron, la pluie avait empiré et formait à présent un rideau cinglant, noir et argent. Evangeline puisa dans ses dernières forces pour accélérer le pas afin de regagner rapidement l'auberge. Elle avait l'impression de se mouvoir dans un rêve. Tout semblait hors de proportion ; il lui était difficile d'ouvrir les yeux, et le sol boueux paraissait se dérober capricieusement sous ses pieds. À son grand mécontentement, Saint-Vincent la força à s'arrêter sur le côté du bâtiment, sous l'auvent ruisselant.

— Qu'y a-t-il ? demanda-t-elle, l'esprit engourdi.

Il tendit la main vers leurs poignets liés et commença à tirer sur le nœud du ruban.

— Je me débarrasse de ça.

— Non, attendez !

Sa capuche retomba en arrière comme elle tentait de l'empêcher de continuer. Elle referma sa main sur la sienne, lui immobilisant temporairement les doigts.

— Pourquoi ? demanda Saint-Vincent avec impatience.

De l'eau ruissela du rebord de son chapeau quand il baissa la tête vers elle. La nuit était tombée et la faible lueur vacillante des lampadaires constituait le seul éclairage. Le peu de lumière semblait cependant se concentrer dans ses pâles yeux bleus qui étincelaient, comme illuminés par un feu intérieur.

— Vous avez entendu ce que MacPhee a dit... cela porte malheur de dénouer le ruban.

— Vous êtes superstitieuse, lâcha Saint-Vincent, incrédule.

Evangeline hocha la tête d'un air d'excuse.

Il n'était pas difficile de deviner que son sang-froid tenait à un fil plus mince que le ruban qui leur liait les poignets. Alors qu'ils se faisaient face dans le froid et dans la pénombre, leurs bras attachés inconfortablement levés entre eux, Evangeline sentit qu'il refermait les doigts de sa main prisonnière sur son poing. Il n'y avait qu'à cet endroit-là qu'elle ressentait un peu de chaleur.

Saint-Vincent reprit la parole avec une patience exagérée qui, si Evangeline avait été en pleine possession de ses moyens, l'aurait incitée à revenir sur sa requête sur-le-champ.

— Vous voulez vraiment entrer dans l'auberge attachés ainsi ?

C'était irrationnel, mais elle était trop épuisée pour raisonner. Tout ce qu'elle savait, c'est qu'elle avait eu assez de malchance pour une vie entière, et qu'elle ne voulait pas s'exposer davantage.

— Nous sommes à Gretna Green, répliqua-t-elle. Personne n'y fera attention. Et puis, je croyais que vous vous moquiez des apparences.

— Je n'ai jamais eu d'objections lorsqu'il s'agit d'apparaître débauché ou scélérat. Mais avoir l'air d'un parfait idiot est au-dessus de mes forces.

— Non, ne faites pas ça, implora Evangeline quand il s'attaqua de nouveau au nœud.

Elle lutta avec lui, ses doigts mêlés aux siens. Et soudain, il s'empara de sa bouche et la repoussa contre le mur, l'y plaquant avec son corps. Sa main libre se referma sur sa nuque, sous sa lourde chevelure humide. La pression intense de ses lèvres suscita une réponse affolée de toutes les parties de son corps. Elle ne savait comment embrasser ni quoi faire de sa bouche. Déconcertée et tremblante, elle appuya avec force ses lèvres fermées contre les siennes, le cœur battant une chamade effrénée, les membres saisis de faiblesse.

Il voulait des choses qu'elle ne savait comment donner. Sentant sa perplexité, il s'écarta, puis fit pleuvoir sur sa bouche des petits baisers insistants. Sa barbe naissante lui piquait doucement le visage. Prenant délicatement sa mâchoire entre ses doigts, il lui leva le menton et, du pouce, sépara sa lèvre inférieure de la supérieure. Dès qu'elle entrouvrit la bouche, il se l'appropria. Elle découvrit son goût, un parfum subtil et séduisant qui lui fit l'effet de quelque drogue exotique. Sa langue s'insinua en elle, explora sa bouche à petits coups caressants... s'introduisit plus profondément quand elle ne rencontra aucune résistance.

Après ce baiser passionnément inquisiteur, il se retira jusqu'à ce que leurs bouches se touchent à peine. Leurs souffles se mêlaient en une impalpable buée qui s'élevait dans l'air glacé de la nuit. Il effleura ses lèvres une fois, puis une autre, lui emplissant la bouche de son haleine tiède. Ses baisers légers se posèrent ensuite sur sa joue, sur son oreille, et elle laissa échapper un halètement tremblant lorsqu'elle sentit sa langue en dessiner le contour, puis ses dents en mordiller doucement le lobe. Elle se tortilla en réponse, des sensations inédites fusant dans ses seins et, plus bas, dans des endroits intimes.

S'arquant contre lui, elle chercha aveuglément sa bouche chaude, taquine, et la caresse soyeuse de sa langue. Il ne la lui refusa pas, l'embrassant avec douceur mais fermeté. Elle enroula son bras libre autour de son cou pour ne pas tomber, alors qu'il gardait son autre poignet pressé contre le mur, leurs pouls battant follement à l'unisson sous le ruban blanc. Un autre baiser profond, vorace et apaisant à la fois… il lui dévorait la bouche, la goûtait, la léchait… et le plaisir qu'elle en ressentait menaçait de lui ôter toute conscience.

« Quoi d'étonnant… » songea-t-elle, prise de vertige. Quoi d'étonnant que tant de femmes aient succombé à cet homme, aient renoncé à leur réputation et à leur honneur pour lui… soient même allées, à en croire les rumeurs, jusqu'à menacer de se tuer quand il les quittait. Saint-Vincent était la sensualité incarnée.

Quand il s'écarta d'elle, Evangeline fut surprise de ne pas s'effondrer sur le sol. Il respirait aussi fort qu'elle, plus fort même, sa poitrine s'élevant et s'abaissant à un rythme accéléré. Tous deux gardèrent le silence quand il tendit la main pour dénouer le ruban, l'air concentré sur sa tâche. Ses mains tremblaient. Il ne parvenait pas à regarder Evangeline en face, mais elle n'aurait su dire si c'était pour ne pas voir son expression, ou pour l'empêcher de voir la sienne. Après que le morceau de soie blanche fut tombé à terre, elle eut l'impression qu'ils étaient toujours attachés, son poignet conservant la sensation d'être lié au sien.

Se décidant enfin à croiser son regard, Saint-Vincent la défia en silence de protester. Elle tint sa langue et lui prit le bras pour couvrir la courte distance qui les séparait de la porte de l'auberge. Ses pensées tourbillonnaient dans sa tête, et elle entendit à peine les félicitations joyeuses de M. Findley quand ils pénétrèrent dans le petit bâtiment. Les jambes en plomb, elle grimpa un escalier sombre et étroit.

Les deux jours qui venaient de s'écouler aboutissaient donc à cet effort pour mettre un pied devant l'autre, les dents serrées, dans l'espoir de ne pas s'effondrer. Ils atteignirent enfin le palier, s'immobilisèrent devant une petite porte. Evangeline s'appuya contre le mur pendant que Saint-Vincent bataillait avec la serrure. Quand la clef tourna avec un grincement, elle tituba vers le seuil.

— Attendez, dit-il avant de s'incliner pour la soulever.

Evangeline prit une brève inspiration.

— Vous n'avez pas à...

— Par égard pour votre nature superstitieuse, répliqua-t-il en la soulevant aussi facilement que s'il s'agissait d'un enfant, je crois qu'il vaut mieux que nous respections cette dernière tradition.

Il se tourna de côté et franchit le seuil.

— Cela porte malheur que la mariée trébuche sur le seuil. Et j'ai vu des hommes plus solides sur leurs jambes après trois jours de bacchanales que vous à cet instant.

— Merci, murmura Evangeline quand il la posa sur ses pieds.

— Ça fera une demi-couronne.

Elle ne put s'empêcher de sourire devant ce rappel ironique des honoraires du forgeron.

Toutefois, son sourire s'évanouit quand elle parcourut du regard la petite chambre bien tenue. Le lit aux barreaux de fer orné de boules de cuivre, assez large pour deux, paraissait confortable. Il était recouvert d'une courtepointe aux couleurs fanées par d'innombrables lavages. Un halo rosé émanait de la lampe à huile au verre rubis, que l'on avait posée sur la table de nuit. Crottée, frissonnante et engourdie, Evangeline fixa en silence le tub en fer blanc bordé de bois installé devant la petite cheminée où brûlait un bon feu.

Après avoir fermé la porte au verrou, Saint-Vincent s'approcha d'elle et tendit la main vers la fermeture de sa cape. Quelque chose comme de la pitié traversa son regard quand il constata qu'elle tremblait d'épuisement.

— Laissez-moi vous aider, dit-il calmement en lui ôtant sa cape.

Il la drapa sur le dossier d'une chaise, près du foyer. Evangeline déglutit avec difficulté et essaya de raidir ses jambes, qui semblaient enclines à se dérober sous elle. L'estomac contracté par la peur, elle jeta un coup d'œil vers le lit.

— Est-ce que nous allons… murmura-t-elle avant que sa voix ne s'éraille.

Saint-Vincent avait commencé à déboutonner le devant de sa robe.

— Est-ce que nous allons… répéta-t-il en suivant son regard vers le lit. Seigneur Dieu, non ! Aussi délectable que vous soyez, mon ange, je suis trop fatigué, ajouta-t-il tandis que ses doigts libéraient rapidement un bouton après l'autre. Je n'ai jamais dit cela dans toute mon existence, mais, à cet instant, je préférerais infiniment dormir que baiser.

Submergée par le soulagement, Evangeline laissa échapper un soupir tremblant. Elle fut obligée de s'accrocher à lui pour garder son équilibre quand il repoussa sa robe sur ses hanches.

— Je n'aime pas ce mot, dit-elle d'une voix étouffée.

— Eh bien, vous avez tout intérêt à vous habituer, répliqua-t-il d'un ton caustique. Ce mot est fréquemment prononcé dans le club de votre père. Dieu sait comment vous avez réussi à ne pas l'entendre jusqu'à présent.

— Je l'ai entendu, riposta-t-elle en enjambant sa robe tombée à terre. Mais jusqu'à maintenant, je ne savais pas ce qu'il signifiait.

Quand Saint-Vincent se pencha pour lui délacer ses bottines, ses larges épaules tressautaient. Un son curieux, comme étranglé, lui échappa. Tout d'abord, Evangeline se demanda avec anxiété s'il se sentait brusquement mal, puis elle comprit qu'il riait. C'était la première fois qu'elle l'entendait vraiment rire, mais elle n'avait pas la moindre idée de ce qu'il trouvait si drôle. Debout au-dessus de lui en chemise et en culottes, elle croisa les bras sur la poitrine et fronça les sourcils.

Toujours gloussant, Saint-Vincent lui enleva une chaussure, puis l'autre, et les jeta de côté. Après quoi, d'un geste aussi efficace que rapide, il fit rouler ses bas le long de ses jambes.

— Prenez votre bain, mon ange, réussit-il enfin à articuler. Vous n'avez rien à craindre de moi ce soir. Je regarderai peut-être, mais je ne toucherai pas. Allez-y.

Ne s'étant jamais dévêtue devant un homme auparavant, Evangeline sentit une rougeur cuisante se répandre sur tout son corps lorsqu'elle abaissa les bretelles de sa chemise. Saint-Vincent se retourna avec tact, ramassa un broc d'eau chaude posé près de l'âtre et s'approcha de la table de toilette. Pendant qu'il s'employait à sortir de sa malle son nécessaire à raser, Evangeline se débarrassa maladroitement de ses sous-vêtements et enjamba le bord du tub. L'eau était chaude, divinement chaude, et quand elle s'y plongea, ses jambes glacées la picotèrent comme si des milliers d'épingles s'y enfonçaient.

Un bol de savon noir gélatineux avait été posé sur un tabouret, près du tub. Evangeline prit un peu de cette pâte à l'odeur âcre au creux de la main et l'étala sur sa poitrine et sur ses bras. Ses gestes étaient malhabiles... elle ne semblait plus capable de faire fonctionner ses doigts correctement. Après avoir plongé sa tête sous l'eau, elle tendit la main pour reprendre un peu de savon et faillit faire tomber le bol. Elle se lava les cheveux, non sans pousser un grognement quand ses yeux commencèrent à la piquer. Comme elle s'aspergeait le visage de grandes giclées d'eau, Saint-Vincent s'approcha rapidement, le broc à la main, et elle entendit sa voix à travers les éclaboussures.

— Penchez la tête en arrière.

Il versa le reste d'eau propre sur ses cheveux pleins de savon. Avec précaution, il lui essuya le visage en utilisant une serviette propre mais rugueuse, puis lui demanda de se mettre debout. Evangeline prit la main qu'il lui tendait et obéit. Elle aurait dû être mortifiée de se retrouver nue devant lui, mais elle avait atteint un tel degré d'épuisement qu'elle ne se souciait même plus de pudeur. Frissonnante, amollie, elle le laissa l'aider à sortir du tub. Elle lui permit même de la sécher, car elle était incapable de faire quoi que ce soit d'autre que de rester immobile, sans plus se soucier qu'il la regarde.

Saint-Vincent se montra plus efficace que n'importe quelle femme de chambre. Il lui enfila rapidement la chemise de nuit de flanelle blanche qu'il avait trouvée dans sa valise, utilisa une serviette pour lui essorer les cheveux, puis la guida vers la table de toilette. Evangeline remarqua, sans vraiment y prêter attention, qu'il avait aussi sorti sa brosse à dents et l'avait saupoudrée de poudre dentifrice. Après s'être brossé les dents et rincé la bouche avec des gestes saccadés, elle cracha dans la cuvette de faïence. La brosse à dents lui échappa et tomba sur le sol.

— Où est le lit ? murmura-t-elle, les yeux fermés.

— Ici, mon cœur. Prenez ma main.

Saint-Vincent la mena jusqu'au lit, et elle rampa sur le matelas tel un animal blessé. Il était confortable, chaud et sec, et le poids du drap et des couvertures de laine sur ses membres douloureux lui parut exquis. Enfouissant la tête dans l'oreiller, elle laissa échapper un soupir de bien-être. Elle sentit un léger tiraillement sur son crâne, et comprit que Saint-Vincent démêlait grossièrement ses cheveux humides. Elle accepta ses soins avec passivité, et se laissa retourner quand il voulut atteindre l'autre côté. Sa tâche terminée, Saint-Vincent s'éloigna du lit pour aller prendre son bain. Evangeline réussit à rester éveillée juste assez longtemps pour soulever à demi ses paupières gonflées et apercevoir son corps élancé, que les flammes teintaient d'or. Ses yeux se fermèrent quand il enjamba le rebord du tub… Et le temps qu'il s'asseye dedans, elle dormait à poings fermés.

Aucun rêve ne vint troubler son sommeil. Il n'y eut rien d'autre qu'une obscurité douce et lourde, un lit confortable, et la quiétude d'un village écossais par une froide nuit d'automne. Elle ne bougea que l'aube venue, quand des bruits de l'extérieur s'insinuèrent dans la chambre… Les cris joyeux d'un vendeur de petits pains, l'appel d'un ferrailleur, le piétinement d'animaux tirant des charrettes dans la rue. Ses yeux s'entrouvrirent et, à la lumière tamisée qui filtrait par les rideaux de lin grossier, elle eut la surprise de découvrir un homme allongé près d'elle.

Saint-Vincent. Son mari. Il était nu ou, du moins, la partie supérieure de son corps l'était. Il dormait à plat ventre, ses bras finement musclés enserrant l'oreiller qui supportait sa tête. Les lignes fermes de ses épaules et de son dos étaient si parfaites qu'elles semblaient avoir été sculptées dans de l'ambre pâle de la Baltique et poncées jusqu'à luire doucement. Son visage était bien plus doux au repos que lorsqu'il était éveillé… Les paupières fermées dissimulaient les yeux calculateurs, et les contours de sa bouche détendue se faisaient amènes et innocemment sensuels.

Refermant les yeux, Evangeline laissa ses pensées s'attarder sur le fait qu'elle était à présent une femme mariée, et qu'elle pourrait bientôt voir son père et rester auprès de lui aussi longtemps qu'elle le souhaiterait. Comme il était peu probable que Saint-Vincent se soucie de ses activités et de ses allées et venues, elle bénéficierait d'une certaine liberté. Malgré les inquiétudes tapies au fond de son esprit, elle éprouva un sentiment assez semblable à du bonheur, et soupira d'aise avant de glisser de nouveau dans le sommeil.

Cette fois, elle rêva. Elle se promenait sur un sentier baigné de soleil, bordé d'asters pourpres et de verges d'or aux épis frémissants. C'était un sentier dans le Hampshire qu'elle avait déjà emprunté maintes fois ; il longeait des prairies couvertes de reines-des-prés et de hautes herbes. Elle avançait seule dans le chemin creux qui la mena jusqu'au puits magique dans lequel les autres « laissées pour compte » et elle avaient un jour jeté des épingles et fait un vœu. Les superstitions locales voulaient que l'esprit du puits habite dans les profondeurs de ses eaux bouillonnantes. Aussi Evangeline avait-elle été réticente à s'approcher trop près du bord. Selon la légende, l'esprit attendait de capturer une jeune fille innocente pour l'attirer dans le puits et en faire sa compagne. Dans son rêve, toutefois, Evangeline ne ressentait aucune peur. Elle alla même jusqu'à retirer ses chaussures et tremper les orteils dans l'eau tumultueuse. À sa grande surprise, celle-ci n'était pas froide mais délicieusement tiède.

S'asseyant au bord du puits, elle agita ses jambes nues dans l'eau apaisante et offrit son visage à la caresse du soleil. Elle sentit un frôlement sur les chevilles. Elle se tint parfaitement immobile, sans éprouver la moindre crainte, même lorsque quelque chose bougea sous la surface de l'eau. Un autre frôlement... une main... de longs doigts qui se posaient sur ses pieds et les massaient tendrement, jusqu'à ce qu'elle soupire de plaisir. Les grandes mains masculines glissèrent plus haut, s'attardant sur ses mollets, puis ses genoux, tandis qu'un corps puissant et lisse émergeait des profondeurs du puits. L'esprit avait pris la forme d'un homme pour la courtiser. Quand il glissa les bras autour d'elle, elle trouva ce contact étrange, mais si délicieux qu'elle garda les yeux fermés de peur qu'il s'évanouisse si elle les ouvrait. Il avait la peau chaude, soyeuse, et les muscles de son dos roulaient sous ses doigts.

L'amant de son rêve l'étreignit en lui murmurant des mots tendres, sa bouche contre sa gorge. Partout où il la touchait une sensation inconnue s'éveillait.

— Puis-je te prendre ? chuchota-t-il.

Avec délicatesse, il lui ôta ses vêtements, exposant sa peau nue à la lumière, à l'air et à l'eau.

— N'aie pas peur, petit amour, n'aie pas peur...

Et comme elle frissonnait et s'accrochait aveuglément à lui, il lui embrassa la gorge et les seins, dont il effleura les pointes de la langue. Ses mains se promenaient sur sa poitrine, se refermaient en coupe sous ses seins, tandis que ses lèvres entrouvertes les frôlaient. Sa langue jaillit de nouveau, titillant la chair délicieusement douloureuse, encore et encore, jusqu'à ce qu'un gémissement lui échappe et qu'elle glisse les doigts dans sa chevelure épaisse. Ouvrant la bouche, il aspira la pointe durcie tout entière, la caressa de la langue, puis l'aspira de nouveau... léchant et suçant à un rythme savant. Elle s'arqua avec un hoquet étouffé, écartant malgré elle les cuisses entre lesquelles il s'insinuait plus étroitement… Et puis…

Evangeline ouvrit brusquement les yeux. Ébranlée, elle s'éveilla, haletante, en proie à un mélange de confusion et de désir. Le rêve s'évanouit, et elle comprit qu'elle ne se trouvait pas dans le Hampshire, mais dans une chambre d'auberge à Gretna Green, et que le bruit de l'eau ne provenait pas du puits aux souhaits, mais de la pluie battante qui cinglait les carreaux. Il n'y avait pas de soleil, mais le rougeoiement du feu dont on venait de tisonner les braises dans l'âtre. Et le corps au-dessus du sien n'était pas celui de l'esprit du puits, mais celui d'un homme bien vivant… dont la bouche lui butinait nonchalamment le ventre. Evangeline se raidit et gémit de surprise en découvrant qu'elle était nue… et que Saint-Vincent lui faisait l'amour, vraisemblablement depuis plusieurs minutes.

Il leva la tête pour la regarder. La légère rougeur qui teintait ses pommettes accentuait la pâleur de ses iris et les rendait plus saisissants encore que d'ordinaire. L'ombre d'un sourire détendu mais retors lui retroussa les coins de la bouche.

— Tu n'es pas facile à réveiller, observa-t-il d'une voix rauque, avant de rabaisser la tête.

L'une de ses mains remonta le long de sa cuisse. Choquée, Evangeline émit une protestation étouffée et se contorsionna, mais en réponse, il lui caressa tranquillement les jambes et les hanches, et la replaça sur le matelas.

— Ne bouge pas. Tu n'as rien à faire, mon ange. Laisse-moi m'occuper de toi. Oui. Tu peux me toucher si tu… Mmm… Oui…

Il ronronna presque quand elle lui frôla la tête de ses doigts tremblants, puis suivit la ligne de sa nuque et de ses épaules.

Il glissa un peu plus bas, et elle prit soudain conscience que son visage se trouvait juste au-dessus du triangle de boucles d'un roux flamboyant. Embarrassée au plus haut point, elle couvrit instinctivement ses parties intimes de ses mains.

La bouche sensuelle de Saint-Vincent s'abaissa sur sa hanche, et elle sentit son sourire contre sa peau.

— Tu ne devrais pas faire ça, chuchota-t-il. Quand on me cache quelque chose, je ne le désire que davantage. J'ai bien peur que tu ne fasses naître en moi les pensées les plus lascives... Tu devrais retirer ta main, mon cœur, ou il se pourrait que je fasse quelque chose de vraiment dépravé.

Après que, hésitante, elle eut enlevé sa main, il fit courir son index dans la toison frisée et en explora délicatement la douceur moelleuse.

— C'est bien... Obéis à ton mari, murmura-t-il en approfondissant sa caresse jusqu'à séparer le buisson de boucles. Surtout au lit... Que tu es belle ! Ouvre les jambes, ma douce, je vais te toucher à l'intérieur. Non, n'aie pas peur. Cela t'aiderait-il si je t'embrassais ici ? Reste immobile pour moi...

Evangeline laissa échapper un sanglot quand sa bouche fouilla dans le triangle bouclé. Sa langue chaude, d'une patience impitoyable, trouva le petit bouton à demi dissimulé sous son capuchon sensible. Son doigt agile s'insinua à l'orée de sa féminité, mais en fut momentanément délogé comme elle tressaillait de surprise.

Tout en chuchotant des paroles rassurantes contre sa chair gonflée, Saint-Vincent glissa de nouveau l'index en elle, plus profondément cette fois.

— Mon innocente petite chérie, dit-il dans un murmure.

Et sa langue taquina un endroit si incroyablement sensible qu'Evangeline frémit en laissant échapper un gémissement. En même temps, il caressait du doigt son intimité à un rythme nonchalant. Elle essaya de rester calme et serra les dents, mais de faibles sons ne cessaient de monter dans sa gorge.

— Que penses-tu qu'il arriverait si je continuais ainsi sans m'arrêter ? l'entendit-elle demander d'une voix alanguie.

La vue d'Evangeline se brouilla quand leurs regards se croisèrent par-dessus la surface palpitante de son ventre. Elle avait conscience de son visage crispé et rouge, et chaque parcelle de sa peau irradiait de chaleur. Il semblait attendre une réponse, et elle parvint à grand-peine à arracher les mots à sa gorge contractée.

— Je… je ne sais pas, dit-elle faiblement.

— Alors, nous allons essayer, d'accord ?

Elle fut incapable de répondre, incapable de faire autre chose que de le regarder avec étonnement presser la bouche dans les boucles rousses. Sa tête tomba en arrière quand sa langue se mit à danser sur sa chair palpitante. Son cœur se mit à battre à grands coups sourds. Elle sentit une légère brûlure quand il glissa un second doigt à l'intérieur de son corps, l'étira tendrement, tout en suçant le bouton érigé caché dans les replis de son sexe, lentement d'abord, puis en accélérant le rythme lorsqu'elle commença à se tordre sous lui. Il l'accompagna, imprimant à ses doigts une cadence contrôlée, sa bouche la fouaillant sans merci, jusqu'à ce que le plaisir déferle en elle en vagues de plus en plus rapides et que, soudain, elle ne puisse plus bouger du tout. Arc-boutée contre sa bouche, elle cria, eut un hoquet puis cria de nouveau. La langue de Sebastian se fit plus douce, mais continua son jeu habile, la maintenant au sommet de la vague, administrant à son sexe de brûlantes caresses comme elle se mettait à vibrer violemment.

Une immense lassitude l'envahit, accompagnée d'une euphorie physique qui lui donna l'impression d'être ivre. Incapable de contrôler ses membres, elle frémissait de manière incoercible, et elle n'offrit pas la moindre résistance quand Saint-Vincent la fit basculer sur le ventre. Il glissa la main entre ses cuisses et la pénétra de nouveau avec les doigts. La fente de son corps était douloureuse et, à sa profonde honte, saturée d'humidité. Cela parut l'exciter, toutefois, car sa respiration s'accéléra contre sa nuque. Tout en gardant les doigts en elle, il l'embrassa et la mordilla tout le long de la colonne vertébrale.

Evangeline sentit le frôlement de son sexe contre ses jambes : il était dur, engorgé, et la peau en était brûlante. Elle ne fut pas surprise par ce changement ; Annabelle lui en avait dit assez, par le passé, pour qu'elle n'ignore pas les transformations qu'un corps d'homme subissait durant l'acte d'amour. Mais Annabelle n'avait pas évoqué les dizaines d'autres facettes des rapports intimes, et qui faisaient que l'expérience n'était pas simplement physique, mais qu'elle altérait l'alchimie même de l'âme.

Penché au-dessus d'elle, Saint-Vincent la caressa jusqu'à ce qu'il sente ses hanches se lever timidement contre sa main.

— Je veux être en toi, souffla-t-il en l'embrassant dans le cou. Je veux entrer profondément dans ton corps… Je serai très doux, mon ange… Laisse-moi te retourner et… Seigneur, tu es tellement adorable…

Il l'allongea sur le dos et se positionna entre ses cuisses largement écartées. Son murmure se fit haché :

— Touche-moi, mon cœur… Pose ta main là…

Il eut un bref halètement quand les doigts d'Evangeline se refermèrent doucement autour de la hampe dure de son sexe. Elle le caressa avec des gestes hésitants, mais comprit à l'accélération de son souffle qu'elle lui procurait du plaisir. Il ferma les yeux, ses cils frémirent légèrement contre ses joues, et ses lèvres s'entrouvrirent quand sa respiration se fit désordonnée.

Gauchement, elle agrippa son sexe et le guida entre ses cuisses. L'extrémité glissa à l'orée de son intimité moite, et Saint-Vincent laissa échapper un gémissement qu'elle prit pour de la douleur. Essayant de nouveau, Evangeline le replaça d'une main mal assurée. Il poussa alors fortement dans la fente sensible, et elle ressentit une brûlure bien plus intense que lorsqu'il avait introduit les doigts en elle. Comme elle se raidissait contre la douleur, Saint-Vincent l'entoura de ses bras, puis donna un autre coup de reins puissant, puis un autre encore, et il fut tout entier en elle. Elle se tortilla spontanément pour tenter de se soustraire à cette invasion douloureuse, mais chaque mouvement semblait avoir pour conséquence de l'attirer plus profondément encore.

Emplie, distendue, ouverte, Evangeline s'obligea à demeurer immobile entre ses bras. Elle se cramponna à ses épaules, plantant les ongles dans ses muscles durs, et le laissa l'apaiser avec sa bouche et ses mains. Quand il s'inclina pour l'embrasser, il avait les paupières lourdes. La douceur de sa langue fut la bienvenue et elle l'attira dans sa bouche d'une succion maladroite mais avide. De surprise, il laissa échapper un son étouffé et frémit de tout son corps. Elle sentit son sexe palpiter violemment en une série de spasmes rythmiques. Un grognement roula dans sa poitrine quand il se répandit en elle, le souffle haletant entre ses dents serrées.

Elle laissa ses mains glisser sur son torse. Son corps toujours uni au sien, Saint-Vincent s'immobilisa sous l'exploration curieuse de ses doigts. Elle les fit courir sur ses flancs, puis sur la peau satinée de son dos. Il écarquilla alors les yeux, puis sa tête retomba sur l'oreiller voisin de celui d'Evangeline, tandis qu'il allait et venait en elle, et qu'il était secoué de nouveaux spasmes de plaisir.

Il s'empara de sa bouche avec une avidité primitive. Elle ouvrit les jambes plus grand encore, tout en appuyant sur ses reins pour l'attirer, malgré la douleur, plus profondément en elle. Se hissant sur les coudes pour éviter de l'écraser sous son poids, il posa la tête sur sa poitrine, et elle sentit son souffle léger et chaud sur son sein. Sa barbe naissante, en lui piquant un peu la peau, fit se contracter la pointe de ses seins. Son sexe était toujours enfoui en elle, bien que moins dur. Saint-Vincent gardait le silence, mais il était éveillé, et la palpitation soyeuse de ses cils la chatouillait.

Plongeant les doigts dans sa chevelure magnifique, Evangeline demeura immobile, elle aussi. Puis il bougea la tête, et elle sentit la chaleur humide de sa bouche chercher son sein. Après avoir refermé les lèvres autour du bourgeon dressé, il suivit lentement de la langue le contour de l'aréole, encore et encore, jusqu'à ce qu'Evangeline se tortille sous lui. Il continua sa tendre caresse tandis que le désir renaissait en elle, se déployait dans tout son corps, au point d'annihiler la douleur. Il reporta alors ses soins sur le sein jumeau, le mordilla et le suça, le plaisir qu'elle éprouvait semblant nourrir le sien. Il se souleva juste assez pour glisser la main entre eux et, de ses doigts habiles, chercha dans les boucles humides la petite crête sensible qu'il entreprit de taquiner avec adresse. Evangeline se sentit glisser de nouveau vers la jouissance, son corps enserrant avec volupté la chair brûlante profondément enfoncée en elle.

Avec un hoquet, Saint-Vincent releva la tête pour la regarder, comme si elle était une créature appartenant à une espèce qu'il n'avait encore jamais vue.

— Bonté divine, souffla-t-il avec une expression qui trahissait non pas sa satisfaction, mais quelque chose qui s'apparentait à de l'inquiétude.

5

Sebastian quitta le lit et, les jambes flageolantes, s'approcha de la table de toilette. Étourdi, déconcerté, il avait l'impression que c'était lui qui venait de perdre sa virginité et non Evangeline. Il pensait depuis longtemps n'avoir plus rien à découvrir dans ce domaine. Il se trompait. Pour un homme qui pratiquait l'amour avec un savant mélange de technique et de chorégraphie, le choc avait été grand de se découvrir à la merci de ses propres émotions. Alors qu'il avait eu l'intention de se retirer au dernier moment, le désir l'avait rendu tellement stupide qu'il avait été incapable de se contrôler. Bon sang ! Cela ne lui était jamais arrivé auparavant.

Il se débattit avec une serviette avant de réussir à l'imprégner d'eau fraîche. Sa respiration avait à présent recouvré un rythme normal, mais il ne se sentait pas calme du tout. Après ce qui venait de se passer, il aurait dû être rassasié pour plusieurs heures. Or, il n'en avait pas eu assez. Il avait connu l'orgasme le plus long, le plus dur, le plus intense de sa vie… et pourtant, le besoin de la posséder de nouveau, de s'enfouir en elle ne s'était pas atténué. C'était de la folie. Mais pourquoi ? Pourquoi avec elle ?

Elle possédait ce genre de formes très féminines dont il avait toujours raffolé, voluptueuses et fermes, avec des cuisses confortablement potelées. Et sa peau, avec sa constellation d'éphélides dorées, était aussi douce que du velours. Quant à ses cheveux... aussi roux et bouclés que la toison de son bas-ventre... oui, eux aussi étaient irrésistibles. Mais tous les attraits physiques dont Evangeline Jenner était dotée ne pouvaient expliquer l'extraordinaire effet qu'elle avait sur lui.

Tenaillé de nouveau par le désir – c'était inconcevable ! –, Sebastian s'étrilla rudement avec le linge froid. Puis il prit une serviette propre et l'apporta à Evangeline, qui était à demi recroquevillée sur le flanc. Il constata avec soulagement qu'il ne serait pas confronté à des plaintes ou à des larmes virginales. Paraissant songeuse plutôt que bouleversée, elle le fixait avec intensité, comme si elle essayait de résoudre un mystère. Murmurant quelques mots, il la convainquit de s'étendre sur le dos et essuya le sang mêlé de sperme entre ses cuisses.

Il n'était pas facile pour Evangeline de rester immobile sous son regard alors qu'elle était nue. La rougeur qui se répandit aussitôt sur tout son corps en témoignait. Sebastian n'avait pas connu beaucoup de femmes qui rougissaient de leur nudité. N'ayant que peu de goût pour les innocentes, il avait toujours choisi des femmes d'expérience. Non pour des raisons morales, bien sûr, mais parce que les vierges étaient, en général, plutôt ennuyeuses au lit.

Après avoir mis la serviette de côté, il posa les mains de chaque côté des épaules d'Evangeline. Ses paumes s'enfoncèrent dans le matelas. Alors qu'ils s'étudiaient mutuellement avec curiosité, il prit conscience que le silence ne la gênait pas ; elle ne cherchait pas à le remplir comme la plupart des femmes. C'était une qualité appréciable. Il se pencha sur elle, les yeux toujours plongés dans les siens... Mais, alors qu'il approchait ses lèvres des siennes, un léger gargouillement rompit le silence. C'était l'estomac vide d'Evangeline qui protestait. Rougissant davantage, si une telle chose était possible, elle plaqua les mains sur son abdomen comme pour faire taire le grondement impérieux.

Sebastian esquissa un sourire et se pencha pour déposer un bref baiser sur son estomac.

— Je vais demander qu'on nous monte le petit déjeuner, ma douce, dit-il en se levant.

— Evangeline, murmura-t-elle en attrapant les couvertures pour les remonter sur sa poitrine. C'est ainsi que mon père et mes amies m'appellent.

— Nous en sommes donc enfin à utiliser nos prénoms ? fit-il avec un petit sourire taquin. Sebastian, ajouta-t-il doucement.

Avançant lentement la main, comme s'il était un animal sauvage qui risquait d'être effarouché, Evangeline repoussa de ses doigts légers les boucles qui retombaient sur son front.

— Nous sommes vraiment mariés, maintenant, murmura-t-elle.

— Oui. Que Dieu vous vienne en aide.

La tête inclinée, il savourait la caresse de ses doigts sur ses cheveux.

— Partirons-nous aujourd'hui pour Londres ? s'enquit-il.

Evangeline hocha la tête.

— Je veux voir mon père.

— Vous avez intérêt à choisir vos mots avec soin, lorsque vous lui expliquerez que je suis son beau-fils. Sinon, la nouvelle risque de lui porter un coup fatal.

— Je veux perdre le moins de temps possible, expliqua-t-elle en laissant retomber sa main. Si le temps s'améliorait, nous pourrions peut-être aller plus vite. Je veux me rendre tout droit au club de mon père et...

— Nous y serons bientôt, coupa Sebastian avec calme, mais nous ne voyagerons pas à tombeau ouvert comme à l'aller. Nous passerons au moins une nuit dans une auberge.

Comme elle ouvrait la bouche pour protester, il ajouta d'un ton sans réplique :

— Cela ne fera aucun bien à votre père que vous arriviez à son club à demi morte d'épuisement.

Voilà, c'était là que commençaient l'exercice de l'autorité maritale, et l'obligation pour la femme d'obéir à son conjoint. Bien que prête, visiblement, à argumenter, Evangeline se contenta de le regarder fixement, le front plissé. D'une voix radoucie, il reprit :

— Vous allez connaître des temps difficiles, Evangeline. M'avoir pour époux sera déjà une épreuve. Mais pour vous occuper d'un phtisique au dernier stade de sa maladie, vous aurez besoin de toutes vos forces. Inutile de les épuiser avant même d'être là-bas.

Evangeline le regarda avec une intensité accrue qui le mit mal à l'aise. Quel regard elle avait ! Comme si un puissant rayon de soleil passait à travers des lamelles de verre bleu.

— Vous vous inquiétez pour ma santé ? demanda-t-elle.

Il s'obligea à employer un ton railleur comme il rétorquait :

— Bien sûr, mon bijou. J'ai tout intérêt à vous garder vivante et en bonne santé jusqu'à ce que j'aie reçu votre dot.

Evangeline ne tarda pas à découvrir que Saint-Vincent – Sebastian – était aussi à l'aise nu qu'entièrement vêtu. Elle s'efforça de réagir avec détachement à la vue d'un homme se promenant dans la chambre en tenue d'Adam. Ce qui ne l'empêcha pas de couler un regard furtif chaque fois que l'occasion se présenta avant qu'il ne sorte des vêtements propres de sa malle.

Il avait des membres longs, un corps élancé et finement sculpté par la pratique de sports de gentleman tels que l'équitation et l'escrime. Ses épaules et son dos étaient développés, et l'on voyait nettement les muscles jouer sous la peau. Mais le plus fascinant, c'était de le voir de face. Sa poitrine n'était pas lisse, comme celle des statues de marbre ou de bronze, mais couverte d'une légère toison. Evangeline avait été surprise de découvrir ces poils sur son torse – ainsi qu'à d'autres endroits. C'était là encore l'un des nombreux mystères du sexe opposé qui lui était à présent dévoilé, au sens littéral du terme.

Ne pouvant se résoudre à traverser la chambre dans le plus simple appareil, Evangeline s'enroula dans l'un des draps du lit avant de s'approcher de sa valise. Elle en sortit une robe en drap épais, marron, des sous-vêtements propres et, surtout, une paire de chaussures de rechange. Son autre paire était si sale et mouillée que la simple pensée de l'enfiler la fit frissonner. Alors qu'elle s'habillait, elle sentit le regard de Sebastian posé sur elle. Elle rabattit en hâte sa chemise pour dissimuler sa poitrine qui rougissait.

— Vous êtes belle, Evangeline, déclara-t-il d'une voix douce.

Ayant été élevée par des gens qui avaient toujours déploré la couleur voyante de ses cheveux et ses nombreuses taches de rousseur, elle lui adressa un sourire sceptique.

— Tante Florence n'a cessé de m'imposer des lotions blanchissantes pour faire disparaître mes taches de rousseur. Mais il n'y a pas moyen de s'en débarrasser.

Sebastian s'approcha d'elle, un sourire nonchalant aux lèvres. Il la prit aux épaules et parcourut son corps à demi vêtu d'un regard appréciateur.

— Ne supprimez pas une seule de ces éphélides, ma douce. J'en ai trouvé dans les endroits les plus enchanteurs. J'ai déjà mes préférées... Je vous dis où elles sont ?

Désarmée, décontenancée, Evangeline secoua la tête et essaya de se dégager. Mais il refusa de la lâcher. L'attirant plus près de lui, il inclina sa tête blonde et l'embrassa à la naissance du cou.

— Rabat-joie, chuchota-t-il, souriant. Je vais quand même vous le dire.

Il referma les doigts sur sa chemise et, lentement, la remonta. Evangeline sentit le souffle lui manquer quand il glissa la main entre ses jambes nues.

— Comme je l'ai découvert un peu plus tôt, murmura-t-il tout contre sa gorge, il y a un chemin à l'intérieur de votre cuisse droite qui mène à...

Un coup frappé à la porte l'interrompit, et il releva la tête avec un grognement de contrariété.

— Le petit déjeuner, marmonna-t-il. Et je ne m'aventurerai pas à vous demander de choisir entre mes hommages et un repas chaud, car la réponse serait probablement peu flatteuse. Enfilez votre robe pendant que je vais ouvrir.

Evangeline s'empressa d'obéir avec des gestes maladroits. Il fit alors entrer deux femmes de chambre chargées chacune d'un plateau garni de plats couverts. Dès qu'elles aperçurent ce client séduisant, au visage angélique et à la chevelure couleur de blé mûr, les deux filles se mirent à glousser à qui mieux mieux. Qu'il ne fût que partiellement vêtu, les pieds nus, la chemise à demi boutonnée ne contribua pas à leur rendre leur sérieux. Elles manquèrent de renverser deux fois leurs plateaux avant de réussir à disposer les plats sur la table, et la vue du lit défait leur arracha quasiment des cris de ravissement tandis qu'elles imaginaient ce qui avait pu s'y passer durant la nuit. Agacée, Evangeline finit par les chasser et referma soigneusement la porte derrière elles.

Elle jeta ensuite un coup d'œil à Sebastian pour observer sa réaction face à l'admiration éperdue des femmes de chambre, mais il semblait n'en avoir cure. De toute évidence, il était si accoutumé à ce genre de comportement qu'il n'y prêtait pas attention. Un homme possédant son rang et son physique serait toujours recherché par les femmes. Evangeline ne doutait pas qu'une épouse qui l'aimerait en serait anéantie. Toutefois, elle-même se protégerait toujours contre la morsure de la jalousie ou la peur de la trahison.

Après lui avoir tiré un siège devant la table, Sebastian la servit. Il y avait du porridge agrémenté de sel et de beurre – les Écossais considérant comme sacrilège de le sucrer avec de la mélasse –, des biscuits à l'avoine, des tranches de lard bouilli froid, du haddock, un grand bol d'huîtres fumées et d'épaisses tranches de pain grillé tartinées de confiture. Evangeline dévora le tout arrosé de plusieurs tasses de thé fort. C'était un repas simple, qui n'avait rien de comparable avec les petits déjeuners spectaculaires servis chez lord Westcliff, dans sa résidence du Hampshire, mais il était chaud et abondant, et Evangeline était bien trop affamée pour trouver quoi que ce soit à redire.

Elle s'attarda à table pendant que Sebastian se rasait et finissait de s'habiller. Quand il eut rangé son nécessaire dans sa malle, il rabattit le couvercle et se tourna vers elle.

— Si vous voulez bien rassembler vos affaires, mon cœur, je descends m'assurer que l'on prépare la voiture.

— Le certificat de mariage de M. MacPhee…

— Je m'en occupe également. Poussez le verrou derrière moi.

Il revint la chercher une heure après, en compagnie d'un grand costaud qui transporta la malle et la valise dans le véhicule. Il esquissa un sourire lorsqu'il remarqua qu'elle avait utilisé l'une de ses cravates en soie pour attacher ses cheveux sur la nuque. Elle avait en effet égaré la plupart de ses épingles à cheveux lors du voyage jusqu'en Écosse, et n'avait pas eu la prévoyance d'en glisser une boîte dans sa valise.

— Avec vos cheveux comme ça, vous avez l'air trop jeune pour être mariée, observa-t-il. Cela ajoute une note piquante de débauche à la situation. J'aime beaucoup.

Commençant à s'habituer à ses remarques licencieuses, Evangeline lui jeta un regard d'indulgence résignée et le suivit hors de la chambre. Au rez-de-chaussée, ils dirent au revoir à M. Findley, l'aubergiste, mais alors qu'Evangeline se dirigeait vers la porte, Findley lança joyeusement :

— J'vous souhaite bon voyage, lady Saint-Vincent !

Prenant conscience qu'elle était désormais vicomtesse, Evangeline fut si surprise qu'elle ne put que bafouiller un remerciement.

Sebastian l'aida à monter dans la voiture pendant que les chevaux frappaient le sol de leurs sabots et soufflaient de la buée blanche par les naseaux.

— Oui, commenta-t-il, sarcastique, aussi terni soit-il, ce titre est aussi le vôtre, à présent. Qui plus est, continua-t-il en s'asseyant près d'elle, nous devrions un jour atteindre des sommets encore plus élevés puisque je suis l'héritier du duché. Encore que je vous conseillerais de ne pas retenir votre souffle jusqu'à ce que cela arrive. Les hommes vivent malheureusement très vieux dans ma famille, ce qui signifie que vous et moi n'hériterons probablement pas avant d'être trop décrépis pour en profiter.

— Si vous… commença Evangeline, qui s'interrompit en découvrant un objet volumineux à ses pieds.

C'était une espèce de gros pot de terre fermé par un bouchon à l'une de ses extrémités. Bien que de forme arrondie, il était plat sur un côté pour assurer sa stabilité sur le sol. Elle adressa un regard perplexe à Sebastian, se risqua à poser le pied sur l'objet, et en fut récompensée quand une bouffée de chaleur s'insinua sous ses jupes.

— Une chaufferette ! s'exclama-t-elle.

La chaleur émanant de l'eau bouillante contenue dans le récipient en terre durerait bien plus longtemps que celle de la brique chaude qu'elle avait utilisée précédemment.

— Comment avez-vous réussi à vous la procurer ?

— Je l'ai achetée à MacPhee après l'avoir vue chez lui, répondit Sebastian, qui parut amusé par son excitation. Évidemment, il a été ravi de pouvoir me soutirer encore quelques pièces.

Impulsivement, Evangeline se leva à demi pour l'embrasser sur la joue. Celle-ci était fraîche et douce sous ses lèvres.

— Je vous remercie. C'est vraiment gentil de votre part.

Sebastian referma ses mains sur sa taille pour la retenir. Il usa de juste assez de force pour l'attirer sur ses genoux jusqu'à ce que leurs visages soient si proches que leurs nez se touchaient presque. Son souffle caressa la bouche d'Evangeline quand il murmura :

— Je mérite sûrement plus que cela en matière de remerciements.

— Ce n'est qu'une chaufferette, protesta-t-elle d'un ton léger.

Il eut un large sourire.

— Je me dois de souligner, ma chérie, que cette chose finira par refroidir… et qu'alors, une fois de plus, je serai votre unique source de chaleur. Et je ne partage pas la chaleur de mon corps avec n'importe qui.

— Ce n'est pas ce que prétend la rumeur.

Cet échange procurait à Evangeline une joie inédite. Elle n'avait jamais badiné de cette manière avec un homme, pas plus qu'elle n'avait connu le plaisir de le taquiner en refusant ce qu'il désirait. À la lueur qui brilla dans son regard, elle devina qu'il s'amusait tout autant qu'elle. Il avait l'air prêt à bondir sur elle.

— Je saurai attendre mon heure, déclara-t-il. Cette maudite bouillotte ne durera pas éternellement.

Il la laissa redescendre de ses genoux et l'observa tandis qu'elle arrangeait ses jupes autour de la chaufferette. Au moment où la voiture s'ébranlait, elle s'adossa à la banquette avec un soupir extatique. Les délicieuses vagues de chaleur qui remontaient le long de ses jambes lui arrachaient des frissons.

— Milord… je veux dire… Sebastian…

Il avait les yeux aussi brillants qu'un miroir.

— Oui, ma douce ?

— Si votre père est duc, pourquoi êtes-vous vicomte ? Ne devriez-vous pas porter le titre de marquis ou, au moins, de comte ?

— Pas nécessairement. C'est une pratique relativement récente d'ajouter un certain nombre de titres moins importants quand on en crée un nouveau. En règle générale, plus un duché est ancien, moins il y a de chances pour que le fils aîné soit marquis. Il va de soi que mon père a choisi de faire de nécessité vertu. Ne vous avisez jamais de le lancer sur ce sujet, surtout quand il est en verve, sous peine d'avoir droit à un discours assommant sur la sonorité étrangère et féminine du mot « marquess » en anglais, et sur le fait que le rang lui-même n'est rien d'autre qu'une demi-marche embarrassante en dessous du duché.

— Est-ce un homme arrogant ? Votre père ?

L'ombre d'un sourire amer se dessina sur ses lèvres.

— Autrefois, je pensais qu'il s'agissait d'arrogance. Mais j'ai fini par comprendre que c'était plus une inconscience totale de tout ce qui n'était pas son monde. À ma connaissance, il n'a jamais enfilé lui-même ses bas ni versé de la poudre dentifrice sur sa brosse à dents. Je doute qu'il pourrait survivre à une existence sans privilèges. En vérité, je crois qu'il mourrait de faim dans une pièce remplie de nourriture s'il n'y avait pas de domestiques pour l'apporter jusqu'à la table où il est assis. Il n'a aucun scrupule à utiliser un vase précieux comme cible pour s'entraîner au tir ou à éteindre un feu dans la cheminée en jetant dessus un manteau de renard. Il garde même les bois de son domaine constamment illuminés par des torches et des lampes, au cas où il lui viendrait l'envie d'aller s'y promener la nuit.

— Rien d'étonnant à ce que vous soyez pauvres, commenta Evangeline, consternée par un tel gaspillage. J'espère que vous n'êtes pas aussi dépensier.

Sebastian secoua la tête.

— Je n'ai encore jamais été accusé d'excès financiers déraisonnables. Je joue rarement et je n'entretiens pas de maîtresse. Ce qui ne m'empêche pas d'avoir, moi aussi, des créanciers aux trousses.

— Avez-vous jamais envisagé de travailler ?

Il lui jeta un regard interdit.

— Pour quoi faire ?

— Pour gagner de l'argent.

— Seigneur, non ! Un travail entraverait ma vie personnelle. Et il est rare que je sois disposé à me lever avant midi.

— Mon père ne va pas vous apprécier.

— Si mon ambition dans la vie était de me faire apprécier des autres, je serais vraiment désolé d'entendre cela. Heureusement, ce n'est pas le cas.

Tandis que le voyage se poursuivait dans un esprit de bonne entente, Evangeline prit conscience des sentiments contradictoires qu'elle éprouvait pour son mari. Malgré son charme incontestable, elle trouvait peu de choses en lui qui fussent dignes de respect. Il possédait une vive intelligence, à n'en pas douter, mais il ne l'employait pas à bon escient. De plus, le fait qu'il ait enlevé Lillian et trahi son meilleur ami prouvait amplement qu'on ne pouvait lui faire confiance. Cependant… il était capable, à l'occasion, de faire montre d'une gentillesse désinvolte qu'elle appréciait.

À chaque arrêt, il veillait à satisfaire ses besoins et, malgré sa menace de laisser refroidir la chaufferette, il la faisait remplir d'eau bouillante. Quand la fatigue la gagna, il lui permit de s'appuyer contre sa poitrine et la maintint solidement lorsque les roues de la voiture tressautaient dans les ornières. Comme elle s'assoupissait entre ses bras, il vint à l'esprit d'Evangeline qu'il lui procurait l'illusion de quelque chose qu'elle n'avait jamais eu auparavant : un refuge.

Elle sentit la caresse légère de sa main qui lui lissait les cheveux, puis l'entendit murmurer :

— Reposez-vous, mon cœur. Je veille sur vous.

6

Bien que Sebastian eût hâte de regagner Londres et de faire le point sur sa nouvelle situation, il ne regretta pas sa décision de voyager à une allure plus modérée qu'à l'aller. Lorsque la nuit tomba, Evangeline était pâle et silencieuse. Les épreuves de ces derniers jours avaient épuisé ses réserves d'énergie et elle avait besoin de se reposer.

Quand il eut trouvé une auberge correcte pour passer la nuit, il demanda la meilleure chambre et ordonna qu'on y monte aussitôt un bain chaud et un repas.

Pendant qu'Evangeline se plongeait dans la petite baignoire sabot, il réserva des chevaux pour le lendemain matin et veilla à ce que l'on procure une paillasse au cocher. Quand il revint dans la chambre, qui était petite mais propre, sa femme avait terminé sa toilette et enfilé sa chemise de nuit.

Il s'approcha de la table, souleva la serviette qui recouvrait son assiette et découvrit un morceau de poulet rôti accompagné de quelques légumes desséchés ainsi qu'un petit gâteau. Remarquant que l'assiette d'Evangeline était vide, il la regarda avec un sourire ironique.

— C'était comment ?

— Mieux que pas de dîner du tout.

— J'avoue que j'apprécie désormais à leur juste valeur les talents de mon chef, à Londres. Je crois, ajouta-t-il en s'asseyant à la table branlante, que vous trouverez ses créations à votre goût.

— Je ne prévois pas de prendre beaucoup de repas chez vous, dit Evangeline d'un ton circonspect.

La fourchette de Sebastian s'immobilisa à mi-chemin entre l'assiette et sa bouche.

— Je vais m'installer chez mon père, continua Evangeline. Comme je vous l'ai dit, j'ai l'intention de m'occuper de lui.

— Dans la journée, oui. Mais vous ne passerez pas la nuit au club. Vous rentrerez le soir chez mo... chez *nous*.

Elle le fixa sans ciller.

— Sa maladie ne va pas disparaître dans la soirée et reprendre à l'aube. Il aura besoin de soins constants.

Sebastian avala une bouchée, puis répliqua avec irritation :

— C'est à cela que servent les domestiques. Vous pourrez engager quelqu'un pour s'occuper de lui.

Evangeline secoua la tête avec une fermeté qui ne fit qu'aggraver son mécontentement.

— Ce n'est pas la même chose que d'être soigné par un membre de sa famille.

— Pourquoi diable devriez-vous vous soucier des soins qu'il reçoit ? Franchement, vu ce qu'il a fait pour vous ! Vous connaissez à peine ce salaud...

— Je n'aime pas ce mot.

— C'est bien dommage. Parce que c'est l'un de mes préférés, et que j'ai l'intention de continuer à l'utiliser quand il est pertinent.

— Dans ce cas, il est heureux que nous ne nous verrons que rarement quand nous serons de retour à Londres.

Sebastian foudroya sa femme du regard. Elle dissimulait sous son doux visage un tempérament inattendu de tête de mule, et il se souvint qu'elle était prête à en venir aux dernières extrémités pour obtenir ce qu'elle voulait. Dieu seul savait ce qui arriverait s'il la poussait trop loin dans ses retranchements ! Il s'obligea à desserrer ses doigts crispés sur les manches de ses couverts et recommença à manger. Que le poulet n'eût aucun goût n'avait pas d'importance ; aurait-il baigné dans une sauce française succulente qu'il ne s'en serait pas aperçu. Son esprit était bien trop occupé à envisager différentes stratégies pour la circonvenir.

Finalement, adoptant une expression de tendre inquiétude, il murmura :

— Mon cœur, je ne peux pas vous permettre de vivre dans un endroit rempli de voleurs, de joueurs et d'ivrognes. Vous devez bien vous rendre compte des dangers inhérents à une telle situation.

— Je ferai en sorte que vous receviez ma dot aussi vite que possible. Ainsi, vous n'aurez plus à vous faire de souci pour moi.

Le sang-froid de Sebastian, d'ordinaire si solide, s'évapora comme une goutte d'eau sur un plat brûlant.

— Je ne me fais pas de souci pour vous, bon sang ! C'est juste que... Bonté divine, cela ne se *fait pas*, Evangeline ! La vicomtesse Saint-Vincent ne peut pas vivre dans un club de jeu, même pour quelques jours.

— Je ne m'étais pas rendu compte que vous accordiez autant d'importance aux convenances.

Pour une raison ou une autre, la vue de son visage furibond suscita en elle un amusement qui lui fit relever imperceptiblement les coins de sa bouche. Sebastian s'en aperçut néanmoins, et sa colère se transforma sur-le-champ en perplexité. Comment ?

Il n'allait quand même pas se laisser damer le pion par une vierge... presque vierge... de vingt-trois ans, naïve au point de se croire assez forte pour lui tenir tête !

Le regard de mépris glacial qu'il lui jeta aurait dû la faire rentrer sous terre.

— C'est bien beau de vouloir jouer les anges consolateurs, mais qui, à votre avis, vous protégera dans cet endroit ? Dormir là-bas, seule, est une incitation au viol. Et je veux bien être pendu si j'y reste avec vous ! J'ai plus intéressant à faire que de demeurer assis dans un club de jeu de second ordre, à attendre que le vieux Jenner casse sa pipe.

— Je ne vous ai pas demandé de veiller sur moi, répliqua-t-elle d'un ton égal. Je me débrouillerai très bien sans vous.

— Oh, certainement, marmonna Sebastian, sarcastique.

Perdant soudain tout intérêt pour le repas froid disposé devant lui, il jeta sa serviette sur son assiette encore à demi pleine, se leva et se débarrassa de sa veste et de son gilet. Il se sentait las, poussiéreux, et il voulait profiter de la baignoire sabot. Avec un peu de chance, l'eau serait encore chaude.

Tout en se déshabillant et en jetant au fur et à mesure ses vêtements sur sa chaise, il ne put s'empêcher de songer à toutes les femmes qui avaient voulu l'épouser au fil des ans. Des femmes belles, pétries d'avantages aussi bien physiques que financiers, et qui auraient été prêtes à tout – hormis le meurtre – pour lui faire plaisir. Il avait été bien trop occupé à mener une vie dissolue pour envisager de demander la main de l'une d'elles. Et voilà qu'à la suite d'un enchaînement de circonstances plus ou moins malheureux, il se retrouvait marié à une créature gauche en société, aux origines louches et dotée d'un caractère obstiné.

Quand il remarqua la manière dont elle détournait le regard de son corps nu, Sebastian esquissa un sourire railleur. Il s'approcha de la minuscule baignoire et s'assit dans l'eau tiède en laissant ses jambes retomber de chaque côté. Après s'être savonné le torse et les bras avec une désinvolture étudiée, il se rinça à grande eau, sans jamais cesser d'observer sa femme entre ses paupières à demi fermées. Il n'était pas mécontent de constater qu'elle avait perdu un peu de son assurance depuis qu'il s'était déshabillé. Le visage empourpré, elle considérait avec un intérêt excessif le motif du couvre-lit en patchwork.

Comme elle suivait du doigt le dessin d'une surpiqûre, l'éclat de l'anneau d'or écossais attira le regard de Sebastian. Cette vue suscita en lui une étrange réaction, une envie presque irrésistible d'aller vers elle, de l'allonger sur le dos et de la prendre sans autres préliminaires. Un besoin de la dominer et de l'obliger à admettre qu'elle lui appartenait. Cette flambée de désir primaire était plus qu'alarmante chez un homme qui s'était toujours considéré comme civilisé. Troublé et excité, il termina sa toilette, attrapa la serviette humide qu'elle avait utilisée et s'essuya rudement. La preuve évidente de son désir n'échappa pas à Evangeline, dont il entendit l'exclamation étouffée. D'un geste désinvolte, il drapa la serviette autour de sa taille et en coinça l'extrémité sur sa hanche tout en s'approchant de sa malle.

Il fourragea à l'intérieur à la recherche d'un peigne. Quand il l'eut trouvé, il retourna vers la table de toilette et commença à démêler avec vigueur ses boucles mouillées. Un bout du lit se reflétait dans le coin du miroir, au-dessus de la cuvette. Il vit qu'Evangeline le regardait.

Sans se retourner, il murmura :

— Vais-je être comme le chien du boucher, cette nuit ?

— Le chien du boucher ? répéta Evangeline sans comprendre.

— Le chien couché dans un coin de la boutique et qui n'a pas droit à un morceau de viande.

— Cette comparaison n'est pas vraiment flat... flatteuse, ni pour vous ni pour moi.

Le peigne marqua une pause imperceptible comme Sebastian notait le retour du bégaiement. « Parfait ! » songea-t-il sans pitié. Elle n'était donc pas aussi calme qu'elle voulait le faire croire.

— Allez-vous répondre à ma question ?

— Je... je suis désolée, mais je pré... préférerais ne pas avoir d'autres relations intimes avec vous.

Stupéfait, vexé, Sebastian reposa son peigne et pivota pour lui faire face. Jamais encore une femme ne l'avait repoussé. Et qu'Evangeline en soit capable après les plaisirs partagés le matin même était difficile à comprendre.

— Vous m'avez dit que vous n'aimiez pas coucher avec une femme plus d'une fois, lui rappela-t-elle d'un air un peu gêné. Vous avez dit que ce serait d'un ennui mortel.

— Je vous donne l'impression de m'ennuyer ? répliqua-t-il, alors que la serviette ne dissimulait en rien sa formidable érection.

— Je suppose que cela dépend de ce que l'on regarde chez vous, marmonna Evangeline en baissant les yeux sur la courtepointe. Je n'ai pas besoin de vous rappeler, milord, que nous... nous avons conclu un accord.

— Vous avez le droit de changer d'avis.

— Cependant, je n'en ferai rien.

— Votre refus pue l'hypocrisie, mon cœur. Je vous ai déjà eue une fois. Est-ce que cela fera vraiment une différence pour votre vertu si nous recommençons ?

— Je ne vous repousse pas au nom de la vertu. Mais pour une raison totalement différente.

Elle avait recouvré son sang-froid, comme le prouvait la disparition de son bégaiement.

— Je brûle de l'entendre.

— Je veux me protéger. Je n'ai pas d'objection à ce que vous ayez des maîtresses, continua-t-elle en le regardant droit dans les yeux au prix d'un effort évident. Mais je ne veux pas être l'une d'elles, c'est tout. L'acte sexuel ne signifie rien pour vous, ce qui n'est pas le cas pour moi. Je n'ai pas envie de souffrir à cause de vous, et je crois que ce serait inévitable si j'acceptais de continuer à coucher avec vous.

Sebastian lutta pour conserver une expression impassible, alors qu'en son for intérieur, il bouillonnait d'un mélange de désir et de ressentiment.

— Je ne vais pas m'excuser pour mon passé. Un homme est *censé* avoir de l'expérience.

— Tout porte à croire que vous avez acquis celle de dix hommes.

— Et en quoi cela devrait-il vous importer ?

— Parce que votre... votre histoire amoureuse, pour parler poliment, ressemble à celle d'un chien qui s'arrête à toutes les portes de service d'une rue et récolte des restes sur chaque seuil. Et je ne serai pas une porte de plus. Vous êtes incapable d'être fidèle à une femme... vous l'avez prouvé.

— Que je n'aie jamais essayé ne signifie pas que j'en suis incapable, mais simplement que je ne l'ai pas voulu ! Pour rester dans les allusions canines, vous n'êtes qu'une chienne intolérante !

Au mot « chienne », Evangeline se raidit.

— J'aimerais que vous évitiez d'utiliser un langage aussi grossier.

— Il semble pourtant approprié, riposta Sebastian, à défaut d'être pertinent, car il se trouve que ce sont les femmes qui *me* supplient, et non le contraire.

— Dans ce cas, vous devriez aller voir l'une d'elles.

— Oh, je ne me gênerai pas ! Dès notre retour à Londres, j'ai l'intention de me lancer dans une débauche orgiaque qui ne prendra fin qu'à l'arrestation d'un des participants. Mais entre-temps... Vous vous attendez vraiment à ce que nous partagions un lit cette nuit – et celle d'après – aussi chastement que deux nonnes en pèlerinage ?

— Cela ne me posera pas de problème, répondit Evangeline avec une certaine circonspection.

Elle avait conscience de l'insulter au plus haut degré.

Le regard incrédule dont il la foudroya aurait pu mettre le feu à la literie. Après avoir laissé échapper entre ses dents un chapelet d'injures dont elle ne connaissait même pas l'existence, Sebastian se débarrassa de la serviette et alla souffler la lampe. Quand il surprit le coup d'œil embarrassé qu'elle jetait sur son sexe érigé, il lui jeta un regard méprisant.

— N'y faites pas attention, dit-il en se couchant. À partir de maintenant, j'ai bon espoir que votre proximité affectera mes parties intimes autant qu'un bain prolongé dans un lac sibérien.

7

Le temps s'améliora considérablement pendant le trajet jusqu'à Londres, et la pluie finit par cesser. Toutefois, la clémence de la température à l'extérieur de la voiture ne réchauffait pas l'atmosphère glaciale entre les jeunes mariés à l'intérieur. Même si Sebastian continuait, à contrecœur, à remplir la chaufferette d'eau chaude, il n'invitait plus Evangeline à se blottir dans ses bras ou à dormir contre sa poitrine. Elle savait que cela valait mieux. Plus elle le connaissait, plus elle était persuadée que toute intimité entre eux aboutirait à un désastre. Sebastian était dangereux pour elle d'une manière dont même lui n'avait pas conscience.

Elle se rassurait avec la certitude que, dès leur arrivée en ville, ils seraient plus ou moins séparés. Elle allait s'installer au club, et lui rentrerait chez lui, où il se livrerait à ses activités habituelles jusqu'à la mort d'Ivo Jenner. Alors, il était probable qu'il voudrait vendre le club et utiliser le montant de la vente, ainsi que le reste de l'héritage d'Evangeline, pour remplir les coffres vides de sa famille.

À la pensée que *Jenner's*, qui avait été au centre de l'existence de son père, allait être vendu, un sentiment de mélancolie s'empara d'elle. Pourtant, c'était la solution la plus raisonnable. Rares étaient les hommes à posséder les qualités nécessaires pour diriger un club de jeu avec succès. Au magnétisme indispensable pour attirer les clients, il fallait ajouter la ruse et l'habileté qui permettaient de les retenir et de leur faire dépenser le plus possible d'argent. Sans parler d'un sens des affaires très développé, indispensable pour investir les bénéfices avec profit.

Si Ivo Jenner possédait les deux premières qualités en quantité raisonnable, la troisième lui avait fait totalement défaut. Au cours des dernières années, devenu avec l'âge la proie des aigrefins à la langue bien pendue qui peuplaient le monde des courses, il avait perdu des fortunes sur l'hippodrome de Newmarket. Heureusement, le club était une machine financière si puissante qu'il avait été capable d'absorber ses pertes considérables.

La pique peu aimable de Sebastian insinuant que *Jenner's* était une salle de jeu de second plan n'était qu'en partie juste. De ses anciennes conversations avec son père – qui n'avait pas pour habitude de mâcher ses mots –, Evangeline savait que son club, bien que florissant, n'avait jamais atteint les hauteurs auxquelles il aspirait. Il aurait voulu en faire l'égal de *Craven's*, le club rival détruit par un incendie de nombreuses années auparavant. Mais Ivo Jenner n'avait jamais possédé le flair et la fourberie du diabolique Derek Craven. On disait que ce dernier avait gagné l'argent d'une génération entière d'Anglais. Que *Craven's* ait disparu à son apogée avait encore ajouté à son statut légendaire dans la mémoire collective de la société britannique.

Si *Jenner's* n'avait jamais atteint la gloire de *Craven's*, ce n'était pas faute d'avoir essayé. Ivo Jenner avait déménagé son club de Covent Garden à King Street, qui n'était auparavant qu'un simple passage menant vers les boutiques luxueuses et le quartier résidentiel de Saint-James. C'était à présent une rue comme les autres, dont Jenner avait acheté une grande partie. Après avoir rasé quatre bâtiments, il avait bâti un grand casino élégant, qui se targuait d'offrir le plus grand choix de jeux de hasard de Londres. Quand des gentlemen voulaient jouer gros, c'était chez *Jenner's* qu'ils se rendaient.

Evangeline se rappelait avoir vu le club dans son enfance, lorsqu'elle avait la permission de passer une journée avec son père. La décoration en était soignée, bien qu'un peu surchargée, et elle avait été ravie de se tenir avec lui dans la galerie du premier étage et d'observer ce qui se passait au rez-de-chaussée. Arborant un large sourire indulgent, Jenner accompagnait sa fille à Saint-James Street, où ils entraient dans toutes les boutiques qu'elle choisissait. Ils se rendaient chez le parfumeur, le chapelier, le libraire, et aussi chez le boulanger-pâtissier, qui donnait à Evangeline un *hot cross bun*, un petit pain marqué d'une croix, si frais que son glaçage blanc fondait à moitié sur la mie encore chaude.

À mesure que les années passaient, les visites d'Evangeline à King Street s'étaient raréfiées. Alors qu'elle en avait toujours rejeté le blâme sur les Maybrick, elle prenait conscience à présent que son père portait sa part de responsabilité. Il avait été bien plus facile pour Jenner de l'aimer quand elle était enfant, quand il pouvait la faire hurler de joie en la jetant dans les airs et en la rattrapant entre ses bras puissants. Il pouvait ébouriffer ses cheveux roux, de la même couleur que les siens, et sécher ses pleurs au moment de le quitter en lui glissant un bonbon ou une pièce dans la main. Mais quand elle s'était transformée en jeune femme et qu'il n'avait plus pu la traiter comme une petite fille, leurs relations étaient devenues contraintes et distantes.

— Ce club, ce n'est pas un endroit pour toi, pupuce, lui avait-il dit avec une tendresse bourrue. Faut que tu gardes tes distances d'avec un rustaud comme moi, et que tu te trouves un gars bien à marier.

— Papa, ne me ren... renvoie p... pas chez eux, avait-elle supplié en bégayant désespérément. Je t'en p... prie, laisse-moi rester avec toi.

— Ma petite bafouilleuse, ta place est chez les Maybrick. Et ça servirait à rien de te sauver pour revenir ici. Je te renverrais chez eux.

Les larmes d'Evangeline n'avaient pas réussi à le faire fléchir. Au cours des années suivantes, elle ne se rendit plus au club que tous les six mois, voire moins souvent. Que cet éloignement fût ou non pour son propre bien, elle finit par se persuader qu'elle était indésirable. Elle devint si mal à l'aise en présence des hommes, fut tellement certaine de les ennuyer, que la réalité finit par dépasser ses craintes. Son bégaiement s'aggrava – plus elle luttait pour que les mots sortent, plus elle devenait incohérente – jusqu'à ce que vînt le moment où il lui fut plus facile de rester silencieuse et de se fondre dans le décor. Elle était devenue experte dans l'art de faire tapisserie. On ne l'avait jamais invitée à danser, elle n'avait jamais été embrassée ni taquinée ni courtisée. L'unique demande en mariage qu'elle avait reçue avait été celle, réticente, de son cousin Eustace.

Evangeline n'en revenait toujours pas que sa chance ait tourné quand elle jeta un coup d'œil à son mari, qui gardait un silence hostile depuis deux heures. Il lui rendit son regard, les yeux étrécis. Avec son expression empreinte de froideur et sa bouche marquée d'un pli cynique, il ne ressemblait plus du tout au séduisant libertin qui avait partagé son lit deux jours auparavant.

Elle reporta son attention sur le paysage londonien qui défilait par la fenêtre. Bientôt, ils atteindraient le club et elle verrait son père. Six mois s'étaient écoulés depuis leur dernière rencontre et elle s'attendait à le trouver très changé. La phtisie étant une maladie répandue, personne n'ignorait ses ravages.

Elle provoquait une lente mort des tissus pulmonaires, accompagnée de fièvre, de toux, d'amaigrissement et d'importantes suées nocturnes. Quand la mort survenait, elle était accueillie en général comme une délivrance, aussi bien pour la victime que pour ceux qui l'aimaient, car elle mettait un terme à de terribles souffrances. Evangeline ne parvenait pas à imaginer son père, si robuste, réduit à un tel état. Elle redoutait de le revoir autant qu'elle aspirait à s'occuper de lui. Mais elle ne souffla pas mot de ses craintes à Sebastian de peur qu'il ne se contente de se moquer d'elle.

Son pouls s'accéléra quand la voiture s'engagea dans Saint-James, puis bifurqua dans King Street. La longue façade en brique ornée de marbre de *Jenner's* apparut, se détachant sur les jaunes et les rouges du soleil couchant filtrés par la brume qui enveloppait Londres en permanence. Les yeux fixés sur la vitre, Evangeline laissa échapper un soupir nerveux quand la voiture s'engagea dans l'une des ruelles qui reliaient la rue principale aux cours et aux écuries situées derrière les bâtiments.

Le véhicule s'arrêta devant l'entrée de service, ce qui était préférable. *Jenner's* n'était pas un établissement que fréquentaient les dames de la bonne société. Un gentleman pouvait y venir avec sa maîtresse, ou même avec une prostituée ayant capté temporairement son attention, mais il n'aurait jamais songé à s'y présenter en compagnie d'une dame convenable. Evangeline prit conscience que Sebastian la regardait avec l'intérêt détaché d'un entomologiste observant une nouvelle variété de scarabée. Sans doute avait-il remarqué sa pâleur soudaine et le tremblement qui l'agitait, mais il ne lui offrit pas un mot ni un geste de réconfort.

Une fois descendu de la voiture, il referma les mains autour de sa taille pour l'aider à mettre pied à terre. Elle retrouva dans la venelle les odeurs de son enfance : un mélange de fumier, d'ordures, d'alcool et, dominant le tout, la fumée piquante du charbon. Elle était assurément la seule jeune femme bien éduquée de Londres pour laquelle cette odeur évoquait « la maison ». En tout cas, elle lui chatouillait les narines bien plus agréablement que les relents de parfum bon marché et de tapis moisis dans la maison des Maybrick.

Ses muscles engourdis par le trop long voyage lui arrachèrent une grimace de douleur quand elle s'avança vers la porte d'entrée. Des portes de service, notamment celle de la cuisine, s'ouvraient un peu plus loin dans le bâtiment ; mais celle-ci donnait sur un escalier qui menait directement aux appartements de son père. Le cocher avait déjà frappé du poing avec vigueur sur le panneau.

Un jeune homme apparut, et Evangeline fut soulagée de voir un visage connu. Joss Bullard était depuis longtemps une figure familière du club, où il avait commencé comme portier et collecteur de dettes. C'était un brun trapu, avec une tête ronde et une mâchoire carrée. Étant plutôt grincheux de nature, Bullard se montrait tout juste courtois envers Evangeline chaque fois qu'elle venait au club. Cependant, comme elle avait entendu son père louer sa loyauté, elle lui vouait une certaine reconnaissance.

— Monsieur Bullard, dit-elle, je suis ven… venue voir mon père. Laissez-moi ent… entrer, s'il vous plaît.

Le jeune homme ne fit pas mine de bouger.

— Il a pas demandé après vous, rétorqua-t-il, bourru.

Puis il jeta un coup d'œil à Sebastian, nota qu'il était élégamment vêtu, et ajouta :

— Passez par-devant, monsieur, si vous êtes membre du club.

Evangeline entendit Sebastian marmonner :

— Idiot !

Avant qu'il puisse continuer, elle s'interposa en toute hâte.

— M. Egan est-il disponible ? demanda-t-elle.

Egan était le chef de salle du club. Il travaillait pour son père depuis une dizaine d'années. Elle ne l'aimait guère, car c'était un vantard et un poseur, mais il n'aurait pas osé lui refuser l'entrée dans l'établissement de son propre père.

— Non.

— M. Rohan, alors, hasarda-t-elle, au désespoir. Allez lui dire que… que Mlle Jenner est là, s'il vous plaît.

— Puisque je vous…

— Va chercher Rohan, intima Sebastian au jeune homme, tout en posant sa botte contre la porte pour l'empêcher de la refermer. Nous attendrons à l'intérieur. Il est hors de question que ma femme reste dans la rue.

L'air impressionné par la lueur glaciale de son regard, l'employé acquiesça en marmonnant et disparut prestement.

Sebastian invita Evangeline à franchir le seuil et lança un coup d'œil vers l'escalier.

— Montons-nous ?

Elle secoua la tête.

— En fait, je préférerais d'abord parler à Cam Rohan. Je suis sûre qu'il pourra me dire quelque chose sur l'ét… état de sant… santé de mon père.

En entendant son léger bégaiement, Sebastian leva la main, la glissa sous ses cheveux en désordre et lui pressa doucement la nuque. Bien que son visage demeurât froid, sa main était chaude, apaisante, et Evangeline se détendit malgré elle.

— Qui est Cam Rohan ?

— L'un des croupiers… Il a commencé à travailler ici très jeune, comme garçon de courses. Vous vous rappelleriez M. Rohan si vous l'aviez déjà vu. Il ne passe pas inaperçu.

Après un instant de réflexion, Sebastian murmura :

— C'est le gitan ?

— À moitié gitan, je crois, du côté de sa mère.

— Et l'autre moitié ?

— Personne ne le sait.

Elle lui jeta un regard circonspect tout en ajoutant :

— Je me suis toujours demandé si ce n'était pas mon demi-frère.

Une lueur d'intérêt s'alluma dans les yeux pâles de Sebastian.

— Vous n'avez jamais posé la question à votre père ?

— Si. Il a nié.

Evangeline n'avait cependant pas été vraiment convaincue. Son père s'était toujours conduit de manière assez paternelle avec Cam. Et elle n'était pas assez naïve pour croire qu'il n'avait pas eu quelques enfants illégitimes. Ses appétits physiques étaient bien connus et, en outre, il n'était pas du genre à s'inquiéter des conséquences de ses actes. Elle s'interrogea soudain : pouvait-on dire la même chose de son mari ?

— Sebastian, avez-vous jamais… commença-t-elle avec prudence.

— Pas à ma connaissance, répondit-il, devinant ce qui allait suivre. J'ai pour règle d'utiliser des capotes anglaises… Non seulement pour éviter de concevoir, mais aussi pour éviter les affections plus exotiques dont sont victimes ceux qui ne prennent pas de précautions.

Déconcertée, Evangeline murmura :

— Des capotes anglaises ? Qu'est-ce que c'est ? Et qu'entendez-vous par des « affections » ? Cela signifie-t-il que faire… *ça*… peut vous rendre malade ? Mais comment…

Sebastian posa l'index sur sa bouche pour tarir le flot de questions.

— Bonté divine, marmonna-t-il, je vous expliquerai plus tard. Ce n'est pas le genre de sujet dont on aime discuter sur un pas-de-porte.

L'apparition de Cam Rohan empêcha Evangeline d'insister. Quand il la vit, ce dernier esquissa un sourire et s'inclina avec grâce. Même quand il restreignait ses gestes ou ses manières, ceux-ci comportaient comme un panache invisible, la suggestion de son charisme physique. Il était de loin le meilleur croupier de chez *Jenner's*, bien que son apparence – celle d'un jeune pirate – ne le révélât pas de prime abord. Il avait environ vingt-cinq ans, un corps d'une minceur juvénile, une peau basanée et des cheveux d'un noir de jais qui trahissaient son origine, sans parler de son prénom, commun chez les gitans. Evangeline avait toujours aimé ce jeune homme à la voix douce, qui avait donné à d'innombrables reprises la preuve de son indéfectible loyauté à son père.

Cam était bien habillé, avec des vêtements sombres et des chaussures cirées. Mais, comme d'habitude, ses cheveux trop longs retombaient en boucles épaisses sur son col raide immaculé, et plusieurs bagues en or brillaient sur ses doigts fins. Quand il releva la tête, Evangeline surprit l'éclat d'un diamant à l'une de ses oreilles – une touche exotique qui lui allait bien. Cam posa sur elle ses yeux dorés, si remarquables que les gens oubliaient souvent l'esprit agile qui se trouvait derrière. Par moments, son regard était si pénétrant qu'il semblait vous transpercer… comme si Cam regardait quelque chose derrière vous.

— *Gadgie,* murmura-t-il affectueusement, utilisant le mot par lequel on désignait une femme non gitane.

Il avait un accent inhabituel, cultivé, avec toutefois un soupçon de cockney et une espèce de rythme étranger qui, conjugués, formaient un mélange unique.

— Bienvenue, dit-il avec un sourire bref mais étincelant. Ton père sera content de te voir.

— Merci, Cam. Je… je craignais qu'il soit dé… déjà…

— Non, murmura le jeune homme, dont le visage s'assombrit. Il est encore vivant. La plupart du temps il dort, ajouta-t-il après une hésitation. Il ne mange plus. Je ne pense pas qu'il y en ait pour longtemps. Il t'a demandée. J'ai essayé de t'envoyer chercher, mais…

— Les Maybrick m'en empêchaient, coupa Evangeline, la bouche contractée par la colère.

Ils s'étaient bien gardés de lui dire que son père l'avait demandée. Et Joss Bullard lui avait menti, un instant plus tôt.

— Quoi qu'il en soit, je suis dé… débarrassée d'eux pour de bon, Cam. Je suis mariée. Et je resterai ici jusqu'à ce que mon père… n'ait plus besoin de… de moi.

Cam porta le regard sur Sebastian, qui affichait une attitude impassible. Il le reconnut alors et le salua :

— Lord Saint-Vincent.

S'il avait une opinion sur le mariage d'Evangeline avec un tel individu, il n'en révéla rien.

— Mon père est-il éveillé ? s'enquit-elle anxieusement en frôlant la main sur la manche de Cam. Puis-je monter le voir ?

— Bien sûr.

Il prit ses deux mains entre les siennes et les serra brièvement.

— Je veillerai à ce que personne ne vous dérange, ajouta-t-il.

Alors qu'elle le remerciait, Sebastian s'interposa entre eux et saisit l'une des mains d'Evangeline qu'il glissa sous son bras. Même si son attitude restait détachée, la ferme pression de ses doigts ne lui laissait aucune chance de s'écarter.

Surprise par cette démonstration de possessivité, Evangeline fronça les sourcils.

— Je connais Cam depuis l'enfance, souligna-t-elle. Il a toujours été gentil avec moi.

— Un mari aime toujours à entendre que l'on a fait preuve de gentillesse envers sa femme, répliqua Sebastian. Dans certaines limites, évidemment.

— Évidemment, acquiesça Cam d'une voix douce, avant de reporter son attention sur Evangeline. Veux-tu que je te précède à l'étage, Evangeline ?

Elle secoua la tête.

— Non, je connais le chemin. Je t'en prie, re… retourne à tes occupations.

Cam s'inclina de nouveau, non sans échanger un rapide coup d'œil avec Evangeline, tous deux convenant tacitement qu'ils auraient l'occasion de discuter plus tard.

Alors qu'ils se dirigeaient vers l'escalier, Evangeline demanda à Sebastian :

— Vous ne l'aimez pas parce qu'il est gitan ?

— Il est rare que je n'aime pas une personne pour quelque chose qu'elle ne peut changer, répliqua Sebastian, sarcastique. Elle me donne en général des raisons suffisantes, et qui n'ont rien à voir, pour ne pas l'aimer.

Evangeline lui lâcha le bras pour relever le bas de ses jupes.

— Je me demande où est le chef de salle, continua Sebastian en posant la main au creux de ses reins comme ils gravissaient l'escalier. C'est le début de la soirée. La salle des jeux de dés et les salles à manger sont ouvertes – il devrait être à pied d'œuvre.

— Il boit, dit Evangeline.

— Ce qui explique en grande partie la manière dont cet établissement est géré.

Sensible à toute critique concernant le club de son père, et agacée d'être troublée par la douce pression de sa main sur son dos, Evangeline dut se mordre la langue pour retenir une réplique cinglante. Comme il était facile à un aristocrate oisif et privilégié de condamner la manière dont les autres menaient leurs affaires ! S'il avait dû diriger un endroit comme celuici – à Dieu ne plaise ! –, il aurait montré sans doute beaucoup plus de respect pour ce que son père avait accompli.

Parvenus au premier étage, ils s'avancèrent sur la galerie qui en faisait le tour. Il suffisait de s'approcher de la rambarde pour voir tout ce qui se passait dans l'immense salle en contrebas. Elle était entièrement dévolue aux jeux de dés. Des dizaines d'hommes entouraient les trois tables ovales recouvertes de feutre vert marqué de jaune. Les sons qui s'élevaient – le cliquètement des dés qu'on lançait, les exclamations étouffées des joueurs et les annonces des croupiers, le frottement des petits râteaux de bois qui ramenaient l'argent vers eux – figuraient parmi les souvenirs les plus anciens qu'Evangeline gardait de son enfance. Elle jeta un coup d'œil au magnifique bureau de bois sculpté qui trônait dans l'un des angles de la pièce. C'était là que son père s'était tenu, qu'il autorisait un crédit, accordait une carte de membre provisoire ou alimentait la banque si l'on avait joué gros. À cet instant, le bureau était occupé par un homme de piètre apparence qu'elle ne connaissait pas. Le regard d'Evangeline vola jusqu'à l'angle opposé de la pièce, où un autre étranger jouait le rôle de chef de salle, veillant à la régularité des paiements et au bon déroulement des jeux.

S'immobilisant près de la rambarde, Sebastian observa le rez-de-chaussée avec une expression étonnamment intense. Pressée de se rendre au chevet de son père, Evangeline le tira avec impatience par le bras. Mais il ne bougea pas. En vérité, il était tellement absorbé par le spectacle qui se déroulait en bas qu'il parut à peine le remarquer.

— Qu'y a-t-il ? demanda-t-elle. Voyez-vous quelque chose d'inhabituel ? Un problème ?

Sebastian secoua légèrement la tête et s'arracha à sa contemplation du rez-de-chaussée. Il regarda alors autour d'eux, remarqua la peinture écaillée des panneaux muraux, les moulures ébréchées et les tapis usés jusqu'à la corde. *Jenner's* avait été un jour splendidement décoré, mais il avait perdu beaucoup de son lustre au fil des années.

— Combien le club compte-t-il de membres ? demanda-t-il. À l'exclusion des membres temporaires.

— Il y en avait à peu près deux mille, répondit Evangeline. Mais j'ignore les chiffres actuels. Je veux voir mon père, enchaîna-t-elle en tirant de nouveau sur sa manche. Si je dois y aller seule…

— Vous n'irez *nulle part* seule, coupa Sebastian en concentrant si brusquement son attention sur elle qu'elle en sursauta. Vous pourriez être entraînée dans l'une des chambres de plaisir par quelque visiteur ivre, voire même par un employé, et vous faire violer avant que quiconque s'aperçoive de votre disparition.

— Je suis parfaitement en sécurité ici, rétorqua-t-elle, irritée. Je connais encore de nombreux employés et je peux me diriger dans l'établissement mieux que vous.

— Pas pour longtemps, murmura Sebastian dont le regard replongea, comme fasciné, vers le rez-de-chaussée. Je vais visiter chaque pouce de cet endroit et en découvrir tous les secrets.

Interloquée par cette déclaration, Evangeline lui adressa un regard perplexe. Elle se rendit alors compte qu'un changement subtil s'était opéré en lui depuis qu'ils avaient franchi le seuil du club... Un changement qu'elle était bien incapable d'expliquer. Une vivacité nouvelle avait remplacé sa nonchalance habituelle, comme s'il absorbait l'énergie des lieux.

— Vous regardez le club comme si vous ne l'aviez encore jamais vu, murmura-t-elle.

Sebastian passa la main sur la rambarde, observa la traînée de poussière sur sa paume et s'en débarrassa de l'autre main. Son expression était plus songeuse que critique quand il répondit :

— Il paraît différent maintenant qu'il m'appartient.

— Il n'est pas encore à vous, répliqua Evangeline sombrement.

Sans doute estimait-il la valeur de l'endroit en vue de sa vente prochaine. Cela lui ressemblait bien de penser à l'argent alors que son père gisait sur son lit de mort !

— Vous arrive-t-il de penser à quelqu'un d'autre qu'à vous-même ?

La question sembla le tirer de ses réflexions et son visage se fit impénétrable.

— Rarement, mon ange.

Leurs regards se croisèrent, celui d'Evangeline accusateur, celui de Sebastian opaque ; elle comprit alors qu'attendre de lui la moindre décence, c'était s'exposer à des déceptions inévitables. Elle aurait beau faire preuve de gentillesse et de compréhension, rien ne sauverait son âme. Il ne deviendrait jamais l'un de ces vauriens repentis qui peuplaient les romans scandaleux dont raffolait Daisy Bowman.

— Je pense que vous ne tarderez pas à avoir tout ce que vous voulez, dit-elle froidement. En attendant, je me rends dans la chambre de mon père.

Sur ce, elle avança dans la galerie. Sebastian la rejoignit en quelques enjambées.

Quand ils atteignirent les appartements privés d'Ivo Jenner, le sang battait sourdement aux oreilles d'Evangeline. Sous l'effet de l'impatience mêlée d'appréhension, ses paumes devinrent moites et son estomac se contracta. Comme elle saisissait la poignée de la porte menant chez son père, ses doigts tremblants glissèrent sur le cuivre terne.

— Laissez-moi faire, dit Sebastian d'un ton brusque en repoussant sa main.

Il ouvrit la porte, la tint pour elle et la suivit dans l'antichambre sombre. La seule clarté provenait de la porte ouverte de la chambre, dans laquelle brûlait une petite lampe. Evangeline s'immobilisa sur le seuil, le temps que ses yeux s'habituent à la pénombre. À peine consciente de la présence de l'homme à son côté, elle s'approcha du lit.

Son père dormait, la bouche entrouverte, la peau d'une pâleur presque translucide, comme celle d'un personnage de cire. Des rides profondes striaient son visage. Il avait les bras décharnés et devait avoir perdu la moitié de son poids. Evangeline eut des difficultés à faire coïncider cette silhouette inconnue, qui creusait à peine le matelas, avec le père robuste qu'elle avait toujours connu. Une vague de tendresse mêlée de chagrin la submergea quand elle vit que ses cheveux roux, largement grisonnants à présent, étaient hérissés par endroits telles les plumes ébouriffées d'un oisillon.

La chambre sentait la mèche de bougie calcinée, les médicaments et le corps mal lavé. C'était l'odeur de la maladie et de la mort imminente. Il y avait une pile de draps sales dans un coin, et de nombreux mouchoirs chiffonnés, tachés de sang, jonchaient le sol. La table de nuit était couverte d'une collection de cuillères poisseuses et de flacons de remèdes en verre teinté. Evangeline se pencha pour ramasser quelques-uns des mouchoirs, mais Sebastian l'attrapa par le bras.

— Vous n'avez pas à faire ça, marmonna-t-il. L'une des femmes de charge peut s'en charger.

— Oui, chuchota Evangeline avec amertume, je peux constater le résultat de leurs efforts.

Libérant son bras d'un mouvement sec, elle rassembla les mouchoirs souillés et alla les jeter sur la pile de draps roulés en boule.

Sebastian s'approcha du lit et jeta un coup d'œil au corps décharné de Jenner. Il saisit l'un des flacons, le passa sous ses narines et murmura :

— Morphine.

Pour une raison inconnue, cela énerva Evangeline de le voir debout près de son père prostré, en train d'examiner ses médicaments.

— J'ai les choses en main, dit-elle à voix basse. Je voudrais que vous partiez, maintenant.

— Qu'avez-vous l'intention de faire ?

— Je vais remettre de l'ordre dans la chambre et changer les draps. Ensuite, je resterai assise à côté de lui.

— Laissez ce pauvre diable dormir, répliqua-t-il, les yeux plissés. Vous avez besoin de manger et d'enlever ces vêtements de voyage. Quel bien cela lui fera-t-il, selon vous, que vous restiez assise dans l'obscurité et…

Il s'interrompit avec un juron étouffé en voyant son expression butée.

— Très bien. Je vous donne une heure, après quoi, vous prendrez un repas avec moi.

— J'ai l'intention de rester auprès de mon père.

— Evangeline.

Si sa voix était douce, la jeune femme y perçut néanmoins une note inflexible qui lui arracha un frisson d'appréhension. Elle se détourna, mais il s'approcha d'elle, fit pivoter son corps rigide face à lui et la secoua imperceptiblement, l'obligeant à le regarder.

— Quand je vous ferai demander, vous viendrez. Est-ce compris ?

Un tremblement indigné la saisit. Il lui donnait des ordres comme s'il la possédait. Seigneur Dieu, elle avait passé toute son existence à devoir obéir aux injonctions de ses oncles et tantes, et à présent, il lui fallait se soumettre à son mari !

Toutefois… pour lui rendre justice, Sebastian était encore loin d'égaler les efforts conjugués des Maybrick et des Stubbins pour faire de sa vie un enfer. Et l'on pouvait difficilement l'accuser d'être déraisonnable ou cruel quand il exigeait qu'elle prenne un repas avec lui. Ravalant sa colère, elle réussit à hocher la tête. Comme il la dévisageait, elle vit briller dans ses yeux une lueur étrange, pareille aux étincelles que le marteau du forgeron arrache au métal en fusion.

— À la bonne heure, déclara-t-il avec un sourire moqueur avant de quitter la pièce.

8

Sebastian fut brièvement tenté de laisser Evangeline au club et de regagner son domicile, qui n'était guère éloigné de Saint-James. Difficile, en effet, de résister à l'attrait de sa demeure confortable, avec sa plomberie moderne et ses garde-manger bien garnis. Il voulait dîner à sa propre table et se détendre devant un bon feu de cheminée, vêtu de l'un des peignoirs de velours doublés de soie. Que son épouse aille au diable, avec son entêtement stupide ! Elle pouvait prendre ses propres décisions et en subir les conséquences.

Cependant, comme il parcourait la galerie en prenant soin de ne pas se faire voir de ceux qui s'affairaient au rez-de-chaussée, Sebastian ne put nier qu'une certaine curiosité le taraudait. Les mains négligemment enfoncées dans les poches de sa redingote, il s'appuya contre une colonne. Il observa les croupiers au travail, nota l'attention distraite que le superviseur portait au jeu. L'activité autour des trois tables de jeux de dés semblait un peu paresseuse, sans qu'il fasse rien pour la relancer. Il aurait fallu que quelqu'un anime la partie et crée une atmosphère qui inciterait les visiteurs à jouer plus gros et plus vite.

Débraillées, les prostituées attachées à la maison flânaient dans la salle, s'arrêtant de temps à autre auprès d'un des joueurs. Comme les mets garnissant les buffets des différentes salles à manger ou servis dans le salon, les filles étaient à la libre disposition des habitués. Quand un homme avait besoin d'une femme pour le consoler ou pour fêter un événement, une prostituée l'accompagnait jusqu'à l'une des chambres situées à l'étage et réservées à cet usage.

Après être descendu au rez-de-chaussée, Sebastian traversa les salles de jeux de cartes et le salon où l'on buvait du café en observant ce qui l'entourait. Même s'ils n'étaient pas voyants, de nombreux signes indiquaient que l'établissement était en déclin. Quand Jenner était tombé malade, il n'avait pas choisi un remplaçant fiable, apparemment. Son chef de salle, Clive Egan, était soit incapable, soit malhonnête, ou les deux à la fois. Sebastian voulait voir les livres de comptes, les relevés des dépenses et des profits, les dossiers financiers de chacun des membres, le fichier des inscriptions, les bordereaux d'hypothèques, de dettes, de prêts, de crédits. Bref, tout ce qui pouvait contribuer à le renseigner sur l'état de santé du club… bon ou mauvais.

Comme il se retournait vers l'escalier, il aperçut le gitan, Rohan, appuyé contre le mur dans un recoin sombre. Sebastian garda un silence stratégique pour obliger le jeune homme à parler le premier.

Tout en soutenant son regard, Rohan demanda poliment :

— Puis-je vous aider, milord ?

— Pour commencer, vous pouvez me dire où se trouve Egan.

— Il est dans sa chambre, milord.

— Dans quel état ?

— Il est souffrant.

— Ah, dit Sebastian. Et il est souvent souffrant, Rohan ?

Le gitan garda le silence, mais son regard doré se fit songeur.

— J'ai besoin de la clé de son bureau, reprit Sebastian. Je veux jeter un coup d'œil aux livres de comptes.

— Il n'y a qu'une seule clé, milord, répliqua Rohan en l'étudiant avec attention. Et M. Egan la garde toujours avec lui.

— Alors, allez me la chercher.

Les épais sourcils bruns du jeune homme se haussèrent imperceptiblement.

— Vous voulez que je vole un homme alors qu'il est ivre ?

— C'est diablement plus facile que d'attendre jusqu'à ce qu'il soit sobre, souligna Sebastian, sarcastique. Et ce n'est pas du vol puisque la clé est pratiquement à moi.

Le visage juvénile de Rohan se durcit.

— Ma loyauté va à M. Jenner. Et à sa fille.

— La mienne aussi.

Ce qui était faux, bien entendu. Sa loyauté, c'était en grande partie à lui-même que Sebastian la réservait. Evangeline et son père étaient respectivement deuxième et troisième sur la liste, et loin derrière.

— Procurez-moi cette clé ou préparez-vous à emboîter le pas à Egan lorsqu'il partira demain matin.

L'atmosphère était saturée de défi viril. Cependant, au bout d'un instant, Rohan lui jeta un regard d'antipathie auquel se mêlait une curiosité empreinte de réticence. Lorsqu'il accéda à la demande de Sebastian et se dirigea vers l'escalier à grandes enjambées souples, ce fut non par crainte ou obéissance, mais plutôt par désir de voir ce que ce dernier ferait ensuite.

Quand Sebastian envoya Cam la chercher, Evangeline avait remis la chambre de son père en ordre et obtenu l'aide réticente d'une servante pour changer les draps. Ceux-ci étaient humides des suées de la nuit. Si son père s'agita et marmonna pendant qu'elles le faisaient basculer d'un côté puis de l'autre avec précaution, il ne sortit pas de la stupeur provoquée par la morphine. Son corps décharné, enseveli dans les plis de sa chemise de nuit, surprit Evangeline par sa légèreté. C'est le cœur empli d'une pitié douloureuse qu'elle ramena d'un geste protecteur les draps propres et la couverture sur sa poitrine. Après avoir humecté un linge d'eau froide, elle le posa sur son front. Il laissa échapper un soupir et, enfin, ouvrit les yeux – deux fentes sombres, brillantes, dans le lacis de sillons de son visage. Il la regarda un long moment sans réagir, puis un sourire étira ses lèvres craquelées, révélant le bord de ses dents jaunies par le tabac.

— Evangeline… murmura-t-il d'une voix rauque.

Elle se pencha sur lui en souriant, alors que ses yeux brûlaient de larmes contenues.

— Je suis là, papa, chuchota-t-elle, comme elle avait rêvé de le faire sa vie entière. Je suis là et je ne te quitterai plus jamais.

Il émit un soupir satisfait et ferma les yeux. Juste au moment où Evangeline pensait qu'il s'était rendormi, il murmura :

— Où tu veux qu'on aille en premier, ma puce ? Chez le pâtissier, je suppose…

Comprenant qu'il imaginait qu'il s'agissait là d'une des visites qu'elle lui rendait enfant, Evangeline répondit doucement :

— Oh oui… Je veux un *hot cross bun* tout chaud, ajouta-t-elle après avoir essuyé en hâte ses yeux humides. Et aussi, un cornet de biscuits cassés… Et après, je veux revenir ici pour jouer aux dés avec toi.

Un rire éraillé sortit de sa gorge et il toussa un peu.

— Laisse papa faire un somme avant qu'on sorte… T'es une gentille petite…

— Oui, dors, souffla Evangeline en retournant la compresse sur son front. Je peux attendre, papa.

Tandis qu'il sombrait de nouveau dans le sommeil engendré par la drogue, elle déglutit à plusieurs reprises pour chasser la boule douloureuse qui lui obstruait la gorge. Puis elle s'installa dans le fauteuil à côté du lit. Il n'y avait aucun autre endroit au monde où elle aurait voulu être. Elle s'affaissa un peu, ses épaules endolories se voûtant comme celles d'une marionnette dont on aurait coupé les fils. C'était la première fois de son existence qu'elle se sentait utile, que sa présence semblait importer à quelqu'un. Et même si l'état de son père la peinait profondément, elle était heureuse de pouvoir être auprès de lui pendant les dernières heures de sa vie. Elle n'aurait pas le temps de le connaître, loin de là, et ils demeureraient à jamais des étrangers l'un pour l'autre. Mais c'était davantage que ce qu'elle avait jamais espéré.

Elle fut tirée de ses pensées par un léger coup frappé sur le chambranle. Levant les yeux, elle aperçut Cam sur le seuil, les bras croisés, dans une attitude d'une trompeuse indolence. Malgré sa lassitude, elle réussit à lui sourire.

— Je sup… suppose qu'il t'envoie me chercher ?

Elle ne jugea pas nécessaire, bien sûr, de préciser qui était le « il ».

— Il veut que tu dînes avec lui dans l'une des salles à manger privées.

Evangeline secoua légèrement la tête, et son sourire se fit ironique.

— J'entends et j'obtempère, marmonna-t-elle pour parodier l'épouse obéissante.

Elle se leva, se pencha sur son père pour remonter la couverture sur ses épaules.

Cam ne bougea pas quand elle s'approcha de lui. Il était plus grand que la moyenne des hommes, mais pas autant que Sebastian.

— Comment t'es-tu retrouvée mariée à lord Saint-Vincent ? voulut-il savoir. Je suis au courant de ses problèmes financiers – nous en étions presque à refuser de lui faire crédit, la dernière fois qu'il est venu ici. Est-il venu te trouver en te proposant un marché ?

— Comment sais-tu qu'il ne s'agit pas d'un mariage d'amour ?

Il lui adressa un regard narquois.

— Le seul mariage d'amour, c'est entre Saint-Vincent et lui-même.

Evangeline sentit un vrai sourire lui monter aux lèvres, et elle dut faire un effort pour le réprimer.

— En vérité, c'est moi qui… qui suis allée le trouver. C'était la seule manière d'échapper aux Maybrick pour de bon.

Elle perdit toute envie de sourire comme elle évoquait sa famille.

— Sont-ils venus ici après ma disparition, Cam ?

Il hocha la tête.

— Tes deux oncles. Nous avons dû les laisser fouiller le club eux-mêmes avant qu'ils veuillent bien admettre que tu ne t'y cachais pas.

— Flûte, marmonna Evangeline. J'imagine qu'après, ils sont allés trouver mes amis. Les Hunt et les Bowman. Ils ont dû être inquiets en apprenant que j'avais disparu.

Cependant, ils seraient encore bien plus inquiets quand ils apprendraient ce qu'elle avait fait. D'une main distraite, Evangeline lissa ses cheveux emmêlés, puis elle croisa nerveusement les bras. Elle allait devoir envoyer un mot à Annabelle et à Daisy pour leur dire qu'elle allait bien. Étant en voyage de noces sur le continent, Lillian n'était certainement au courant de rien.

Demain, songea-t-elle. Demain, elle affronterait les conséquences de sa fuite en Écosse, qui n'allait pas tarder à devenir tristement notoire. Oserait-elle envoyer quelqu'un chercher le reste de ses vêtements chez les Maybrick ? Y avait-il du reste la moindre chance pour qu'ils lui permettent de les récupérer ? Elle en doutait. Une corvée de plus s'ajoutait à la liste toujours plus fournie des choses à faire : il lui faudrait se procurer des robes et des chaussures dans les plus brefs délais.

— Quand ma fam... famille découvrira que je suis ici, ils viendront pour me reprendre. Ils essaieront peut-être de faire annuler le mariage. Je...

Elle s'interrompit pour raffermir sa voix.

— J'ai très peur de ce qui pourrait m'arriver si je suis obligée de partir avec eux.

— Saint-Vincent ne va pas s'interposer ? demanda Cam, qui posa une main apaisante sur son épaule.

C'était à peine un effleurement, mais Evangeline en fut réconfortée.

— S'il est présent à ce moment-là. S'il est sobre. S'il en est capable. Avec des si... conclut-elle en lui adressant un sourire sans joie.

— Je serai là, murmura Cam. Je serai sobre et capable. Pourquoi penses-tu que Saint-Vincent ne le sera pas ?

— C'est un mariage de convenance. Je ne m'attends pas que nous le voyions beaucoup une fois qu'il aura reçu ma dot. Il m'a dit qu'il avait plus intéressant à faire que de demeurer assis dans un club de jeu de second ordre, à attendre que... que...

Elle s'interrompit, jeta un coup d'œil à son père par-dessus son épaule.

— Il se peut qu'il ait changé d'avis à ce sujet, observa Cam, sarcastique. Une fois que je lui eus procuré la clé du bureau, il a sorti tous les livres de comptes et commencé à les étudier page par page.

Lorsqu'il aura fini, il aura passé la comptabilité entière du club au peigne fin.

Evangeline écarquilla les yeux.

— Mais que peut-il chercher ? demanda-t-elle, plus pour elle que pour lui.

Sebastian se conduisait de manière étrange. Il n'y avait pas de raisons qu'il se plonge toutes affaires cessantes dans les registres financiers du club alors qu'ils venaient juste d'arriver après un long voyage. Rien n'allait changer entre aujourd'hui et demain. Elle se remémora son expression fascinée tandis qu'il observait l'activité qui régnait au rez-de-chaussée, et se souvint de ce qu'il avait murmuré : « Je vais visiter chaque pouce de cet endroit et en découvrir tous les secrets. » Comme s'il y avait plus qu'un simple bâtiment garni de tapis élimés et de tables de jeux.

Perplexe, Evangeline suivit Cam à travers un dédale de vestibules et de couloirs qui constituaient le chemin le plus direct pour gagner les salles à manger, à l'étage inférieur. Comme la plupart des établissements de jeu, *Jenner's* possédait ses endroits secrets où l'on pouvait se cacher, observer, dissimuler des personnes ou des objets.

Cam la conduisit jusqu'à une petite salle privée, ouvrit la porte, s'effaça pour la laisser entrer et s'inclina quand elle se retourna pour le remercier.

Tandis qu'elle s'avançait dans la pièce, Evangeline entendit la porte se refermer doucement derrière elle. Sebastian était installé dans un lourd fauteuil avec l'assurance désinvolte de Lucifer sur son trône, un crayon à la main avec lequel il portait des annotations dans la marge d'un livre de comptes. Sur la table devant lui s'alignaient des plats que l'on avait apportés du buffet de la grande salle à manger.

Levant les yeux du registre, il le ferma, le poussa de côté, puis vint tirer un siège de la table pour Evangeline.

— Comment va votre père ?

Elle s'assit et répondit prudemment :

— Il s'est réveillé un court instant. Il semblait croire que j'étais de nouveau une petite fille.

Repérant un plat garni de morceaux de volaille rôtie, ainsi qu'un autre plein de pêches et de raisin de serre, elle tendit la main pour se servir. Sa faim dévorante et sa grande lassitude la faisaient trembler. S'en apercevant, Sebastian déposa sans mot dire des mets soigneusement choisis dans son assiette vide : quelques minuscules œufs de caille, une cuillerée de purée de courge à la crème, une tranche de fromage, du poisson en gelée et un petit pain.

— Merci, souffla Evangeline, presque trop fatiguée pour savoir ce qu'elle mangeait.

Elle porta sa fourchette à sa bouche, prit une bouchée de quelque chose et ferma les yeux pour mâcher et avaler. Quand elle les rouvrit, le regard de Sebastian était rivé sur elle.

Il semblait aussi las qu'elle. Des cernes soulignaient ses yeux bleus, il avait les traits tirés et le teint pâle sous son hâle. Sa barbe, qui avait tendance à pousser rapidement, jetait une ombre dorée sur le bas de son visage. Curieusement, son apparence moins raffinée le rendait encore plus séduisant, en donnant du relief à une grâce qui, autrement, aurait eu la perfection stérile d'un chef-d'œuvre de marbre.

— Êtes-vous toujours décidée à rester ici ? demanda-t-il en pelant avec adresse une pêche dont il ôta ensuite le noyau.

— Oh oui, répondit Evangeline, qui accepta la moitié de fruit juteuse qu'il lui tendait.

— Je redoutais d'entendre cela. Ce serait une erreur, soyez-en sûre. Vous n'avez aucune idée de ce à quoi vous seriez exposée… Les obscénités et les remarques grivoises, les regards lubriques, les pincements et autres familiarités… tout cela se passe dans ma maison. Imaginez ce que ce serait ici.

Ne sachant si elle devait s'offusquer ou sourire, Evangeline l'observa avec curiosité.

— Je m'en sortirai.

— J'en suis certain, mon cœur.

Elle porta un verre de vin à ses lèvres et le regarda par-dessus le bord tout en buvant.

— Qu'y a-t-il dans ce registre ?

— Une leçon de créativité appliquée à la comptabilité. Je suis sûr que vous ne serez pas surprise d'apprendre qu'Egan truque les comptes en sa faveur. Il prélève des sommes ici et là, en quantités suffisamment modestes pour que le vol passe inaperçu. Mais dans le temps, le total atteint un montant considérable. Dieu seul sait depuis combien d'années il s'adonne à cet exercice. Jusqu'à maintenant, chaque livre de comptes que j'ai ouvert contient des erreurs délibérées.

— Comment pouvez-vous être certain qu'elles sont délibérées ?

— Elles reproduisent le même schéma.

Après avoir rouvert le registre, il le poussa vers elle.

— Le club a fait un bénéfice d'environ vingt mille livres mardi dernier. Si vous recoupez ce chiffre avec les relevés de prêts, des dépôts en banque et de mises de fond, vous verrez que cela ne concorde pas.

Evangeline suivit des yeux l'index qu'il faisait descendre le long des annotations portées dans la marge.

— Vous voyez ? murmura-t-il. Là, ce sont les sommes correctes. Il a largement gonflé les dépenses.

Prenez par exemple le coût des dés en ivoire… Même si l'on admet que les dés ne sont utilisés qu'une seule soirée et éliminés ensuite, le coût annuel ne devrait pas dépasser les deux mille livres selon Rohan.

La coutume voulait que tous les établissements de jeu utilisent des dés neufs chaque soir pour éliminer toute suspicion de trucage.

— Mais là, il est marqué que l'on a dépensé presque trois mille livres pour acheter des dés, murmura Evangeline.

— Exactement.

Sebastian s'adossa au fauteuil et lui adressa un sourire désinvolte.

— J'ai trompé mon père de la même manière au cours de ma jeunesse dépravée, quand il me donnait mon allocation mensuelle et que j'avais besoin de plus d'argent qu'il n'était prêt à m'en octroyer.

— Pour quoi en aviez-vous besoin ? ne put s'empêcher de demander Evangeline.

Le sourire s'attarda sur ses lèvres.

— L'explication, je le crains fort, requerrait une foule de mots auxquels vous trouveriez beaucoup à redire.

Evangeline planta les dents de sa fourchette dans un œuf de caille et le porta à sa bouche.

— Que faut-il faire au sujet de M. Egan ?

Sebastian eut un gracieux haussement d'épaules.

— Dès qu'il sera assez dégrisé pour tenir sur ses jambes, il sera renvoyé.

Evangeline écarta une mèche de cheveux qui lui tombait sur la joue.

— Il n'y a personne pour le remplacer.

— Mais si. Jusqu'à ce que nous ayons trouvé un directeur compétent, c'est moi qui gérerai le club.

L'œuf de caille se bloqua dans le gosier d'Evangeline et elle s'étrangla à demi. Elle attrapa en hâte son verre de vin et but une gorgée pour le faire descendre, puis regarda Sebastian, les yeux écarquillés. Comment pouvait-il dire quelque chose d'aussi ridicule ?

— C'est impossible.

— Je peux difficilement faire pire qu'Egan. Il ne s'occupait plus de rien depuis des mois… Il ne s'écoulera guère de temps avant que cet endroit ne s'écroule sur nous.

— Vous avez dit que vous haïssiez le travail !

— C'est vrai. Mais je me dis que je devrais essayer au moins une fois, juste pour en être sûr.

L'anxiété fit renaître le bégaiement d'Evangeline.

— Ce… cela va vous am… amuser quelques jours, et puis, vous vous lasserez.

— Je ne peux pas me permettre de m'en lasser, mon cœur. Bien que le club soit toujours bénéficiaire, il est en train de décliner. Votre père possède un grand nombre de créances à recouvrer. Si les gens qui lui doivent de l'argent ne peuvent rassembler les sommes dues, il faudra que nous saisissions des propriétés, des bijoux, des œuvres d'art… Tout ce qu'ils pourront proposer. Ayant une certaine idée de la valeur des choses, je peux négocier quelques règlements acceptables. Et il y a d'autres problèmes que je n'ai pas encore abordés… Jenner possède une écurie de pur-sang calamiteux qui ont perdu des fortunes à Newmarket. Et il a fait aussi quelques investissements aberrants – par exemple, dix mille livres dans une prétendue mine d'or du comté de Flint. Une escroquerie dont même un enfant n'aurait pas été dupe.

— Mon Dieu, murmura Evangeline en se massant les tempes. Il était malade… Des gens en ont profité…

— Oui. À présent, même si nous voulions vendre le club, nous ne pourrions le faire avant d'avoir remis de l'ordre. S'il y avait une alternative, croyez-moi, je la trouverais. Mais cet endroit est une passoire, et personne n'est capable ou désireux de boucher les trous. En dehors de moi.

— Vous ne connaissez rien dans la manière de reboucher les trous ! s'exclama-t-elle, consternée par son arrogance.

Sebastian lui répondit d'un sourire et d'un infime haussement de sourcil. Sans lui laisser le temps d'ouvrir la bouche pour répliquer, Evangeline plaqua les mains sur ses oreilles.

— Oh, *non*, ne le dites pas !

Quand elle constata qu'il gardait fort obligeamment le silence – quand bien même une étincelle diabolique continuait de briller dans ses yeux –, elle rabaissa prudemment les mains.

— Si vous dirigiez le club, où dormiriez-vous ?

— Ici, bien sûr, répondit-il sur le ton de l'évidence.

— J'occupe la seule chambre libre. Toutes les autres sont prises. Et je ne partagerai pas mon lit avec vous.

— Il y aura des chambres libres en quantité dès demain. Je vais me débarrasser des filles de la maison.

La situation évoluait trop rapidement pour que l'esprit chancelant d'Evangeline puisse suivre. La reprise en main autoritaire des affaires de son père l'affolait tant elle était rapide. Elle avait le sentiment inconfortable d'avoir introduit un chat domestique dans le club et de le voir se métamorphoser en un tigre déchaîné. Et elle ne pouvait qu'assister, impuissante, au carnage qu'il commettait. Au désespoir, elle voulut se persuader que, peut-être, il se lasserait de cette nouveauté si elle lui laissait la bride sur le cou pendant quelques jours. Entre-temps, elle ne pouvait qu'essayer de limiter les dégâts.

— Vous allez simplement jeter les… les filles à la rue ? s'enquit-elle avec un calme forcé.

— Elles seront renvoyées avec un généreux pécule en remerciement du travail effectué pour le club.

— Avez-vous l'intention d'en engager de nouvelles ?

Sebastian secoua la tête.

— Même si je n'ai aucune réserve morale quant à l'existence de la prostitution – en fait, j'y suis même favorable –, il est hors de question que je me fasse une réputation de maquereau.

— De quoi ?

— De maquereau. De souteneur. De proxénète. Pour l'amour du ciel, aviez-vous du coton dans les oreilles quand vous étiez enfant ? N'avez-vous jamais rien entendu ? Ne vous êtes-vous jamais demandé pourquoi des femmes légèrement vêtues se pavanaient dans l'escalier du club à n'importe quelle heure ?

— Je venais toujours dans la journée, répliqua Evangeline avec une grande dignité. J'en ai rarement vu travailler. Et plus tard, quand j'ai été assez âgée pour comprendre ce qu'elles faisaient, mon père a commencé à espacer mes visites.

— C'est probablement l'une des rares bonnes choses qu'il ait jamais faites pour vous.

Sebastian balaya le sujet d'une main impatiente.

— Revenons-en à nos moutons… Non seulement je refuse d'endosser la responsabilité d'abriter des catins, mais nous n'avons pas la place de les accueillir. À peu près chaque soir, quand tous les lits sont occupés, les membres du club sont obligés d'aller prendre leur plaisir dans les écuries.

— Leur… Vraiment ?

— Et dans les écuries, ça gratte diablement et c'est plein de courants d'air. Vous pouvez me croire sur parole.

— Vous…

— Cependant, il y a une excellente maison close à deux rues d'ici. J'ai bon espoir de parvenir à un arrangement avec sa propriétaire, Mme Bradshaw. Quand l'un de nos adhérents désirera une compagnie féminine, il pourra se rendre à pied chez elle, profiter des services offerts par son établissement à un prix d'ami, et revenir ici revigoré.

Il arqua les sourcils comme s'il s'attendait qu'elle applaudisse à cette idée.

— Qu'en pensez-vous ?

— J'en pense que vous serez toujours un souteneur, répliqua Evangeline. Mais de manière détournée, c'est tout.

— La moralité, c'est bon pour les classes moyennes, ma douce. Les classes inférieures n'ont pas les moyens de se l'offrir, et les classes supérieures ont beaucoup trop de temps libre à occuper.

Evangeline secoua lentement la tête tout en le regardant avec de grands yeux. Elle ne réagit même pas lorsqu'il se pencha en avant pour glisser un grain de raisin entre ses lèvres entrouvertes.

— Il n'est pas nécessaire de dire quoi que ce soit, murmura-t-il en souriant. De toute évidence, vous êtes muette de gratitude à la perspective de m'avoir ici pour veiller sur vous.

Evangeline le fusilla du regard, ce qui le fit rire doucement.

— Si vous vous inquiétez de ce que je puisse être submergé par une soudaine ardeur virile et abuser de vous dans un instant de faiblesse… cela se peut. Si vous me le demandez gentiment.

Evangeline croqua dans le grain sucré, et joua de la langue et des dents pour en extraire les pépins. Alors que Sebastian l'observait, son sourire s'effaça légèrement et il recula.

— Pour le moment, vous êtes trop novice pour que cela vaille la peine, continua-t-il froidement.

Peut-être que je vous séduirai plus tard, quand d'autres hommes se seront donné le mal de vous éduquer.

— J'en doute, répliqua-t-elle d'un ton maussade. Je ne serai jamais assez bourgeoise pour coucher avec mon propre mari.

Il éclata de rire.

— Mon Dieu ! Cela doit faire des jours que vous attendez de la placer ! Félicitations, mon enfant. Nous ne sommes pas mariés depuis une semaine et vous apprenez déjà à vous battre.

9

Evangeline ne sut jamais où son mari dormit cette première nuit, mais ce fut, soupçonna-t-elle, dans un endroit inconfortable. Elle-même eut un sommeil très agité, l'inquiétude la réveillant à intervalles réguliers. À plusieurs reprises, elle se rendit au chevet de son père pour lui faire boire une gorgée d'eau, retendre les draps et les couvertures ou lui administrer un médicament lorsque sa toux s'intensifiait. Chaque fois qu'il se réveillait, il la regardait avec une surprise renouvelée.

— Est-ce que je rêve que t'es là, pupuce ? lui avait-il demandé.

Elle lui avait répondu d'une voix douce en lui caressant les cheveux.

Aux premières lueurs de l'aube, elle fit sa toilette, s'habilla et rassembla ses cheveux humides en un chignon tressé sur la nuque. À la femme de chambre qui répondit à son coup de sonnette, elle commanda des œufs brouillés, du potage, du thé, et tous les mets reconstituants susceptibles d'ouvrir l'appétit d'un malade. Les matinées au club étaient calmes et tranquilles, car la plupart des employés dormaient après avoir travaillé jusqu'au petit matin. Toutefois, un personnel réduit assurait toujours les tâches courantes. Une fille de cuisine restait derrière les fourneaux quand le cuisinier était parti et préparait des plats simples pour ceux qui en faisaient la demande.

Le bruit d'une toux déchirante la fit se précipiter dans la chambre de son père. Elle le trouva un mouchoir sur la bouche, en proie à une quinte violente. Ses propres poumons se contractèrent douloureusement à la vue des convulsions qui le secouaient sans pitié. Elle fourragea dans les flacons sur la table de nuit, trouva le sirop à la morphine et en versa dans une cuillère. Après avoir passé le bras derrière la tête chaude et humide de son père, elle le releva à demi, une nouvelle fois choquée de le sentir aussi léger. Comme il essayait de contenir une nouvelle quinte, il se raidit de tout son corps. La cuillère trembla dans la main d'Evangeline et le remède se répandit sur le rabat du drap.

— Je suis désolée, murmura-t-elle en essuyant aussitôt le sirop collant avant de remplir la cuillère. Essayons de nouveau, papa.

Sa gorge veinée se contracta quand il déglutit et il réussit à avaler le médicament. Puis, secoué d'ultimes toussotements, il demeura immobile tandis qu'elle glissait quelques oreillers dans son dos pour le soutenir.

Evangeline l'y appuya doucement, puis elle lui glissa dans la main un mouchoir propre. Les yeux fixés sur son visage émacié à la barbe grisonnante, elle chercha à retrouver des traits de son père dans cet homme méconnaissable, cet étranger. Il avait toujours été robuste, avec un visage plein et rougeaud... Il n'avait jamais pu tenir une conversation sans utiliser ses mains de manière expressive, serrant les poings et frappant le vide avec des gesticulations qui semblaient propres aux ex-boxeurs. À présent, il n'était plus que l'ombre pâle de cet homme, si amaigri que la peau grise de son visage s'affaissait. Ses yeux étaient néanmoins toujours les mêmes : ronds et de la teinte sombre de la mer d'Irlande. Un peu rassérénée de retrouver ce regard familier, Evangeline sourit.

— J'ai fait demander le petit déjeuner, murmura-t-elle. J'espère qu'il ne tardera pas.

Jenner secoua faiblement la tête pour indiquer qu'il ne voulait pas de nourriture.

— Oh, mais si, insista-t-elle en s'asseyant au bord du lit. Il faut que tu manges quelque chose, papa.

Avec le coin d'un linge, elle tapota une goutte de sang à la commissure piquetée de poils drus de sa bouche.

Il fronça ses sourcils gris.

— Les Maybrick, dit-il d'une voix éraillée. Ils vont venir te chercher ?

Evangeline eut un sourire de sombre satisfaction.

— Je les ai quittés pour de bon. Il y a quelques jours, je me suis enfuie à Gretna Green pour me mar... marier. Ils n'ont plus aucun pouvoir sur moi à présent.

Jenner ouvrit de grands yeux.

— Qui ? demanda-t-il succinctement.

— Lord Saint-Vincent.

On frappa à la porte et une domestique entra, chargée d'un plateau bien garni. Evangeline se leva pour faire un peu de place sur la table de nuit. Quand elle vit son père reculer en sentant l'odeur de la nourriture, elle eut une grimace compatissante.

— Je suis désolée, papa. Mais il faut que tu prennes au moins un petit peu de potage.

Elle posa une serviette sur sa poitrine et porta la tasse de liquide chaud à ses lèvres. Il but quelques gorgées, puis se laissa retomber sur les oreillers, sans la quitter des yeux pendant qu'elle lui tamponnait la bouche. Sachant qu'il attendait d'elle une explication, elle sourit tristement. Après y avoir réfléchi, elle avait décidé qu'il était inutile de jouer la comédie devant lui. Son père était un homme pratique, et il n'avait probablement jamais eu l'espoir que sa fille fasse un mariage d'amour. Pour lui, on prenait la vie comme elle venait et on faisait ce qui était nécessaire pour survivre. Si, en cours de route, on trouvait un peu de plaisir, il fallait s'en saisir et ne pas se plaindre ensuite s'il y avait un prix à payer.

— Pratiquement personne n'est encore au courant de ce mariage, commença-t-elle. En vérité, ce n'est pas une mauvaise union. Nous nous entendons assez bien et je ne me fais aucune illusion à son sujet.

Jenner ouvrit la bouche quand elle lui présenta une cuillerée d'œufs brouillés. Il l'avala tout en paraissant réfléchir à sa déclaration.

— Son père, le duc, il a du papier mâché dans le crâne, finit-il par déclarer, et il est pas capable de reconnaître son cul d'un manche de pioche.

— Lord Saint-Vincent est très intelligent, pourtant.

— Un type froid, lâcha Jenner.

— Oui. Mais pas toujours. C'est-à-d...

Elle se tut brusquement, rougissante, en repensant à Sebastian au-dessus d'elle dans le lit, à son corps dur et chaud, aux muscles de son dos roulant sous ses doigts.

— Coureur de chattes, qu'il est, commenta Jenner d'un ton très terre à terre.

— Peu m'importe, répliqua Evangeline avec une franchise équivalente. Je ne lui demanderai jamais d'être fidèle. J'ai obtenu ce que je voulais de ce mariage. Quant à ce que lui veut...

— Je lui paierai son dû, assura son père avec bonne humeur. Il est où, à cette heure ?

Elle lui donna une autre bouchée d'œufs brouillés.

— Encore au lit, sûrement.

La femme de chambre, qui quittait la pièce, s'arrêta sur le seuil.

— Faites excuse, mais il est plus au lit, mademoi… euh… milady. Lord Saint-Vincent a fait réveiller M. Rohan au lever du jour et il le traîne partout, et il lui pose des questions et il lui donne des listes. Même que M. Rohan, ça l'a mis d'une humeur de chien.

— C'est l'effet que lord Saint-Vincent a sur les gens, dit Evangeline, ironique.

— Des listes de quoi ? voulut savoir Jenner.

Evangeline n'osa lui avouer que Sebastian s'était arrogé le droit de prendre en main le fonctionnement du club. Elle était à peu près certaine que son père en serait fort contrarié. Il pouvait accepter sans sourciller la nouvelle du mariage de convenance de sa fille, mais tout ce qui touchait à ses affaires était susceptible de l'affecter grandement.

— Oh, je crois qu'il a remarqué des tapis qui avaient besoin d'être changés, dit-elle d'un ton vague. Et il a pensé à apporter de petites améliorations au buffet. Ce genre de choses…

— Hmm… marmonna Jenner, les sourcils froncés, alors qu'elle portait de nouveau la tasse de bouillon à ses lèvres. Dis-lui qu'y doit toucher à rien sans demander à Egan.

— Oui, papa.

Evangeline jeta un coup d'œil discret à la femme de chambre et lui intima du regard de s'en tenir là. Comprenant l'ordre silencieux, la domestique acquiesça d'un hochement de tête.

— T'es plus aussi empêtrée de la langue qu'avant, fit remarquer Jenner. Comment que ça se fait, ma rouquine ?

Evangeline réfléchit quelques instants, consciente que son bégaiement s'était effectivement amélioré au cours de la semaine passée.

— Je ne sais pas exactement. Peut-être que d'être loin des Maybrick m'a aidée à me sentir... plus calme. Je l'ai remarqué peu après que nous eûmes quitté Londres...

Elle le gratifia d'un récit expurgé de leur voyage jusqu'à Gretna Green, ainsi que du retour à Londres, et réussit même à provoquer quelques gloussements qui le firent tousser dans son mouchoir. Tandis qu'ils conversaient, elle vit son visage se détendre sous l'effet de la morphine qui endormait la douleur. Elle mangea l'un des toasts auxquels il n'avait pas touché, but une gorgée de thé, puis alla poser le plateau près de la porte.

— Papa, dit-elle d'un ton neutre, avant que tu t'endormes, je vais t'aider à faire ta toilette et à te raser.

— Pas la peine, répliqua-t-il, les yeux rendus un peu vitreux par la drogue.

— Laisse-moi prendre soin de toi, insista-t-elle en se dirigeant vers la table de toilette sur laquelle la domestique avait laissé un broc d'eau chaude. Je pense que tu dormiras mieux après.

Trop apathique pour discuter, il se contenta de soupirer et de tousser, les yeux fixés sur elle quand elle apporta la cuvette de porcelaine et son nécessaire à raser jusqu'au lit. Elle commença par disposer une grande serviette sur sa poitrine et autour de son cou. N'ayant jamais rasé un homme de sa vie, elle s'empara du blaireau, le trempa dans l'eau, puis en tamponna timidement le bol de savon.

— Faut mettre une serviette chaude d'abord, pupuce, murmura son père. Ça ramollit le poil.

Suivant ses instructions, Evangeline plongea une serviette dans l'eau chaude, la tordit et la posa avec précaution sur le bas de son visage et sur sa gorge. Au bout d'une minute, elle l'enleva puis, à l'aide du blaireau, elle couvrit l'une de ses joues de savon. Elle avait décidé de ne raser qu'une partie de son visage à la fois, aussi déplia-t-elle le rasoir et, après l'avoir contemplé d'un air dubitatif, s'inclina-t-elle avec circonspection au-dessus de son père. Avant que la lame ne touche sa joue, une voix sarcastique s'éleva depuis le seuil.

— Seigneur Dieu !

Jetant un coup d'œil par-dessus son épaule, Evangeline découvrit Sebastian. Ce n'était pas à elle qu'il s'adressait, mais à son père.

— Je ne sais pas si je dois louer votre bravoure ou vous demander si vous avez perdu tout bon sens pour oser la laisser s'approcher de vous avec une lame.

Il gagna le lit en quelques enjambées nonchalantes et tendit la main.

— Donnez-moi ça, mon cœur. La prochaine fois que votre père tousse, vous allez lui couper le nez.

Evangeline lui remit le rasoir sans protester. En dépit de son manque de sommeil, son mari paraissait bien plus alerte aujourd'hui. Il était rasé de frais, et ses cheveux, propres et brillants, étaient coiffés à la perfection. Un costume impeccablement coupé mettait en valeur sa silhouette élancée, et la couleur anthracite de la veste soulignait son teint doré de manière admirable. Comme elle l'avait remarqué la veille au soir, il émanait de lui une indéniable énergie, comme si le simple fait de se trouver dans le club était source de vitalité. Le contraste entre les deux hommes, l'un âgé et très malade, l'autre jeune et en pleine santé, était saisissant. Quand Sebastian se pencha sur son père, Evangeline éprouva l'envie instinctive de s'interposer entre eux. Jamais son mari n'avait autant ressemblé à un prédateur s'apprêtant à porter le coup fatal à sa proie sans défense.

— Allez me chercher la lanière, mon cœur, lui dit-il avec un mince sourire.

Evangeline obtempéra. Quand elle revint vers le lit, Sebastian avait pris sa place auprès de son père.

— Affûtez toujours le rasoir avant et après, dit-il en passant la lame ouverte sur le cuir dans un sens, puis dans l'autre.

— Il avait l'air bien assez aiguisé comme cela, répliqua Evangeline d'un ton dubitatif.

— La lame n'est jamais trop affûtée, ma douce. Savonnez le visage entier avant de commencer. Le savon amollira la barbe.

Il s'écarta pour lui permettre d'appliquer le savon sur le visage de son père, puis la repoussa sur le côté pour s'asseoir à demi sur le matelas.

Le rasoir à la main, il demanda à Jenner :

— Vous permettez ?

À la grande surprise d'Evangeline, son père hocha la tête. Il ne paraissait pas avoir d'appréhension à laisser Sebastian le raser. Evangeline se plaça de l'autre côté du lit pour mieux voir.

— Laissez le rasoir faire le travail, expliqua Sebastian, plutôt que d'utiliser la pression de la main. Rasez avec le fil, dans le sens du poil… comme ceci. Et veillez à toujours attaquer le poil avec l'angle le plus faible possible. D'abord les côtés… puis les joues… puis le long du cou…

Tout en parlant, Sebastian faisait glisser la lame sur la barbe grisonnante et la supprimait à petits coups précis.

— Et rincez souvent la lame.

Du bout de ses longs doigts, il tendait doucement la peau pour raser son père au plus près. Il travaillait avec une économie de gestes, d'une main à la fois légère et habile.

Evangeline secoua la tête, quelque peu stupéfaite de voir Sebastian, lord Saint-Vincent, raser son père avec l'efficacité d'un valet de chambre expérimenté.

À la fin de ce rituel masculin, Sebastian essuya les résidus de savon sur le visage de Jenner, à présent lisse et brillant. Il n'y avait qu'une minuscule coupure à l'angle de la mâchoire. Tout en pressant la serviette chaude dessus, Sebastian murmura :

— Ce savon ne contient pas assez de glycérine. Le savon à raser que prépare mon valet est bien meilleur que celui-ci... Je lui ferai demander d'en apporter dans la journée.

— Merci, répondit Evangeline, qui ressentit un chaud picotement dans la poitrine comme elle le regardait.

Sebastian la dévisagea, et ce qu'il vit dans son expression parut le fasciner.

— Les draps ont besoin d'être changés, dit-il. Je vais vous aider.

Evangeline secoua la tête. Elle ne supportait pas l'idée qu'il voie le corps décharné de son père. Elle savait que celui-ci se sentirait ensuite gêné vis-à-vis de Sebastian.

— Je vous remercie, mais non, dit-elle avec fermeté. Je vais sonner la femme de chambre.

— Très bien. Avec votre permission, monsieur, dit-il en se tournant vers Jenner, je vous rendrai visite un peu plus tard, quand vous vous serez reposé.

— Oui, acquiesça son père, le regard vague, avant de fermer les yeux avec un soupir.

Evangeline remit de l'ordre dans la chambre pendant que Sebastian nettoyait le rasoir, l'affûtait sur la lanière, puis le rangeait dans son étui de cuir. Elle le raccompagna ensuite jusqu'au seuil de la chambre et s'arrêta pour lui faire face, le dos appuyé contre le chambranle. Levant vers lui un regard soucieux, elle chuchota :

— Avez-vous déjà renvoyé M. Egan ?

Sebastian hocha la tête puis, posant la main sur le chambranle, au-dessus de sa tête, s'inclina vers elle. Sa posture était détendue, ce qui n'empêcha pas Evangeline d'avoir le sentiment d'être subtilement dominée. À sa grande stupéfaction, elle ne trouvait pas cette sensation entièrement déplaisante.

— Il s'est d'abord montré hostile, expliqua son mari, jusqu'à ce que je lui apprenne que j'avais parcouru quelques-uns des livres de comptes. Là, il est devenu aussi doux qu'un agneau, trop heureux que nous ayons décidé de ne pas porter l'affaire devant la justice. Rohan l'aide à faire ses bagages et va s'assurer qu'il parte sur-le-champ.

— Pourquoi ne souhaitez-vous pas porter plainte contre M. Egan ?

— Ce serait une mauvaise publicité. La moindre allusion à des problèmes financiers rendrait les gens méfiants quant à la stabilité du club. Mieux vaut absorber les pertes et repartir sur ces bases.

Après avoir scruté son visage aux traits tirés, il ordonna à voix basse :

— Tournez-vous.

Éberluée, Evangeline ouvrit de grands yeux.

— Qu… quoi ? Pourquoi ?

— Tournez-vous, répéta Sebastian.

Il attendit qu'elle s'exécute. Le cœur d'Evangeline se mit à battre à grands coups douloureux quand, passant les bras autour d'elle, il lui saisit les poignets et les releva jusqu'à ce que ses mains touchent le chambranle.

— Accrochez-vous, mon cœur.

Perplexe et un peu nerveuse, Evangeline demeura immobile, se demandant ce que diable il allait faire. Elle ferma les yeux et se raidit en sentant ses grandes mains se poser sur ses épaules. Du bout des doigts, il lui effleura le haut du dos comme s'il cherchait quelque chose... Puis il se mit à pétrir ses muscles noués avec des gestes sûrs et précis. Elle inhala avec force quand ses doigts habiles explorèrent les endroits où se concentraient tensions et raideurs. La pression de ses mains s'accentua. Il fit courir ses paumes sur son dos, tout en enfonçant profondément les pouces de chaque côté de sa colonne vertébrale. À sa grande humiliation, Evangeline se surprit à se cambrer comme un chat. Sebastian remonta lentement, sans cesser de la masser, jusqu'à atteindre les muscles noués à la jonction des épaules et du cou. Il leur consacra alors toute son attention, les malaxant, les pétrissant avec un savoir-faire qui arracha à Evangeline un faible gémissement.

Une femme pouvait devenir esclave de ces mains expertes ! Sebastian la touchait avec une sensualité qui faisait naître un plaisir aigu dans sa chair douloureuse. Appuyée de presque tout son poids contre le chambranle, Evangeline sentit sa respiration devenir lente et profonde. Son dos s'assouplit, s'étira sous les manipulations savantes, et elle en éprouva un tel bien-être qu'elle redouta le moment où Sebastian s'arrêterait.

Quand ses mains retombèrent enfin, Evangeline fut surprise de ne pas se transformer en flaque sur le sol. Elle pivota et le regarda, s'attendant à un sourire railleur ou à une remarque sarcastique. Mais elle constata simplement que son visage était plus coloré, et son expression impassible.

— J'ai quelque chose à vous dire, marmonna-t-il. En privé.

La prenant par le bras, il l'entraîna hors des appartements de son père et la fit entrer dans la pièce libre la plus proche, qui se trouvait être celle qu'elle avait occupée la nuit précédente. Après avoir refermé la porte, Sebastian déclara sans préambule :

— Rohan avait raison. Votre père n'en a plus pour longtemps. Ce sera un miracle s'il survit jusqu'à demain.

— Oui. Je... je pense que c'est évident pour tout le monde.

— Ce matin, j'ai longuement discuté avec Rohan de l'état de votre père, et il m'a montré un dépliant que le médecin a laissé après avoir posé son diagnostic.

Sebastian plongea la main dans sa poche et en retira une feuille de papier pliée couverte de caractères minuscules. Il la lui tendit.

Evangeline lut l'en-tête: *Nouvelle théorie sur la phtisie*. Comme l'unique source de lumière dans la pièce venait d'une petite fenêtre et que ses yeux étaient fatigués, elle secoua la tête.

— Puis-je le lire plus tard?

— Oui. Mais je vais vous résumer l'essentiel de la théorie. La phtisie est causée par de minuscules organismes vivants – si petits qu'ils sont invisibles à l'œil nu. Ils vivent dans les poumons infectés. Et la maladie se propage quand une personne en bonne santé inhale le souffle rejeté par les poumons d'une personne malade.

— Des créatures minuscules dans les poumons? répéta Evangeline, interdite. C'est absurde. La phtisie est causée par une prédisposition naturelle à cette affection... ou par un séjour prolongé dans le froid et l'humidité...

— N'étant ni l'un ni l'autre médecin ou scientifique, un débat sur ce problème apparaît assez inutile. Toutefois, par sécurité... je crains d'avoir à limiter le temps que vous passez avec votre père.

Le dépliant lui tomba des mains. Sous le choc, le pouls d'Evangeline s'emballa. Après tout ce qu'elle avait enduré pour être auprès de son père, Sebastian essayait de lui ôter les quelques moments qu'il lui restait à passer avec lui ? Et tout cela, à cause d'une théorie médicale non fondée imprimée sur un prospectus ?

— *Non !* répliqua-t-elle avec violence.

Sa gorge se serra et les mots se précipitèrent hors de sa bouche en un flot désordonné impossible à contrôler :

— Il n'en est pas... pas question ! Je passerai autant de temps que je le souhaite avec mon père. Vous vous fich... fichez bien de moi ou de lui... vous vous comportez de manière cruelle uniquement pour me montrer que vous avez le pouv... pouvoir de...

— J'ai vu les draps du lit, coupa Sebastian. Il crache du sang, des glaires et Dieu sait quoi d'autre... et plus vous passez de temps avec lui, plus vous risquez d'inhaler ce qui le tue.

— Je ne crois pas à... à votre théorie stupide. Je pourrais trouver une diz... dizaine de médecins qui la ramèneraient à une ridicule...

— Je ne peux vous laisser courir le risque. Bon sang, voulez-vous vous retrouver dans ce lit dans six mois avec vos poumons en train de pourrir ?

— Le cas éch... échéant, cela ne vous concernerait pas !

Alors qu'ils s'affrontaient du regard dans le silence tendu qui s'ensuivit, Evangeline eut la sensation fugitive que ses paroles amères l'avaient blessé plus profondément qu'elle ne s'y serait attendue.

— Vous avez raison, finit par riposter Sebastian. Si vous voulez vous transformer en phtisique, allez-y. Mais ne soyez pas surprise quand je m'abstiendrai de me tordre les mains à votre chevet. Je ne ferai rien pour vous aider. Et alors que vous serez couchée à cracher vos poumons, je prendrai un malin plaisir à vous rappeler que vous l'avez diablement cherché en vous montrant si stupidement entêtée !

Il conclut sa diatribe avec un geste furieux de la main.

Malheureusement, Evangeline avait trop souvent subi les foudres de son oncle Peregrine pour faire la différence entre un mouvement d'irritation et les prémices d'une agression physique. Elle recula instinctivement, les bras levés pour se protéger la tête. Comme le coup attendu ne venait pas, elle exhala avec précaution et abaissa lentement les bras. Sebastian la fixait d'un regard stupéfait.

Puis son visage s'assombrit.

— Evangeline, articula-t-il d'un ton si féroce qu'elle en fut effrayée, avez-vous cru que j'allais... Seigneur ! Quelqu'un vous a frappée. Quelqu'un vous a frappée dans le passé... Qui était-ce, bon sang ?

Il tendit la main vers elle d'un geste brusque – trop brusque –, et elle trébucha en arrière avant de heurter durement le mur. Sebastian s'immobilisa.

— Nom de Dieu, souffla-t-il.

Paraissant lutter contre quelque émotion violente, il la fixa avec intensité. Après un long moment, il reprit à voix basse :

— Je ne frapperais jamais une femme. Je ne vous ferais jamais mal. Vous le savez, n'est-ce pas ?

Clouée sur place par le regard étincelant qui plongeait dans le sien, Evangeline fut incapable de bouger ou d'émettre un son. Elle sursauta quand il s'approcha d'elle à pas lents.

— Tout va bien, murmura-t-il. Laissez-moi venir vers vous. Tout va bien. Du calme.

Il glissa un bras autour d'elle tout en lui caressant les cheveux de sa main libre. Alors, soulagée, elle s'autorisa à respirer de nouveau. Sebastian l'attira contre lui, lui effleura la tempe des lèvres.

— Qui était-ce ? demanda-t-il.

— Mon... mon oncle, réussit-elle à répondre.

Il suspendit la caresse de sa main sur ses cheveux quand il entendit son bégaiement.

— Maybrick ? s'enquit-il.

— Non, l'aut… l'autre.

— Stubbins.

— Oui.

Evangeline ferma les yeux quand Sebastian glissa l'autre bras autour d'elle. Pressée contre son torse dur, la joue reposant au creux de son épaule, elle inhala le parfum masculin de sa peau propre, la touche subtile d'eau de Cologne au bois de santal.

— Souvent ? l'entendit-elle demander. Plus d'une fois ?

— Je… Ça… ça n'a plus d'importance maintenant.

— Combien de fois, Evangeline ?

Comprenant qu'il insisterait jusqu'à ce qu'elle réponde, elle marmonna :

— Pas tr… très souvent, mais… parfois, quand je le contrariais, ou tante Flo… Florence, il s'emportait. La der… dernière fois que j'ai essayé de m'enfuir, je me suis re… retrouvée avec un œil au beurre noir et la lèvre fendue.

— Vraiment ?

Sebastian demeura silencieux un long moment. Quand il parla, ce fut avec une douceur glaçante.

— Je vais le mettre en pièces.

— Ce n'est pas cela que je veux, dit gravement Evangeline. Je… je veux juste être protégée de lui. D'eux tous.

Sebastian écarta un peu la tête pour la regarder.

— Vous êtes en sécurité, assura-t-il d'une voix sourde.

Levant la main, il suivit du doigt le modelé de sa pommette, puis la traînée de taches de rousseur mordorées éparpillées sur son nez. Comme elle baissait ses paupières frémissantes, il caressa l'arc délicat de ses sourcils avant de prendre son visage en coupe entre ses paumes.

— Evangeline, murmura-t-il, je vous jure sur ma vie de ne jamais vous infliger de douleur de mes mains. Je me montrerai peut-être un époux détestable dans tous les autres domaines… mais jamais je ne vous blesserai physiquement. Vous devez me croire.

La caresse de ses doigts, les effluves érotiques de son souffle contre ses lèvres… Evangeline absorbait toutes ces sensations par chaque pore de sa peau. Elle avait peur de rouvrir les yeux ou de faire quoi que ce soit qui risquerait d'interrompre cet instant.

— Oui, parvint-elle à chuchoter. Oui… Je…

Il y eut la douce surprise d'un baiser sur les lèvres… puis d'un autre… Elle s'ouvrit à lui avec un léger halètement. La bouche de Sebastian était comme de la soie chaude, comme un tendre feu qui envahissait la sienne d'une pression suave. Du bout des doigts, il dessina les contours de son visage, en modifia tendrement l'angle d'inclinaison pour l'adapter au sien.

Quand il la sentit vaciller, il s'empara de l'une de ses mains et la posa sur sa nuque. Elle leva l'autre spontanément et s'accrocha à lui tout en répondant à ses baisers délicieusement insistants. Il respirait plus vite et, en se soulevant et en s'abaissant, son torse frottait contre les seins d'Evangeline. Soudain, ses baisers se firent plus profonds, plus exigeants, et la passion entre eux atteint un paroxysme brûlant qui la fit se tordre contre lui, dans une quête désespérée pour épouser au plus près les durs reliefs de son corps.

Un gémissement sourd s'échappa de la gorge de Sebastian, et il s'arracha à ses lèvres.

— Non, murmura-t-il, le souffle court. Non, attendez… mon cœur… je n'avais pas l'intention de… pas comme cela. Je voulais juste… Bon sang !

Les doigts d'Evangeline se refermèrent sur le tissu de sa veste et elle enfouit le visage dans la soie grise de sa cravate. La main posée sur l'arrière de sa tête, Sebastian tint contre lui son corps vacillant.

— Ce que j'ai dit tout à l'heure est toujours valable, murmura-t-il dans ses cheveux. Si vous voulez vous occuper de votre père, il vous faudra observer certaines règles : Garder la chambre aérée – je veux que la porte et la fenêtre restent ouvertes en permanence –, ne pas vous asseoir trop près de lui. De plus, quand vous serez avec lui, je veux que vous attachiez un mouchoir qui vous protège la bouche et le nez.

— Quoi ?

Evangeline se libéra de son étreinte et lui jeta un regard incrédule.

— Afin que les minuscules créatures invisibles ne volent pas dans mes poumons ? demanda-t-elle, sarcastique.

Il plissa les yeux.

— Ne me provoquez pas, Evangeline. Je suis tout près de vous interdire complètement de le voir.

— Je me sentirai ridicule avec un mouchoir sur le visage, protesta-t-elle. Et mon père sera blessé.

— Je m'en moque. Mettez-vous bien dans la tête que si vous me désobéissez, vous ne le verrez plus.

Sous le coup de la colère, Evangeline s'écarta violemment de lui.

— Vous ne valez pas mieux que les Maybrick, lui lança-t-elle avec amertume. Je vous ai épousé pour gagner ma liberté. Et au bout du compte, j'ai échangé un geôlier contre un autre.

— Personne n'est complètement libre, mon petit. Pas même moi.

Serrant les poings, elle le foudroya du regard.

— Au moins, vous avez le droit de faire vos propres choix.

— Et les vôtres, riposta-t-il, moqueur, s'amusant apparemment de l'accès de fureur qu'il avait provoqué en elle. Seigneur Dieu, quelle scène ! Tant d'impétuosité et de défi… Cela me donne envie de coucher avec vous.

— Vous ne me toucherez plus, cracha-t-elle. Jamais !

À sa vive exaspération, il éclata de rire et se dirigea vers la porte.

10

Quand Evangeline retourna dans la chambre de son père ce soir-là, elle sut aussitôt que son heure avait sonné. Dans son visage cireux, ses lèvres bleuissaient par manque d'oxygène, ses poumons ne parvenant plus à remplir leur office.

Regrettant de ne pouvoir respirer à sa place, elle prit ses mains froides entre les siennes, lui frictionna les doigts comme si elle avait eu le pouvoir de les réchauffer, et scruta son visage avec un sourire figé.

— Papa, murmura-t-elle en lissant ses cheveux grisonnants, dis-moi ce que je peux faire. Dis-moi ce que tu veux.

Il posa sur elle un regard doux, affectueux, tandis que ses lèvres, enfoncées dans son visage ridé, esquissaient un mince sourire.

— Cam, chuchota-t-il.

— Oui, je vais envoyer quelqu'un le chercher.

Continuant de lui caresser les cheveux d'une main nerveuse, elle ajouta à voix basse :

— Papa… est-ce que Cam est mon frère ?

— Aaah… soupira-t-il, les yeux plissés. Non, pupuce. Ça m'aurait bien plu. C'est un bon gars…

Evangeline s'inclina pour embrasser l'une de ses mains amaigries, puis elle alla tirer vivement sur le cordon de sonnette. Une servante apparut avec une célérité inhabituelle.

— Oui, milady ?

— Allez chercher M. Rohan, ordonna Evangeline d'une voix qui tremblait à peine.

Elle hésita. Devait-elle également faire venir Sebastian ? Mais son père ne l'avait pas demandé. Et la pensée de sa présence froide et détachée offrait un tel contraste avec ses propres émotions… Non. Il était des circonstances dans lesquelles elle pouvait s'appuyer sur lui, mais celle-ci n'en faisait pas partie.

— Faites vite, murmura-t-elle à la servante, avant de revenir au chevet de son père.

Malgré ses efforts pour maintenir une expression rassurante, elle dut laisser voir un peu de sa peur, car son père, lui ayant pris la main, tira légèrement pour qu'elle se rapproche de lui.

— Evangeline, articula-t-il d'une voix faible, je m'en vais rejoindre ta mère, tu vois… Grâce à elle, y vont laisser la porte de service ouverte… Comme ça, je pourrai me faufiler au paradis.

Elle rit doucement, mais ne put retenir quelques larmes brûlantes.

Cam ne tarda pas à entrer dans la chambre. Contrairement à son habitude, ses cheveux d'un noir de jais étaient ébouriffés et ses vêtements chiffonnés, comme s'il venait de se vêtir en hâte. Même s'il paraissait calme et maître de lui, un reflet mouillé fit étinceler ses yeux dorés quand il aperçut Evangeline. Elle se leva et s'écarta du lit. Il lui fallut déglutir à plusieurs reprises avant d'être capable de parler.

— Il faut que tu t'approches très près de lui pour entendre ce qu'il dit, souffla-t-elle d'une voix rauque.

Cam se pencha vers le lit et prit les mains de Jenner dans les siennes, exactement comme Evangeline l'avait fait.

— Père de mon cœur, dit le jeune gitan à voix basse, soyez en paix avec chaque âme que vous laissez derrière vous. Et sachez que Dieu vous ouvrira le chemin dans la vie nouvelle.

Comme Jenner chuchotait quelque chose, le jeune homme inclina la tête et frotta les mains du vieil homme en un geste d'apaisement.

— Oui, acquiesça-t-il aussitôt, même si Evangeline comprit, à la tension de ses larges épaules, qu'il n'avait pas aimé ce que son père lui demandait. Je veillerai à ce que ce soit fait.

Après cela, Jenner se détendit et ferma les yeux. Cam s'écarta et repoussa Evangeline vers le lit.

— Ça ira, murmura-t-il en la sentant trembler. Comme ma grand-mère me l'a toujours dit : « N'essaye jamais de rebrousser chemin sur une route nouvelle, tu ne sais pas quelles aventures t'attendent. »

Evangeline s'efforça de trouver du réconfort dans ces paroles, mais sa vue se brouilla et sa gorge se serra douloureusement. S'asseyant à côté de son père, elle lui entoura la tête du bras et posa une main légère sur sa poitrine. Sa respiration se fit moins laborieuse et il émit un faible son, comme s'il était sensible à son contact. Et tandis que la vie commençait à s'éteindre en lui, elle sentit la grande main de Cam se refermer sur son bras en une étreinte pleine de douceur.

Un calme douloureux s'abattit dans la pièce. Le cœur d'Evangeline battait une chamade presque audible. Elle n'avait jamais côtoyé la mort auparavant, et devoir l'affronter maintenant, perdre la seule personne à l'avoir jamais aimée, l'emplissait de peur. Tournant son regard embué vers la porte, elle découvrit la haute silhouette de Sebastian qui se tenait là, le visage insondable, et elle s'aperçut soudain que, tout compte fait, elle avait besoin de sa présence en cet instant. Quelque chose dans le regard étincelant qu'il fixait sur elle l'aida à recouvrer son calme.

La plus infime des exhalaisons s'échappa des lèvres d'Ivo Jenner… puis ce fut tout.

Comprenant que c'était fini, Evangeline appuya la joue contre la tête de son père et ferma les yeux.

— Adieu, souffla-t-elle tandis que ses larmes glissaient dans les mèches qui avaient été un jour d'un roux flamboyant.

Au bout d'un moment, elle sentit les mains de Cam la relever et l'éloigner du lit.

— Evangeline, murmura-t-il en détournant le visage, je dois… je dois m'occuper du corps. Va rejoindre ton mari.

Evangeline hocha la tête et essaya de bouger, mais ses jambes refusèrent de lui obéir. Cam lui repoussa les cheveux, puis lui effleura le front d'un baiser tendre et chaste. Comme une aveugle, elle se retourna et tituba vers son mari. Sebastian franchit la distance qui les séparait en quelques enjambées et lui glissa un mouchoir dans la main. Elle le prit avec reconnaissance. Trop affligée pour prêter attention à quoi que ce soit, elle s'essuya les yeux et se moucha alors qu'il l'entraînait hors de la chambre. Elle sentait sa main sur sa taille et son bras ferme dans son dos.

— Il souffrait sans répit, déclara Sebastian d'un ton terre à terre. C'est mieux ainsi.

— Oui, balbutia Evangeline. Oui, bien sûr.

— Vous a-t-il dit quelque chose ?

— Il a fait allusion… à ma mère.

À cette pensée, un flot de larmes lui brûla de nouveau les yeux, pourtant, elle esquissa un sourire tremblant.

— Il a dit qu'elle allait l'aider à entrer au paradis par la porte de service.

Sebastian l'escorta jusqu'à sa chambre. Evangeline s'effondra sur son lit et se recroquevilla sur le flanc, le nez enfoui dans le mouchoir. Jamais elle n'avait pleuré ainsi, sans sanglots, le désespoir suintant de sa gorge, la poitrine opprimée par le poids d'un chagrin qui refusait de s'apaiser. Elle eut vaguement conscience que l'on tirait les rideaux et que Sebastian envoyait une servante chercher du vin et un broc d'eau fraîche.

Il resta dans la chambre sans toutefois s'approcher. Après avoir marché de long en large pendant quelques minutes, il finit par s'asseoir sur une chaise à côté du lit. Il était évident qu'il ne voulait pas la tenir dans ses bras pendant qu'elle pleurait, qu'il répugnait à une intimité aussi chargée d'émotion. Elle pouvait s'abandonner à lui dans la passion, mais pas dans la douleur. Cependant, il était clair qu'il n'avait pas l'intention de la quitter.

Lorsque la servante eut apporté le vin, Sebastian aida Evangeline à s'asseoir en calant plusieurs oreillers dans son dos, puis il lui donna un verre copieusement rempli. Pendant qu'elle buvait, il prit un linge mouillé d'eau froide et le pressa doucement sur ses yeux gonflés. Ses gestes étaient doux et étrangement attentionnés, comme s'il prodiguait des soins à un tout petit enfant.

— Les employés... marmonna Evangeline après un instant. Le club... L'enterrement...

— Je vais m'occuper de tout, répondit Sebastian avec calme. Nous fermerons le club. Et je me chargerai de l'organisation des funérailles. Dois-je envoyer chercher l'une de vos amies ?

Evangeline secoua la tête.

— Cela les mettrait dans une position délicate. Et je n'ai pas envie de parler à qui que ce soit.

— Je comprends.

Sebastian demeura avec elle jusqu'à ce qu'elle ait bu un second verre de vin. Comprenant qu'il attendait un signe d'elle, elle posa le verre vide sur la table de nuit.

— Je devrais réussir à dormir un peu, à présent, déclara-t-elle avec l'impression d'avoir la langue pâteuse. Il est inutile que vous restiez auprès de moi alors qu'il y a tant à faire.

Il la parcourut d'un regard scrutateur avant de se lever.

— Faites-moi appeler quand vous serez réveillée.

Allongée dans la pénombre, étourdie et somnolente, Evangeline s'interrogea : pourquoi disait-on toujours que la mort d'un être cher était plus facile à supporter quand on avait eu le temps de s'y préparer ? cela ne lui semblait en rien facile. Les mêmes gens auraient pu ajouter que son chagrin devait être moindre du fait qu'elle n'avait pas vraiment connu son père. En vérité, c'était exactement le contraire. Il y avait tellement peu de souvenirs dans lesquels elle aurait pu trouver du réconfort… tellement peu de temps passé ensemble. À la peine venaient s'ajouter un sentiment mélancolique de privation… et même, une pointe de colère. Étaitelle donc si indigne d'être aimée, pour avoir reçu aussi peu d'amour dans sa vie ? Lui manquait-il une qualité essentielle pour que les autres soient attirés par elle ?

Consciente que ses pensées dérivaient dangereusement vers l'apitoiement sur soi, elle ferma les yeux et laissa échapper un soupir tremblant.

Au moment où Cam quittait les appartements d'Ivo Jenner, il croisa Saint-Vincent dans le vestibule. Ce dernier arborait une mine renfrognée et, quand il s'adressa à lui, ce fut d'un ton où perçait une pointe d'arrogance glaciale.

— Si ma femme trouve du réconfort dans des boniments à la sauce gitane, je n'ai pas d'objection à ce que vous les lui débitiez. Toutefois, si vous vous avisez de l'embrasser de nouveau – même de façon platonique –, je vous transforme en eunuque.

Que Saint-Vincent puisse s'abaisser à faire montre d'une jalousie aussi mesquine alors que le corps d'Ivo Jenner n'était pas encore froid aurait pu paraître offensant à certains hommes. Cam, cependant, observa l'impudent vicomte avec un intérêt non dépourvu de curiosité.

Sa réponse fut calculée pour mettre délibérément son interlocuteur à l'épreuve.

— Aurais-je voulu l'avoir de cette façon, répliqua-t-il doucement, que ce serait fait, à l'heure qu'il est.

Il avait vu juste. La lueur d'avertissement qui s'alluma dans les yeux pâles de Saint-Vincent trahit une profondeur de sentiment qu'il aurait refusé d'admettre. Cam n'avait jamais connu d'exemple de ce désir muet que Saint-Vincent éprouvait pour sa propre femme. Il ne fallait pas être très observateur pour remarquer que chaque fois qu'Evangeline entrait dans une pièce, le vicomte n'était pas loin de se mettre à vibrer comme un diapason.

— Il est possible d'éprouver de l'affection pour une femme sans vouloir coucher avec elle, fit valoir Cam. Mais vous n'êtes apparemment pas d'accord. Ou peut-être êtes-vous si obsédé par elle qu'il vous est impossible de concevoir qu'il puisse en être autrement pour d'autres ?

— Je ne suis pas obsédé par elle, rétorqua Saint-Vincent.

S'appuyant de l'épaule contre le mur, Cam soutint son regard dur. Sa réserve de patience habituelle commençait à s'épuiser.

— Bien sûr que si. Tout le monde peut s'en rendre compte.

Le regard de Saint-Vincent se fit menaçant.

— Un autre mot, dit-il d'une voix rauque, et vous subirez le même sort qu'Egan.

Cam leva les mains en un geste moqueur de défense.

— Compris. Au fait... Les derniers mots de Jenner concernaient Bullard. Dans son testament, il lui lègue une certaine somme d'argent... et il demandait qu'il la touche bel et bien.

Saint-Vincent plissa les yeux.

— Pourquoi laisserait-il de l'argent à Bullard ?

Cam haussa les épaules.

— Je l'ignore. Mais à votre place, je respecterais le dernier vœu de Jenner.

— Dans le cas contraire, ni lui ni personne ne pourrait faire grand-chose.

— Vous prendriez le risque que son fantôme vienne hanter le club.

— Son fantôme ? répéta Saint-Vincent en lui jetant un regard incrédule. Seigneur... Vous n'êtes pas sérieux, n'est-ce pas ?

— Je suis gitan, répliqua Cam sur le ton de l'évidence. Je crois aux fantômes, bien sûr.

— À moitié gitan. J'en avais donc conclu que le reste de votre personne pouvait être à peu près raisonnable et rationnel.

— L'autre moitié est irlandaise, précisa Cam avec une pointe de contrition.

— *Seigneur !* répéta Saint-Vincent avant de s'éloigner en secouant la tête.

Avec les funérailles à organiser, les affaires du club à remettre en ordre et le bâtiment lui-même à restaurer en toute urgence, Sebastian aurait dû être bien trop occupé pour s'occuper d'Evangeline et s'inquiéter de son état. Pourtant, elle ne tarda pas à s'apercevoir qu'il exigeait des domestiques de fréquents comptes rendus concernant ses heures de sommeil, la quantité de nourriture qu'elle avait absorbée, et de ses activités en général. Quand il apprit qu'elle était sortie sans avoir déjeuné, il lui fit monter un plateau accompagné d'un billet comminatoire.

Madame,

Ce plateau me reviendra dans une heure pour inspection. Si son contenu n'a pas entièrement disparu, je me chargerai personnellement de vous le faire avaler de force.

Bon appétit.

S.

À la satisfaction de Sebastian, Evangeline se plia à son injonction. Elle ne put toutefois s'empêcher de se demander avec contrariété si ses ordres étaient motivés par l'inquiétude ou par le désir de la persécuter. Toutefois, peu de temps après, Sebastian eut un geste plein d'attention. Il donna en effet à une couturière le double de ce qu'elle gagnait d'ordinaire pour qu'elle confectionne trois robes de deuil dans les plus brefs délais. Malheureusement, les étoffes choisies se révélèrent totalement inappropriées.

La première année de deuil, les femmes étaient censées ne porter que du crêpe, un tissu raide, terne et rêche. Personne ne considérait ce choix comme agréable, le crêpe étant dangereusement inflammable et ayant tendance à se rétracter, voire à tomber en lambeaux sous la pluie. Mais Sebastian avait donné l'ordre de réaliser une robe en épais velours noir, une autre en fine batiste et la dernière en cachemire.

— Je ne peux pas porter ces robes, lui dit Evangeline, les sourcils froncés.

Elle les avait posées sur son lit, où elles s'étalaient telles des fleurs nocturnes.

Sebastian les avait apportées dans sa chambre en personne, aussitôt après leur livraison. Il se tenait à l'angle du lit, négligemment appuyé contre l'une des colonnes richement sculptées. À l'exception de sa chemise et de son col immaculés, il était vêtu de noir de la tête aux pieds. Comme on pouvait s'y attendre, il était d'une beauté étonnante dans ces vêtements sévères qui offraient un contraste presque exotique avec sa peau et ses cheveux d'un or éclatant. Evangeline ne put s'empêcher de se demander – et ce n'était pas la première fois – si un homme doté d'un physique aussi remarquable pouvait avoir un caractère plaisant. Il ne faisait aucun doute qu'il était gâté depuis l'enfance.

— Que reprochez-vous à ces vêtements ? demanda Sebastian en jetant un coup d'œil aux robes. Elles sont noires, non ?

— Certes, oui, mais elles ne sont pas en crêpe.

— Parce que vous tenez absolument à porter du crêpe ?

— Bien sûr que non. Personne n'y tient. Mais si les gens me voient porter autre chose, les commérages iront bon train.

Sebastian haussa un sourcil.

— Evangeline, dit-il avec flegme, vous vous êtes enfuie pour vous soustraire à la volonté de votre famille, vous avez épousé un débauché notoire et vous vivez dans un établissement de jeu. Combien d'autres fichus commérages croyez-vous pouvoir susciter ?

Evangeline jeta un coup d'œil incertain à la robe qu'elle portait, l'une des trois qu'elle avait prises avec elle la nuit où elle s'était échappée de chez les Maybrick. Elle avait fait de son mieux, avec l'aide des servantes, pour la nettoyer. Mais le lainage brun était taché par le voyage, et il avait rétréci aux endroits où il avait été mouillé et crotté. De plus, il piquait. Elle voulait porter quelque chose de frais, de doux et de propre. Presque malgré elle, sa main se posa sur le velours noir. Ses doigts tracèrent des sillons brillants dans les poils ras soyeux.

— Vous devriez apprendre à ne pas tenir compte de ce que disent les gens, murmura Sebastian en s'approchant.

Debout derrière elle, il posa les mains sur ses épaules, lui arrachant un tressaillement.

— Vous serez bien plus heureuse ainsi. J'ai appris, poursuivit-il avec une pointe d'amusement, que si les commérages au sujet des autres sont souvent vrais, ils ne le sont jamais lorsque vous êtes vous-même en cause.

Evangeline se raidit nerveusement quand elle sentit ses mains descendre le long de la rangée de boutons qui fermaient sa robe dans le dos.

— Que faites-vous ?

— Je vous aide à changer de robe.

— Je ne veux pas en changer. Pas maintenant. Je... Oh, je vous en prie, arrêtez !

Mais il continua, une main posée sur son abdomen pour la maintenir en place pendant que, de l'autre, il libérait un bouton après l'autre. Plutôt que de se débattre, au risque de perdre toute dignité, Evangeline rougit et se tint immobile, sa peau se hérissant à mesure qu'il la découvrait.

— J'apprécierais que... que vous ne me manipuliez pas de manière aussi cavalière !

— Le mot « cavalière » implique de l'indifférence... rétorqua-t-il tout en repoussant sa robe sur ses hanches

Celle-ci tomba en un tas informe sur le sol.

— ... et il n'y a rien d'indifférent dans la façon dont je réagis à votre présence, mon ange.

— Un peu de respect ne serait pas superflu, s'exclama Evangeline, frissonnant dans ses sous-vêtements. Surtout après... après...

— Vous n'avez pas besoin de respect. Vous avez besoin de réconfort, de caresses et, peut-être, d'une longue et plaisante culbute dans le lit avec moi. Mais puisque vous ne me le permettrez pas, vous allez avoir une friction des épaules et quelques conseils.

Sebastian posa ses mains chaudes sur les épaules d'Evangeline, qui étaient nues à l'exception des bretelles de sa chemise. Il commença à masser ses muscles raides en décrivant de puissants arcs de cercle sur le haut de son dos avec les pouces. Evangeline émit un faible son et tenta de s'écarter, mais il la retint et continua de la masser avec une adresse infinie.

— Vous n'êtes pas la même qu'il y a quelques jours, dit-il doucement. Vous n'êtes plus une « laissée-pour-compte », ni une vierge, ni une enfant sans défense obligée de subir les Maybrick. Vous êtes une vicomtesse dotée d'une fortune considérable et d'un vaurien de mari. À quelles règles allez-vous vous conformer, désormais ?

» Perplexe et lasse, Evangeline secoua la tête. Elle découvrit qu'au fur et à mesure que Sebastian libérait son dos de ses tensions, le contrôle qu'elle exerçait sur ses émotions semblait s'amenuiser lui aussi. Elle craignait de se mettre à pleurer si elle essayait de parler. Elle demeura donc silencieuse, ferma les yeux, et s'efforça de conserver une respiration égale.

— Jusqu'à maintenant, vous avez passé votre vie à vous démener pour plaire aux autres, reprit-il. Avec très peu de succès. Pourquoi ne pas essayer de faire ce qui vous plaît, pour changer ? Pourquoi ne pas vivre selon vos propres règles ? Qu'avez-vous gagné à obéir aux conventions ?

Alors qu'elle réfléchissait à ces questions, Evangeline laissa échapper un petit soupir de plaisir quand il trouva un point particulièrement douloureux.

— J'aime les conventions, finit-elle par dire. Il n'y a rien de mal à être une personne ordinaire, n'est-ce pas ?

— Non. Mais vous n'êtes pas ordinaire... Sinon vous ne seriez jamais venue me trouver au lieu d'épouser votre cousin Eustace.

— J'étais désespérée.

— Ce n'était pas la seule raison...

Il parlait d'une voix basse qui ressemblait à un ronronnement.

— Vous étiez aussi tentée par le diable.

— Non ! Ce n'est pas vrai !

— Vous avez pris plaisir à m'acculer dans mon propre domicile, moi, le débauché notoire, avec une offre que je ne pouvais me permettre de refuser. N'essayez pas de nier... je vous connais assez bien, à présent.

Ce fut incroyable mais, malgré son chagrin et son inquiétude, Evangeline ne put s'empêcher d'esquisser un sourire.

— Peut-être que j'y ai pris plaisir, l'espace d'un instant, admit-elle. Et il ne fait aucun doute que j'ai été ravie en songeant à la fureur de ma famille quand elle découvrirait ce que j'avais fait.

Son sourire s'évanouit lorsqu'elle ajouta d'un ton morose :

— Comme j'ai détesté vivre avec eux ! Si seulement mon père m'avait gardée auprès de lui... Il aurait pu payer quelqu'un pour s'occuper de moi...

— Grand Dieu, répliqua Sebastian sans une once de sympathie, pourquoi aurait-il voulu garder une jeune enfant dans son entourage ?

— Parce que j'étais sa famille. Parce que j'étais tout ce qu'il avait !

Elle s'attira en réponse un vigoureux mouvement de dénégation.

— Les hommes ne pensent pas de cette manière, ma douce. Votre père a jugé – et avec raison – que vous seriez mieux en vivant loin de lui. Il savait que vous ne trouveriez pas à vous marier convenablement si vous n'étiez pas élevée dans une maison respectable.

— Mais s'il avait su que les Maybrick me traiteraient… comme ils l'ont fait…

— Qu'est-ce qui vous fait croire que votre père n'aurait pas agi de la même manière ? riposta Sebastian. C'était un ancien boxeur, que diable ! Il n'était pas réputé pour sa retenue. Vous auriez peut-être eu à tâter du dos de sa main si vous l'aviez vu plus souvent.

— Certainement pas ! protesta Evangeline avec véhémence.

— Ne montez pas sur vos grands chevaux, répliqua Sebastian en tendant la main vers la robe de velours déployée sur le lit. Comme je vous l'ai déjà dit, je n'approuverai jamais que l'on frappe une femme pour quelque raison que ce soit. Mais le monde est plein d'hommes qui n'ont pas ce genre de scrupules, et il est fort probable que votre père était l'un d'eux.

» Protestez si vous voulez, mais ne soyez pas naïve au point de mettre Jenner sur un piédestal. Vu le milieu dans lequel il baignait – les escroqueries, les tripots, les criminels, les tricheurs et les filous de tous poils –, c'était un homme relativement convenable. Je suis certain qu'il considérerait ceci comme un éloge tout à fait adéquat. Levez les bras… »

D'un geste adroit, il lui enfila la robe par la tête, tira la jupe sur ses hanches et l'aida à introduire les bras dans les manches.

— Cette vie n'est pas faite pour vous, reprit-il d'un ton non dénué de gentillesse. Votre place se trouve dans quelque propriété à la campagne où vous pourriez manger un bol de fraises à la crème, assise sur une couverture dans le jardin, vous promener en voiture découverte et rendre visite à vos amies. Un jour, vous me laisserez probablement vous faire un bébé. Cela vous occupera. Et vous donnera quelque chose en commun avec vos amies qui ont déjà, sans aucun doute, commencé à procréer.

Étonnée par la désinvolture avec laquelle cette suggestion avait été émise, Evangeline scruta le beau visage si près du sien. On aurait pu penser qu'il venait juste de proposer de lui acheter un chiot. Était-il vraiment aussi insensible qu'il le paraissait ?

— Porteriez-vous de l'intérêt à un bébé ? réussit-elle à demander après avoir dégluti à plusieurs reprises.

— Non, mon cœur. Je ne suis pas plus fait pour avoir une femme et une famille que votre père ne l'était. Mais je ferai le nécessaire pour que vous ne manquiez de rien.

Une étincelle malicieuse s'alluma dans son regard.

— Et je participerais avec enthousiasme à la conception d'enfants, sinon à leur éducation. Réfléchissez à ce que vous voulez, lui conseilla-t-il en se plaçant derrière elle pour boutonner sa robe. Il y a vraiment peu de choses qui vous sont inaccessibles... à condition d'oser tendre la main pour vous en emparer.

11

Les sentiments amicaux qu'Evangeline avait pu éprouver envers son mari s'évaporèrent le lendemain, quand Sebastian quitta le club juste avant midi pour se rendre ostensiblement chez Mme Bradshaw. Il en avait terminé avec l'organisation des funérailles d'Ivo Jenner, qui auraient lieu le jour suivant, et avait reporté toute son attention sur les affaires du club. Celui-ci resterait fermé pendant une quinzaine de jours, durant lesquels une armée de menuisiers, de maçons et de peintres s'emploieraient à rénover le bâtiment.

Sebastian avait aussi commencé à opérer des changements drastiques dans l'organisation interne de l'établissement avec, notamment, la promotion de Cam au poste de chef de salle. En raison de l'ascendance mêlée du jeune homme, cette décision n'allait pas manquer de susciter des controverses. Tout le monde considérait les gitans comme des individus faux et chapardeurs. Que Cam devienne responsable des dépôts et des paiements de fortes sommes d'argent, et qu'il joue le rôle d'arbitre en cas de litige sur la régularité d'un jeu, revenait pour certains à demander à un chat de surveiller un nid de poussins. L'importance de cette fonction était telle que personne, pas même Sebastian, n'était en droit de contester un jugement ou une décision de celui qui l'occupait. Toutefois, le jeune homme était une figure familière et appréciée, et Sebastian tablait sur le fait que cette popularité inciterait les membres du club à l'accepter dans son nouveau rôle. De plus, parmi les trente employés du club, aucun n'était qualifié – même de loin – pour diriger la salle des jeux de dés.

À présent qu'il n'y avait plus de filles attachées à la maison, il était impératif de concevoir un moyen pour que, à la réouverture du club, les joueurs puissent bénéficier d'une compagnie féminine. Au grand mécontentement d'Evangeline, Cam avait trouvé que l'arrangement avec Mme Bradshaw proposé par Sebastian serait une excellente façon de résoudre le problème. Et, naturellement, Sebastian avait pris sur lui d'aller en personne présenter sa proposition à la maquerelle. L'appétit sexuel de son mari étant tristement célèbre, Evangeline était certaine que sa visite à Mme Bradshaw inclurait bien plus qu'une simple discussion d'affaires. Sebastian n'avait pas couché avec quiconque depuis leur séjour à Gretna Green ; elle ne doutait pas qu'il était plus que désireux de s'accorder un peu de bon temps avec une femme bien disposée.

Evangeline ne cessa de se répéter qu'elle s'en moquait. Il pouvait coucher avec dix femmes… cent… mille… peu lui importait. Le contraire eût été stupide. Sebastian n'était pas plus capable de loyauté qu'un matou traînant dans les ruelles et s'accouplant avec chaque femelle qu'il rencontrait.

Fulminant derrière sa façade stoïque, Evangeline se brossa les cheveux et les attacha en un chignon de tresses compliqué. Quand elle détourna les yeux du petit miroir qui surmontait la coiffeuse, son regard fut attiré par l'éclat de son alliance en or. Les mots gravés en gaélique paraissaient se moquer d'elle.

— Mon amour veille sur toi, chuchota-t-elle avec amertume avant d'ôter la bague.

À quoi rimait de porter une alliance quand son mariage était une telle mascarade ?

Elle la posa sur la coiffeuse, se ravisa et la glissa dans sa poche, avec l'intention de demander à Cam de la conserver dans le coffre-fort du club. Elle s'apprêtait à quitter la pièce lorsqu'on frappa à la porte. Ce ne pouvait être Sebastian, qui ne se souciait jamais de frapper. Ouvrant le battant, Evangeline découvrit Joss Bullard sur le seuil.

Si aucun des employés ne lui témoignait d'hostilité marquée, il était évident que sa popularité était loin d'approcher celle de Cam Rohan. Malheureusement pour Bullard, tous deux étaient du même âge, et on avait souvent tendance à les comparer l'un à l'autre. Il aurait été injuste de comparer la plupart des hommes au beau et ténébreux Cam qui, avec son affabilité charmeuse et son humour pince-sans-rire, figurait parmi les préférés aussi bien des employés que des habitués du club. Pour aggraver encore les choses, Bullard était un individu dépourvu d'humour, en permanence insatisfait, et jaloux de tous ceux à qui la vie semblait offrir davantage. Evangeline le traitait avec une politesse pleine de réserve.

Bullard fixa sur elle un regard à la fois terne et dur.

— Y a quelqu'un qui vous demande à l'entrée de service, milady.

— Une visite ?

Evangeline fronça les sourcils. Un brusque vide se creusa dans son estomac à la pensée que ses oncles l'avaient finalement retrouvée. La nouvelle de la mort de Jenner, de la fermeture provisoire du club et de sa présence dans les lieux avait dû se répandre rapidement dans Londres.

— Qui est-ce ? Qu… quel nom vous a-t-on donné ?

— On m'a dit d'vous dire que c'est une Mme Hunt, milady.

Annabelle ! En entendant le nom de son amie, son cœur se mit à battre plus vite, de soulagement et d'impatience, encore qu'elle avait peine à croire qu'Annabelle avait osé venir dans un établissement de jeu.

— Quelle bonne nouvelle ! s'exclama-t-elle. Faites-la monter dans le salon de mon père, je vous prie.

— On m'a dit d'vous dire que vous deviez descendre jusque derrière, milady.

— Oh…

Mais ce n'était pas possible. Une femme issue d'un milieu aussi protégé que celui d'Annabelle ne pouvait attendre à l'arrière du club. Préoccupée, Evangeline franchit le seuil de sa chambre sans songer à rien d'autre qu'à rejoindre son amie le plus vite possible. Bullard sur les talons, elle dévala les deux longues volées de marches, ne s'accrochant à la rampe qu'à intervalles irréguliers. Quand elle atteignit le pied de l'escalier, son cœur battait à tout rompre. Avec difficulté, elle repoussa la lourde porte…

… et bondit en arrière en reconnaissant non pas l'élégante silhouette d'Annabelle Hunt mais celle, massive, de son oncle Peregrine.

Elle eut un blanc, lui adressa un regard interloqué qui ne dura qu'une fraction de seconde, puis recula tandis qu'un flot de terreur se répandait en elle. Peregrine avait toujours été plus que disposé à utiliser ses poings pour la forcer à l'obéissance. Peu importait qu'elle fût à présent lady Saint-Vincent, et donc légalement hors de sa portée. Son oncle allait prendre sa revanche de toutes les manières possibles, en commençant par la battre à bras raccourcis.

Affolée, Evangeline pivota pour fuir, mais, à sa grande stupéfaction, Bullard s'avança pour lui barrer le passage.

— Y m'a promis un souverain pour vous faire venir, marmonna-t-il. C'est ce que je gagne dans le mois.

— Non ! haleta-t-elle en le repoussant. Non... Je vous donnerai ce que vous voulez... Ne le laissez pas m'emmener !

— Jenner, y vous a envoyée vivre chez eux toutes ces années, ricana le jeune homme. Y voulait pas d'vous ici. Personne veut de vous ici.

Sans se soucier de ses cris de protestation, Bullard la repoussa inexorablement vers son oncle, dont le visage aux traits grossiers se marbrait de triomphe et de fureur mêlés.

— Voilà, j'ai fait ce que vous m'avez dit, lança Bullard en s'adressant à l'homme qui se tenait derrière Peregrine, et qu'Evangeline reconnut comme étant son oncle Brook. Filez-moi le fric, maintenant.

L'air embarrassé et vaguement honteux, Brook lui tendit le souverain.

Peregrine referma sur Evangeline une main de fer, et elle se retrouva aussi impuissante qu'un lapin saisi par la peau du cou. La rage empourprait le gros visage carré de son oncle.

— Espèce de fille stupide, de bonne à rien ! hurla-t-il en la secouant avec brutalité. Si tu ne pouvais pas encore servir à quelque chose, je me débarrasserais de toi comme de l'ordure que tu es ! Pendant combien de temps croyais-tu pouvoir nous échapper ? Tu vas nous le payer, je te le garantis !

— Bullard, arrêtez-le, *je vous en supplie*, cria Evangeline, s'arc-boutant pour empêcher Peregrine de l'entraîner vers la voiture arrêtée non loin.

Bullard ne fit pas un geste pour lui venir en aide. Il se contenta d'observer la scène depuis le seuil d'un regard haineux. Evangeline ne comprenait pas ce qu'elle avait fait pour qu'il la méprise ainsi. Pourquoi n'y avait-il personne pour venir à son secours ? Pourquoi personne n'accourait-il en entendant ses cris ? Elle se débattit comme une folle, essaya de planter ses ongles dans les bras de son oncle. Mais ses lourdes jupes entravaient ses efforts, et elle ne faisait pas le poids face à Peregrine qui, exaspéré par sa résistance, grommela :

— Tiens-toi donc tranquille, petite idiote !

Du coin de l'œil, Evangeline vit un jeune garçon sortir des écuries et s'immobiliser, l'air incertain, au spectacle de la lutte qui se déroulait dans l'allée.

— Va chercher Cam… lui cria-t-elle.

Son appel fut étouffé par Peregrine qui lui bâillonna la bouche et le nez d'une main dure.

Elle mordit dans sa chair épaisse, au goût de poussière, et il ôta sa main avec un glapissement de rage.

— Cam ! hurla-t-elle, avant d'être réduite au silence par un coup violent sur l'oreille.

Peregrine la poussa vers l'oncle Brook, dont le mince visage flottait, indistinct, devant ses yeux.

— Mets-la dans la voiture, ordonna Peregrine, avant de sortir un mouchoir de sa poche pour panser sa main ensanglantée.

Evangeline se débattit quand Brook la saisit pour l'entraîner sans ménagement vers le véhicule. D'une torsion brutale, elle réussit à se retourner pour lui décocher un coup oblique à la gorge. Il en eut le souffle coupé et la lâcha en toussant violemment.

Mais Peregrine referma sur elle ses mains comme des battoirs avant de la projeter contre la paroi de la voiture. La tête d'Evangeline heurta le panneau laqué, une myriade d'étincelles explosa devant ses yeux et une douleur perçante lui vrilla le crâne. Étourdie par le choc, elle ne put que se débattre faiblement avant d'être jetée à l'intérieur de la voiture.

Interloquée, elle découvrit que son cousin Eustace s'y trouvait, si blanc et gros qu'il ressemblait à un baleineau échoué sur la banquette. Il l'attrapa pour la serrer contre les replis épais de son corps à l'odeur aigrelette. Elle fut surprise par la force avec laquelle il referma son bras énorme sur sa gorge.

— Je vous tiens, dit-il d'une voix rendue haletante par l'effort. Sale garce… vous avez rompu votre promesse de m'épouser. Mais mes parents ont dit que j'aurai bel et bien votre fortune, et ils sont prêts à faire ce qu'il faut pour qu'elle me revienne.

— Je suis… déjà mariée, balbutia Evangeline.

Elle étouffait sous la montagne de chair qui semblait l'entourer de toute part, lui donnant l'impression d'avoir été avalée par une espèce de monstre marin.

— Le mariage n'est pas valable. Nous allons le faire annuler. Alors, vous voyez, votre plan pour m'écarter a échoué… Vous avez intérêt à ne pas me contrarier, cousine, continua-t-il, tel un gamin en colère. Mon père a dit que je pourrai faire ce que je veux de vous, une fois que nous serons mariés. Ça vous plairait d'être enfermée dans un placard pendant une semaine ?

Evangeline ne parvint pas à absorber suffisamment d'air pour répondre. De ses bras énormes, Eustace l'écrasait contre la masse molle de sa poitrine et de son ventre. Des larmes de douleur et de désespoir lui montèrent aux yeux tandis qu'elle tirait frénétiquement sur le garrot de chair autour de son cou.

À travers le bourdonnement qui lui emplissait les oreilles, elle entendit du bruit à l'extérieur, des cris et des jurons. Tout à coup, la portière de la voiture s'ouvrit à la volée et quelqu'un fit irruption. Evangeline se tortilla pour voir de qui il s'agissait. Ce qu'il lui restait de souffle s'exhala en un faible sanglot quand elle aperçut le reflet familier d'une chevelure dorée.

C'était Sebastian, tel qu'elle ne l'avait jamais vu auparavant: non plus détaché ni maître de lui, mais en proie à une rage sans nom. Une lueur meurtrière miroitait dans le regard pâle qu'il attacha sur Eustace. La respiration de celui-ci se fit laborieuse, et ses multiples mentons se mirent à trembler.

— Donnez-la-moi, ordonna Sebastian d'une voix éraillée par la colère. *Immédiatement*, espèce d'ordure, ou je vous tranche la gorge.

Eustace se rendit apparemment compte qu'il n'hésiterait pas à mettre sa menace à exécution, car il desserra son étreinte sur la gorge d'Evangeline. Elle se jeta vers Sebastian en aspirant désespérément de grandes goulées d'air. Il referma un bras protecteur autour d'elle.

— Doucement, mon cœur, murmura-t-il. Vous êtes en sécurité, à présent.

Blottie contre lui, Evangeline perçut les frémissements de fureur qui continuaient de le parcourir. Il fixa un regard menaçant sur Eustace, qui essayait de se tasser à l'extrémité opposée de la banquette.

— La prochaine fois que je vous vois, l'avertit Sebastian d'un ton implacable, quelles que soient les circonstances, je vous tue. Aucune loi, aucune arme, pas même Dieu en personne ne pourra m'en empêcher. Si vous tenez à la vie, je vous conseille donc d'éviter que votre chemin croise le mien une seconde fois.

Laissant Eustace réduit à une montagne de chair tremblante de peur, Sebastian tira Evangeline hors du véhicule. Elle s'accrocha à lui et, peinant toujours pour recouvrer son souffle, elle jeta un regard plein d'appréhension dans la venelle. Alerté sans doute par le vacarme, Cam avait fini par arriver et tenait ses deux oncles en respect. Brook était à terre alors que Peregrine titubait en arrière, le visage écarlate de surprise et de colère.

Evangeline vacilla quand ses pieds touchèrent le sol, et elle tourna le visage pour l'appuyer contre l'épaule de son mari. Ce dernier écumait littéralement. Il la soumit à un examen bref mais soigneux, faisant courir avec légèreté ses mains sur son corps.

— Êtes-vous blessée, Evangeline ? demanda-t-il d'une voix étonnamment tendre. Regardez-moi, mon cœur. Oui. Ma douce… vous ont-ils fait mal ?

— No… non.

Evangeline le fixa d'un regard hébété.

— Mon oncle Peregrine… chuchota-t-elle, il est très fo… fort…

— Je m'en occuperai, assura-t-il avant d'interpeller Cam. Rohan ! Venez la chercher.

Le jeune homme obéit sur-le-champ et les rejoignit à grandes enjambées souples. Il s'adressa à Evangeline dans une langue étrangère, d'une voix apaisante qui calma ses nerfs mis à dure épreuve.

Elle hésita avant d'aller avec lui, jeta un regard inquiet à Sebastian.

— Tout va bien, fit son mari avant de fixer son regard glacial sur Peregrine. Éloignez-vous.

Evangeline se mordit la lèvre, puis prit le bras de Cam et se laissa entraîner à l'écart.

— Comme c'est aimable à vous de nous rendre visite, mon oncle, entendit-elle Sebastian lancer d'une voix cinglante. Vous êtes venu nous présenter vos félicitations, je suppose ?

— Je suis venu chercher ma nièce, gronda Peregrine. Elle était promise à mon fils. Votre mariage illicite ne tiendra pas !

— Elle est *à moi*, riposta Sebastian. Vous n'êtes quand même pas assez idiot pour penser que je vais la laisser partir sans protester.

— Je vais faire annuler le mariage, assura Peregrine.

— Ce ne serait possible que si le mariage n'avait pas été consommé. Or, je peux vous assurer qu'il l'a été.

— Nous connaissons un médecin qui a promis de certifier que sa virginité est encore intacte.

— N'y comptez pas. Savez-vous quelle image cela donnerait de moi ? dit Sebastian avec une affabilité glaçante. Je me suis trop acharné à cultiver ma réputation... Plutôt être damné que de la laisser entacher par une suspicion d'impuissance !

Il se débarrassa de son manteau et le jeta à Cam, qui le rattrapa d'une main. Pas un instant il n'avait cessé de fixer d'un regard meurtrier le visage de Peregrine qui, d'empourpré, était devenu livide.

— Vous est-il venu à l'esprit qu'elle puisse être enceinte de mes œuvres ?

— Si c'est le cas, nous y remédierons.

Ne comprenant pas vraiment ce que son oncle entendait par là, Evangeline se recroquevilla entre les bras protecteurs de Cam. Celui-ci resserra son étreinte tout en regardant Peregrine, une lueur de haine inhabituelle dans ses prunelles dorées.

— Ne t'inquiète pas, chuchota-t-il à Evangeline.

En entendant la réponse de Peregrine, le visage de Sebastian s'était coloré.

— Charmant, commenta-t-il. Je préférerais la tuer de mes propres mains plutôt que de vous la laisser.

Perdant apparemment ce qu'il lui restait de sang-froid, Peregrine se rua vers lui en rugissant.

— Je te passerai sur le corps s'il le faut, espèce d'arrogant fils de pute !

Evangeline frémit quand Sebastian fit un pas de côté pour éviter son oncle qui chargeait, puis attendit qu'il fasse demi-tour.

— Stupide, entendit-elle Cam marmonner. Il aurait dû lui faire un croche-pied.

Il regarda en silence Sebastian esquiver de justesse le poing massif de Peregrine, puis lui décocher un rapide direct du droit à la mâchoire. Bien que puissant, le coup ne parut pas faire beaucoup d'effet à l'oncle d'Evangeline. Horrifiée, elle les vit échanger une série de coups rapides. Même si Sebastian était de loin le plus agile, Peregrine parvint à le frapper à plusieurs reprises avec une telle force qu'il fut projeté en arrière.

Les quelques employés présents commencèrent à sortir du club et se mirent à encourager Sebastian, tandis que des passants curieux accouraient depuis la rue. Un grand cercle se forma autour des deux adversaires, et l'air retentit de beuglements et de huées.

Evangeline s'accrocha au bras qui lui ceignait la taille.

— Cam, fais quelque chose, supplia-t-elle.

— Je ne peux pas.

— Tu sais te battre. Mon père m'a toujours dit...

— Non, répondit Cam sombrement. C'est son combat. Si j'intervenais maintenant, il aurait l'air d'être incapable d'affronter ton oncle tout seul.

— Mais il en est incapable !

Evangeline tressaillit en voyant Sebastian tituber après avoir reçu une autre volée de coups.

— Tu le sous-estimes, assura Cam en observant Sebastian qui s'avançait de nouveau. Il... *Bravo !* Ça, c'est un crochet du droit. Et il est solide sur ses pieds. Les hommes de sa taille, en général, ne se déplacent pas aussi vite. Maintenant, s'il voulait simplement... Bon sang, il a raté une occasion !

Il poussa soudain une joyeuse exclamation, car Sebastian venait de terrasser Peregrine d'un violent coup à la mâchoire.

— Il sait se servir de son poing gauche ! s'exclama-t-il. Il a de la puissance et de la précision... Tout ce qui lui manque, c'est un entraînement correct.

Réduit à un tas gémissant sur le sol, Peregrine semblait inconscient de la présence de l'homme au visage dur qui se tenait au-dessus de lui.

Quand ils comprirent que le combat était terminé, les employés du club s'avancèrent pour féliciter Sebastian avec force exclamations et tapes dans le dos, lui assurant qu'il n'était finalement pas la chiffe molle qu'ils avaient crue au début. Sebastian reçut ce compliment ambigu avec une expression sarcastique, puis s'occupa de faire charger sans ménagement son adversaire hors de combat dans la voiture.

Doucement, Cam fit pivoter Evangeline face à lui.

— Raconte-moi comment cela a commencé, la pressa-t-il. Tout de suite, avant que ton mari ne nous rejoigne.

Evangeline lui expliqua rapidement comment Bullard lui avait menti pour qu'elle descende, et comment il l'avait littéralement remise à ses oncles en échange d'un souverain. L'émotion la faisait bégayer et les mots sortaient en désordre de sa bouche, mais Cam réussit néanmoins à suivre son explication décousue.

— Très bien, murmura-t-il, le visage dépourvu de toute expression. Je vais m'occuper de Bullard. Toi, prends soin de Saint-Vincent. Il va avoir besoin de toi. Les hommes sont toujours pleins de sève après une bonne bagarre.

Evangeline le fixa, perplexe.

— De sève ? Je ne comprends pas ce que tu racontes.

Une lueur amusée s'alluma dans le regard de Cam.

— Tu vas comprendre.

Avant qu'elle ait pu le questionner plus avant, Sebastian les rejoignit. Apparemment, la vue d'Evangeline dans les bras de Cam ne lui plut pas du tout. Il se renfrogna visiblement.

— Je veux savoir ce qui s'est passé, bon sang, déclara-t-il avec colère en attirant Evangeline à lui d'une main possessive. Je m'absente deux heures un dimanche matin paisible, et à mon retour, je retrouve ce fichu endroit sens dessus dessous...

— Elle va vous expliquer, l'interrompit Cam, le regard fixé vers les écuries, où quelqu'un avait attiré son attention. Excusez-moi, je dois m'occuper de quelque chose...

Il sauta avec aisance par-dessus la petite barrière et disparut dans la foule.

12

Cam trouva Joss Bullard non loin de la cour des écuries et s'approcha de lui avec prudence. Bullard respirait avec force, les narines dilatées, et on voyait le blanc de ses yeux. Ils n'avaient jamais été amis. Leur relation ressemblait plutôt à celle de deux frères ennemis qui vivaient sous le même toit, avec Jenner comme figure paternelle. Enfants, ils avaient joué et s'étaient battus ensemble. Devenus adultes, ils avaient travaillé côte à côte. Après toutes les petites attentions gentilles dont Jenner avait gratifié Bullard, Cam ne se serait jamais attendu qu'il agisse ainsi. La fureur se mêlant à l'incompréhension, il secoua lentement la tête en regardant Bullard.

— Je ne sais pas pourquoi tu l'as trahie, commença Cam, ni ce que tu croyais y gagner…

— Un souverain, que j'ai gagné, rétorqua Bullard. Et ça valait le coup pour être débarrassé de c'te bafouilleuse idiote.

— Tu es fou ? s'exclama Cam. Qu'est-ce qui te prend ? C'est de la *fille de Jenner* que nous parlons ! Tu n'aurais pas dû agir ainsi, même si on t'avait offert une fortune !

— Elle a jamais rien fait pour Jenner, riposta Bullard, et pour l'club non plus. Et puis, la voilà qui se ramène au moment où y passe l'arme à gauche et elle pique tout. Qu'elle aille se faire foutre, cette garce, et son connard de mari aussi !

Cam eut beau écouter avec attention, il ne parvint pas à saisir la raison de la jalousie de Bullard. Un gitan peinait en général à comprendre qu'on puisse envier les biens matériels d'autrui. L'argent n'avait d'importance que pour le plaisir temporaire de le dépenser. Dans la tribu nomade à laquelle Cam avait appartenu jusqu'à l'âge de douze ans, personne n'aurait jamais songé à désirer plus que ce dont il avait besoin. Un homme ne pouvait porter qu'un seul costume ou monter un seul cheval à la fois...

— Evangeline est l'enfant unique de Jenner, répliqua Cam. Ce qu'il lui a donné n'a rien à voir avec toi ni avec moi. Mais rien n'est pire que de trahir la confiance d'une personne à laquelle tu dois protection. Tu as trompé Evangeline... Tu as aidé quelqu'un à l'emmener contre son gré...

— Et je recommencerais ! déclara Bullard, avant de cracher sur le sol.

Cam le regarda fixement. Il ne paraissait pas bien du tout. Il avait le teint cireux, la peau tavelée, et son regard était terne.

— Es-tu malade ? lui demanda-t-il. Dans ce cas, dis-le-moi. J'interviendrai pour toi auprès de Saint-Vincent, et peut-être que je pourrai le...

— Va au diable ! Je suis bien content d'être débarrassé de toi, espèce de sale romanichel. Bien content d'être débarrassé de vous tous !

Le ton de Bullard, si empreint de haine, ne laissait aucune place au doute : un retour en arrière n'était plus envisageable. La seule question qui subsistait, c'était de savoir si Cam devait l'empoigner par la peau du cou et le traîner jusqu'au club, ou le laisser s'enfuir. Il se rappela alors l'étincelle impitoyable qu'il avait vue briller dans le regard de Saint-Vincent, et supposa que si l'occasion s'en présentait, le vicomte pourrait bien tuer Bullard. Il en résulterait un grand nombre de désagréments pour tout le monde, et surtout pour Evangeline. Non… mieux valait permettre à Bullard de disparaître.

Le regard toujours fixé sur le visage ingrat du jeune homme qu'il connaissait depuis tant d'années, Cam secoua la tête, en proie à une colère mêlée de perplexité. « Une âme perdue », comme disait son peuple quand l'essence d'un homme devenait prisonnière d'un royaume irréel plein de ténèbres. Mais comment était-ce arrivé à Bullard ? Et quand ?

— Je te conseille de rester à bonne distance du club, l'avertit Cam. Si jamais Saint-Vincent te met la main dessus…

— Saint-Vincent peut aller rôtir en enfer, gronda Bullard.

Sur quoi, il lança le poing en direction de Cam. Surpris, celui-ci eut le réflexe de s'écarter pour l'éviter, puis il recula vers le côté de la cour. Les yeux étrécis, il regarda l'homme pivoter sur ses talons et s'enfuir à toutes jambes.

Son attention fut attirée par le hennissement nerveux d'un cheval bai attaché à un anneau non loin. Tendant la main, Cam flatta avec douceur son encolure satinée. Les anneaux d'or qui ornaient ses doigts étincelèrent à la lumière de l'après-midi.

— C'était un imbécile, confia Cam au cheval, l'apaisant de la voix et de la main.

Il laissa échapper un soupir comme une autre pensée lui venait à l'esprit.

— Jenner lui a légué de l'argent… et j'ai promis de veiller à ce qu'il le reçoive. Je suis censé faire quoi, à présent ?

Sebastian entraîna Evangeline à l'intérieur du club, où régnait un silence surprenant après le tumulte de la ruelle. Il marchait à si grandes enjambées qu'elle devait presque courir pour se maintenir à sa hauteur, et ce fut le souffle court qu'elle pénétra avec lui dans la salle de lecture, au rez-de-chaussée. Des volumes aux reliures de cuir s'alignaient sur des étagères d'acajou encastrées. Le long des murs, une multitude de journaux et de périodiques étaient rangés sur des présentoirs constitués de rangées de baguettes amovibles. Après avoir poussé Evangeline dans la pièce, Sebastian en referma la porte avec un claquement impérieux.

— Êtes-vous blessée ? s'enquit-il brutalement.

— Non.

Evangeline tenta de retenir les mots qui lui venaient aux lèvres, mais son ressentiment était tel qu'elle explosa :

— Pourquoi êtes-vous parti si longtemps ? J'avais besoin de vous et vous n'étiez pas là !

— Il y avait trente employés pour vous protéger. Et d'abord, pourquoi êtes-vous descendue ? Vous auriez dû rester à l'étage tant que vous ne saviez pas avec certitude qui était dehors.

— M. Bullard m'a dit qu'Annabelle Hunt m'attendait. Ensuite, quand j'ai vu que c'était mon oncle, Bullard m'a empêchée de rentrer dans le club. Il m'a poussée droit dans les bras de mon oncle.

— Seigneur ! s'écria Sebastian en écarquillant les yeux. Je vais l'étriper, cette ordure…

— Et pendant ce temps, continua Evangeline avec fureur, vous étiez au lit avec une prostituée !

Au moment où elle prononçait ces paroles, elle se rendit compte qu'à ses yeux, c'était là le point crucial. Plus important même que la trahison de Bullard ou que l'agression de ses oncles, c'était le fait que Sebastian l'avait trompée si tôt avec une autre qui la bouleversait.

Sebastian fixa sur elle un regard aigu.

— C'est faux !

— Ne mentez pas, rétorqua Evangeline avec un emportement égal au sien. Je le sais parfaitement.

— Et d'où tenez-vous cette foutue certitude ?

— De ce que vous êtes resté chez Mme Bradshaw pendant plus de deux heures !

— Je parlais affaires. Je *parlais*, Evangeline ! Et si vous ne me croyez pas, allez au diable. Parce que si j'avais bel et bien couché avec quelqu'un, je peux vous certifier que je serais bien plus détendu que je ne le suis à cet instant.

Plongeant le regard dans celui de Sebastian, qui avait la dureté d'une mare gelée, Evangeline sentit sa colère commencer à refluer. Elle n'avait d'autre choix que de le croire – il était de toute évidence aussi offensé que furieux.

— Oh… murmura-t-elle.

— *Oh ?* C'est tout ce que vous trouvez à dire ?

— Je suppose que… je n'aurais pas dû tirer de conclusion hâtive. Mais connaissant votre passé… j'ai présumé que…

Cette tentative piteuse pour se justifier parut porter un coup sévère à la maîtrise que Sebastian exerçait encore sur lui-même.

— Eh bien, votre présomption était fausse ! coupa-t-il. Si vous ne l'avez pas encore remarqué, je suis occupé du matin au soir, et je n'ai certes pas le temps de batifoler. Et si je l'avais…

Il s'interrompit abruptement. Il n'avait plus rien à voir avec l'élégant vicomte qu'Evangeline avait un jour contemplé de loin dans le salon de lord Westcliff. Il était dépenaillé, contusionné et furieux. Et il respirait à grands coups saccadés.

— Si je l'avais…

Il se tut de nouveau et une brusque rougeur lui colora les pommettes et l'arête du nez.

Evangeline sut à quel moment précis il perdit toute retenue. Alarmée, elle s'élança vers la porte close. Mais à peine eut-elle fait un pas qu'il l'empoigna. Elle se retrouva plaquée contre le mur par son corps et ses mains. L'odeur de linge imprégné de sueur, mêlée à celle du mâle robuste et excité, lui emplit les narines.

Quand il l'eut immobilisée, Sebastian pressa ses lèvres entrouvertes contre la peau fine de sa tempe. Son souffle se fit plus haché. Pendant un bref instant, il ne bougea plus. Puis Evangeline sentit la caresse électrisante de sa langue à l'extrémité de son sourcil. Son haleine chaude sur le minuscule point humide fit courir une myriade de frissons dans tout son corps. Lentement, il amena sa bouche sur son oreille et en suivit les replis sinueux.

Son chuchotement lui sembla provenir des recoins les plus obscurs de son propre esprit.

— Si je l'avais, Evangeline… Alors je t'aurais déjà arraché tes vêtements de mes mains et de mes dents, et tu serais nue. À l'heure qu'il est, je t'aurais allongée sur ce tapis et j'aurais soulevé tes seins pour les amener à ma bouche. Je les embrasserais… je les lécherais… jusqu'à ce que leurs pointes soient comme de petites baies dures, et alors, je les mordillerais avec une douceur infinie…

Evangeline se sentit sombrer dans une espèce de lente pâmoison tandis qu'il poursuivait d'une voix rauque :

— … je dessinerais un chemin de baisers jusqu'à tes cuisses… pouce par pouce… et quand j'aurais atteint ces douces boucles rousses, je les écarterais de la langue jusqu'à trouver ta petite perle… et je l'encerclerais, je la lécherais, je la taquinerais… Puis je la sucerais jusqu'à ce tu me supplies. Mais pas trop fort. Je ne serais pas aussi gentil. Je le ferais avec tant de légèreté, tant de tendresse que tu te mettras à crier ton désir de jouir… J'introduirais ma langue en toi… je te goûterais… je te caresserais. Je ne m'arrêterais pas avant que ton corps tout entier soit humide et pantelant. Et quand je t'aurais suffisamment torturée, je t'écarterais les jambes pour te pénétrer, je te prendrais… je te prendrais…

Sebastian s'interrompit, l'écrasant de son corps contre le mur. Tous deux demeurèrent figés, excités et haletants.

Il finit par murmurer d'une voix presque inaudible :

— Tu mouilles, n'est-ce pas ?

Evangeline n'aurait pu rougir davantage. Sa peau en feu trahit la violation de sa pudeur quand elle comprit le sens de sa question. Elle acquiesça imperceptiblement.

— Je te désire plus que je n'ai jamais désiré quoi que ce soit sur terre, murmura Sebastian avant de prendre une inspiration tremblante. Dis-moi ce que je dois faire pour t'avoir. Dis-moi quelles sont tes conditions pour me laisser entrer dans ton lit.

Evangeline tenta de le repousser sans conviction, incapable de renoncer au poids troublant de son corps contre le sien.

— Il n'y a rien que vous puis… puissiez faire. Parce que je vous demanderais la seule chose que vous ne pouvez pas donner. Je vous demanderais de m'être fidèle, et vous n'en seriez jamais capable.

— J'en serais capable.

Mais il prononça cette affirmation avec trop de facilité. Son manque de sincérité était flagrant.

— Je ne le crois pas, chuchota-t-elle.

Il referma ses grandes mains autour de son visage et caressa des pouces la courbe de ses joues. Sa bouche se trouvait juste au-dessus de celle d'Evangeline quand il parla.

— Evangeline… je ne peux pas respecter notre accord. Il m'est impossible de vivre avec toi, de te voir chaque jour, et de ne pas te posséder. Je ne peux pas…

Quand il la sentit trembler, il inclina la tête et l'embrassa sur le côté du cou. Elle réagit de tous ses sens à la chaleur persuasive de sa bouche, si érotique et si tendre, de ses doigts frémissants qui glissaient sur ses seins.

Percevant son gémissement étouffé, il s'empara de sa bouche en un baiser passionné. Elle détourna le visage sans conviction, les lèvres brûlantes de cette exquise agression.

— Non, Sebastian.

Il frotta son visage contre ses cheveux. Quelque chose dans la situation dut éveiller son sens de l'humour, car il laissa échapper un rire sarcastique.

— Il te faudra trouver un moyen de résoudre ce problème, Evangeline. Et très vite… parce que sinon…

Il s'interrompit pour lui mordiller avidement le lobe de l'oreille.

— … sinon je vais te baiser jusqu'à l'évanouissement.

Elle rouvrit brusquement les yeux.

— Ce mot… commença-t-elle avec indignation, avant qu'il ne la réduise au silence d'un baiser vorace.

Quand il releva la tête, Sebastian la considéra avec une exaspération amusée. Il avait le visage encore très coloré.

— Votre objection porte-t-elle sur le mot lui-même ou sur l'action qu'il désigne ?

Soulagée de constater qu'il avait recouvré un minimum de raison, Evangeline se contorsionna pour se libérer.

— Mon objection porte sur le fait que vous me voulez uniquement parce que je ne suis pas consentante, et que c'est donc une nouveauté pour vous…

— Ce n'est pas la raison, coupa-t-il vivement.

Evangeline lui jeta un regard incrédule.

— De pl… plus, je ne tiens pas à faire partie d'une écurie de femmes auxquelles vous rendez visite selon votre bon vouloir.

Sebastian détourna les yeux, soudain incroyablement calme. Evangeline attendit. Elle était si impatiente de l'entendre admettre qu'elle avait raison qu'elle s'en étouffait presque. Elle attendit jusqu'à ce qu'il reporte lentement son attention sur elle et plonge son regard bleu dans le sien.

— Très bien, dit-il d'une voix rauque. J'accepte vos conditions. Je serai… monogame.

Il sembla avoir quelques difficultés à prononcer ce dernier mot, comme s'il s'essayait à une langue étrangère.

— Je ne vous crois pas.

— Grand Dieu, Evangeline ! Savez-vous combien de femmes ont essayé de m'extorquer une telle promesse ? Et maintenant, pour la première fois que je suis prêt à tâter de la fidélité, vous m'envoyez promener ! Je reconnais que j'ai eu une vie sentimentale agitée…

— Dissolue, corrigea Evangeline.

Il eut un reniflement d'impatience.

— Dissolue, débauchée… Qualifiez-la comme vous voulez. J'ai eu un bon temps du tonnerre de Dieu et je veux bien être pendu si je le regrette. Je n'ai jamais couché avec une femme non consentante. Ni, à ma connaissance, n'en ai quitté une seule insatisfaite.

— Là n'est pas la question. Je ne vous reproche pas votre passé, répliqua-t-elle, le front plissé. Ou, du moins… je n'essaye pas de vous punir à cause de lui.

Sans prêter attention à son haussement de sourcil sceptique, elle continua :

— Mais il ne fait pas de vous un candidat particulièrement bien placé pour la fidélité, n'est-ce pas ?

Ce fut d'un ton maussade qu'il répondit :

— Que voulez-vous de moi ? Que je m'excuse d'être un homme ? Que je prononce un vœu de célibat tant que vous n'aurez pas décidé que je suis digne de vos faveurs ?

Frappée par cette dernière suggestion, Evangeline l'observa fixement.

Les femmes étaient toujours tombées dans les bras de Sebastian. Si elle l'obligeait à attendre, perdrait-elle tout intérêt à ses yeux ? Ou était-il envisageable qu'ils puissent en venir à se connaître l'un l'autre, à se comprendre, d'une manière totalement nouvelle ? Elle aspirait à découvrir s'il en viendrait à apprécier chez elle autre chose que le physique. Elle voulait avoir une chance d'être plus qu'une simple partenaire de lit pour lui.

— Sebastian... commença-t-elle avec circonspection, avez-vous déjà fait un sacrifice pour une femme ?

Il ressemblait à un ange boudeur quand il tourna son visage vers elle, ses larges épaules appuyées contre le mur, un genou légèrement plié.

— Quel genre de sacrifice ?

Elle lui décocha un regard désabusé.

— N'importe quel genre.

— Non.

— Quelle est la plus longue période durant laquelle vous êtes resté sans... sans...

Elle s'empêtra dans la recherche d'un terme acceptable.

— ... sans faire l'amour ? acheva-t-elle.

— Je n'utilise jamais cette expression. L'amour n'a rien à voir à l'affaire.

— Combien de temps ? insista-t-elle.

— Un mois, peut-être.

Evangeline réfléchit un instant.

— Dans ce cas… si vous vous abstenez de relation intime avec toute femme pendant six mois… alors je coucherai ensuite avec vous.

— *Six mois ?* s'exclama Sebastian, les yeux écarquillés, avant de lui jeter un regard dédaigneux. Ma chérie, qu'est-ce qui vous fait croire que vous valez une demi-année de célibat ?

— Je ne la vaux peut-être pas, riposta Evangeline. Vous êtes le seul à pouvoir en juger.

Il était évident que Sebastian mourait d'envie de lui rétorquer qu'elle ne méritait pas six mois d'attente. Toutefois, comme il la parcourait de la tête aux pieds, elle vit briller dans ses yeux la flamme indéniable du désir. Il la voulait, désespérément.

— C'est impossible, lâcha-t-il.

— Pourquoi ?

— Parce que je suis Sebastian, lord Saint-Vincent. Je ne peux pas être chaste. Tout le monde sait cela.

Il était si plein d'arrogance, et si indigné, qu'Evangeline dut se mordre la lèvre pour ne pas rire. Après avoir lutté pour dominer son amusement, elle parvint à déclarer d'un ton calme :

— Cela ne vous ferait sûrement pas de mal d'essayer.

— Oh, que si !

Le visage crispé, il s'efforça d'expliquer :

— Vous n'avez pas assez d'expérience pour comprendre, mais… certains hommes ont des besoins sexuels bien plus importants que les autres. Il se trouve que je suis l'un d'eux. Je ne peux pas rester de longues périodes sans…

Il s'interrompit avec impatience quand il vit son expression.

— Bon sang, Evangeline, il est malsain pour un homme de ne pas répandre sa semence régulièrement !

— Trois mois, dit-elle. C'est ma dernière offre.

— Non !

— Alors, trouvez-vous une autre femme, répliqua-t-elle d'un ton catégorique.

— C'est *vous* que je veux. Uniquement vous. Le diable seul sait pourquoi.

Sebastian la foudroya du regard, ses yeux réduits à deux fentes étincelantes.

— Je devrais vous prendre de force. Légalement, vous n'avez pas le droit de me refuser votre lit.

Le cœur d'Evangeline cessa de battre et elle se sentit blêmir. Mais elle ne se laisserait pas faire. Quelque chose, à l'intérieur d'elle-même, exigeait qu'elle lui tienne tête.

— Allez-y, alors, le défia-t-elle froidement. Prenez-moi de force.

Une lueur de surprise s'alluma dans le regard de Sebastian. Il déglutit, mais demeura silencieux. C'est alors qu'elle comprit.

— Vous en êtes incapable, constata-t-elle avec stupéfaction. Vous n'auriez jamais violé Lillian. Ce n'était que du bluff. Vous ne pourriez pas prendre une femme de force.

Elle esquissa un faible sourire.

— Elle n'a jamais couru le moindre danger, n'est-ce pas ? Vous êtes loin d'être le scélérat que vous prétendez être.

— Si je le suis !

Sebastian l'attira à lui et l'embrassa avec colère, forçant le barrage de ses lèvres de la langue, assaillant sa bouche avec la sienne. Evangeline n'offrit pas de résistance. Fermant les yeux, elle le laissa faire ce qu'il voulait et, bientôt, il gémissait et l'embrassait avec une passion tendre qui fit crépiter de désir le moindre de ses nerfs. Lorsqu'il écarta la tête, tous deux tremblaient.

— Evangeline… balbutia-t-il d'une voix enrouée. Ne me demandez pas cela.

— Trois mois d'abstinence. Et, si vous réussissez, je part… partagerai votre lit de mon plein gré, aussi souvent que vous le souhaiterez.

— Pendant combien de temps ?

— Aussi longtemps que nous vivrons. Mais si vous échouez…

Evangeline s'interrompit, le temps de réfléchir à la conséquence la plus calamiteuse… Quelque chose qui le révolterait jusqu'au plus profond de lui-même.

— Si vous échouez, vous devrez aller trouver votre ancien ami, lord Westcliff, et lui présenter vos excuses pour avoir enlevé Lillian Bowman.

— Bon Dieu de bon Dieu !

— C'est mon prix.

— Votre prix est bien trop élevé. Je ne présente jamais d'excuses.

— Dans ce cas, mieux vaut ne pas accepter mon défi. Ou si vous l'acceptez… mieux vaut ne pas échouer.

— Vous n'aurez aucun moyen de vérifier que je ne triche pas.

— Je le saurais, le cas échéant.

Le silence s'étira entre eux.

— Où est votre alliance ? demanda Sebastian à brûle-pourpoint.

Le sourire d'Evangeline s'effaça instantanément. Gênée d'admettre qu'elle l'avait ôtée dans un accès de dépit, elle marmonna :

— Je l'ai enlevée.

— Qu'en avez-vous fait ?

D'un geste contraint, elle plongea la main dans sa poche.

— Je… Elle est là. Je la remettrai si vous souhaitez…

— Donnez-la-moi.

Supposant qu'il avait l'intention de la lui reprendre pour de bon, Evangeline referma la main avec force sur l'anneau. Tout à coup, elle découvrait qu'elle s'était attachée à cette maudite bague. Cependant, sa fierté l'empêcha de demander à Sebastian de la lui laisser. À contrecœur, elle sortit l'anneau d'or de sa poche et en caressa subrepticement de l'index, pour la dernière fois, l'inscription gravée. *Tha Gad Agam Ort.*

S'en emparant, Sebastian le posa sur sa paume. Ses mains étaient tellement plus larges que celles d'Evangeline qu'il n'aurait pu enfiler l'alliance qu'à l'extrémité de l'auriculaire. Il lui prit ensuite fermement le menton et plongea son regard dans le sien.

— J'accepte votre défi, déclara-t-il sombrement. Et je vais gagner. Dans trois mois, je repasserai cette alliance à votre doigt, je vous jetterai dans mon lit et je vous ferai des choses qui sont illégales dans le monde civilisé.

Si résolue qu'elle fût, Evangeline n'en fut pas moins follement alarmée, comme n'importe quelle femme raisonnable en entendant une promesse aussi menaçante. Cela n'empêcha pas non plus ses genoux de se transformer en gelée quand il l'enlaça brusquement et plaqua sa bouche sur la sienne. Les mains d'Evangeline, à demi levées, se posèrent sur la tête de Sebastian en tremblant. Elle ne résista pas à l'envie de plonger les doigts dans les mèches dorées, et l'attira plus près d'elle encore, s'abandonnant à la pression insistante de sa bouche.

Leurs langues se touchèrent, se cherchèrent, se frôlèrent, et à chaque caresse d'une douceur vertigineuse, elle sentit une spirale brûlante naître au plus profond de son ventre… Non, plus profond encore… Au cœur même de son intimité, là où elle avait accueilli une fois déjà sa chair conquérante. Ce fut un choc que de se rendre compte à quel point elle voulait le sentir là de nouveau.

Elle gémit quand il s'écarta d'elle, et une frustration identique les submergea.

— Vous n'avez pas dit que je ne pouvais pas vous embrasser, lâcha Sebastian, une flamme démoniaque dans les yeux. Je vous embrasserai aussi longtemps et aussi souvent que j'en aurai envie, et vous n'êtes pas autorisée à émettre le moindre mot de protestation. Vous me devez bien cela en échange de mon abstinence, bon sang !

Sans lui laisser le temps d'acquiescer ou d'émettre une objection, il la lâcha et se dirigea à grands pas vers la porte.

— À présent, si vous voulez bien m'excuser… je m'en vais tuer Joss Bullard.

13

En sortant de la salle de lecture, Sebastian rencontra Cam dans le vestibule.

— Où est-il ? demanda-t-il sans préambule.

Cam s'arrêta devant lui, le visage dénué d'expression, et répondit d'un bref :

— Il est parti.

— Pourquoi ne l'avez-vous pas suivi ?

Les yeux de Sebastian étincelaient de fureur. Cette nouvelle, venant après son vœu d'abstinence, fut la goutte d'eau qui faisait déborder le vase.

Cam, qui avait subi des années durant le tempérament volcanique d'Ivo Jenner, ne s'émut pas outre mesure.

— Ce n'était pas nécessaire, à mon avis. Il ne reviendra pas.

— Je ne vous paye pas pour agir suivant votre satané avis ! Je vous paye pour agir selon le mien. Vous auriez dû le traîner jusqu'ici par la peau du cou et *me* laisser le soin de décider de ce qu'il fallait faire de cette ordure.

Cam garda le silence et glissa un bref coup d'œil en direction d'Evangeline, qui venait de sortir à son tour de la salle de lecture. Celle-ci était intérieurement soulagée de la tournure prise par les événements. Tous deux avaient conscience que si Cam avait ramené Bullard au club, il n'était pas du tout exclu que Sebastian ait voulu le tuer. Or, la dernière chose qu'Evangeline souhaitait, c'était que son mari soit inculpé de meurtre.

— Je veux qu'on le retrouve, déclara Sebastian avec véhémence en marchant de long en large. Je veux que l'on engage au moins deux hommes pour le rechercher nuit et jour. Je jure d'en faire un exemple pour quiconque songerait ne serait-ce qu'à lever le petit doigt sur ma femme.

Indiquant la porte du bureau, il ajouta :

— Je veux que vous m'apportiez une liste de noms dans l'heure. Ceux des meilleurs détectives – des détectives *privés*. Je ne veux pas de l'un de ces idiots de la Nouvelle Police qui risque de tout ficher en l'air, comme d'habitude. Allez !

Cam avait de toute évidence son opinion sur la question, mais il choisit de la garder pour lui.

— Bien, milord.

Il tourna aussitôt les talons, suivi par le regard furieux de Sebastian.

Cherchant à calmer sa rage, Evangeline intervint :

— Inutile de passer votre colère sur Cam. Il a…

— Ne vous avisez pas de l'excuser, coupa Sebastian d'un air sombre. Vous et moi savons parfaitement qu'il aurait pu attraper cette crapule, s'il l'avait voulu. Et que je sois maudit si je tolère plus longtemps que vous l'appeliez par son prénom et que vous le tutoyiez : ce n'est ni votre frère ni un ami. C'est un employé et, dorénavant, vous parlerez de lui en l'appelant « M. Rohan ».

— Si, c'est mon ami, répliqua Evangeline, outrée. Et depuis des années !

— Une femme mariée ne peut être amie avec un jeune homme célibataire.

— Vous… vous osez faire insulte à mon honneur en insinuant que… que…

Les protestations se pressaient si nombreuses sur ses lèvres qu'elle ne parvenait même plus à articuler.

— Je n'ai rien fait pour mériter un tel manque de conf… confiance !

— J'ai confiance en vous. Ce sont les autres que je soupçonne.

Se demandant s'il ne se moquait pas d'elle, Evangeline le fixa d'un air de reproche.

— Vous vous conduisez comme si j'avais à mes trousses des hordes d'hommes, alors qu'il est évident que ce n'est pas le cas. À Stony Cross Park, les hommes changeaient de direction pour éviter ma compagnie – vous comme les autres !

Bien que vraie, l'accusation sembla surprendre Sebastian. Son visage se tendit et il l'observa en silence.

— On ne peut pas dire qu'il était aisé de vous approcher, déclara-t-il après un moment. L'orgueil d'un homme est plus fragile que vous ne pourriez le penser. Il nous est facile de prendre de la timidité pour de la froideur, et du silence pour de l'indifférence. Vous auriez pu faire un petit effort, vous savez. Une brève rencontre entre nous deux… un sourire de votre part, c'étaient les seuls encouragements dont j'aurais eu besoin pour sauter sur vous comme une grouse sur du laurier.

Evangeline le considéra avec des yeux ronds. Jamais elle n'avait considéré les choses sous cet angle. Était-il possible qu'elle ait été elle-même en partie responsable de son état prolongé de « laissée-pour-compte » ?

— Je suppose… commença-t-elle d'un air songeur, que je pourrais faire plus qu'un petit effort pour surmonter ma timidité.

— Faites ce que bon vous semble. Mais quand vous êtes avec Rohan ou n'importe quel autre homme, vous avez intérêt à garder à l'esprit que vous m'appartenez corps et âme.

Ne sachant comment interpréter cette mise en garde, Evangeline le considéra avec étonnement.

— Êtes-vous... est-il possible... que vous soyez jaloux ?

Une confusion soudaine troubla le regard de Sebastian.

— Oui, admit-il d'une voix bourrue. Il semblerait.

Et après avoir jeté à Evangeline un regard à la fois contrarié et déconcerté, il s'éloigna dans le couloir.

Les funérailles eurent lieu le lendemain matin. Sebastian avait splendidement organisé les choses, réussissant à atteindre un équilibre parfait entre une dignité pleine de gravité et une pompe légèrement théâtrale. C'était le genre de procession qu'Ivo Jenner aurait adorée, si importante qu'elle occupait toute la largeur de Saint-James.

Il y avait un corbillard noir et argent tiré par quatre chevaux, escorté de deux carrosses dont les chevaux portaient également, sur la tête, de grandes plumes d'autruche teintes en noir. Le beau cercueil de chêne, orné de clous de cuivre et d'une plaque rutilante, avait été doublé de plomb et scellé pour décourager les pilleurs de tombes – une engeance qui sévissait dans les cimetières londoniens. Avant que le couvercle ne se referme sur le corps de son père, Evangeline avait vu briller à son doigt l'un des anneaux d'or de Cam, un cadeau d'adieu qui l'avait touchée. Elle avait été tout autant émue lorsqu'elle avait surpris Sebastian en train de lisser les cheveux grisonnants de son père avec un peigne alors qu'il pensait que personne ne le voyait.

Il faisait un froid mordant. Le vent glacial s'insinuait sous la lourde cape de laine que portait Evangeline, assise sur un cheval dont Sebastian, à pied, tenait la bride. Suivant un rituel hérité des funérailles des chevaliers, elle était escortée d'une vingtaine d'hommes vêtus de noir, jouant les rôles de pages, de porteurs de panaches et de cochers. Derrière eux venait la foule en deuil, un curieux mélange de gens aisés, de commerçants, de parvenus et de bandits. Amis et ennemis étaient présents. Peu importaient la situation ou la disposition d'esprit, la tradition du deuil devait être respectée.

On s'était attendu qu'Evangeline n'assiste pas aux funérailles, conformément à la tradition. Car on considérait les femmes comme de nature trop délicate pour supporter une réalité aussi pénible. Toutefois, la jeune femme avait insisté pour suivre le cortège. Elle trouvait du réconfort dans ce rituel, comme s'il pouvait l'aider à faire ses adieux à son père. Sebastian avait commencé par protester, jusqu'à ce que Cam intervienne.

— Il faut que Jenner se libère des chaînes de la douleur de sa fille, avait-il argué comme la discussion s'échauffait. Pour les gitans, si une personne a trop de chagrin à la disparition d'un être cher, ce dernier sera obligé de revenir pour essayer de la consoler. Alors, si assister aux funérailles de son père peut aider Evangeline à le laisser partir…

Sebastian lui avait jeté un regard méprisant.

— Des fantômes, encore !

Mais il avait abandonné le sujet et s'était plié au vœu d'Evangeline.

Ayant pleuré toutes les larmes de son corps, Evangeline parvint à demeurer stoïque durant la cérémonie, même lorsqu'on commença à jeter les premières pelletées de terre sur le cercueil, une fois celui-ci descendu dans la fosse. Quelques gouttes salées lui mouillèrent toutefois le coin des yeux quand le cercueil fut entièrement recouvert et que Cam s'avança, une petite fiole d'argent à la main. Suivant la tradition de son peuple, il versa avec solennité le cognac qu'elle contenait sur la tombe.

Ce geste rendit furieux le vieux pasteur, qui se dirigea vers lui en vociférant :

— Arrêtez ça ! Nous ne tolérerons pas ces pratiques païennes ! Souiller une terre consacrée avec de l'alcool bon marché…

— Monsieur, intervint Sebastian en posant la main sur l'épaule du pasteur, je ne pense pas que notre ami Jenner s'en serait offusqué. C'est du cognac français, ajouta-t-il avec un sourire entendu, et d'une excellente année. Peut-être me permettrez-vous de vous en envoyer quelques bouteilles au presbytère, pour que vous puissiez y goûter en toute tranquillité ?

Sensible aux manières charmeuses du vicomte, le vieil homme se radoucit et lui rendit son sourire.

— C'est fort aimable de votre part, milord. Je vous remercie.

Lorsque le cortège funèbre se fut en grande partie dispersé, Evangeline laissa son regard errer sur les magasins et les maisons qui entouraient la place. Son attention fut soudainement attirée par le visage d'un homme debout près d'un réverbère, de l'autre côté de la place. Il portait un manteau sombre et une casquette sale, de couleur grise, et elle ne le reconnut pas jusqu'à ce qu'il esquisse un lent sourire.

Joss Bullard !

Il avait apparemment voulu rendre un dernier hommage à Ivo Jenner, même à distance. Pourtant, son expression n'était pas celle d'un homme en deuil. Il avait l'air absolument malfaisant, et son visage était tordu par une expression si méchante qu'un frisson courut le long de l'échine d'Evangeline. La fixant droit dans les yeux, il passa l'index le long de sa gorge en un geste caractéristique qui la fit reculer involontairement.

Son mouvement n'échappa nullement à Sebastian, qui se tourna vers elle et la prit doucement par les épaules.

— Evangeline, murmura-t-il en scrutant son visage pâle avec une pointe d'inquiétude. Ça va ?

Elle hocha la tête tout en jetant un regard subreptice en direction du réverbère. Bullard avait disparu.

— J'ai un pe… peu froid, c'est tout.

Elle se mit à claquer des dents comme une rafale de vent lui arrachait sa capuche. Aussitôt, Sebastian la rabattit sur sa tête et resserra son manteau plus étroitement autour de son cou.

— Je vais vous ramener au club. Je dois juste donner quelques pièces aux porteurs de plumes et aux cochers, puis nous pourrons partir.

Il plongea la main dans son pardessus, en tira une petite bourse de cuir et se dirigea vers un groupe d'hommes qui attendaient respectueusement près de la tombe.

Surprenant le regard anxieux d'Evangeline, Cam s'approcha d'elle. Sur sa joue, on distinguait la trace brillante laissée par une larme. Lui agrippant la manche, elle expliqua à voix basse :

— Je viens juste de voir M. Bullard. Là-bas, à côté du réverbère.

Il écarquilla légèrement les yeux, puis hocha la tête.

Ils n'eurent pas l'occasion d'en dire davantage, car Sebastian revint et entoura les épaules d'Evangeline du bras.

— La voiture nous attend, dit-il.

— Il était inutile de prendre une voiture, protesta-t-elle. J'aurais pu marcher.

— Je leur ai demandé de remplir la chaufferette, précisa-t-il, avant d'esquisser un sourire quand il vit la lueur de plaisir anticipé dans son regard.

Il se tourna alors vers Cam.

— Montez avec nous, lui proposa-t-il.

— Je vous remercie, répondit le jeune homme avec réserve, mais je préférerais marcher.

— Nous vous retrouverons au club, dans ce cas.

— Oui, milord.

Evangeline accompagna Sebastian jusqu'au véhicule, et dut prendre sur elle pour ne pas jeter un coup d'œil à Cam par-dessus son épaule. Allait-il réussir à retrouver Bullard et, le cas échéant, que se passerait-il ? s'interrogea-t-elle. Elle monta dans la voiture et, sitôt assise, arrangea ses jupes au-dessus de la chaufferette. Un frisson de bien-être la parcourut quand la chaleur remonta le long de ses jambes. Sebastian prit place à côté d'elle, un léger sourire aux lèvres.

Leur folle équipée jusqu'à Gretna Green n'était pas si lointaine que cela, pourtant, tandis qu'Evangeline se la remémorait, elle eut l'impression qu'une éternité s'était écoulée depuis. Elle se blottit contre Sebastian, heureuse de constater qu'il n'essayait pas de la repousser.

— Vous avez bien supporté la cérémonie, tout bien considéré, commenta-t-il quand la voiture s'ébranla.

— Je n'ai jamais vu de cortège funèbre plus grandiose. Mon père aurait été enchanté.

Sebastian laissa échapper un grognement amusé.

— Quand j'avais un doute, je penchais du côté de l'excès, en espérant que cela lui aurait plu.

Il hésita visiblement avant d'ajouter :

— Dès demain, je ferai vider et nettoyer à fond les appartements de votre père. Sinon, nous n'arriverons jamais à nous débarrasser de cette odeur de maladie.

— C'est une excellente idée.

— Le club rouvrira dans deux semaines. Je vous laisserai y vivre jusque-là afin de ne pas vous brusquer après la perte que vous venez de subir. Mais, quand les portes de chez *Jenner's* s'ouvriront de nouveau, je veux que vous soyez confortablement installée dans mon hôtel particulier.

— Comment ?

Stupéfaite, Evangeline s'écarta pour le regarder.

— La maison de Mayfair ?

— Elle est bien équipée et son personnel est au complet. Si elle ne vous convient pas, nous trouverons autre chose. Entre-temps, toutefois, il faudra vous y installer.

— Avez-vous l'intention de… d'y vivre avec moi ?

— Non. Je continuerai à vivre au club. C'est bien plus pratique pour s'occuper de tout.

Evangeline dut lutter pour ne pas se laisser affecter par son indifférence. Quelle était la raison de sa soudaine froideur ? Elle ne lui avait pourtant pas causé de soucis… Même dans son chagrin, elle ne s'était pas montrée exigeante. Perplexe, irritée, elle baissa les yeux sur ses mains gantées.

— Je veux rester, déclara-t-elle à mi-voix.

Sebastian secoua la tête.

— Il n'y a aucune raison que vous restiez au club. Vous ne nous y serez d'aucune utilité. Ce sera mieux pour tout le monde que vous viviez dans une vraie maison, où vous pourrez recevoir vos amies, et où vous ne serez pas réveillée à toute heure de la nuit par le tohu-bohu du rez-de-chaussée.

— J'ai le sommeil lourd. Le bruit ne me gêne pas. Et je peux recevoir mes amies au club…

— Pas de manière officielle.

Qu'il eût raison ne faisait aucune différence. Evangeline garda le silence tandis que l'écho sinistre de la phrase « Vous ne nous y serez d'aucune utilité », résonnait dans sa tête.

— Je veux que vous viviez dans un environnement sûr et respectable, continua Sebastian. Le club n'est pas un endroit pour une dame.

— Je ne suis pas une dame. Je suis la fille d'un joueur et la femme d'un vaurien, contra Evangeline en s'efforçant d'adopter un ton léger teinté d'ironie.

— Raison de plus pour vous soustraire à mon influence.

— Il n'empêche, je ne pense pas que je partirai. Peut-être pourrons-nous en discuter au printemps, mais pour le moment…

— Evangeline, dit-il avec calme, je ne vous donne pas le choix.

Elle se raidit et s'écarta de lui. Une pièce entière pleine de chaufferettes n'aurait pas réussi à combattre le froid qui s'insinuait dans ses veines. Elle chercha frénétiquement des arguments pour le dissuader de s'entêter… mais il avait raison. Rien ne justifiait qu'elle vive dans les locaux du club.

Sa gorge se noua de désespoir à la pensée qu'elle aurait dû être habituée, maintenant, à se sentir de trop, à être seule… Pourquoi, au nom du ciel, était-ce toujours aussi douloureux ? Oh, si seulement elle avait pu être comme Sebastian, le cœur protégé par un mur de glace !

— Qu'en est-il de notre accord ? s'enquit-elle d'une voix morne. Avez-vous l'intention de ne pas en tenir compte ou…

— Pas du tout. Je vais vivre aussi chastement qu'un moine jusqu'à ce que le moment soit venu pour moi de réclamer ma récompense. Mais il me sera plus facile de résister à la tentation si vous êtes hors de portée.

— Peut-être que *moi*, je ne résisterai pas à la tentation, s'entendit-elle murmurer. Je pourrais trouver un gentleman complaisant pour me tenir compagnie. Cela ne vous ennuierait pas, n'est-ce pas ?

Jusqu'à ce que les mots quittent ses lèvres, Evangeline ne se serait jamais crue capable de dire une chose pareille. Toutefois, le besoin désespéré de le blesser, de provoquer sa colère, de l'atteindre dans ses sentiments, fut irrésistible. Sa tentative échoua. Après un court silence, elle l'entendit répondre d'une voix suave :

— Pas du tout, mon cœur. Il serait égoïste de ma part de vous priver d'un divertissement de ce genre durant vos heures de solitude. Faites comme bon vous semble... dès lors que vous êtes disponible lorsque j'ai besoin de vous.

Derrière les rues élégantes et les places respectables des quartiers résidentiels de Londres, existait un monde caché de ruelles sombres et de bas-fonds où l'on vivait dans des conditions d'un sordide indescriptible. Dans ces lieux, le crime et la prostitution étaient les seuls moyens d'existence. L'atmosphère était empuantie par les odeurs d'ordures et d'excréments, et les bâtiments étaient si près les uns des autres que par endroits, un homme ne pouvait passer entre eux qu'en se faufilant de profil.

Cam s'aventura dans le labyrinthe compliqué des ruelles avec beaucoup de prudence, car il avait conscience des nombreux pièges et dangers qui menaçaient le visiteur non vigilant. Après avoir franchi un porche sombre, il pénétra dans une cour tout en longueur, d'une centaine de pieds de long, mais de seulement dix pieds de large. Elle était bordée de hautes constructions de bois dont les toits en saillie dissimulaient le ciel d'hiver. Dans ces bâtiments s'empilaient des taudis où dormaient les sans-logis, entassés comme des corps dans une fosse commune. Des rats couraient le long des murs et détalaient pour aller se perdre dans les crevasses des fondations.

Il n'y avait personne dans la cour à l'exception de deux filles assises sur un seuil, ainsi que de quelques enfants décharnés qui fouillaient dans les immondices à la recherche de nourriture ou de chiffons. Après avoir jeté à Cam un regard soupçonneux, les enfants disparurent à l'autre extrémité de la cour.

L'une des deux jeunes prostituées aux cheveux frisottés lui adressa un large sourire qui révéla quelques dents cassées.

— Qu'est-ce qu'un beau gars comme toi y vient faire dans la Cour du Pendu ?

— Je cherche un homme aux cheveux noirs, à peu près de cette taille, répondit Cam en indiquant ladite taille d'un geste. Est-ce qu'il a traversé la cour il y a quelques instants ?

Les deux filles s'esclaffèrent.

— T'entends comme y cause ! s'exclama l'une d'elles, ravie.

— Charmant, acquiesça l'autre. Allons, mon chéri, tu veux quand même pas un *homme* alors que tu pourrais chevaucher Lou la Pulpeuse ?

Elle tira sur sa blouse pour révéler un torse efflanqué et des seins tombants.

— Viens donc tirer un coup avec moi. J'parie que tu t'débrouilles bien, pas vrai ?

Cam tira une pièce d'argent de sa poche. La fille la couva des yeux.

— Dis-moi où il est allé, fit-il.

— J'te l'dirai pour six pence *et* une culbute, répliqua-t-elle. T'as d'beaux yeux, pour sûr. J'm'ai jamais fait tringler par un gars avec d'si jolis...

L'écho d'un rire dur résonna dans la cour, puis on entendit la voix moqueuse de Joss Bullard.

— Tu me trouveras pas, espèce de sale romanichel !

Cam fit volte-face et scruta les bâtiments où des dizaines de visages noircis de suie s'encadraient dans les fenêtres et les embrasures des portes. Aucun n'était reconnaissable.

— Bullard... dit-il avec circonspection, en pivotant lentement sur lui-même pour balayer la cour du regard, que veux-tu à la fille de Jenner ?

Un nouveau rire horrible, qui semblait cette fois provenir d'une autre direction. Incapable de localiser Bullard, Cam s'aventura un peu plus loin dans la cour.

— J'veux la zigouiller !

— Pourquoi ?

— Parce que c't'une maudite sangsue qui m'a tout pris. J'veux la voir refroidie. J'veux la jeter aux rats jusqu'à ce qu'y reste rien qu'des os.

— Mais pourquoi ? répéta Cam, effaré. Elle m'a demandé de t'aider, Joss, même après que tu l'as trahie. Elle veut respecter le vœu de son père et te laisser suffisamment...

— Que le diable emporte cette garce !

Cam secoua la tête, incapable de comprendre d'où venait cette hostilité, ou pourquoi Bullard éprouvait une haine aussi démente envers Evangeline.

Un bruit derrière lui le fit se baisser vivement, puis se retourner au moment précis où une planche passait en sifflant à l'endroit où se trouvait sa tête une fraction de seconde plus tôt. L'agresseur n'était pas Bullard, mais un de ces misérables qui fouillent d'ordinaire dans les égouts, et qui avait abruptement décidé de tenter sa chance comme détrousseur. Il arborait cette physionomie particulière, à la fois jeune et vieille, de ceux qui vivent dans la rue depuis leur naissance. Cam se débarrassa de lui en quelques gestes efficaces qui le réduisirent à un tas gémissant sur le sol. Quelques-uns de ses acolytes apparurent à l'extrémité de la cour, sans doute décidés à attaquer en nombre. Comprenant qu'il ne tarderait pas à être débordé, Cam regagna le porche, accompagné par la voix de Bullard.

— Je l'aurai, j'te l'jure.

— Tu ne l'atteindras pas, répliqua Cam en proie à une colère impuissante, en jetant un dernier regard dans la Cour du Pendu. Je t'enverrai en enfer avant que tu puisses toucher un seul de ses cheveux !

— J't'y emmènerai avec moi, alors, vint la réponse triomphante de Bullard, qui ricana de nouveau comme Cam franchissait le porche.

Plus tard dans la journée, Cam se mit en quête d'Evangeline. Sebastian était occupé avec un groupe de menuisiers qui réparaient le parquet aux motifs compliqués de la principale salle à manger. Il la trouva dans la salle des jeux de dés, en train de trier d'un air absent des jetons qu'elle empilait ensuite en petits tas bien nets. Cam s'approcha d'elle à pas feutrés.

Elle sursauta légèrement quand il lui effleura le bras et sourit de soulagement en levant le visage vers lui. Elle n'était pas accoutumée à le voir aussi visiblement préoccupé. Cam n'était pas du genre à se tordre les mains ou à se ronger d'anxiété. Il prenait les choses comme elles venaient et vivait autant que possible dans le présent. Toutefois, les événements de la journée avaient laissé leur empreinte, sous la forme d'une tension extrême qui le vieillissait temporairement.

— Je n'ai pas pu l'approcher, dit-il à voix basse. Il a disparu dans une cour et m'a parlé sans se montrer. Aucune de ses paroles n'était sensée. Il éprouve des sentiments affreux à ton égard, *gadgie*, encore que je ne comprenne pas pourquoi. Il n'a jamais été ce qu'on pourrait appeler un joyeux drille, mais là, c'est différent. Il est comme fou. Je dois en parler à Saint-Vincent.

— Non, n'en fais rien, dit aussitôt Evangeline. Cela ne servirait qu'à l'inquiéter et à le mettre en colère. Il a suffisamment à faire pour le moment.

— Mais si Bullard tentait de te faire du mal…

— Je suis en sécurité ici, non ? Il n'oserait pas venir au club alors que mon mari a mis sa tête à prix.

— Il existe des entrées secrètes dans le bâtiment.

— Tu peux les condamner ? Les verrouiller ?

Cam réfléchit, les sourcils froncés.

— La plupart, oui. Mais la question n'est pas d'aller et venir avec un trousseau de clés…

— Je comprends. Fais ce que tu peux.

Elle fit glisser ses doigts sur une pile de jetons en désordre et ajouta, morose :

— Cela n'a pas vraiment d'importance puisque je ne serai bientôt plus là. Saint-Vincent veut que je parte à la fin de la semaine prochaine. Il pense que je ne devrais pas vivre ici, maintenant que mon père…

Elle n'acheva pas sa phrase.

— Il a peut-être raison, avança Cam d'un ton adroitement dépourvu de pitié. Ce n'est pas l'endroit le plus sûr pour toi.

— Il ne fait pas cela pour des raisons de sécurité.

Ses doigts se refermèrent autour d'un jeton noir, qu'elle fit ensuite tournoyer comme une toupie sur la surface de la table.

— S'il le fait, c'est pour mettre de la distance entre nous.

Elle fut à la fois contrariée et encouragée par le sourire que le jeune homme esquissa.

— Patience, lui conseilla-t-il dans un murmure.

Sur ce, il la laissa à sa contemplation du jeton, qui ne prit fin que lorsque celui-ci cessa de tournoyer et retomba sur la table.

14

Evangeline apprécia l'activité constante qui régna dans le club durant les quinze jours suivants, car celle-ci contribua à la distraire de son chagrin. Quand elle expliqua à Sebastian qu'elle souhaitait se rendre utile, il lui assigna aussitôt un travail dans le bureau, où la correspondance et les livres de comptes s'accumulaient dans le plus grand désordre. Il eut également recours à elle pour diriger les peintres, les décorateurs, les menuisiers et les maçons dans leurs différents travaux, une responsabilité qui l'aurait terrifiée quelques semaines auparavant. S'adresser à autant d'étrangers lui fut tout d'abord un supplice et, durant les premiers jours, elle se battit contre son bégaiement. Toutefois, plus elle intervenait, plus cela lui semblait facile. Que les artisans l'écoutent tous avec un mélange de patience et de respect – comme on ne lui en avait jamais montré auparavant – l'aida considérablement.

La première initiative de Sebastian après les funérailles d'Ivo Jenner fut d'arranger un rendez-vous avec le chef de la police pour discuter avec lui du récent renforcement des lois sur le jeu. Usant de son charme si persuasif, Sebastian fit valoir que *Jenner's* était un cercle mondain, et pas seulement un établissement de jeu. En conséquence, ce n'était pas le genre d'endroit qui devait être soumis à des descentes de police, ses membres étant, comme Sebastian l'indiqua avec solennité, « des hommes d'une intégrité absolue ». Ébranlé par son raisonnement habile, le chef de la police promit qu'il n'y aurait pas de descentes chez *Jenner's* tant que le club veillerait à maintenir une apparence de respectabilité.

En apprenant ce premier succès de Sebastian, Cam Rohan fit remarquer avec admiration :

— Ce fut mené de main de maître, milord. Je commence à croire que vous êtes capable de persuader n'importe qui de faire presque n'importe quoi.

Sebastian eut un large sourire et jeta un coup d'œil à Evangeline, assise non loin.

— J'aurais tendance à penser que lady Saint-Vincent en est la preuve.

Sebastian et Cam avaient apparemment décidé de conclure une alliance provisoire dans le but de remettre le club sur pied. Leurs relations n'étaient pas précisément amicales, mais pas hostiles non plus. Cam n'avait pas manqué de prendre bonne note de la capacité à diriger de Sebastian, laquelle se révéla plus que nécessaire dans les jours qui suivirent la mort d'Ivo Jenner. Sebastian avait abandonné son indolence de grand seigneur pour prendre en charge la gestion du club avec fermeté et autorité.

Comme il était prévisible, c'était le genre d'homme pour lequel les employés du club éprouvaient du mépris ; ils ne virent d'abord en lui que l'un de ces « pigeons » qui fréquentaient le club, un aristocrate gâté et blasé qui n'avait pas la moindre idée de ce que travailler signifiait. Il était probable qu'ils supposaient tous, comme Evangeline au début, que Sebastian se lasserait vite des responsabilités qu'impliquait la direction d'un club. Pourtant, personne n'osa s'opposer à lui quand il fut évident qu'il n'hésiterait pas à renvoyer quiconque n'obéirait pas à ses ordres. Il n'aurait pu donner une plus grande preuve d'autorité qu'en renvoyant Clive Egan sommairement.

De plus, personne ne pouvait mettre en doute la passion sincère de Sebastian pour le club. Il s'intéressait à tous ses aspects, depuis les menus élaborés dans les cuisines jusqu'au coût précis de l'exploitation de la salle des jeux de dés. Reconnaissant lui-même qu'il avait beaucoup à apprendre sur le mécanisme des jeux, il entreprit de comprendre les règles mathématiques qui s'y appliquaient. Un soir qu'elle s'aventurait dans la grande salle, Evangeline le trouva devant la table centrale, à côté de Cam qui lui expliquait le système des probabilités.

— ... il n'y a que trente-six combinaisons possibles avec deux dés, chaque dé ayant bien sûr six faces. Quand vous jetez deux dés en même temps, les chances de parvenir à la combinaison à laquelle vous arrivez, quelle qu'elle soit, sont de trente-cinq contre une.

Cam s'interrompit pour interroger Sebastian du regard.

Celui-ci hocha la tête.

— Continuez.

— Comme tous ceux qui jouent aux jeux de hasard le savent, la somme des deux faces supérieures s'appelle un point. Deux « un » ensemble forment un point de deux ; deux « six » ensemble, c'est un point de douze. Mais les chances d'obtenir un nombre particulier varient, puisqu'il n'y a qu'une façon d'obtenir un « deux », mais six façons de faire un point de « sept ».

— Sept étant un nombre naturel, murmura Sebastian, le front plissé par la concentration. Et puisque le plus grand nombre de combinaisons possibles aboutira à un nombre naturel, la probabilité de sortir un « sept » en un seul coup est de…

— Seize pour cent, acheva Cam à sa place en ramassant les dés.

Les bagues d'or sur ses doigts mats étincelèrent à la lumière quand il envoya les dés d'ivoire rouler à l'extrémité de la table. Après avoir heurté le rebord, ils s'immobilisèrent sur le tapis de feutre vert. Les deux faces portaient un « six ».

— La chance de faire un « douze », en revanche, est de moins de trois pour cent. Et, évidemment, plus vous jouez, plus vos chances augmentent… Ce qui fait que lorsque vous aurez jeté les dés cent soixante-six fois, vos chances d'obtenir un point de « douze » seront alors de quatre-vingt-dix-neuf pour cent. Évidemment, avec d'autres points, les probabilités seront différentes. Je peux vous le montrer sur le papier – c'est plus facile à comprendre. Une fois que vous aurez appris la manière d'évaluer vos chances, vous aurez un grand avantage. Peu de joueurs y parviennent, et c'est ce qui sépare les bons des mauvais. Dans un jeu, le hasard est partial, même si l'on joue honnêtement, et l'avantage va à la banque dans la plupart…

Cam se tut respectueusement quand Evangeline s'approcha de la table. Un sourire illumina ses yeux sombres.

— Bonsoir, milady.

Sebastian fronça les sourcils devant leur complicité amicale.

— Bonsoir, murmura Evangeline en se plaçant au côté de Sebastian.

Elle sourit en levant les yeux vers lui.

— Êtes-vous habile avec les nombres, milord ?

— J'ai toujours cru que je l'étais… jusqu'à maintenant, répondit Sebastian d'un air chagrin. Rohan…

Les autres croupiers sont-ils aussi doués pour les calculs de probabilités ?

— Assez, milord. Ils sont bien entraînés. Ils savent tous comment pousser un joueur à parier pour le bénéfice de la maison, comment distinguer un bon joueur d'un mauvais…

— Entraînés par qui ? intervint Evangeline.

Le sourire de Cam révéla une rangée de dents éclatantes qui contrastaient avec son visage hâlé.

— Par moi, évidemment. Personne ne comprend aussi bien le jeu que moi.

Evangeline adressa à son mari un léger sourire.

— Il ne lui manque qu'un peu de confiance en lui, commenta-t-elle, pince-sans-rire.

Sebastian ne réagit toutefois pas à la plaisanterie. Il se contenta d'ordonner abruptement à Cam :

— Je veux une liste, établie par ordre décroissant, de tous les prêts en souffrance et de leur date d'échéance. Le livre de comptes se trouve sur l'étagère du haut, dans le bureau. Vous pourriez peut-être vous y attaquer de suite ?

— Bien, milord.

Cam s'inclina brièvement devant Evangeline, puis sortit d'un pas vif.

En se retrouvant avec son mari dans la haute pièce plongée dans une semi-pénombre, Evangeline ressentit un pincement nerveux à l'estomac. Durant les quelques jours précédents, leurs rencontres avaient été fréquentes mais impersonnelles, et ils ne s'étaient quasiment jamais retrouvés seuls. Elle se pencha sur la table pour ramasser les deux dés et les ranger dans leur petit étui de cuir. Au moment où elle se redressait, Sebastian passa doucement la main sur son dos corseté. À ce contact, les petits poils sur sa nuque se hérissèrent.

— Il est tard, dit-il d'un ton bien plus doux que celui qu'il avait usé envers Cam. Vous devriez aller vous coucher. Vous devez être épuisée après tout ce que vous avez fait aujourd'hui.

— Je n'en ai pas fait tant que cela, protesta-t-elle avec un haussement d'épaules embarrassé.

La main de Sebastian descendit de nouveau, lentement, le long de sa colonne vertébrale.

— Mais si. Vous exigez un peu trop de vous-même, mon cœur. Vous avez besoin de repos.

Evangeline secoua la tête. Il lui était difficile d'avoir les idées claires lorsqu'il la touchait ainsi.

— Je suis contente de pouvoir travailler un peu, réussit-elle à articuler. Cela m'évite de trop penser à… à…

— Oui, je sais. C'est pourquoi je vous le permets.

Les longs doigts se refermèrent sur sa nuque. Le souffle d'Evangeline s'accéléra comme la chaleur de sa main se diffusait dans son cou.

— Il vous faut aller vous coucher, continua-t-il.

Son souffle n'était plus si régulier quand il la fit pivoter face à lui. Il laissa son regard glisser lentement de son visage à la courbe de ses seins, puis remonter. Il laissa alors échapper un petit rire sans joie.

— Et j'ai besoin d'y aller avec vous, bon sang ! Mais puisque je ne le peux pas… Venez ici.

— Pourquoi ? demanda-t-elle alors même qu'il la coinçait contre le bord de la table et insinuait les jambes entre les plis de sa jupe.

— Je veux vous torturer un peu.

Evangeline le dévisagea avec des yeux ronds tandis qu'un feu liquide se déversait dans ses veines.

— Quand vous…

Elle dut s'éclaircir la voix avant de reprendre :

— Quand vous utilisez le mot « torture », je suis certaine que c'est au sens figuré.

Il secoua la tête, les yeux légèrement voilés.

— Au sens littéral, j'en ai peur.

— Pardon ?

— Mon ange, dit-il avec affabilité, j'espère que vous n'imaginiez pas que les souffrances des trois mois à venir seraient unilatérales ? Posez les mains sur moi.

— Où… où ça ?

— N'importe où.

Il attendit jusqu'à ce qu'elle pose timidement les mains sur ses épaules. Les yeux rivés aux siens, il déclara :

— Le feu qui me dévore, Evangeline, je vais l'attiser en vous.

— Sebastian…

Elle tenta de se dégager sans conviction, mais il la plaqua avec plus de force contre la table.

— J'ai le droit de vous embrasser quand je le veux, et aussi longtemps que je le veux, lui rappela-t-il. C'était notre pacte.

Elle parcourut la pièce d'un regard inquiet, et il devina aisément ses pensées.

— Je me moque complètement que quelqu'un nous surprenne. Vous êtes ma femme. Ma douce moitié, ajouta-t-il en esquissant un sourire.

Se penchant sur elle, il frotta son visage contre les petites mèches fines qui bouclaient sur son front. Son souffle chaud était une caresse sur sa peau.

— Ma récompense… mon plaisir et ma douleur… mon désir insatiable… Je n'ai jamais connu quelqu'un comme vous, Evangeline.

Ses lèvres effleurèrent l'arête de son nez, glissèrent jusqu'à l'extrémité.

— Vous osez exiger des choses de moi qu'aucune femme n'aurait songé à demander. Et, pour l'instant, je paierai votre prix, mon cœur. Mais plus tard, vous paierez le mien… encore et encore…

Il emprisonna ses lèvres tremblantes sous les siennes, les mains refermées sur sa nuque.

C'était un homme qui adorait embrasser, presque autant qu'il adorait l'acte sexuel en lui-même. Le baiser commença comme un doux effleurement de lèvres sèches, fermées… Il accentua sa pression jusqu'à ce qu'elle entrouvre la bouche… puis elle sentit la subtile intrusion de sa langue. Malgré elle, elle rejeta la tête en arrière, et les palpitations soudaines de son cœur, en précipitant le sang dans ses veines, lui donnèrent l'impression d'être sans force et brûlante.

Il approfondit son baiser, variant les angles, la fouaillant sans fin. Puis l'une de ses mains descendit sur son sein. Il en chercha la pointe du pouce, en vain. Le rembourrage de son corset était trop épais. Aspirant à sentir sa peau nue, il remonta jusqu'à sa gorge et trouva l'endroit délicat où palpitait son pouls. Il remplaça ses doigts par ses lèvres, et Evangeline raidit les jambes, les mains accrochées aux épaules de Sebastian, pour conserver son équilibre. Avec un murmure étouffé, il la serra plus étroitement contre lui et chercha de nouveau sa bouche. Elle ne put retenir plus longtemps les gémissements suppliants qui lui montaient aux lèvres et, vorace, chercha à obtenir davantage de lui, à s'approprier la chaleur soyeuse de sa bouche, à…

Un toussotement embarrassé lui fit rompre le baiser avec un petit cri. Se rendant compte que quelqu'un était entré dans la pièce, Sebastian attira sa tête contre son torse et caressa du pouce sa pommette empourprée. Il s'adressa à l'intrus d'une voix calme, alors que son cœur battait à grands coups sous la joue d'Evangeline.

— Qu'y a-t-il, Gully ?

Jim Gully, l'un des employés du club, répondit d'une voix essoufflée :

— Désolé, milord. Y a du grabuge dans le salon. Les menuisiers ont mis la main sur une bouteille de gnôle, et y sont fin saouls tous les trois. Y z'ont commencé à se disputer. Y en a déjà deux qui en sont venus aux mains, et le troisième est en train de casser la vaisselle.

Sebastian se renfrogna.

— Demandez à Rohan de régler cela.

— M. Rohan dit qu'il est occupé.

— Il y a une bagarre d'ivrognes dans un des salons et il est trop occupé pour intervenir ? demanda Sebastian, incrédule.

— Oui, milord.

— Alors réglez cela vous-même.

— J'peux pas, milord, répliqua l'homme en levant un doigt bandé. J'm'ai éclaté une phalange dans une bagarre à l'arrière, hier soir.

— Où est Hayes ?

— J'sais pas, milord.

— Êtes-vous en train de me dire, s'enquit Sebastian d'une voix dangereusement douce, que parmi les trente employés qui travaillent ici, il n'y en a *pas un* de disponible pour empêcher trois crétins ivres de démolir le salon qu'ils devraient être en train de restaurer ?

— Oui, milord.

Dans le silence furieux qui suivit la réponse de Gully, le fracas de la porcelaine brisée et des meubles projetés contre les murs provoqua une vibration qui fit faiblement tinter les lustres de cristal suspendus au-dessus de leurs têtes. Des vociférations indistinctes leur parvinrent.

— Bonté divine ! marmonna Sebastian entre ses dents. Comme si le club avait besoin de ça !

Evangeline secoua la tête avec perplexité, regardant tour à tour le visage furieux de son mari et celui, soigneusement neutre, de Gully.

— Je ne comprends pas…

— Appelez ça un rite de passage, lança Sebastian avant de s'éloigner à grandes enjambées, qui ne tardèrent pas à se transformer en pas de course.

Empoignant ses jupes, Evangeline s'élança derrière lui. Un rite de passage ? Que voulait-il dire ? Et pourquoi Cam refusait-il de faire quoi que ce soit ? Incapable de rester à sa hauteur, Evangeline le suivit de loin en veillant à ne pas trébucher sur ses jupes dans l'escalier. Le bruit augmenta comme elle s'approchait de la petite foule qui s'était amassée autour du salon. Des cris et des exclamations retentissaient. Elle vit Sebastian se débarrasser de sa veste, la jeter à quelqu'un, puis se frayer un passage dans la mêlée à coups d'épaule. Au centre, trois silhouettes gesticulaient, brandissant le poing et essayant gauchement de se pousser l'une l'autre, sous les rugissements d'excitation des spectateurs.

Sebastian attaqua stratégiquement l'homme qui semblait le plus instable sur ses jambes. Il le fit pivoter vivement avant de lui lancer quelques coups de poing bien appliqués qui l'envoyèrent au tapis. Les deux autres s'élancèrent comme un seul homme sur Sebastian, l'un essayant de lui bloquer les bras pendant que l'autre faisait tournoyer son poing, le bras tendu.

Evangeline laissa échapper un cri alarmé qui parvint aux oreilles de Sebastian malgré le brouhaha. Un instant distrait, il jeta un coup d'œil dans sa direction, et se retrouva aussitôt pris dans un violent corps à corps, le bras d'un de ses adversaires crocheté autour du cou tandis que l'autre faisait pleuvoir les coups sur sa tête.

— Non ! hurla Evangeline, horrifiée, en esquissant un pas en avant.

Aussitôt, un bras d'acier se referma autour de sa taille et la tira en arrière.

— Attends, dit une voix familière à son oreille. Donne-lui une chance.

— Cam !

Elle fit volte-face et le fixa d'un regard paniqué.

— Ils vont le massacrer, gémit-elle en s'agrippant aux revers de sa veste. Va l'aider... Cam, tu dois...

— Il a déjà réussi à se libérer. Regarde... fit-il observer en la faisant tourner sur elle-même. Il ne se débrouille pas si mal.

L'un des adversaires de Sebastian lança violemment le poing dans sa direction. Ce dernier se baissa avant de répondre par un coup bref mais percutant.

— Cam, pour... pourquoi diable ne fais-tu rien pour l'aider ?

— Je ne peux pas.

— Mais si, tu peux ! Tu as l'habitude de te battre, bien plus que lui...

— Il faut qu'il y passe, déclara Cam d'une voix calme et ferme. Sinon, il ne pourra pas asseoir son autorité ici. Pour les employés du club, celui qui dirige ne doit pas seulement parler, il doit être aussi capable d'agir quand il le faut. Saint-Vincent ne peut pas leur demander de faire quelque chose qu'il ne serait pas disposé à faire lui-même. Et il le sait. Autrement, il ne serait pas là où il est en ce moment même.

Evangeline se couvrit les yeux quand l'un des assaillants entreprit d'immobiliser son mari parderrière pendant que l'autre échangeait avec lui une volée de coups.

— Ils ne lui seront loyaux que s'il consent à uti... utiliser ses poings dans une inutile démonstration de force brute, c'est cela ? demanda-t-elle.

— En gros, oui. Ils veulent voir ce qu'il a dans le ventre.

Cam lui tira le poignet, sans succès.

— Regarde ! lui intima-t-il d'une voix brusquement rieuse. Il va s'en sortir.

Incapable de regarder, Evangeline se tourna vers Cam, tressaillant à chaque bruit mat d'un poing heurtant la chair, à chaque grognement de douleur.

— C'est int… intolérable, babutia-t-elle. Cam, s'il te plaît…

— Personne ne l'a obligé à renvoyer Egan et à diriger le club lui-même, souligna-t-il impitoyablement. Ça fait partie du boulot.

Cela, Evangeline le comprenait. Elle savait pertinemment que son propre père avait mis fin à des bagarres – ou y avait participé – une grande partie de son existence. Mais Sebastian n'était pas né pour cela ; il ne possédait pas la brutalité fondamentale ou le goût de la violence qui avaient distingué Ivo Jenner.

Cependant, comme un deuxième homme finissait au tapis, et que Sebastian tournait à pas prudents autour de son dernier adversaire, il devint évident que, né ou pas pour cela, il avait l'intention de faire ce qui était nécessaire pour prouver son courage. L'ivrogne fonça vers lui, et Sebastian le terrassa avec une combinaison rapide de deux gauches et d'un droit. Avec un gémissement, son assaillant s'effondra sur le sol. La foule des employés accueillit la victoire de Sebastian avec des rugissements approbateurs et des applaudissements nourris. À quoi celui-ci répondit d'un hochement de tête. Son visage s'assombrit brusquement quand il aperçut Evangeline entre les bras protecteurs de Cam.

Les spectateurs enthousiastes aidèrent les vaincus à sortir ; d'autres allèrent chercher balais et seaux pour ramasser les débris, tandis que plusieurs employés adressaient à Sebastian des regards bien plus amicaux qu'auparavant.

Épongeant de sa manche un mince filet de sang qui s'écoulait du coin de sa bouche, Sebastian se pencha pour ramasser une chaise renversée et la replaça dans le coin qu'elle occupait normalement.

Alors que la pièce se vidait, Cam lâcha Evangeline et s'approcha de lui.

— Vous vous êtes battu en gentleman, milord.

Sebastian lui jeta un regard sarcastique.

— Pourquoi cela ne sonne-t-il pas comme un compliment ?

Plongeant les mains dans ses poches, Cam observa doucement :

— Vous vous débrouillez plutôt bien contre une paire d'ivrognes...

— Pour commencer, ils étaient trois, gronda Sebastian.

— Soit, contre *trois* ivrognes. Mais la prochaine fois, vous ne serez peut-être pas aussi chanceux.

— La prochaine fois ? Si vous croyez que j'ai l'intention d'en faire une habitude...

— C'était celle de Jenner, répliqua Cam sans agressivité. Celle d'Egan aussi. Presque toutes les nuits, il y a du grabuge dans la ruelle, dans la cour des écuries, ou dans les salles de jeux, quand les clients sont à cran après des heures de paris, d'alcool et de femmes. Nous nous en occupons tous à tour de rôle. Et, à moins que vous ne vouliez vous faire étriper une fois par semaine, il vous faudra apprendre quelques trucs pour mettre fin à une bagarre au plus vite. Cela permet de limiter les dégâts et de ne pas attirer l'attention de la police.

— Si vous faites allusion au genre de tactiques utilisées dans les rixes des bas-fonds...

— Ce n'est pas d'une demi-heure d'exercice léger dans un club de pugilistes qu'il s'agit, coupa Cam d'un ton acerbe.

Sebastian ouvrit la bouche pour répliquer, mais quand il vit Evangeline s'approcher, son expression se modifia, sans doute en réponse à l'anxiété qu'elle ne parvenait pas à dissimuler. Pour une raison ou une autre, son inquiétude ébranla son hostilité et il finit par se radoucir. Le regard de Cam passa de l'un à l'autre, et il observa avec un intérêt aigu cet échange subtil.

— Êtes-vous blessé ? s'enquit Evangeline en le parcourant d'un regard attentif.

À son grand soulagement, Sebastian paraissait échevelé et agacé, mais physiquement indemne.

Il secoua la tête, et se tint immobile quand elle leva la main pour repousser quelques boucles humides qui lui tombaient presque dans les yeux.

— Ça va, grommela-t-il. Comparé à la raclée que j'ai reçue de Westcliff, ce n'était pas grand-chose.

Cam lança avec fermeté.

— D'autres raclées vous attendent, milord, si vous n'apprenez pas à vous défendre correctement.

Sans attendre que Sebastian réagisse, il alla vers la porte et appela :

— Dawson ! Viens là une minute. Non, pas pour travailler. Nous avons besoin de toi pour flanquer quelques coups de poing à lord Saint-Vincent.

Il lança un coup d'œil à Sebastian et fit remarquer d'un air innocent :

— Eh bien, ça a marché. Il arrive ventre à terre.

Réprimant un sourire, Evangeline recula dans un coin. Elle avait compris que Cam avait l'intention d'aider son mari. Si celui-ci persistait à se battre en gentleman, il ne ferait pas le poids contre les adversaires sans pitié qu'il serait peut-être amené à affronter.

Dawson, un jeune employé à la forte carrure, pénétra dans la pièce.

— C'est notre meilleur élément, expliqua Cam. Il va vous montrer quelques prises de base pour mettre rapidement un homme à terre. Dawson, montre le coup de hanche croisé à lord Saint-Vincent. Mais doucement… Inutile de lui casser le dos.

L'air plus qu'enchanté d'exercer ses talents sur Sebastian, Dawson le rejoignit en quelques enjambées, referma son bras musclé autour de son cou, attrapa l'un de ses bras et, se servant de sa hanche comme pivot, le fit basculer violemment par-dessus son épaule. Sebastian heurta le sol avec un grognement de douleur. Dawson s'apprêtait à lui sauter sur l'abdomen quand Cam plongea en avant pour le retenir par l'épaule.

— Bien, Dawson. Très bien. Ça suffit pour le moment. Recule, s'il te plaît.

Evangeline avait observé la scène le poing pressé contre sa bouche.

Cam tendit la main à Sebastian pour l'aider à se relever. Dédaignant son offre, ce dernier roula sur lui-même et se redressa tout en lui jetant un regard si menaçant que la plupart des hommes auraient réfléchi à deux fois avant de continuer. Cam, toutefois, poursuivit d'un ton égal :

— C'est une prise facile, vraiment. Lorsque vos flancs se touchent, vous passez le bras autour du cou de votre adversaire, vous lui saisissez le bras, et vous utilisez votre corps pour le faire passer par-dessus. Selon que vous l'envoyez à terre avec plus ou moins de force, il sera incapable de bouger pendant plusieurs secondes. Tenez, essayez avec moi.

Au crédit de Sebastian, il fit montre d'une évidente retenue lorsqu'il s'exerça sur Cam. Ayant vite compris la manœuvre, il envoya le gitan au tapis avec un curieux mélange d'efficacité et de réticence.

— Je ne peux pas me battre de cette manière, marmonna-t-il.

Cam ignora son commentaire.

— À présent, si l'on vous empoigne par-derrière, vous pouvez en général vous libérer d'un coup de tête. Il faut commencer la tête baissée, le menton contre la poitrine. Serrez les dents, gardez la bouche fermée et rejetez la tête en arrière, vite et fort, dans le visage de votre agresseur. Inutile de viser. Quant au coup de tête vers l'avant… vous l'avez déjà fait ? Non ? Eh bien, le truc, c'est de garder les yeux rivés sur votre adversaire au moment crucial. Visez une partie molle de son visage – jamais le front ou le crâne. Utilisez le poids de votre corps et essayez de frapper avec la zone qui est située à peu près à un pouce de vos sourcils.

Sebastian supporta la leçon avec une répugnance évidente. Les deux jeunes gens lui firent une démonstration de coups à la gorge, d'écrasement de pieds et autres techniques visant à atteindre les endroits les plus vulnérables du corps. Sebastian participa quand on le lui demandait, en faisant montre d'aptitudes physiques qui semblèrent plaire à Cam. Cependant, quand ce dernier commença à décrire les différentes façons d'atteindre un homme dans ses parties intimes, Sebastian décida qu'il en avait suffisamment toléré.

— C'est bon, gronda-t-il. On arrête là, Rohan.

— Mais il y a encore plusieurs choses que…

— Je m'en contrefiche.

Cam échangea un regard avec Evangeline, qui haussa les épaules et secoua légèrement la tête. Ni l'un ni l'autre ne comprenaient la raison de son exaspération. Après un moment, Cam congédia Dawson avec quelques mots de félicitations.

Quand il fut sorti, il se tourna vers Sebastian, qui tirait sur sa veste avec une violence à peine contenue, et lui demanda calmement :

— Quel est le problème, milord ?

Sebastian laissa échapper un grognement méprisant.

— Je n'ai jamais prétendu être un modèle de vertu. Et certains actes de mon passé auraient fait frémir le diable en personne. Mais il y a des choses auxquelles même moi, je ne peux m'abaisser. Des hommes de mon rang n'écrasent pas les orteils, ne visent pas l'entrejambe avec le genou et ne donnent pas de coups de tête quand ils se battent. Pas plus qu'ils ne recourent aux coups à la gorge et au croche-pied ou – que Dieu me vienne en aide ! – ne tirent les cheveux.

Le regard d'une dureté qu'Evangeline ne lui avait encore jamais vue, Cam répliqua d'un ton coupant :

— Et quel est exactement votre rang, si je peux me permettre de vous le demander ? Êtes-vous un aristocrate ? Vous ne vivez pas comme l'un d'eux. Vous dormez dans un établissement de jeu où vous occupez une chambre tout juste libérée par deux prostituées. Êtes-vous rentier ? Vous venez de terminer votre soirée en intervenant dans une bagarre entre deux crétins pris de boisson. Il est un peu tard pour vous montrer pointilleux, vous ne trouvez pas ?

— Vous me reprochez d'avoir des principes ? riposta Sebastian d'une voix glaciale.

— Pas du tout. Je vous reproche de vous y accrocher à mauvais escient. Il y a un dicton chez les Roms : « Avec un seul derrière, tu ne peux pas t'asseoir sur deux chevaux. » Si vous voulez survivre ici, il va falloir changer. Vous ne pouvez pas poser à l'aristocrate oisif au-dessus de ce genre de choses. Bon sang ! Vous essayez d'assumer un travail que même moi, je serais incapable de faire. Vous allez devoir traiter avec des joueurs, des ivrognes, des voleurs, des menteurs, des avocats, des policiers, et plus de trente employés qui, tous, pensent que vous allez plier bagage et partir d'ici à un mois. En prenant la place de Jenner, vous êtes devenu l'un des personnages les plus importants de Londres. Tout le monde vous demandera des faveurs, essaiera de profiter de vous ou de prouver sa supériorité. Personne ne vous dira jamais l'entière vérité, sur et qu'elle possédait un sens de l'humour qu'elle n'hésitait pas à exercer contre elle-même.

Daisy Bowman, la jeune sœur de Lillian, cachait une personnalité démesurée sous une apparence fragile. Idéaliste, dotée d'un tempérament fantasque, elle dévorait les romans d'amour peuplés d'escrocs et de vauriens. Cependant, son physique d'elfe dissimulait une intelligence et une perspicacité que la plupart des gens avaient tendance à ignorer. Elle avait la peau claire, les cheveux noirs, et les yeux couleur de pain d'épice. Des yeux malicieux, frangés de longs cils.

À la vue d'Evangeline, ses amies se précipitèrent vers elle avec des cris perçants, et Evangeline elle-même éclata d'un rire aigu comme elles s'étreignaient toutes trois en s'embrassant avec exubérance. Tout excitées, les trois jeunes femmes continuèrent à s'exclamer et à piailler, jusqu'à ce que quelqu'un jaillisse dans la pièce.

C'était Cam, les yeux écarquillés, le souffle court comme s'il venait de courir comme un fou. Il parcourut la salle d'un regard alerte, et, lentement, tout son corps se détendit.

— Sapristi, marmonna-t-il. J'ai cru qu'il était arrivé quelque chose.

— Tout va bien, Cam, le rassura Evangeline avec un sourire, le bras d'Annabelle toujours posé autour de ses épaules. Mes amies sont là, c'est tout.

Jetant un coup d'œil à Sebastian, Cam observa d'un ton aigre :

— J'ai entendu des porcs faire moins de bruit quand on les égorgeait.

Un muscle joua sur la mâchoire de Sebastian, comme s'il luttait pour réprimer un sourire.

— Madame Hunt, mademoiselle Bowman, voici M. Rohan. Veuillez lui pardonner son manque de tact, c'est un…

quelque sujet que ce soit. Il vous faut aiguiser vos instincts. Il vous faut rendre les gens inquiets à l'idée de vous déplaire. Sinon, vos chances de succès sont si réduites qu'elles...

Il n'acheva pas. Il était clair qu'il aurait aimé en dire plus, mais l'expression de Sebastian lui indiqua que des paroles supplémentaires étaient inutiles. Passant la main dans sa chevelure de jais, Cam quitta la pièce.

Une longue minute s'écoula avant qu'Evangeline ose s'approcher de son mari. Les yeux fixés sur le mur nu, il paraissait en proie à une rumination morose. Alors que la plupart des gens avaient tendance à paraître plus vieux quand ils étaient fatigués ou tendus, elle nota que Sebastian avait, au contraire, l'air plus jeune. Levant les yeux vers lui, elle murmura :

— Pourquoi faites-vous cela ? Ce n'est pas simplement pour l'argent. Qu'espérez-vous trouver dans cet endroit ?

Contre toute attente, une lueur d'amusement sarcastique brilla dans ses yeux.

— Quand je l'aurai découvert... je vous le ferai savoir.

15

Le lendemain après-midi, Sebastian se rendit dans le bureau pour y trouver Evangeline, qui additionnait des reçus et reportait des chiffres dans un livre de comptes.

— Vous avez une visite, annonça-t-il sans préambule.

Leurs regards se croisèrent par-dessus la pile de papiers.

— Mme Hunt.

Le cœur d'Evangeline bondit dans sa poitrine tandis qu'elle le fixa avec étonnement. Elle avait longtemps débattu avec elle-même pour savoir si elle devait écrire à Annabelle. Elle aspirait à revoir son amie, mais elle se demandait quel accueil celle-ci lui ferait. Elle se leva lentement, contourna le bureau pour s'approcher du vicomte.

— Êtes-vous sûr qu'il ne s'agit pas d'un autre piège ?

— Sûr et certain, répliqua Sebastian. J'ai encore les oreilles qui tintent de toutes les accusations et les invectives auxquelles j'ai eu droit. Ni Mme Hunt ni Mlle Bowman ne consentiront à admettre que vous n'avez pas été enlevée, violée et mariée sous la menace d'un couteau.

— Mlle Bowman ? répéta Evangeline, qui songea en un éclair que cela ne pouvait être Lillian.

D'une part elle n'était plus Mlle Bowman, d'autre part, elle était toujours en voyage de noces.

— Daisy est là aussi ?

— Et aussi agressive qu'un frelon. Vous pourriez les rassurer en leur disant que vous avez agi de votre plein gré, car je les crois disposées à aller chercher l'agent le plus proche pour qu'il m'arrête.

Le pouls d'Evangeline s'emballa, et elle serra le bras de Sebastian.

— Je n'arrive pas à croire qu'elles aient osé venir toutes les deux ici. Je suis persuadée que M. Hunt n'est pas au courant de ce que fait Annabelle.

— Sur ce point, nous sommes d'accord, dit Sebastian. Hunt ne permettrait pas à sa femme de s'approcher à moins d'un quart de lieue de moi. Et les Bowman n'autoriseraient jamais leur fille cadette à mettre les pieds dans un établissement de jeu. Toutefois, connaissant vos amies, je ne doute pas qu'elles aient concocté quelque plan rusé pour couvrir leurs actions.

— Où sont-elles ? Ne me dites pas que vous les avez laissées attendre à la porte de derrière ?

— Elles ont été conduites dans la salle de lecture.

Evangeline était si impatiente de voir ses amies qu'elle dut se retenir pour ne pas courir dès qu'elle eut quitté le bureau. Suivie de Sebastian, elle fit irruption dans la salle de lecture et s'immobilisa sur le seuil, hésitante.

Annabelle était là, sa chevelure couleur de miel réunie en un chignon bouclé. Elle avait le teint aussi frais que celui des laitières idéalisées peintes sur les boîtes de bonbons. Lors de leur première rencontre, la beauté exquise d'Annabelle lui avait paru si intimidante qu'Evangeline n'avait osé lui parler, convaincue qu'une créature aussi éclatante ne pouvait que l'écraser de son mépris. Elle avait fini par découvrir qu'Annabelle était gentille et chaleureuse,

— Un voyou ? suggéra Daisy d'un air innocent.

Cette fois, Sebastian ne put s'empêcher de sourire.

— J'allais dire : « C'est un homme peu habitué à la présence de dames au club. »

— Parce que ce sont des dames ? intervint Cam en lançant un regard dubitatif aux visiteuses, s'attardant au passage sur le visage fin de Daisy.

Ignorant le jeune homme à dessein, celle-ci déclara à l'adresse d'Annabelle :

— J'ai toujours entendu dire que les gitans étaient connus pour leur charme. C'est une légende, apparemment.

Cam plissa les yeux, qui se réduisirent à deux fentes dorées comme ceux d'un tigre.

— Nous sommes connus également pour enlever de jeunes *gadgies*.

Avant que l'échange continue, Evangeline s'interposa vivement.

— Milord, dit-elle à Sebastian, si vous n'y voyez pas d'objection, j'aimerais m'entretenir en privé avec mes amies.

— Certainement, acquiesça-t-il avec une irréprochable courtoisie. Dois-je vous faire monter du thé, ma douce ?

— Oui, merci.

Dès que les hommes furent sortis et que la porte se fut refermée derrière eux, Daisy explosa :

— Comment peux-tu parler avec autant de cordialité à Saint-Vincent après ce qu'il a fait ?

— Daisy, commença Evangeline sur le ton de l'excuse, je suis vraiment dé... désolée de ce qui est arrivé à Lillian, et je...

— Non, il ne s'agit pas seulement de cela, coupa Daisy avec emportement. Je parlais de ce qu'il t'a fait à *toi* ! Avoir abusé de toi, t'avoir forcée à l'épouser, et puis...

— Il ne m'a pas forcée.

Le regard d'Evangeline passa du visage indigné de Daisy à celui, soucieux, d'Annabelle.

— C'est la vérité, il ne m'a pas obligée à faire quoi que ce soit ! C'est moi qui suis allée le trouver. Venez, asseyons-nous et je vous rac... raconterai tout... Mais d'abord, comment avez-vous réussi toutes les deux à venir au club ?

— M. Hunt est parti en voyage d'affaires, répondit Annabelle avec un sourire finaud. Et j'ai dit aux Bowman que j'emmenais Daisy faire des courses dans Saint-James Street. Je suis son chaperon, vois-tu.

— Et nous avons bel et bien fait des courses, précisa Daisy avec malice. C'est juste que nous avons fait un tout petit détour après...

Annabelle et Evangeline prirent place sur le canapé, et Daisy sur un fauteuil en face d'elles, avant que la conversation ne se poursuive. Bégayant légèrement, Evangeline leur raconta les événements survenus après qu'elle eut quitté la demeure des Maybrick. À son grand soulagement, ses amies ne la condamnèrent nullement. Au contraire, elles se montrèrent inquiètes et compréhensives, même s'il était évident qu'elles n'approuvaient pas les choix qu'elle avait faits.

— Je suis désolée, murmura Evangeline en voyant le pli qui creusait le front d'albâtre d'Annabelle. Je sais que tu n'approuves pas mon mariage avec lord Saint-Vincent.

— Que je l'approuve ou pas n'a guère d'importance, répliqua Annabelle avec douceur. Je resterai ton amie quoi que tu fasses. Tu aurais épousé le diable en personne que je m'en moquerais.

— Lequel diable est indiscutablement un proche de Saint-Vincent, souligna Daisy, impitoyable.

— La question qui se pose, à présent, poursuivit Annabelle après avoir adressé à Daisy un bref regard d'avertissement, c'est de savoir ce que nous pouvons faire pour t'aider de notre mieux.

Evangeline lui sourit avec reconnaissance.

— Tout ce dont j'ai besoin, c'est de votre amitié. J'avais tellement peur que vous me la retiriez.

— Jamais, assura Annabelle, qui tendit la main pour caresser ses boucles rousses. Ma chérie, j'espère que cela ne va pas te sembler présomptueux... mais puisque tu es partie de chez toi en hâte, j'ai supposé que tu n'avais pas pu emporter beaucoup de robes. Je t'ai donc apporté quelques vêtements. Je sais que tu es en deuil, aussi n'ai-je pris que du brun, du noir et du gris, ainsi que, bien sûr, des chemises de nuit, des gants et d'autres effets... Je vais demander qu'on les décharge de la voiture, si tu veux. Nous sommes presque de la même taille, et je pense qu'avec quelques petites retouches...

— Oh, Annabelle, comme tu es gentille ! s'exclama Evangeline en se jetant à son cou. Mais je ne veux pas que tu sacr... sacrifies une partie de ton trousseau pour moi...

— Ce n'est pas un sacrifice, assura Annabelle en s'écartant pour lui sourire. Sous peu, je ne pourrai plus les porter du tout.

Evangeline se souvint alors que, le mois précédent, Annabelle leur avait confié qu'elle croyait être enceinte.

— Évidemment, je... Oh, Annabelle, j'ai été si pré... préoccupée par mes propres problèmes que je n'ai même pas pensé à te demander comment tu allais ! C'est donc vrai ? Le médecin l'a confirmé ?

— Oui, coupa Daisy en se levant pour effectuer une espèce de petite danse victorieuse, comme s'il lui était impossible de rester immobile plus longtemps. Les « laissées pour compte » vont devenir tatas !

Evangeline bondit à son tour sur ses pieds, et toutes deux se mirent à gambader avec une joie enfantine tandis qu'Annabelle les contemplait d'un air amusé.

— Dieux du ciel, regardez-vous toutes les deux ! Dommage que Lillian ne soit pas là… J'imagine déjà le commentaire cinglant que vous auraient attiré vos manières de sauvages.

L'allusion à Lillian suffit à calmer l'euphorie d'Evangeline. Elle se laissa retomber sur le canapé et fixa sur Annabelle un regard plein d'inquiétude.

— Me pardonnera-t-elle d'avoir ép… épousé Saint-Vincent après ce qu'il lui a fait ?

— Bien sûr, assura Annabelle. Tu sais combien elle est loyale – elle te pardonnerait tout sauf d'assassiner quelqu'un. Et encore ! Mais je crains fort que pardonner à Saint-Vincent ne soit une tout autre affaire.

Daisy fronça les sourcils et tira sur ses jupes pour les aplatir.

— Il est certain que Saint-Vincent s'est fait un ennemi de lord Westcliff. Ce qui rend la situation difficile pour nous toutes.

La conversation fut interrompue par l'entrée d'une servante qui apportait le thé. Evangeline versa le délicat breuvage ambré pour Annabelle et pour elle-même. Daisy déclina son offre ; elle préférait vagabonder dans la pièce et fureter parmi les étagères de livres. Après avoir observé de près les titres gravés sur le vélin coloré des tranches, elle observa :

— Il y a une couche de poussière sur la plupart de ces livres. À croire qu'ils n'ont pas été lus depuis des siècles !

Annabelle leva les yeux de sa tasse avec un curieux sourire.

— Je parierais que très peu de ces livres, voire aucun, ont jamais été lus, ma chérie. Il est peu probable que les gentlemen qui fréquentent ce club choisissent de passer le temps avec des livres alors qu'il y a tellement d'autres divertissements plus stimulants.

— Pourquoi avoir une salle de lecture, si personne n'en profite jamais ? demanda Daisy, l'air scandalisé. Je ne peux imaginer *une seule* activité plus stimulante que la lecture. Tu te rends compte que parfois, quand je lis une histoire vraiment prenante, j'ai le cœur qui bat à tout rompre !

— Il y a une activité... murmura Annabelle avec un sourire impudent.

Mais son intervention fut perdue pour Daisy, qui s'était éloignée, les yeux toujours rivés sur les rangées de livres. Reportant son attention sur Evangeline, Annabelle reprit à mi-voix :

— Puisque nous abordons *ce* sujet, Evangeline... Cela m'ennuie que tu n'aies eu personne avec qui en parler avant ta nuit de noces. Est-ce que Saint-Vincent s'est montré attentionné ?

Evangeline sentit ses joues la brûler comme elle hochait brièvement la tête.

— Comme cela était prévisible, il était très expérimenté.

— Mais était-il gentil ?

— Oui... Je crois que oui.

Annabelle lui sourit.

— C'est un sujet un peu gênant, n'est-ce pas ? fit-elle doucement. Cependant, si jamais tu avais des questions concernant ces choses, j'espère que tu oserais me les poser. Je me sens un peu comme une sœur aînée pour toi, tu sais.

— C'est aussi l'impression que j'ai, répliqua Evangeline en lui pressant la main. Je suppose que j'ai effectivement des choses à te demander, mais elles sont terriblement...

— Sacrebleu ! s'exclama Daisy depuis l'autre côté de la pièce.

Evangeline et Annabelle tournèrent vivement les yeux vers elle. Elle était en train de tirer sur l'une des étagères d'acajou.

— Quand je me suis appuyée sur cette étagère, dit-elle, j'ai entendu une espèce de déclic, et elle a commencé à tourner.

— C'est une porte secrète, expliqua Evangeline. Il y a plusieurs portes secrètes et passages dérobés dans le club, pour dissimuler des choses en cas de descente de police, ou si quelqu'un a besoin de s'esquiver en hâte.

— Celui-ci mène où ?

Craignant que davantage de détails n'encouragent l'aventureuse Daisy à partir en exploration, Evangeline répondit d'un ton vague :

— Oh, dans un cagibi, probablement. Rien de très intéressant. Il vaudrait mieux la refermer, ma chérie.

— Mmm…

Pendant que Daisy continuait à examiner la bibliothèque, Evangeline et Annabelle reprirent leur conversation.

— La vérité, chuchota Evangeline, c'est que lor… lord Saint-Vincent a accepté d'observer une période de chasteté pour moi. Et que s'il réussit, lui et moi recommencerons alors à avoir des relations conjugales.

— Il *quoi* ? murmura Annabelle en ouvrant grand ses beaux yeux bleus. Seigneur Dieu, je ne crois pas que Saint-Vincent et le mot « chasteté » aient jamais été associés dans une même phrase jusqu'à présent. Comment diable as-tu réussi à le persuader d'accepter une chose pareille ?

— Il a dit… Il a laissé entendre… qu'il me désirait suffisamment pour essayer.

Annabelle secoua la tête avec un curieux sourire, plutôt perplexe.

— Cela ne lui ressemble pas. Pas du tout. Il va tricher, bien sûr.

— Oui. Mais je crois néanmoins que ses intentions sont sincères.

— Saint-Vincent n'est jamais sincère, répliqua Annabelle, ironique.

Evangeline ne put s'empêcher de se rappeler la fougue désespérée de l'étreinte de Sebastian, dans cette même pièce. La façon dont son souffle frémissait dans sa gorge. La tendresse dévorante de sa bouche. Et la passion brute dans sa voix quand il avait murmuré : « Je te désire plus que je n'ai jamais désiré quoi que ce soit sur terre »…

Comment expliquer tout cela à Annabelle ? Comment de simples mots pourraient-ils justifier l'instinct qui la poussait à lui faire confiance ? Cela semblait grotesque de penser qu'elle, la maladroite Evangeline Jenner, était soudain devenue l'unique objet du désir d'un homme comme Sebastian, qui n'avait que l'embarras du choix parmi les femmes les plus accomplies et les plus belles d'Angleterre.

Et pourtant, il n'était plus exactement le même homme que celui qui promenait son air indolent et son arrogance dans le domaine campagnard de Westcliff. Quelque chose en lui avait changé, et la transformation se poursuivait. Le catalyseur avait-il été sa tentative ratée pour enlever Lillian ? Ou cela avait-il commencé plus tard, lors de leur pénible voyage jusqu'à Gretna Green ? Peut-être encore cela avait-il un rapport avec le club. Il s'était conduit bizarrement à l'instant où il y avait posé le pied. Il luttait pour quelque chose, quelque chose d'impossible à nommer et qu'il ne pouvait même pas s'expliquer à lui-même…

— Oh non, murmura Annabelle d'un air navré, en regardant par-dessus l'épaule d'Evangeline.

— Qu'y a-t-il ? s'inquiéta celle-ci en se retournant pour suivre son regard.

Annabelle n'eut pas besoin d'en dire plus. L'une des bibliothèques n'était plus alignée avec les autres. Daisy, comme c'était prévisible, avait succombé à son insatiable curiosité et franchi la porte secrète.

— Où cette porte mène-t-elle ? s'enquit Annabelle avec un soupir, en reposant à regret sa tasse de thé à moitié pleine.

— Tout dépend de quel côté elle est partie. C'est un peu comme un labyrinthe... Il y a un passage qui se sépare en deux branches, et un escalier dérobé qui conduit au premier étage. Dieu merci, le club n'est pas ouvert... Elle ne devrait pas s'attirer trop d'ennuis.

— Souviens-toi qu'il s'agit de Daisy Bowman, riposta Annabelle avec flegme. S'il existe une chance, si minime soit-elle, de s'attirer des ennuis, elle la découvrira.

Alors qu'elle se faufilait dans le passage obscur, Daisy ressentit le même frisson d'excitation que lorsque, enfants, Lillian et elle jouaient aux pirates dans leur hôtel particulier de la Cinquième Avenue. Après leurs leçons quotidiennes, elles couraient dans le jardin, deux gamines aux longues tresses, aux tabliers déchirés, qui faisaient rouler leurs cerceaux ou creusaient des trous dans les parterres de fleurs.

Un jour, elles avaient eu l'idée de créer une grotte secrète. Elles avaient passé un été entier à creuser un tunnel dans la haie qui bordait le devant et les côtés de la maison. À force de couper et de tailler sans relâche, elles avaient fini par réaliser un long passage dans lequel elles allaient et venaient en trottinant telles deux petites souris. Elles organisaient des réunions secrètes dans leur « grotte de pirates », bien sûr, et conservaient leurs trésors dans un coffre en bois caché dans un trou creusé à côté de la maison. Quand leurs méfaits avaient été découverts par le jardinier horrifié, les deux sœurs avaient écopé d'une punition qui avait duré plusieurs semaines.

Un sourire nostalgique flotta sur les lèvres de Daisy tandis qu'elle songeait à son aînée, et une vague de solitude la submergea soudain. Lillian et elle avaient toujours été ensemble, se disputant, riant, se tirant mutuellement d'affaire lorsqu'elles étaient dans le pétrin. Naturellement, Daisy était heureuse que Lillian ait trouvé l'âme sœur en la personne de Westcliff… mais il n'empêche qu'elle lui manquait terriblement. Et à présent que les autres « laissées pour compte », y compris Evangeline, étaient mariées, elles faisaient partie d'un monde mystérieux dont Daisy était encore exclue. Elle allait devoir se trouver bientôt un mari. Un gentleman gentil, sincère, qui partagerait son amour des livres. Un homme qui porterait des lunettes, et aimerait les enfants et les chiens.

En avançant à tâtons dans le passage, Daisy faillit trébucher dans un petit escalier dont elle ne soupçonnait pas l'existence. Une faible lueur brillait en bas de celui-ci et elle se dirigea vers elle. Comme elle s'approchait, elle s'aperçut que la lumière dessinait la forme rectangulaire d'une petite porte. Se demandant ce qui pouvait se trouver de l'autre côté, elle s'immobilisa et tendit l'oreille. Elle entendit alors des petits coups bizarres, répétés. Il y eut une pause, puis les coups recommencèrent.

Vaincue par la curiosité, elle plaqua les mains sur la porte, poussa avec force et la sentit céder. La lumière inonda le passage quand elle pénétra dans une pièce qui contenait quelques tables vides, des chaises et un buffet supportant deux énormes urnes en argent. Glissant un regard au-delà du battant, elle découvrit la source du bruit. Un homme accroupi réparait un morceau de plinthe endommagée, enfonçant des clous dans le mince morceau de bois à coups de marteau. À peine la porte se fut-elle ouverte qu'il se redressa souplement et empoigna son marteau différemment, comme s'il avait l'intention de l'utiliser comme une arme.

Daisy reconnut le gitan, le jeune homme aux yeux de panthère affamée. Il avait enlevé sa veste et son gilet... sa cravate, également... la partie supérieure de son corps n'était donc plus couverte que d'une mince chemise blanche négligemment rentrée dans son pantalon ajusté. À sa vue, Daisy éprouva la même réaction qu'à l'étage – un bref élancement dans la poitrine, suivi de pulsations rapides du cœur. Paralysée à l'idée de se trouver seule dans la pièce avec lui, Daisy le regarda sans ciller s'approcher d'elle à pas lents.

Elle n'avait jamais vu un être doté d'une beauté aussi exotique. Sa peau avait la couleur du miel, ses yeux d'ambre étaient bordés d'épais cils sombres, et sa chevelure d'un noir de jais retombait en bataille sur son front.

— Que faites-vous ici ? voulut savoir Rohan, qui s'arrêta lorsqu'il fut si près d'elle qu'elle recula instinctivement.

Son dos heurta le mur. Son expérience était certes limitée, mais jamais Daisy n'avait rencontré un homme aussi direct. Il était évident qu'il ne connaissait pas les manières en usage dans les salons.

— J'explorais, répondit-elle d'une voix un peu haletante.

— Quelqu'un vous a montré ce passage ?

Daisy sursauta quand Rohan appuya les mains sur le mur, de chaque côté de sa tête. Il était un peu plus grand que la moyenne, mais il ne la dominait pas. Sa gorge bronzée se trouvait à la hauteur de ses yeux. S'efforçant de ne pas laisser voir sa nervosité, elle prit une respiration rapide et répondit :

— Non, je l'ai trouvé toute seule. Vous avez un accent bizarre.

— Vous aussi. Vous êtes américaine ?

Daisy hocha la tête, muette, en surprenant l'éclat d'un petit diamant qu'il portait à l'oreille. Une sensation curieuse lui creusa l'estomac, presque comme de la répulsion, mais qui lui donna l'impression d'avoir la peau brûlante. Elle prit conscience, consternée, qu'elle devenait écarlate. Il était si proche d'elle qu'elle percevait une odeur de savon mêlée à de discrets effluves de cuir et de chevaux. C'était un parfum agréable, une fragrance masculine, très différente de celle de son père, dont elle avait l'impression qu'il sentait toujours l'eau de Cologne, le cirage et le papier-monnaie fraîchement imprimé.

Mal à l'aise, elle laissa son regard glisser le long des bras du jeune homme, que découvraient les manches relevées de sa chemise. Elle s'attarda sur un étonnant motif dessiné à l'encre sur son avant-bras droit. Il représentait un petit cheval noir avec des ailes.

Remarquant son regard fasciné, Rohan baissa le bras pour lui permettre de le regarder tout à son aise.

— C'est un symbole irlandais, murmura-t-il. Un cheval de cauchemar, appelé *pooka*.

La sonorité absurde de ce mot fit naître un léger sourire sur les lèvres de Daisy.

— Il s'en va au lavage ? s'enquit-elle d'une voix hésitante.

Rohan secoua la tête, et ses paupières s'abaissèrent à demi sur ses yeux remarquables.

— Est-ce qu'un *pooka* ressemble au Pégase des mythes grecs ? hasarda Daisy en s'aplatissant autant qu'elle le pouvait contre le mur.

Le gitan parcourut son corps du regard en une sorte d'inventaire nonchalant auquel aucun homme ne l'avait jamais soumise.

— Non, répondit-il. Il est beaucoup plus dangereux. Il a des yeux jaunes flamboyants, il peut franchir des montagnes comme d'autres un ruisseau, et il parle d'une voix d'humain aussi profonde qu'une caverne. Il se peut qu'à minuit il s'arrête devant votre maison et crie votre nom s'il veut vous emmener pour une chevauchée. Si vous allez avec lui, il vous fera survoler la Terre et les océans… et si jamais vous en revenez, votre vie ne sera plus jamais la même.

Daisy frissonna. Tous ses sens l'avertirent qu'elle ferait mieux de mettre un terme à cette conversation déconcertante, et de fuir la présence du jeune homme en toute hâte.

— Comme c'est intéressant, marmonna-t-elle avant de se retourner entre ses bras pour chercher à tâtons l'ouverture de la porte dérobée.

À sa grande consternation, il l'avait refermée, et elle était maintenant habilement dissimulée dans les boiseries du mur. Affolée, Daisy se mit à pousser en différents endroits, essayant de découvrir le mécanisme qui l'ouvrirait.

Ses paumes moites s'aplatirent sur le panneau quand elle sentit Rohan se pencher sur elle, la bouche tout contre son oreille.

— Vous ne le trouverez pas. Il n'y a qu'un seul endroit qui libérera le loquet.

Son souffle tiède effleura le côté de son cou, et la légère pression de son corps contre le sien fit naître une douce chaleur là où il la touchait.

— Pourquoi ne me le montrez-vous pas ? suggéra Daisy, s'efforçant d'imiter de son mieux l'insolence sarcastique de Lillian.

Malheureusement, elle ne réussit qu'à paraître déconcertée et mal assurée.

— Quelle faveur m'accorderez-vous en échange ?

Daisy s'évertua à paraître indignée, alors même que son cœur cognait follement contre ses côtes tel un oiseau sauvage en cage. Elle pivota pour lui faire face et lança une offensive verbale dans l'espoir de le faire battre en retraite.

— Monsieur Rohan, si vous insinuez que je devrais… Eh bien, vous êtes l'homme le moins chevaleresque que j'aie jamais rencontré.

Il ne bougea pas d'un pouce. Un sourire éclatant dévoila ses dents à la blancheur carnassière.

— Mais je sais où se trouve la porte, lui rappela-t-il.

— Voulez-vous de l'argent ? demanda-t-elle avec mépris.

— Non.

Daisy déglutit avec peine.

— Des libertés, alors ?

Voyant qu'il ne comprenait pas, elle expliqua, non sans rougir :

— Prendre des libertés avec une femme, c'est… l'enlacer, ou l'embrasser…

Une flamme dangereuse s'alluma dans les yeux dorés de Rohan.

— Oui, murmura-t-il, je prendrai des libertés.

Daisy avait peine à y croire. Son premier baiser… Elle l'avait toujours imaginé dans un jardin anglais, au clair de lune, bien sûr, avec un gentleman blond au visage juvénile, qui lui murmurerait des vers délicats juste avant que leurs lèvres ne se frôlent. Il n'était pas censé avoir lieu dans une pièce en réfection d'un club de jeu, avec un croupier gitan. D'un autre côté, elle avait vingt ans, et il était peut-être temps qu'elle commence à acquérir un peu d'expérience.

Déglutissant de nouveau, elle lutta pour contrôler son souffle haletant, et fixa les yeux sur le cou et le haut de la poitrine du jeune homme qu'elle apercevait dans l'ouverture de sa chemise. Sa peau avait l'éclat d'un satin ambré. Quand il se rapprocha d'elle, son parfum aux notes épicées si viriles lui envahit les narines. Il leva doucement la main vers son visage, frôlant accidentellement au passage la pointe d'un de ses seins. Il fallait que ce fût accidentel, songea-t-elle, saisie de vertige, alors que son mamelon se contractait sous son corsage de velours. Rohan glissa ses longs doigts le long de sa joue pour imprimer à son visage une légère inclinaison.

Les yeux plongés dans les siens, il effleura sa bouche du bout des doigts, en caressa la surface pulpeuse jusqu'à ce que ses lèvres tremblantes s'entrouvrent. Il referma son autre main sur sa nuque, la caressa d'abord, puis la serra légèrement pour supporter le poids de sa tête... Ce qui était une bonne chose, vu que sa colonne vertébrale tout entière semblait s'être dissoute comme du sucre fondu. Sa bouche se posa sur celle de Daisy avec une tendre pression, puis effleura ses lèvres à plusieurs reprises. Un plaisir délectable se diffusa dans ses veines, s'insinua en elle jusqu'à ce qu'elle ne puisse plus résister à l'envie de plaquer son corps contre le sien. Se dressant sur la pointe des pieds, elle agrippa ses épaules dures, et laissa échapper un son étouffé quand il glissa les bras autour d'elle.

Lorsqu'il finit par relever la tête, Daisy découvrit, mortifiée, qu'elle s'accrochait à lui comme une rescapée de la noyade. D'un geste brusque, elle le lâcha et recula aussi loin que le mur le lui permettait. Déconcertée, honteuse de sa réaction, elle leva la tête pour lui adresser un regard peu amène.

— Je n'ai rien ressenti, déclara-t-elle froidement. Encore qu'on puisse vous reconnaître le mérite d'avoir essayé, je suppose. À présent, montrez-moi où se trouve la...

Elle s'interrompit avec un cri de surprise lorsqu'il l'enlaça de nouveau et qu'elle comprit, trop tard, qu'il avait pris sa remarque dédaigneuse pour une provocation. Cette fois, sa bouche se fit plus exigeante, et ce fut avec une surprise due à l'innocence qu'elle sentit le contact soyeux de sa langue, une sensation qui fit couler un flot de douceur dans tout son corps. Elle frissonna quand il fouilla intimement sa bouche… comme s'il en trouvait le goût délicieux.

Mettant fin au baiser avec une dernière caresse des lèvres, Rohan s'écarta, la regarda droit dans les yeux, la mettant muettement au défi de nier l'attirance qu'elle ressentait pour lui.

Rassemblant ce qu'il lui restait de fierté, elle lâcha d'une voix faible :

— Toujours rien.

Cette fois, il l'attira tout contre lui et inclina sa tête sombre. Daisy n'avait jamais pensé qu'un baiser pût être aussi profond, sa bouche se nourrissant de la sienne, ses mains la soulevant et la pressant contre lui. Elle sentit insinuer les pieds entre les siens, son torse dur lui écraser les seins, son baiser se faire tour à tour taquin ou caressant jusqu'à ce qu'elle tremble comme une créature sauvage entre ses bras. Quand il libéra sa bouche, elle était sans force, passive, entièrement concentrée sur les sensations qui la tiraient vers quelque conclusion inconnue.

Ouvrant les yeux, Daisy le regarda à travers une brume sensuelle.

— C'était… c'était bien mieux, réussit-elle à dire avec dignité. Je suis heureuse d'avoir pu vous apprendre quelque chose.

Elle se détourna promptement, non sans avoir remarqué son bref sourire. Il tendit la main, pressa le ressort caché de la porte et ouvrit celle-ci.

Daisy fut embarrassée quand Rohan pénétra avec elle dans le passage sombre et l'accompagna jusqu'en haut de l'étroit escalier, la guidant comme si, tel un chat, il y voyait dans l'obscurité. Quand le contour de la porte de la salle de lecture fut visible, ils s'arrêtèrent avec un bel ensemble.

Se sentant obligée de dire quelque chose, Daisy marmonna :

— Au revoir, monsieur Rohan. Nous ne nous reverrons sans doute jamais.

Elle ne pouvait que l'espérer – parce qu'elle était convaincue qu'elle serait incapable de le regarder en face.

Il se pencha sur son épaule jusqu'à ce que sa bouche lui chatouille l'oreille.

— Peut-être que j'apparaîtrai à votre fenêtre une nuit, chuchota-t-il, pour vous proposer une chevauchée au-dessus de la Terre et des océans.

Sur ce, il poussa doucement Daisy dans la salle de lecture, et referma la porte. Clignant des yeux, elle se retrouva face à ses deux amies.

— J'aurais dû me douter que tu serais incapable de résister à une porte secrète, commenta Annabelle, pince-sans-rire. Où diable es-tu allée ?

— Evangeline avait raison, déclara Daisy, les joues en feu. Cette porte ne mène à rien d'intéressant.

16

Même si les vêtements apportés par Annabelle Hunt convenaient beaucoup mieux au demi-deuil qu'au grand deuil, Evangeline décida néanmoins de les porter. Elle avait déjà bravé les règles de la bienséance en choisissant des tissus autres que le crêpe, et personne dans le club n'oserait émettre une critique. Il était donc assez indifférent qu'elle porte du noir, du marron ou du gris. D'autant qu'elle était certaine que son père n'y aurait pas attaché la moindre importance.

Elle ramassa le billet qu'Annabelle avait joint aux vêtements et le relut une fois de plus avec un sourire.

Je les avais fait faire à Paris, écrivait Annabelle avec malice, *sans prendre en considération les conséquences de la virilité de M. Hunt. Lorsque je pourrai les porter de nouveau, ils ne seront plus à la mode. C'est un cadeau que je te fais, ma très chère amie.*

Elle essaya une robe en doux lainage gris bordé de soie, et découvrit qu'elle lui allait fort bien. Toutefois, le plaisir de porter une nouvelle toilette fut balayé par une vague de mélancolie quand elle pensa à son père. Errant tristement dans l'établissement, elle aperçut Sebastian dans la grande salle, en train de parler à deux maçons couverts de poussière. Étant beaucoup plus grand qu'eux, il inclina la tête pour écouter leur réponse. Puis il fit une remarque qui déclencha leur hilarité.

Une étincelle joyeuse s'attardait dans ses yeux quand il regarda par hasard dans la direction d'Evangeline. Son regard s'adoucit, il prit congé des deux hommes, et la rejoignit d'un pas tranquille. Evangeline s'efforça de combattre une brusque envie de s'élancer vers lui, de peur d'apparaître sottement énamourée. Cependant, elle avait beau tenter de dissimuler ses sentiments, ils semblaient filtrer comme de la poussière de diamant et scintiller avec ostentation dans l'air autour d'elle. Chose étrange, Sebastian paraissait tout aussi heureux de la voir. Pour une fois, il avait négligé d'endosser son rôle de débauché blasé et lui souriait avec une authentique chaleur.

— Evangeline…

Il se pencha sur le visage qu'elle levait vers lui.

— Vous allez bien ?

— Oui, je… Non. Je suis lasse, avoua-t-elle en se frottant les tempes avec irritation, je m'ennuie et j'ai faim.

Son rire paisible sembla transpercer sa mauvaise humeur.

— Je peux arranger cela.

— Je ne veux pas vous interrompre dans votre travail… commença-t-elle.

— Rohan peut prendre les choses en main pendant un moment. Venez, allons voir si la salle de billard est vide.

— La salle de billard ? répéta Evangeline, méfiante. Pourquoi irions-nous là-bas ?

Il lui adressa un regard provocateur.

— Pour jouer, bien sûr.

— Mais les femmes ne jouent pas au billard.

— En France, si.

— D'après Annabelle, les femmes font en France beaucoup de choses qu'elles ne font pas ici.

— Oui. Ils ont des idées très avancées, ces Français. Alors que nous, Anglais, avons tendance à considérer le plaisir avec beaucoup de suspicion.

De fait, la salle de billard était inoccupée. Sebastian fit envoyer chercher un plateau à la cuisine, s'assit avec Evangeline à une petite table dans un coin et la divertit par sa conversation pendant qu'elle mangeait. Elle ne comprenait pas vraiment pourquoi il lui consacrait du temps alors qu'il avait tant à faire. D'autant qu'ayant passé des années à voir les visages des hommes se pétrifier d'ennui quand elle leur parlait, la confiance en soi d'Evangeline s'était réduite comme peau de chagrin. Pourtant, Sebastian écoutait avec attention tout ce qu'elle disait, comme s'il la trouvait infiniment intéressante. Il l'encourageait à émettre des opinions audacieuses et semblait ravi quand elle s'essayait à croiser le fer avec lui.

Quand elle eut terminé son assiette, Sebastian l'entraîna jusqu'à la table de billard et lui tendit une queue à l'extrémité recouverte de cuir. Sans prêter attention à ses protestations, il entreprit de lui apprendre les règles de base du jeu.

— N'essayez pas de prétendre que c'est trop scandaleux pour vous, lui lança-t-il avec une sévérité feinte. Après vous être enfuie à Gretna Green avec moi, plus rien ne vous est interdit. Et certainement pas une petite partie de billard. Penchez-vous sur la table.

Elle obéit avec gaucherie, et rougit quand elle le sentit se pencher sur elle, son corps formant une excitante cage masculine tandis qu'il l'aidait à placer ses mains.

— Maintenant, l'entendit-elle dire, recourbez l'index autour de la hampe. Voilà. Ne serrez pas aussi fort, mon cœur… Que votre main reste détendue. Parfait.

Sa tête était tout près de la sienne, et un léger parfum de bois de santal émanait de sa peau.

— Essayez d'imaginer un chemin allant de la boule de choc – c'est ainsi que l'on appelle la boule blanche – à la boule colorée. Il vous faudra frapper juste ici…

Il désigna un point au-dessus du centre de la boule de choc.

— … pour envoyer la boule visée dans la poche latérale, c'est-à-dire le trou. C'est un coup direct, vous voyez ? Baissez un peu la tête. Reculez la queue et essayez de frapper d'un geste fluide.

Evangeline fit une tentative, mais elle ne frappa pas la boule blanche au bon endroit, et celle-ci partit en tournoyant sur le côté de la table.

— Une fausse queue, commenta Sebastian en rattrapant adroitement la boule blanche pour la repositionner. Chaque fois que cela vous arrive, prenez de la craie et appliquez-en sur la pointe d'un air concentré. Ayez toujours l'air de sous-entendre que c'est le matériel qui est à blâmer et non votre habileté.

Avec un petit sourire, Evangeline se pencha de nouveau au-dessus de la table. Peut-être était-ce mal de jouer ainsi, si peu de temps après le décès de son père, mais pour la première fois depuis longtemps, elle s'amusait.

Sebastian revint se poster derrière elle et posa ses mains sur les siennes.

— Laissez-moi vous montrer le mouvement correct de la queue. Il faut qu'elle reste horizontale. Comme ceci.

Ensemble, ils se concentrèrent sur le glissement égal, fluide, de la queue à travers le petit cercle qu'Evangeline avait formé avec ses doigts. La connotation sexuelle du geste pouvait difficilement lui échapper, et elle sentit une rougeur monter de son cou jusqu'à son visage.

— Vous devriez avoir honte, l'entendit-elle murmurer. Aucune jeune femme convenable n'aurait de telles pensées.

Elle ne put s'empêcher de glousser et Sebastian se déplaça de côté et l'observa avec un sourire nonchalant.

— Essayez de nouveau.

Les yeux fixés sur la boule de choc, Evangeline recula et la frappa d'un coup sec. Cette fois, la boule colorée fut projetée droit dans la poche latérale.

— J'ai réussi ! s'écria-t-elle.

Sebastian salua son triomphe d'un grand sourire, puis il entreprit de lui montrer différents coups qui l'obligeaient à corriger sans cesse la position de son corps et de ses mains, bref, à saisir tous les prétextes possibles pour passer les bras autour d'elle. Comme elle-même s'amusait énormément, Evangeline fit mine de ne pas remarquer les caresses audacieuses de ses mains. Cependant, quand il lui fit manquer un tir pour la quatrième fois, elle se retourna pour lui adresser un regard accusateur.

— Comment *quiconque* pourrait-il jouer correctement quand vous placez votre main *là* ?

— J'essayais de corriger votre position, se défendit-il.

Quand elle affecta de le foudroyer du regard, il sourit et s'assit à demi sur le rebord de la table.

— C'est votre faute si j'en suis réduit à un tel comportement, continua-t-il. Je vous assure, je trouve moi-même consternant que le seul plaisir que je puisse obtenir ces jours-ci soit de vous pourchasser tel un adolescent lutinant une femme de chambre.

— Pourchassiez-vous les femmes de chambre, quand vous étiez plus jeune ?

— Seigneur Dieu, bien sûr que non ! Comment pouvez-vous me poser une pareille question ?

Sebastian avait l'air indigné. Juste au moment où Evangeline, ressentant une pointe de culpabilité, s'apprêtait à lui présenter ses excuses, il reprit d'un ton suffisant :

— Ce sont *elles* qui me pourchassaient.

Evangeline brandit sa queue de billard comme pour le frapper sur le crâne.

Il lui attrapa le poignet d'un geste vif et ouvrit ses doigts un à un pour lui confisquer son arme.

— Du calme, petite furie ! Vous allez anéantir le peu d'esprit qu'il me reste… et alors, à quoi vous servirais-je ?

— Vous seriez purement ornemental, répliqua Evangeline avec un gloussement.

— Eh bien, je suppose que je ne me défendrais pas mal. Que Dieu me vienne en aide si jamais je cessais d'avoir le physique qui est le mien.

— Cela me serait égal.

Il la gratifia d'un sourire perplexe.

— Pardon ?

— Si…

Evangeline s'interrompit, soudain embarrassée.

— Si quelque chose arrivait à votre physique… si vous deveniez… moins séduisant, cela n'aurait pas d'importance pour moi. Je voudrais toujours…

De nouveau, elle s'interrompit, hésita, puis :

— … je voudrais toujours de vous pour mari.

Le sourire de Sebastian s'effaça lentement. Sans lui lâcher le poignet, il la fixa longuement, d'un regard intense. Son expression se modifia… laissant transparaître une émotion indéfinissable, mélange de chaleur et de vulnérabilité. Quand il répondit, ce fut d'une voix tendue tant il s'efforçait d'apparaître désinvolte.

— Sans aucun doute, vous êtes la première à m'avoir jamais dit cela. J'espère que vous n'êtes pas naïve au point de me croire doté de qualités que je ne possède pas.

— Non, vous êtes bien assez doté comme cela, répliqua Evangeline, avant de se rendre compte du double sens de ses paroles.

Le visage en feu, elle balbutia :

— C'est-à-... c'est-à-dire que... je ne voulais pas...

Mais Sebastian se mit à rire tranquillement. La tension étrange se dissipa, et il l'attira contre lui pour l'embrasser. Comme elle répondait avec empressement, l'amusement de Sebastian fondit comme le sucre dans une boisson chaude. Son baiser se fit plus insistant, plus exigeant, et le rythme de sa respiration s'accéléra.

— Evangeline, chuchota-t-il, vous êtes si ardente, si adorable... Bonté divine, il reste encore deux mois, treize jours et six heures avant que je puisse vous mettre dans mon lit. Espèce de petite diablesse ! Vous allez causer ma perte.

Elle-même désolée du pacte qu'elle avait fait avec lui, Evangeline resserra les bras autour de lui et reprit sa bouche. Il laissa échapper un gémissement rauque, l'embrassa, puis tendit le bras vers la porte pour la fermer à clé d'une main tâtonnante. Il tomba alors à genoux devant Evangeline, qui s'appuya lourdement contre le battant, l'esprit en proie à un tourbillon d'excitation. Il releva ses jupes, chercha sous les épaisseurs de tissu les rubans qui fermaient sa culotte et tira dessus.

— Sebastian, non... chuchota-t-elle d'une voix tremblante, consciente qu'ils se trouvaient dans l'une des pièces qui n'étaient pas privées. Je vous en prie, vous ne pouvez pas...

Ignorant ses protestations, Sebastian lui baissa sa culotte jusqu'à ses genoux.

— Je vais devenir fou si je ne peux pas avoir au moins cela de vous.

— Non, répéta-t-elle faiblement.

Mais il ne l'entendait plus.

Une main sur sa cheville, la bouche sur son genou, il mordillait et léchait sa peau à travers son bas de soie. Un spasme de désir choquant secoua Evangeline; son cœur se mit à battre une folle chamade tandis qu'une faim irrépressible s'éveillait au plus profond de sa chair. Après lui avoir retroussé ses jupes jusqu'à la taille, Sebastian lui plaqua les mains sur la masse de tissu.

— Tenez-les, marmonna-t-il.

Elle n'aurait pas dû obéir, mais ses mains semblaient animées d'une volonté propre et serrèrent les plis de l'étoffe contre son ventre. Sa culotte descendit jusqu'à ses chevilles et la bouche de Sebastian remonta le long de sa jambe, soufflant de petites bouffées d'air chaud sur sa peau au rythme de sa respiration. Evangeline émit un son inarticulé quand il écarta les boucles de la toison entre ses cuisses. Les deux doigts qu'il introduisit en elle furent aussitôt saisis et caressés, ses muscles intimes se contractant comme pour l'attirer plus profondément. Les paupières d'Evangeline se fermèrent à demi tandis que son corps rosissait peu à peu sous l'effet de la passion.

— Sebastian!

— Chuuut...

Ses doigts s'enfoncèrent davantage et sa bouche, effleurant les replis gonflés de son sexe, vint taquiner le petit bourgeon érigé, le léchant en un savant contretemps au doux va-et-vient de ses doigts. Evangeline se cambra contre la porte, la gorge douloureuse à force de se retenir de crier. Pas un instant

Sebastian n'arrêta ni ne ralentit ; il ne lui octroya pas un seul moment pour reprendre son souffle mais caressa et tortura sans répit sa chair brûlante et palpitante, l'amenant toujours plus haut jusqu'à ce que, enfin, elle étouffe un cri et frémisse de la tête aux pieds, secouée par les tremblements de l'extase. Sa bouche demeura rivée sur elle, lui soutirant un ultime tressaillement de plaisir avant qu'elle ne s'immobilise, sa chair lasse vidée de toute sensation.

Finalement, Sebastian se releva et pressa son corps en feu contre le sien. Evangeline lui entoura la taille de ses bras et, les yeux clos, appuya la joue contre son épaule.

— Le pacte… murmura-t-elle.

— Vous avez dit que je pouvais vous embrasser, lui chuchota-t-il à l'oreille d'un ton malicieux. Mais, mon cœur… vous n'avez pas précisé où.

17

— Vous m'avez fait demander, milord ?

Evangeline s'arrêta devant la table de travail à laquelle était assis Sebastian, dans le petit bureau. L'un des domestiques l'avait accompagnée au rez-de-chaussée pour l'aider à se frayer un chemin parmi la foule qui peuplait le club.

C'était à croire que ce soir, jour de la réouverture de *Jenner's*, tous ceux qui en étaient membres ou souhaitaient le devenir étaient déterminés à forcer l'entrée. Une pile de candidatures s'élevait sur le bureau devant Sebastian, alors que dans le hall d'entrée, une douzaine d'hommes au bas mot attendaient avec impatience leur admission. L'atmosphère résonnait du brouhaha des conversations et du tintement des verres, sur fond de musique jouée par un orchestre installé sur l'une des galeries. Pour honorer la mémoire d'Ivo Jenner, le champagne coulait à flots, ce qui ajoutait encore à l'impression de plaisir immodéré. *Jenner's* avait rouvert et tout allait bien pour les gentlemen londoniens.

— En effet, dit Sebastian en réponse à la question d'Evangeline. Que diable faites-vous encore ici ? Vous devriez être partie depuis approximativement huit heures.

Elle fixa son visage sévère sans ciller.

— Je n'ai pas terminé mes bagages.

— Voilà trois jours que vous faites vos bagages. Or, vous n'avez pas plus d'une demi-douzaine de robes, et le peu d'effets que vous possédez tiendrait dans une petite malle. Vous cherchez à gagner du temps, Evangeline.

— Quelle différence cela fait-il pour vous ? riposta-t-elle. Ces deux derniers jours, vous m'avez traitée comme si je n'existais pas. J'ai du mal à croire, d'ailleurs, que vous vous soyez aperçu que j'étais encore là.

Sebastian la fusilla du regard tout en essayant de garder son sang-froid. Il ne s'était pas aperçu qu'elle était là ? Bon sang, il aurait donné une fortune pour que ce soit vrai ! La conscience qu'il avait de chacun de ses mots, de ses gestes, son désir constant de la voir, même furtivement, avait été une torture de tous les instants. À ce moment précis, la vision de son corps aux courbes délicieuses, moulé dans sa robe de velours noir, suffisait à le rendre fou. Le noir du deuil était censé rendre une femme terne et quelconque, mais chez Evangeline, c'était tout le contraire. Le noir soulignait l'éclat flamboyant de sa chevelure et faisait paraître sa peau encore plus laiteuse. Il aurait voulu la mettre dans son lit et l'aimer jusqu'à ce que cette attirance mystérieuse, qui le faisait souffrir, se consume sous l'effet de sa propre chaleur. Il était en proie à une espèce d'inquiétude ardente qui ressemblait à une maladie… Une affection qui le faisait aller d'une pièce à l'autre et oublier ce qu'il était allé y chercher. Il n'avait jamais été ainsi… distrait, impatient et torturé par le désir.

Il devait se débarrasser d'elle. Il fallait protéger Evangeline des dangers et des dépravations du club tout autant que de lui-même. S'il réussissait à assurer sa sécurité et à ne la voir que de manière limitée… Il n'y avait pas d'autre solution.

— Je veux que vous vous en alliez, reprit-il. Tout est prêt pour vous à la maison. Vous y serez installée bien plus confortablement qu'ici. Et je n'aurai plus à m'inquiéter des dangers auxquels vous pourriez être confrontée.

Il se leva et se dirigea vers la porte en prenant soin de conserver une distance physique indispensable entre eux.

— Je vais faire appeler la voiture. Dans un quart d'heure, je veux que vous soyez dedans.

— Je n'ai pas dîné. Est-ce trop demander que d'être autorisée à prendre un dernier repas ?

Bien que Sebastian ne la regardât pas, il entendit dans sa voix une pointe de défi enfantin et en eut le cœur serré… un cœur dont il avait toujours cru qu'il n'était rien d'autre qu'un muscle efficace.

Il ne se rappellerait jamais s'il avait eu l'intention de lui permettre de rester pour dîner ou pas car, à cet instant, il aperçut Cam qui se dirigeait vers le bureau… accompagné d'un homme dont la silhouette était reconnaissable entre mille : le comte de Westcliff. Se tournant de côté, Sebastian fourragea nerveusement dans ses cheveux.

— Nom de Dieu ! marmonna-t-il.

Evangeline vint aussitôt vers lui.

— Qu'y a-t-il ?

Sebastian réussit à afficher un visage dénué d'expression.

— Vous feriez mieux de vous en aller, répondit-il sombrement. Westcliff est là.

— Je n'irai nulle part, répliqua-t-elle sur-le-champ. Westcliff est bien trop gentleman pour se battre devant une dame.

Sebastian laissa échapper un rire moqueur.

— Je n'ai pas besoin de me cacher derrière vos jupes, mon ange. Et je doute qu'il soit ici pour se battre. Tout a été réglé la nuit où j'ai enlevé Mlle Bowman.

— Que veut-il, alors ?

— Soit vous mettre en garde, soit s'assurer que vous n'avez pas besoin d'aide. Soit les deux.

Evangeline resta au côté de son mari lorsque Westcliff pénétra dans la pièce.

Cam fut le premier à prendre la parole.

— Milord, dit-il à Sebastian, j'ai enjoint au comte d'attendre, mais il...

— Personne n'enjoint quoi que ce soit à Westcliff, coupa Sebastian, pince-sans-rire. Tout va bien, Cam. Retournez dans la salle des jeux avant que le chaos n'y règne. Et emmenez lady Saint-Vincent avec vous.

— Non, répliqua Evangeline, dont le regard inquiet allait du visage moqueur de Sebastian à celui, d'une dureté de granite, de Westcliff. Je reste. Milord, ajouta-t-elle en se tournant vers lord Westcliff pour lui tendre la main, j'ai si souvent pensé à Lillian... Elle va bien, j'espère ?

Westcliff se pencha sur sa main et, de sa voix rauque si distinguée, répondit :

— Très bien. Elle souhaiterait que vous veniez habiter chez nous, si tel est votre désir.

Même si Sebastian avait houspillé Evangeline quelques minutes plus tôt pour qu'elle quitte le club, une fureur soudaine l'envahit à l'écoute de ces paroles. Quelle arrogance ! Le salaud ! S'il croyait qu'il lui suffisait de se montrer et d'emmener Evangeline sous son nez...

— Je vous remercie, milord, répondit cette dernière d'une voix calme, les yeux rivés sur le visage aux traits vigoureux de Westcliff.

Il avait les cheveux noirs, et des yeux si sombres qu'il était impossible de distinguer les iris des pupilles.

— C'est vraiment gentil de votre part, continua-t-elle. Et j'espère beaucoup lui rendre bientôt visite. Mais je n'ai pas besoin de votre hospitalité pour le moment.

— Très bien. Notre offre reste néanmoins valable. Permettez-moi de vous présenter mes condoléances pour la perte que vous venez de subir.

— Merci.

Elle sourit à Westcliff, ce que Sebastian remarqua avec une pointe de jalousie.

En tant qu'héritier de l'un des plus anciens et des plus puissants comtés d'Angleterre, Marcus, lord Westcliff, avait l'aura d'un homme accoutumé à ce qu'on écoute et prenne en compte ses opinions. Même s'il n'était pas d'une beauté classique, Westcliff possédait une vitalité pleine de gravité et une vigueur masculine qui faisaient qu'on le remarquait aussitôt dans n'importe quel rassemblement. C'était un sportif et un cavalier intrépide, connu pour aller jusqu'à l'extrême limite de ses ressources physiques, et même au-delà. En vérité, Westcliff agissait ainsi dans tous les domaines de la vie, ne tolérant rien d'autre que l'excellence dans tout ce qu'il entreprenait.

Westcliff et Sebastian avaient été amis dès leurs dix ans, âge auquel ils avaient été placés dans la même pension pour leurs études. Déjà enfants, leur amitié apparaissait improbable. Par nature, Westcliff croyait aux principes moraux et n'avait aucune difficulté à distinguer le bien du mal ; Sebastian, lui, adorait s'emparer des faits les plus simples pour les tordre dans le sens d'une complexité exaspérante, simplement pour exercer son habileté. Westcliff choisissait toujours le chemin le plus court et le plus direct, tandis que Sebastian empruntait délibérément des voies détournées, mal balisées, où il était susceptible de rencontrer des chausse-trapes avant d'atteindre sa destination.

Pourtant, les deux amis comprenaient beaucoup de choses chez l'autre, car ils avaient tous deux subi la domination de pères manipulateurs et négligents. Tous deux avaient partagé une même vision peu romantique du monde, et la conviction que très peu de gens étaient dignes de confiance. Et maintenant, songea Sebastian avec tristesse, lui-même avait trahi la confiance de Westcliff sans espoir de la reconquérir. Pour la première fois de sa vie, il avait conscience d'un serrement de cœur auquel il ne pouvait que donner le nom de regret.

Pourquoi diable avait-il concentré son attention sur Lillian Bowman ? Quand il s'était rendu compte que Westcliff s'était amouraché d'elle, pourquoi ne s'était-il pas donné la peine de chercher une autre héritière à épouser ? Il s'était montré stupide en négligeant Evangeline. Rétrospectivement, Lillian ne valait pas le sabotage d'une amitié. En son for intérieur, Sebastian était obligé de reconnaître que l'absence de Westcliff dans sa vie était aussi douloureuse qu'une ampoule au pied, sans cesse irritée et qui refuse de cicatriser.

Il attendit que la porte se fût refermée derrière Cam, puis passa un bras possessif autour des épaules d'Evangeline avant de demander à son ancien ami d'un ton moqueur :

— Comment s'est passé le voyage de noces ?

Westcliff dédaigna sa question.

— Étant donné les circonstances, dit-il à Evangeline, je considère comme nécessaire de vous poser cette question : avez-vous été mariée sous la contrainte ?

— *Non !* répondit Evangeline en se rapprochant de Sebastian comme si elle essayait de le protéger. La vérité, milord, c'est que c'était mon idée. Je me suis rendue chez lord Saint-Vincent pour lui demander de l'aide et il me l'a donnée.

L'air peu convaincu, Westcliff observa d'un ton coupant :

— Vous aviez sûrement d'autres choix.

— Aucun ne m'est venu à l'esprit à ce moment-là.

Elle glissa le bras autour de la taille de Sebastian – geste si étonnant qu'il en eut le souffle coupé.

— Je ne regrette pas ma décision, entendit-il Evangeline affirmer à Westcliff. Si c'était à refaire, je recommencerais sans hésiter. Lord Saint-Vincent s'est montré d'une gentillesse sans faille envers moi.

— Elle ment, bien sûr, intervint Sebastian avec un rire dur.

Mais son sang commençait à pulser avec frénésie dans ses veines. Le corps d'Evangeline étant pressé contre son flanc, il percevait sa chaleur, sentait l'odeur de sa peau. Il ne parvenait pas à comprendre pourquoi elle s'échinait à le défendre.

— Je me suis conduit comme un salaud envers elle, déclara-t-il tout de go à Westcliff. Heureusement pour moi, lady Saint-Vincent a été tellement rudoyée dans sa famille, et pendant si longtemps, qu'elle ne sait pas ce qu'être bien traitée signifie.

— Ce n'est pas vrai, assura Evangeline à Westcliff. J'ai passé des moments difficiles, comme vous l'imaginez sans peine. Je ne sais pas si j'aurais pu y survivre sans le soutien de mon mari. Il a veillé sur ma santé et m'a protégée autant que possible. Il a travaillé très dur pour reprendre l'affaire de mon père. Il m'a défendue quand mes oncles ont tenté de m'emmener avec eux contre mon gré…

— Vous allez trop loin, mon cœur, coupa Sebastian avec une satisfaction mauvaise. Westcliff me connaît suffisamment pour savoir que je ne suis pas du genre à travailler. Ni à défendre quiconque, soit dit en passant. Je ne me soucie que de mes propres intérêts.

À sa profonde contrariété, aucun des deux ne sembla prêter attention à son intervention.

— Milord, dit Evangeline au comte, à la lueur de ce que j'ai pu apprendre sur mon mari, je ne crois pas qu'il aurait agi comme il l'a fait s'il avait compris que vous étiez amoureux de Lillian. Ce n'est pas pour excuser son comportement, mais pour…

— Il ne l'aime pas, coupa Sebastian en repoussant Evangeline.

Soudain, il avait l'impression que la pièce rétrécissait, que les murs se rapprochaient et menaçaient de l'écraser dans une étreinte fatale. Maudite soit cette femme ! Que diable lui prenait-il d'essayer de l'excuser ? Et de laisser entendre qu'il existait la moindre affection entre eux ?

— Il ne croit pas plus à l'amour que moi ! Combien de fois m'as-tu répété, dit-il en fusillant Westcliff du regard, que l'amour est une mascarade inventée par les hommes pour rendre cette nécessité qu'est le mariage plus acceptable ?

— Je me trompais, répliqua Westcliff tranquillement. Pourquoi es-tu aussi furieux ?

— Je ne suis pas…

Sebastian s'interrompit, conscient de perdre pied. Il jeta un coup d'œil à Evangeline, et fut frappé par le renversement inouï de leurs positions… Elle, la laissée-pour-compte bégayante, était à présent calme et sereine… alors que lui, toujours si détaché et maître de lui, était réduit à l'état d'imbécile exalté. Et tout cela devant Westcliff, qui les observait d'un œil scrutateur.

— Que faut-il faire pour être débarrassé de vous ? demanda abruptement Sebastian à Evangeline. Partez avec Westcliff, si vous ne voulez pas habiter chez moi. Je m'en moque complètement dès lors que vous serez hors de ma vue.

Elle écarquilla les yeux et tressaillit, comme frappée par une flèche. Elle garda cependant son calme, prit une profonde inspiration, puis souffla lentement. Alors qu'il la regardait, Sebastian fut presque submergé par l'envie folle de se jeter à genoux devant elle et d'implorer son pardon. Mais il demeura pétrifié tandis qu'elle se dirigeait vers la porte.

— Evangeline... murmura-t-il.

Sans lui prêter attention, elle sortit, la tête haute.

Sebastian la suivit du regard, les poings serrés à en avoir les phalanges douloureuses. Après quelques secondes, il s'obligea à reporter les yeux sur Westcliff. Celui-ci le contemplait avec, dans le regard, quelque chose qui ressemblait non pas à de la haine, mais à de la compassion, quoique réticente.

— Ce n'est pas ce que je m'attendais à trouver, déclara Westcliff d'une voix calme. Tu n'es pas toi-même, Sebastian.

Cela faisait des années que Westcliff ne s'était pas adressé à lui en utilisant son prénom. Les hommes, même frères ou amis intimes, s'appelaient presque toujours par leur nom de famille ou leur titre.

— Va au diable, maugréa Sebastian. C'est sûrement ce que tu étais venu me dire ce soir. Le cas échéant, tu as un mois de retard.

— C'était mon intention, en effet, reconnut Westcliff. Toutefois, j'ai décidé de rester et de boire un verre de cognac pendant que tu me racontes ce que diable tu fabriques. Pour commencer, tu pourrais m'expliquer pourquoi tu as entrepris de diriger un établissement de jeu.

Avec le club plein à craquer, le moment n'aurait pu être plus mal choisi pour s'asseoir et discuter. Mais soudain, Sebastian s'en moquait comme d'une guigne. Cela faisait une éternité qu'il n'avait pas eu une conversation avec quelqu'un qui le connaissait bien. Même s'il n'avait aucune illusion – leur ancienne amitié était en ruine –, la perspective de discuter avec Westcliff, fût-ce avec un Westcliff hostile, lui procurait un soulagement indicible.

— D'accord, marmonna-t-il. Nous allons parler. Ne bouge pas. Je reviens dans un instant... Je ne peux pas laisser ma femme traverser le club sans escorte.

Il quitta le bureau à grandes enjambées et gagna le hall d'entrée. N'apercevant nulle part la silhouette vêtue de noir d'Evangeline, il en déduisit qu'elle avait pris un autre chemin, peut-être par la salle principale. Il s'arrêta sous l'une des arches et observa l'océan de têtes. Avec sa chevelure flamboyante, il n'eut aucun mal à la repérer. Les membres du club s'écartaient devant elle tandis qu'elle se dirigeait vers l'angle où se trouvait Cam.

Sebastian la suivit, d'abord lentement, puis avec une impatience croissante. Il était dans un état particulier et luttait pour comprendre ce qui lui arrivait. Alors qu'il avait toujours su manipuler les femmes, pourquoi ne parvenait-il pas à rester détaché dès qu'il s'agissait d'Evangeline ? Il était séparé de ce qu'il désirait le plus non par une distance réelle, mais par un passé entaché de débauche. Se risquer à avoir une relation avec elle... Non, c'était impossible. Sa propre iniquité déteindrait sur elle comme de l'encre noire sur un parchemin immaculé, jusqu'à la saturation. Elle deviendrait cynique, amère... et lorsqu'elle le connaîtrait mieux, elle le mépriserait.

Cam, qui était assis sur un haut tabouret dominant les tables de jeu, remarqua qu'Evangeline s'approchait. Il se tourna sur le tabouret pour lui faire face, un pied posé sur le sol. Levant la tête, il balaya la salle du regard, attentif comme toujours à ce qui se passait autour de lui. Quand il aperçut Sebastian, il lui indiqua d'un léger hochement de tête qu'il garderait Evangeline auprès de lui jusqu'à ce qu'il les ait rejoints.

Une fois de plus, Cam parcourut la pièce des yeux, les sourcils froncés. Il ressentait un picotement curieux entre les épaules, comme si les poils de sa nuque s'étaient hérissés. Il jeta un coup d'œil pardessus son épaule. Ne voyant personne derrière lui, il commença à pivoter de nouveau sur le tabouret. Toutefois, l'instinct le poussa à scruter de nouveau la foule, son regard attiré vers elle comme par un aimant. Il finit par lever les yeux vers la galerie…

Sebastian le vit se figer soudain, toute son attention concentrée sur un point à l'étage. Tout en se frayant un passage parmi les clients, Sebastian suivit la direction de son regard, et aperçut un homme corpulent sur l'un des balcons qui surplombaient la salle principale. Il était débraillé, sale, ses cheveux noirs lui collaient au crâne. Sebastian l'identifia en un éclair : Joss Bullard ! Mais comment diable avait-il pu pénétrer dans le club sans qu'on le remarque ? Sans doute avait-il emprunté une entrée dérobée. Le club possédait plus de passages et d'ouvertures qu'un terrier de lapins de garenne. Et personne ne connaissait mieux les lieux que Bullard ou Cam, qui y vivaient tous deux depuis l'enfance…

Les pensées de Sebastian volèrent en éclats comme un reflet brillant attirait son attention sur ce qui se révéla être un canon de pistolet. Bullard était armé ! Même à cette distance, sa cible était évidente. Il s'agissait d'Evangeline, qui se trouvait encore à une demi-douzaine de pas environ de Cam.

Poussé par un instinct primaire, Sebastian bondit en avant tandis qu'une peur hideuse l'embrasait. La silhouette d'Evangeline se dessina devant son regard affolé avec une précision effarante. Chaque nerf, chaque muscle de son corps se tendit pour l'atteindre tandis que son cœur cognait sourdement pour propulser le sang dans ses membres en mouvement. La saisissant avec frénésie, Sebastian pivota pour la protéger de son corps tout en utilisant son élan pour la plaquer au sol.

Une détonation retentit dans la grande salle. Sebastian sentit un coup sur le flanc, comme si on l'avait frappé du poing, puis une flambée de douleur brûlante lorsque la balle traversa ses chairs, sectionnant au passage tout un réseau de veines. Le contact brutal avec le sol l'étourdit un instant. Il recouvrait en partie le corps d'Evangeline, et essayait de lui couvrir la tête de ses bras alors qu'elle se débattait sous lui.

— Ne bougez pas, haleta-t-il en la maintenant à terre de peur que Bullard ne tire de nouveau. *Attendez,* Evangeline.

Elle obéit alors que la salle s'emplissait de tumulte… Cris, interpellations, piétinements…

Levant la tête avec précaution, Sebastian risqua un coup d'œil en direction du balcon. Bullard avait disparu. Avec un grognement de douleur, il roula sur le côté et commença à chercher une éventuelle blessure sur Evangeline, terrifié à l'idée que la balle ait pu la toucher elle aussi.

— Evangeline… mon cœur… Êtes-vous blessée ?

— Pourquoi m'avez-vous poussée ainsi ? demanda-t-elle d'une voix étouffée. Non, je ne suis pas blessée. Qu'est-ce que c'était que ce bruit ?

D'une main tremblante, Sebastian lui frôla le visage et repoussa les mèches devant ses yeux.

Déconcertée, Evangeline se contorsionna pour se libérer et s'assit. Sebastian demeura sur le flanc, pantelant, conscient du sang chaud qui s'écoulait sur sa poitrine et sur sa taille.

En se bousculant pour fuir, les gens menaçaient de piétiner le couple sur le sol. Soudain, un homme s'accroupit au-dessus d'eux après s'être frayé un chemin à travers la horde déchaînée. Il leur fit un rempart de son corps pour éviter qu'on ne les écrase. Clignant des yeux, Sebastian reconnut Westcliff. Pris de vertige, il leva la main pour s'accrocher au revers de sa veste.

— Il visait Evangeline, dit-il d'une voix rauque.

Ses lèvres ne bougeaient qu'avec peine, et il les humecta avant de continuer :

— Mets-la en sécurité… mets-la…

Evangeline poussa un cri étranglé en découvrant la tache écarlate qui s'agrandissait sur le devant de la chemise de Sebastian. Elle s'attaqua aussitôt aux boutons de sa veste et de son gilet, déchirant les boutonnières dans sa hâte. Sans un mot, Westcliff se débarrassa de sa propre veste et roula son gilet en une boule serrée. Evangeline repoussa la chemise souillée de Sebastian et découvrit la blessure sur son flanc, d'où le sang coulait à flots. Elle pâlit, ses yeux commencèrent à miroiter, mais elle réussit à contrôler sa panique et se saisit du tampon improvisé que lui tendait Westcliff pour le presser contre la blessure afin de ralentir le saignement.

Son geste provoqua une douleur si atroce que Sebastian ne put retenir un grognement. Sa main resta suspendue en l'air, les doigts à demi recourbés. L'odeur cuivrée du sang imprégnait l'atmosphère. Westcliff se pencha sur lui et examina le trou par lequel la balle était ressortie. Sebastian l'entendit dire à Evangeline :

— De part en part. Il n'y a pas d'artère principale touchée, apparemment.

Pendant que Westcliff maintenait le tampon pressé sur la blessure, Evangeline alla s'agenouiller à la tête de Sebastian, qu'elle posa avec douceur sur les épaisseurs moelleuses de sa jupe de velours. Lui prenant la main, elle la serra avec force. Cette étreinte fit à Sebastian l'effet d'une ancre, et contrebalança la douleur qui lui taraudait le bas du torse. Il leva les yeux vers le visage qu'elle inclinait vers lui, mais ne réussit pas à déchiffrer son expression. Il y avait un rayonnement étrange, profond, dans ses yeux, quelque chose comme de la tendresse ou de la peine... quelque chose de rare et d'infini. Il ignorait de quoi il s'agissait. Jamais personne ne l'avait regardé de cette manière, auparavant.

Il lutta pour dire quelque chose qui bannirait cette émotion troublante de son regard.

— Voilà ce qui arrive quand...

Il fut obligé de s'interrompre un instant comme la douleur lui coupait le souffle.

— ... quand on essaye de paraître héroïque. Je crois que... je m'en tiendrai à l'infamie... désormais. Beaucoup... plus sûr.

Les yeux sombres de Westcliff brillèrent fugitivement devant cette tentative d'humour.

— Le coup a été tiré de la galerie du premier étage, dit-il.

— Un ancien employé... Bullard... renvoyé récemment.

— Tu es certain qu'il visait lady Saint-Vincent ?

— Oui.

— Peut-être qu'il pensait que s'attaquer à elle était le meilleur moyen de se venger de toi.

La tête lui tournait, et Sebastian ne parvenait plus à penser clairement.

— Non... souffla-t-il. Ce serait vrai... s'il croyait que je tiens à elle... mais tout le monde sait... pas un mariage d'amour.

Westcliff lui jeta un curieux regard, mais s'abstint de répondre. Sebastian ne pouvait se rendre compte du tableau qu'Evangeline et lui offraient à cet instant : lui, agrippé à sa main, la laissant lui soutenir la tête avec la tendresse d'une mère pour son enfant blessé. Il n'avait conscience que de la douleur insupportable que lui causait la plaie dans son flanc. Les tremblements incessants qui le parcouraient finirent par le faire claquer des dents. Il s'aperçut vaguement que Westcliff les quittait, l'entendit aboyer des ordres, puis le vit revenir les bras chargés de manteaux. Il ne sut pas si leurs propriétaires les avaient donnés de leur plein gré, quoi qu'il en soit, Westcliff les empila sur lui, puis reprit sa place pour tenter de contenir l'hémorragie.

Sebastian s'évanouit quelques instants ; quand il reprit connaissance, il sentit la main chaude d'Evangeline caresser son visage froid, humide de sueur.

— Le médecin arrive, murmura-t-elle. Dès que le saignement sera moins important, nous vous transporterons à l'étage.

— Où est Rohan ? murmura-t-il entre ses dents serrées.

— Je l'ai vu s'élancer à la poursuite de Bullard, juste après le coup de feu, répondit Westcliff. En fait, il a carrément grimpé le long d'une colonne jusqu'au premier étage.

— S'il n'attrape pas ce salaud, marmonna Sebastian, je m'en chargerai. Et je...

— Chuuut... murmura Evangeline en glissant sa main libre sous la montagne de manteaux pour atteindre son torse nu.

Elle posait la paume à l'endroit où son cœur battait faiblement lorsque ses doigts rencontrèrent une fine chaîne. Elle la suivit, et découvrit que l'alliance en or écossais y était accrochée.

Sebastian n'avait pas voulu qu'elle découvre qu'il portait la bague sous ses vêtements. Il chuchota avec agitation :

— Veut rien dire... Voulait juste... la garder en sécurité...

— Je comprends, souffla Evangeline, qui reposa l'alliance sur sa poitrine.

Il sentit son souffle tiède sur son front quand elle l'effleura des lèvres.

— Vous vous rendez compte, bien sûr, sourit-elle, que vous me fournissez un prétexte parfait pour rester. Je vais prendre soin de vous jusqu'à ce que vous soyez assez bien pour me jeter dehors en personne.

Sebastian fut incapable de lui rendre son sourire. L'anxiété le submergea quand il prit conscience qu'elle ne serait en sécurité nulle part tant que Bullard n'aurait pas été capturé.

— Westcliff, articula-t-il d'une voix éraillée, quelqu'un doit... doit protéger ma femme...

— Rien ne lui arrivera, assura Westcliff.

Quand Sebastian scruta le visage de son ancien ami – le seul homme honorable qu'il eût jamais connu –, il constata que ce dernier affichait une expression soigneusement impassible. Tous deux savaient qu'Evangeline était trop inexpérimentée pour savoir que même si la balle n'avait pas touché d'organe vital, il était fort probable que la blessure suppurerait. Sebastian ne mourrait pas d'une hémorragie, mais il pouvait succomber à une fièvre fatale. Le cas échéant, Evangeline se retrouverait seule et sans défense dans un monde rempli de prédateurs. Des hommes comme lui-même.

En état de choc, tremblant de froid, Sebastian batailla pour prononcer encore quelques mots. Il lui fallut prendre plusieurs inspirations haletantes avant de parvenir à murmurer d'une voix hachée :

— Westcliff... ce que j'ai fait... je suis désolé. Pardonne... pardonne-moi.

Il sentit que ses yeux commençaient à se révulser et lutta pour rester conscient.

— Evangeline... veille sur sa sécurité. Je t'en prie...

Il sombra dans un océan d'étincelles, toujours plus profondément, jusqu'à ce que les petites lumières scintillantes s'évanouissent et que les ténèbres l'engloutissent.

— Sebastian, chuchota Evangeline en portant sa main inerte à sa joue.

Le visage ruisselant de larmes, elle lui embrassa les doigts.

— Ce n'est rien, la rassura Westcliff. Il s'est simplement évanoui. Il reviendra à lui dans un moment.

Elle laissa échapper un petit sanglot avant de reprendre le contrôle d'elle-même.

— Il s'est délibérément mis devant moi, dit-elle après un instant. Il a reçu la balle à ma place.

— C'est ce qu'il semblerait.

Westcliff l'observa, songeur et intrigué. Des changements intéressants étaient survenus à la fois chez Sebastian et chez son épouse improbable depuis leur fuite à Gretna Green.

En apprenant que Saint-Vincent avait épousé Evangeline Jenner, Lillian était entrée dans une colère sans nom, terrifiée à l'idée des dangers encourus par son amie.

— Ce monstre! s'était-elle écriée à leur retour d'Italie. Qu'il fasse cela à Evangeline entre toutes les femmes... Oh, tu n'imagines pas à quel point elle est fragile! Il se montrera cruel avec elle... Elle est sans défense, et tellement innocente... Dieu, je vais le tuer!

— Ta sœur a dit qu'elle ne paraissait pas avoir été maltraitée, avait souligné Westcliff, même s'il s'inquiétait également à l'idée qu'une personne aussi désarmée qu'Evangeline Jenner se retrouve à la merci de Saint-Vincent.

— Elle était sans doute trop effrayée pour admettre quoi que ce soit, avait rétorqué Lillian, le regard noir, en arpentant la pièce de long en large. Il l'a probablement violée. Et menacée. Peut-être même qu'il la bat...

— Mais non, avait assuré Westcliff d'un ton consolateur, en attirant son corps raidi entre ses bras. Selon Daisy et Annabelle, elle aurait eu largement l'occasion de se confier, si elle avait été malmenée. Or, elle n'en a rien fait. Si cela peut dissiper tes inquiétudes, je me rendrai au club et je proposerai à Evangeline de l'accueillir. Elle peut venir vivre avec nous dans le Hampshire si elle le souhaite.

— Pendant combien de temps ? avait marmonné Lillian.

— Indéfiniment, bien entendu.

— Oh, Marcus...

Ses yeux bruns avaient étincelé, brusquement humides.

— Tu ferais cela pour moi ?

— Tout ce que tu veux, mon amour. Tout ce qui peut te rendre heureuse.

C'est ainsi que Westcliff était venu ce soir chez *Jenner's* pour vérifier qu'Evangeline n'était pas retenue contre son gré. Contrairement à ses prévisions, il avait trouvé une jeune femme qui semblait très désireuse de rester et éprouvait une affection évidente pour Saint-Vincent.

Quant à ce dernier, éternellement distant et indifférent... il était difficile de croire que l'homme qui traitait les femmes avec une cruauté aussi cavalière était le même que celui qui venait de risquer sa vie. Recevoir des excuses de la part d'un homme qui n'avait jamais exprimé le moindre regret à quelque sujet que ce soit, puis l'entendre le supplier quasiment de protéger sa femme, conduisait à une conclusion inévitable. Contre toute attente, Saint-Vincent avait appris à se soucier d'une autre personne davantage que de lui-même.

La situation était extraordinaire. Comment une femme comme Evangeline Jenner avait-elle pu provoquer un tel changement chez Saint-Vincent, le mondain par excellence, voilà qui était difficile à comprendre. Cependant, Westcliff avait appris que les mystères de l'attirance ne s'expliquaient pas toujours de façon logique. Parfois, les fêlures qui affectaient deux âmes devenaient les charnières mêmes qui les unissaient.

— Milady... dit-il doucement.

— Evangeline, corrigea-t-elle, pressant toujours la main de son mari contre sa joue.

— Evangeline, je dois vous poser une question... Pourquoi vous êtes-vous adressée à Saint-Vincent, entre tous les hommes, pour lui proposer le mariage ?

Evangeline baissa lentement la main de son mari, un sourire triste aux lèvres.

— Je devais trouver le moyen d'échapper à ma famille. Légalement et définitivement. Le mariage était la seule issue. Et, comme vous vous en êtes sans doute aperçu, on ne peut pas dire que les soupirants se bousculaient à mes pieds dans le Hampshire. Quand j'ai appris ce que Saint-Vincent avait fait à Lillian, j'ai été consternée... Et puis, il m'est apparu que... qu'il était la seule personne dont je savais qu'elle était aussi désespérée que moi. Suffisamment désespérée pour accepter n'importe quoi.

— Votre projet prévoyait-il aussi qu'il prenne la direction du club de votre père ?

— Non, c'est lui qui l'a décidé, à ma grande surprise. En vérité, il n'a cessé de me surprendre depuis que nous sommes mariés.

— Comment cela ?

— Il a fait tout ce qui était en son pouvoir pour veiller sur moi – tout en proclamant son indifférence.

Elle fixa les yeux sur le visage de son mari.

— Il n'est pas dénué de cœur, bien qu'il se donne beaucoup de mal pour faire croire le contraire.

— Non, acquiesça Westcliff, il n'est pas dénué de cœur. Encore que j'en aie douté jusqu'à ce soir…

18

Cam et Westcliff eurent beau prendre de multiples précautions, le transport de Sebastian à l'étage l'affaiblit considérablement. Evangeline leur avait emboîté le pas, malade d'inquiétude à la vue du visage livide de son époux. Cam était affolé, même s'il essayait de dominer son émotion pour se concentrer sur la tâche à accomplir.

— Je ne comprends pas comment il est entré, marmonna-t-il d'une voix tendue.

Evangeline comprit qu'il faisait allusion à Bullard.

— Je connais toutes les manières d'entrer et de quitter cet endroit. Je pensais m'être assuré que…

— Ce n'est pas ta faute, Cam, l'interrompit Evangeline avec calme.

— Quelqu'un a dû le laisser entrer, même si j'avais précisé aux employés…

— Ce n'est pas ta faute, répéta-t-elle.

Il s'en tint là, mais il était évident qu'il n'était pas d'accord.

Westcliff ne se manifesta que pour murmurer quelques instructions lorsqu'ils tournèrent dans le couloir. Il portait le haut du corps de Sebastian tandis que Cam se chargeait de ses jambes. Sebastian pesait son poids, mais tous deux étaient costauds, et ils atteignirent la chambre du maître sans encombre.

Elle venait juste d'être remise à neuf. Les murs avaient été peints en crème, et l'ancien lit remplacé par un autre, grand et élégant, qui provenait de l'hôtel particulier de Sebastian. Personne n'avait imaginé, bien sûr, que cette pièce redeviendrait une chambre de malade si tôt après le décès du père d'Evangeline.

Suivant les instructions de cette dernière, deux femmes de chambre s'empressèrent d'aller chercher des serviettes et de l'eau, puis un vieux drap qu'elles déchirèrent en larges bandes. Le corps inerte de Sebastian fut posé sur le lit, et Evangeline lui ôta ses bottes pendant que Cam et Westcliff lui retiraient ses vêtements tachés de sang. D'un accord tacite, ils lui laissèrent son caleçon de lin blanc pour respecter sa pudeur.

Après avoir trempé un chiffon propre dans l'eau chaude, Evangeline nettoya le sang sur le corps de son mari. Il avait commencé à sécher, formant des taches plus sombres dans la légère toison dorée de son torse. Il paraissait à la fois puissant et sans défense. Son corps élancé avait gagné une minceur nouvelle, tout en muscles sculptés par une activité physique constante, dont quelques escarmouches récentes dans la venelle.

À son tour, Westcliff prit un linge et tamponna doucement la blessure, qui continuait de saigner, afin de l'examiner.

— D'après la taille du trou, je dirais que Bullard a utilisé un calibre 55.

— J'ai le pistolet, dit Cam. Bullard l'a abandonné derrière lui après avoir tiré.

Westcliff plissa les yeux avec intérêt.

— Laissez-moi y jeter un coup d'œil.

Le jeune homme tira le pistolet de la poche de sa veste et le lui tendit, la crosse en avant. Westcliff l'examina avec le regard expert d'un sportif aguerri.

— Un pistolet de duel, commenta-t-il. Avec un canon octogonal de neuf pouces… des platines à percussion, un bloc de culasse ciselé… Une arme coûteuse, et qui faisait partie d'une paire. Il a été fabriqué par *Manton and Son*, dans Dover Street.

Il examina l'arme avec une attention renouvelée.

— Il y a là un écusson en argent… gravé du nom de son propriétaire, je suppose. Mais il est trop sale pour distinguer l'inscription.

Il regarda Cam et haussa un sourcil tout en glissant le pistolet dans sa poche.

— Avec votre permission, je vais le garder.

Comprenant que sa permission n'était pas vraiment requise, Cam répondit avec flegme :

— Je vous en prie, milord.

L'arrivée du Dr Hammond, un médecin à l'excellente réputation qui avait soigné le père d'Evangeline par le passé, mit un terme à la conversation. Cam et Westcliff quittèrent la chambre pendant que Hammond examinait le patient, nettoyait la blessure et la recouvrait d'un pansement léger.

Il tourna alors vers Evangeline un visage empreint de gravité.

— Même si aucun organe vital n'a été endommagé, commença-t-il, c'est une blessure préoccupante. La guérison dépendra de la solidité de l'individu, de la qualité des soins… et, comme toujours, de la grâce divine. Il est presque certain qu'une fièvre va se déclarer. La plupart du temps, dans ce cas, je suis obligé de saigner le patient pour lui retirer autant de sang malade que possible. Je viendrai tous les jours pour déterminer si et quand une saignée sera nécessaire. En attendant, veillez à le maintenir propre et à ce qu'il se repose, donnez-lui de l'eau et du bouillon de bœuf, et faites-lui prendre ce médicament pour soulager sa douleur.

Il remit à Evangeline un flacon de sirop opiacé, qu'elle prit en murmurant un remerciement. Après le départ du médecin, elle rabattit la couverture matelassée sur Sebastian qui, suite au choc et à la perte de sang, était parcouru de frissons incoercibles.

Il ouvrit les yeux et posa sur elle un regard trouble.

— Si j'ai besoin de la grâce divine, chuchota-t-il, je suis dans le pétrin... à moins que nous ne trouvions un ange corrompu à soudoyer.

Elle ne put réprimer un petit rire surpris.

— Pas de blasphème, s'il vous plaît.

Elle ouvrit le flacon, versa du sirop dans une cuiller et glissa le bras derrière la nuque de Sebastian.

— Prenez ceci.

Il avala le médicament, fit la grimace et marmonna un juron.

Le soutenant toujours du bras, Evangeline attrapa un verre d'eau de sa main libre et le pressa contre ses lèvres.

— Buvez, murmura-t-elle quand ses dents heurtèrent le bord.

Il obéit, puis s'adossa à ses oreillers.

— Bullard...

— Cam n'a pas réussi à le rattraper, répondit Evangeline en se saisissant d'un minuscule pot de pommade.

D'un doigt léger, elle en passa un peu sur les lèvres desséchées de Sebastian.

— Il est en bas avec lord Westcliff, ajouta-t-elle. Tous deux discutent avec l'inspecteur chargé de l'enquête.

— Y a-t-il eu d'autres blessés ? voulut savoir Sebastian en tentant de s'asseoir.

Il blêmit de douleur et se laissa retomber avec un grognement étouffé.

— Ne bougez pas, lui intima Evangeline, sinon vous allez recommencer à saigner.

Elle posa la main sur sa poitrine et suivit du doigt la mince chaîne brillante jusqu'à toucher l'alliance.

— Personne d'autre n'a été blessé, dit-elle en réponse à sa question. Et dès que les membres du club ont été informés que l'agresseur avait pris la fuite, ils sont tous revenus en masse, apparemment très divertis par les événements de la soirée.

Un léger sourire flotta sur les lèvres de Sebastian.

— Un peu plus de divertissement que... ce que j'avais prévu d'offrir.

— Cam est convaincu que cela n'affectera en rien les affaires.

— Les mesures de sécurité... murmura Sebastian, épuisé par l'effort de parler. Dites à Cam...

— Oui, il s'occupe de recruter des hommes supplémentaires. Ne pensez pas à tout cela pour le moment. Votre seul souci doit être de vous remettre.

— Evangeline...

D'une main tremblante, il chercha la sienne et la saisit, lui emprisonnant les doigts sur sa poitrine nue. Sous leurs mains jointes, l'alliance accrochée à la chaîne appuyait contre son cœur aux battements irréguliers.

— Allez chez Westcliff, chuchota-t-il tandis que ses yeux se fermaient. Après.

Après quoi ? Evangeline scruta son visage au teint terreux et comprit qu'il faisait allusion à sa propre mort. Comme elle sentait ses doigts glisser sur les siens, elle les rattrapa avec fermeté. Sa main avait changé. Ce n'était plus celle, douce et manucurée, de l'aristocrate oisif ; elle était dure, calleuse, avec des ongles coupés impitoyablement court.

— Non, souffla-t-elle avec force, il n'y aura pas d'« après ». Je resterai avec vous à chaque instant.

Je vous garderai avec moi. Je ne vous laisserai pas partir.

Soudain, elle éprouva de la difficulté à respirer, et sentit une vague de panique lui comprimer la poitrine. Toujours penchée sur Sebastian, elle lui tourna la main afin que leurs paumes soient pressées l'une contre l'autre, que leurs pouls battent à l'unisson – l'un faible, l'autre fort.

— Si mon amour est capable de te retenir, je te garderai avec moi.

Sebastian s'éveilla dans une brume de douleur, non seulement à l'endroit de sa blessure, mais aussi dans sa tête, dans ses os, dans ses muscles. Il était brûlant, desséché, comme si un feu couvait sous sa peau, et se contorsionna pour tenter d'échapper à la chaleur, en vain. Soudain, une paire de mains douces se posèrent sur lui et un linge humide fut passé sur son visage. Un gémissement de soulagement s'échappa de sa bouche et il tendit la main vers cette source de fraîcheur. Il s'y accrocha désespérément, les doigts enfoncés dans la chair douce.

— Non... Sebastian, non... Restez tranquille. Laissez-moi vous aider.

C'était la voix d'Evangeline qui perçait la spirale du délire. Avec un hoquet, il s'obligea à la lâcher et retomba sur le matelas. Il sentit le linge froid glisser sur son corps, apaisant provisoirement son tourment. Peu à peu, il se calma et réussit à s'abandonner à ses soins.

— Evangeline, dit-il d'une voix rauque.

— Oui, mon chéri, je suis là, répondit-elle après avoir glissé quelques éclats de glace pilée entre ses lèvres crevassées.

Il leva les paupières, étonné par ce terme affectueux, et la regarda tandis qu'elle se penchait sur lui pour glisser de nouveau un peu de glace dans sa bouche. Puis elle plongea la serviette dans une cuvette pour la rafraîchir, la tordit, et la lui passa sur le torse, les flancs et sous les bras. La pièce était plongée dans une semi-pénombre. La seule lumière provenait d'une fenêtre à demi cachée par un rideau, et qui était sans doute entrouverte, car un filet d'air frais circulait dans la pièce.

Ayant suivi la direction de son regard, Evangeline expliqua :

— Le médecin dit que je devrais garder la fenêtre fermée. Mais vous semblez moins agité quand elle est ouverte.

Éperdu de gratitude, Sebastian continua de la regarder tandis qu'elle le rafraîchissait de nouveau avec le linge humide. Avec sa robe de chambre blanche et sa peau laiteuse, elle ressemblait à quelque esprit bienveillant tissant un charme autour de lui dans l'obscurité de la chambre.

— Depuis quand ? chuchota-t-il.

— C'est le troisième jour. Mon chéri, si vous pouviez vous tourner un peu sur votre bon côté… laissez-moi glisser un oreiller là… bien.

Profitant de ce que son dos était en partie exposé, Evangeline baigna ses épaules douloureuses, puis descendit le long de sa colonne vertébrale. Sebastian gémit doucement. Il se souvenait vaguement d'autres fois où elle avait fait cela… ses mains légères… son visage serein à la lueur de la lampe. En proie à un cauchemar de douleur et d'égarement, il avait été confusément conscient qu'elle le soignait, qu'elle répondait à ses besoins avec une intimité étonnante. Quand il était secoué de frissons, elle le couvrait et tenait son corps tremblant entre ses bras. Elle était toujours là, avant même qu'il ait besoin de l'appeler… elle comprenait tout comme si elle lisait dans l'enchevêtrement de ses pensées. La pire crainte de

Sebastian avait toujours été de dépendre de quelqu'un de cette manière. Et il devenait plus faible d'heure en heure, tandis que la blessure s'enflammait et que la fièvre grimpait. Il sentait la mort rôder tel un spectre impatient, prête à l'emporter dès que ses dernières défenses auraient cédé. Elle battait en retraite chaque fois qu'Evangeline était avec lui... Elle attendait toujours, certes, mais elle paraissait moins menaçante.

Il n'avait pas pris la mesure de la force d'Evangeline jusqu'à cet instant. Même quand il avait été témoin des soins affectueux qu'elle prodiguait à son père, il n'avait pas imaginé ce que ce serait de s'en remettre à elle, d'avoir besoin d'elle. Rien ne la rebutait, elle ne rechignait à aucune exigence. Elle était son soutien, son bouclier... et, dans le même temps, elle l'affaiblissait avec cette affection tendre dont il commençait à éprouver un besoin impérieux alors même qu'il la repoussait.

De ses bras minces, mais solides, Evangeline le soutint pendant qu'il se remettait lentement sur le dos.

— Quelques gorgées d'eau, dit-elle d'un ton enjôleur, le bras passé sous sa tête.

Sebastian refusa d'un grognement, car même si sa bouche était sèche et poisseuse, il avait l'impression que même une goutte ou deux lui donneraient la nausée.

— Pour moi, insista-t-elle en pressant un verre contre ses lèvres.

Les yeux étrécis, Sebastian lui jeta un regard noir et obéit. Puis il se reprocha d'éprouver une vague de plaisir quand elle le félicita.

— Vous êtes un ange, murmura-t-elle avec un sourire. À présent, reposez-vous pendant que je continue de vous rafraîchir.

Avec un soupir, il se détendit alors que le linge humide glissait légèrement sur sa gorge et sur son visage.

Il sombra ensuite dans un océan de noirceur épaisse et étouffante, dans des rêves qui ne lui accordaient aucun instant de répit. Après ce qui aurait pu être quelques minutes, des heures ou des jours, il s'éveilla en proie à une douleur atroce et essaya de tâter son flanc, qui le brûlait comme si une lance empoisonnée y était fichée.

La voix calme d'Evangeline apaisa son agitation fébrile.

— Sebastian, je vous en prie… Rallongez-vous. Le Dr Hammond est là. Laissez-le vous examiner.

Sebastian découvrit qu'il était trop faible pour bouger. Il avait l'impression que ses bras et ses jambes étaient lestés de plomb.

— Aidez-moi… chuchota-t-il d'une voix éraillée.

Il ne voulait pas rester à plat sur le dos. Comprenant aussitôt, Evangeline se hâta de lui relever la tête et de glisser un oreiller derrière lui.

— Bonjour, milord, fit une voix de baryton.

Le corpulent médecin apparut devant lui, sa barbe argentée fendue par un léger sourire qui réchauffait son visage rougeaud.

— J'avais espéré une petite amélioration, dit-il à Evangeline. La fièvre a-t-elle baissé ?

Elle secoua la tête.

— A-t-il soif ou faim ?

— Il boit un petit peu d'eau de temps en temps, murmura Evangeline en enroulant ses doigts autour de ceux de Sebastian. Mais il n'arrive pas à garder la moindre cuiller de bouillon.

— Je vais jeter un coup d'œil à sa blessure.

Sebastian sentit qu'on repoussait le drap bas sur ses hanches et qu'on retirait le pansement. Comme il tentait de protester contre l'indignité de se voir exposé de manière aussi cavalière, Evangeline posa la main sur sa poitrine.

— Tout va bien, chuchota-t-elle. Il essaye de vous venir en aide.

Trop faible pour relever la tête, Sebastian fixa les yeux sur le visage d'Evangeline tandis que le docteur et elle examinaient sa plaie. L'expression d'Evangeline ne changea pas, mais il comprit, quand elle cligna des paupières à deux reprises, que son état ne s'était pas amélioré.

— Comme je le craignais, déclara le Dr Hammond d'un ton égal, la plaie suppure. Vous voyez ces lignes rouges qui vont vers le cœur ? Je vais devoir le saigner pour lui enlever un peu de sang malade. J'espère que cela contribuera à réduire l'inflammation.

— Mais il a déjà perdu tellement de sang… fit remarquer Evangeline d'une voix incertaine.

— Je n'en prendrai pas plus d'un litre, répliqua Hammond d'un ton ferme mais rassurant. Cela ne lui fera pas de mal, milady, au contraire, cela aidera à libérer les vaisseaux resserrés par l'accumulation de poisons.

Sebastian avait toujours été dubitatif quant aux bienfaits de la saignée, mais jamais plus qu'à cet instant où l'on s'apprêtait à la pratiquer sur lui. Il sentit les battements de son pouls devenir frénétiques malgré leur faiblesse.

— Non, murmura-t-il, haletant, en tirant sur la main d'Evangeline.

Un brusque vertige le submergea et il lutta pour voir à travers la pluie d'étincelles qui obscurcissaient sa vision. Il n'eut pas conscience de s'évanouir mais, quand il rouvrit les yeux, il découvrit que son bras gauche était attaché au dossier d'une chaise à côté du lit, et qu'une cuvette profonde était posée sur le siège. Il n'y avait pas de sang dans la cuvette – pas encore –, mais Hammond s'approchait de lui avec un petit appareil qui ressemblait à une boîte.

— Qu'est-ce que c'est ? fit la voix d'Evangeline.

Sebastian rassembla toutes ses forces pour tourner la tête sur l'oreiller et la regarder.

— Cela s'appelle un scarificateur, répondit Hammond. C'est de loin la méthode la plus efficace pour procéder à une saignée, bien mieux que la traditionnelle lancette.

— Evangeline, appela Sebastian dans un souffle.

Elle ne parut pas l'entendre. Son regard dubitatif demeurait fixé sur le médecin qui poursuivait son explication :

— La boîte contient douze lames fixées sur un pivot actionné par un ressort. Il suffit de pousser sur le bouton pour que les lames sortent par ces fentes et produisent une série de coupures peu profondes par lesquelles le sang s'écoule.

— *Evangeline !*

Elle le regarda enfin. Ce qu'elle lut sur son visage l'incita à faire le tour du lit pour venir près de lui.

— Oui ? souffla-t-elle, le front barré par un pli soucieux. Mon chéri, cela va vous aider à…

— Non.

Cela allait le tuer. Lutter contre la fièvre et la douleur était déjà assez difficile. S'il était de surcroît affaibli par une saignée prolongée, c'en serait fini de lui. Éperdu, Sebastian tira sur son bras attaché, mais le lien tint bon et la chaise ne vacilla même pas. Il leva vers sa femme un regard désespéré, en proie à un nouveau vertige.

— Non, gémit-il. Ne le… laissez pas…

— Mon chéri, chuchota-t-elle en se penchant pour embrasser sa bouche tremblante.

Ses yeux brillaient soudain de larmes retenues.

— C'est peut-être le meilleur moyen… votre seule chance de…

— J'en mourrai. Evangeline…

La peur grandissante obscurcissait sa vision, mais il se contraignit à garder les yeux ouverts. Il ne distinguait plus le visage d'Evangeline qu'à travers un voile sombre.

— J'en mourrai, souffla-t-il de nouveau.

— Lady Saint-Vincent, fit la voix aimable mais ferme du Dr Hammond, l'inquiétude de votre mari est tout à fait compréhensible. Toutefois, son jugement est faussé par la maladie. Pour le moment, c'est vous qui êtes la mieux placée pour prendre des décisions le concernant. Je ne recommanderais pas cette intervention si je ne croyais pas en son efficacité. Vous devez m'autoriser à agir. Je doute que lord Saint-Vincent se souviendra seulement de cette conversation.

Sebastian ferma les yeux et laissa échapper un gémissement de désespoir. Si seulement Hammond était un fou avéré, au rire hystérique… quelqu'un dont Evangeline se serait méfiée instinctivement. Mais le Dr Hammond était un homme respectable, convaincu d'agir au mieux. Le bourreau pouvait apparemment se présenter sous quantité de déguisements différents…

Evangeline était son seul espoir, son unique défenseur. Sebastian n'aurait jamais cru en arriver là : sa vie dépendait de la décision d'une jeune femme naïve, qui allait probablement se laisser persuader par un médecin rayonnant d'autorité. Il ne pouvait faire appel à personne d'autre.

Quand Evangeline posa ses doigts légers sur son visage enfiévré, il la fixa d'un regard implorant, incapable d'articuler un mot. « Oh Seigneur, Evangeline, ne le laissez pas… »

— D'accord, dit-elle doucement, les yeux plongés dans les siens.

Le cœur de Sebastian s'arrêta de battre quand il crut qu'elle s'adressait au médecin, qu'elle lui donnait la permission de procéder à la saignée. C'est alors qu'elle s'approcha de la chaise et, d'un geste adroit, lui libéra le poignet qu'elle entreprit de masser.

— Docteur Ham... Hammond... reprit-elle d'une voix légèrement bégayante, Lord Saint-Vincent ne veut pas de cette inter... intervention. Je dois respecter son souhait.

À son immense humiliation, Sebastian ne put retenir un sanglot de soulagement.

— Milady, répliqua Hammond avec une gravité inquiète, je vous supplie de revenir sur votre décision. Vous plier au souhait d'un homme auquel la fièvre *ôte toutes ses facultés* pourrait s'avérer fatal. Laissez-moi lui venir en aide. Vous devez avoir toute confiance en mon jugement, car j'ai infiniment plus d'expérience que vous en la matière.

Evangeline s'assit avec précaution au bord du lit et posa la main de Sebastian sur ses genoux.

— J'ai le plus grand respect pour votre ju... ju...

Elle s'interrompit et secoua la tête avec impatience, agacée de s'entendre bégayer.

— Mon mari a le droit de prendre lui-même sa décision.

Sebastian serra les doigts sur les plis de sa jupe. Le bégaiement trahissait son combat intime, mais Evangeline ne se laisserait pas fléchir. Elle le soutiendrait. Après avoir laissé échapper un soupir tremblant, il se détendit, avec l'impression que son âme ternie venait d'être confiée à sa garde.

Hammond secoua la tête et commença à rassembler ses instruments.

— Puisque vous ne voulez pas me permettre d'utiliser mes compétences, dit-il avec un calme plein de dignité, et que vous refusez de tenir compte de mon avis, j'ai bien peur de ne pouvoir vous être utile ni à l'un ni à l'autre. Je ne peux prédire rien d'autre qu'une issue malheureuse si un traitement convenable n'est pas mis en œuvre. Que Dieu vous vienne en aide.

Le médecin quitta la chambre, l'air dans son sillage lourd de désapprobation.

Soulagé au-delà de toute expression, Sebastian déploya les doigts sur la cuisse d'Evangeline.

— Bon débarras, réussit-il à marmonner comme la porte se refermait sur le Dr Hammond.

Quand Evangeline baissa les yeux sur lui, il était évident qu'elle hésitait entre le rire et les larmes.

— Vous êtes vraiment le plus têtu des ânes, dit-elle, les yeux humides. Nous venons juste de réussir à nous aliéner l'un des médecins les plus réputés de Londres. Tous ceux que nous pourrons trouver voudront eux aussi vous saigner. Qui vais-je envoyer chercher, à présent ? Un adepte de la magie blanche ? Un chaman ? L'une des diseuses de bonne aventure de Covent Garden ?

Rassemblant ce qui lui restait de force, Sebastian réussit à porter la main d'Evangeline à sa bouche.

— Vous, chuchota-t-il contre ses doigts. Juste vous.

19

Une multitude de doutes assaillirent Evangeline après qu'elle eut pris la décision de ne pas laisser le Dr Hammond s'occuper de Sebastian. D'autant que l'état de celui-ci s'aggrava au fil des heures, sa plaie étant de plus en plus gonflée et enflammée, et la fièvre ne cessant de monter. À minuit, il n'était plus lucide. Dans son visage en feu, ses yeux brillant d'un éclat surnaturel fixaient Evangeline sans la reconnaître. Il marmonnait des paroles incohérentes qu'elle ne comprenait pas toujours, avec des révélations sordides qui lui tordaient le cœur de pitié.

— Chut, murmurait-elle parfois. Chut ! Sebastian, vous n'êtes pas…

Mais il s'acharnait avec un terrible désespoir, son esprit tourmenté creusant dans ses souvenirs pour les ramener à la surface, encore et encore, jusqu'à ce que, finalement, Evangeline renonce à essayer de le calmer et, serrant ses mains brûlantes dans les siennes, écoute avec patience l'amère litanie. Jamais, étant conscient, il n'aurait permis à quiconque d'entrevoir son moi profond. Mais Evangeline savait peut-être mieux que personne ce qu'il en coûtait de vivre dans une solitude désespérée… tout en aspirant à nouer les liens qui feraient de vous un individu complet. Elle comprenait aussi vers quelles profondeurs sa solitude l'avait entraîné.

Au bout d'un long moment, quand sa voix éraillée fut réduite à des chuchotements sans suite, Evangeline remplaça le linge froid sur son front et étala doucement un peu de baume sur ses lèvres gercées. Elle laissa la main sur sa joue, sa barbe lui piquant les doigts. Dans son délire, Sebastian appuya le visage contre sa paume avec un murmure inarticulé. Il était beau, tourmenté, souillé par le péché... Certains auraient déclaré que c'était une erreur d'avoir de l'affection pour un tel homme. Mais tandis qu'Evangeline contemplait son corps prostré, elle sut qu'aucun homme ne représenterait jamais à ses yeux autant que lui... Parce que, en dépit de tout, il n'avait pas hésité à donner sa vie pour elle.

Grimpant sur le lit, elle s'allongea à côté de lui, couvrit de la paume l'alliance suspendue au bout de sa chaîne, et se laissa sombrer dans le sommeil pour quelques heures.

Quand le jour se leva, elle découvrit que Sebastian était totalement immobile, dans un état de stupeur complète.

— Sebastian ?

Elle tâta son visage et son cou. Il était brûlant de fièvre – à se demander comment la peau humaine pouvait supporter une telle chaleur. Bondissant hors du lit, elle se rua vers le cordon de la sonnette et le tira violemment.

Avec l'aide de Cam et des femmes de chambre, elle couvrit le lit d'une toile imperméable et entoura le corps de Sebastian de sacs de mousseline remplis de glace. Il n'esquissa pas un geste ni ne prononça un mot durant toute l'opération. Evangeline reprit brièvement espoir quand la fièvre sembla baisser, mais elle ne tarda pas à remonter inéluctablement.

Cam, qui avait assumé les responsabilités de Sebastian dans le club en même temps que ses propres tâches, semblait presque aussi épuisé qu'Evangeline. Encore vêtu de son habit de soirée, les extrémités de sa cravate grise pendant de chaque côté de son cou, il s'avança vers Evangeline, assise près du lit.

Elle n'avait jamais été en proie à un tel désespoir. Même durant les pires moments chez les Maybrick, elle avait toujours gardé l'espoir. Mais si Sebastian ne survivait pas, elle sentait qu'elle ne prendrait plus jamais de plaisir à quoi que ce soit.

Il avait été le premier homme à s'attaquer à la prison que constituait sa timidité. Et dès le tout début, il avait pris soin d'elle comme personne avant lui. Se remémorant la première brique chaude qu'il avait glissée sous ses pieds lors de leur abominable voyage jusqu'en Écosse, elle eut un sourire triste.

Sans quitter des yeux le visage cireux de son mari, elle chuchota à l'adresse de Cam :

— Je ne sais pas quoi faire. N'importe quel médecin auquel je ferai appel voudra le saigner, et je lui ai promis que je ne le permettrai pas.

— Ma grand-mère était guérisseuse, dit Cam d'un air songeur. Je me souviens qu'elle avait coutume de baigner les blessures avec de l'eau salée, puis de poser dessus un emplâtre de mousse des tourbières séchée. Et quand j'avais de la fièvre, elle me faisait mâcher des tubercules de belles-de-nuit.

— De belles-de-nuit, répéta Evangeline, interdite. Je n'ai jamais entendu parler de cette plante.

— Elle pousse sur les landes, expliqua-t-il en repoussant une mèche qui tombait dans l'œil de la jeune femme.

Elle écarta sa tête de sa main, embarrassée de se sentir les cheveux emmêlés et sales. D'autant qu'elle connaissait l'importance que les gitans accordaient à la propreté corporelle. Contrairement à la croyance populaire, il existait chez eux un grand nombre de rituels liés à la toilette.

— Tu crois que tu pourrais en trouver ?

— Des tubercules de belles-de-nuit ?

— Et de la mousse séchée.

— Je suppose que oui, si j'ai suffisamment de temps.

— Je ne crois pas qu'il lui reste beaucoup de temps, dit Evangeline.

Puis sa voix se brisa. Terrifiée à l'idée de perdre le contrôle de ses émotions, elle se raidit sur sa chaise et repoussa de l'épaule la main consolatrice de Cam.

— Non... ça va, souffla-t-elle. Va... juste chercher de quoi l'aider.

— Je reviens le plus vite possible, l'entendit-elle dire doucement.

L'instant d'après, il était parti.

Evangeline demeura assise à côté du lit en proie à une indécision lasse, consciente qu'elle devrait probablement concéder à son propre corps un peu de sommeil, de nourriture et d'un minimum de soins, mais craignant de quitter Sebastian ne serait-ce que pour quelques minutes. Elle ne voulait pas revenir et découvrir qu'il s'était éteint pendant qu'elle n'était pas là.

Elle essaya de dissiper le brouillard de fatigue suffisamment longtemps pour prendre une décision, mais les rouages de son cerveau semblaient grippés. Recroquevillée sur sa chaise, elle ne quittait pas du regard son mari mourant. Son esprit et son corps étaient devenus si lourds qu'aucune action, aucune pensée, n'était plus possible. Elle n'avait conscience de rien d'autre que du soulèvement presque imperceptible de la poitrine de Sebastian.

Pourtant, peu à peu, elle se rendit compte qu'un homme se tenait près de sa chaise. Il émanait de lui une vitalité et une force contenue qui détonnaient dans l'atmosphère somnolente de la chambre. Elle leva la tête, et son regard embrumé se posa sur le visage soucieux de lord Westcliff.

Sans un mot, celui-ci se pencha et la hissa sur ses pieds, la soutenant lorsqu'elle vacilla.

— Je vous ai amené quelqu'un, dit-il calmement.

Evangeline parcourut la pièce du regard, et découvrit le quelqu'un en question.

Il s'agissait de Lillian Bowman – à présent lady Westcliff –, fringante et radieuse dans une robe lie-de-vin. Son teint était très légèrement hâlé par le soleil du sud de l'Italie, et une résille tissée de perles retenait ses cheveux noirs sur sa nuque. Grande et mince, Lillian était une fille à l'allure garçonnière que l'on aurait fort bien imaginée capitaine d'un bateau de pirates… Une fille de toute évidence taillée pour l'aventure et le danger. Même si elle ne possédait pas la beauté romantique d'Annabelle Hunt, elle avait un visage d'une séduction saisissante, dont les traits parfaitement ciselés trahissaient sa condition d'Américaine avant même que l'on ait entendu son accent typiquement new-yorkais.

Dans leur petit cercle des « laissées-pour-compte », Lillian était celle dont Evangeline se sentait le moins proche. Elle n'avait ni la douceur maternelle d'Annabelle ni l'optimisme pétillant de Daisy. Elle avait toujours intimidé Evangeline avec sa langue acérée et son impatience ombrageuse. Cependant, on pouvait toujours compter sur elle en cas de problème… D'ailleurs, après avoir jeté un coup d'œil à Evangeline, hagarde d'épuisement, elle s'approcha en quelques pas rapides et referma les bras autour d'elle.

— Evangeline, murmura-t-elle avec affection, dans quel pétrin t'es-tu fourrée ?

Sa surprise et son soulagement à se sentir étreinte par une amie qu'elle ne s'attendait pas à voir eurent raison d'Evangeline. Les larmes se firent plus menaçantes, sa gorge se serra davantage, jusqu'au moment où elle fut incapable de retenir plus longtemps ses sanglots.

— Tu aurais dû voir ma réaction quand Annabelle et Daisy m'ont appris ce que tu avais fait, dit Lillian en lui tapotant le dos. J'ai failli en tomber par terre, et ensuite, j'ai traité Saint-Vincent de tous les noms. J'étais tentée de venir ici armée et de le descendre pour avoir abusé de toi. Mais apparemment, quelqu'un d'autre s'en est chargé à ma place.

— Je l'aime, chuchota Evangeline entre deux sanglots.

— Ce n'est pas possible, répliqua Lillian d'un ton catégorique.

— Si, je l'aime, et je vais le perdre tout comme j'ai perdu mon père. Je ne peux pas le supporter... Je vais devenir folle.

Lillian soupira, puis marmonna :

— Il n'y a que toi pour aimer un paon aussi égoïste et ignoble, Evangeline. Oh, je le reconnais, il ne manque pas d'attraits... Mais tu ferais mieux de donner ton affection à quelqu'un qui serait capable de t'aimer vraiment en retour.

— Lillian ! protesta Evangeline d'une voix larmoyante.

— Bon, d'accord, je suppose que ce n'est pas très élégant de ma part de dénigrer un homme alité. Je tiendrai ma langue à partir de maintenant.

Elle recula et contempla le visage marbré d'Evangeline.

— Les autres voulaient venir, bien sûr. Mais Daisy n'est pas mariée et, par conséquent, elle ne peut même pas *éternuer* sans un chaperon ; quant à Annabelle, elle se fatigue facilement vu son état. Westcliff et moi sommes là, cependant, et nous allons tout arranger.

— C'est impossible, renifla Evangeline. Sa blessure… Il est tellement malade… il est tombé dans le com… coma, je crois…

Laissant le bras autour des épaules d'Evangeline, Lillian se tourna vers le comte et lui demanda d'une voix forte totalement inappropriée à une chambre de malade :

— Il est dans le coma, Westcliff ?

Le comte, qui était penché sur le corps inerte de Sebastian, lui jeta un regard flegmatique.

— Je doute que quiconque puisse l'être, vu le bruit que vous faites toutes les deux. Non, s'il était dans le coma, rien ne le ferait réagir. Or, il s'est incontestablement agité au moment où tu as crié.

— Je n'ai pas crié, j'ai appelé, corrigea Lillian. Il y a une différence.

— Vraiment ? demanda doucement Westcliff tout en repoussant les couvertures sur les hanches de Sebastian. Tu élèves la voix tellement souvent que je ne vois pas la différence.

Avec un petit rire, Lillian lâcha Evangeline.

— Milord, sachez que n'importe quelle femme mariée avec vous… Seigneur Dieu, c'est horrible !

Cette dernière exclamation jaillit alors que Westcliff venait d'ôter le pansement qui recouvrait la plaie.

— Oui, acquiesça le comte sombrement, les yeux fixés sur la chair suppurante et gonflée, entourée de raies rouges.

Evangeline revint précipitamment vers le lit tout en essuyant ses joues humides de larmes. Westcliff, pratique comme toujours, sortit un mouchoir propre de sa poche et le lui tendit. Elle se tamponna les yeux et se moucha tout en regardant son mari.

— Il est inconscient depuis hier après-midi, expliqua-t-elle à Westcliff d'une voix chevrotante. Je n'ai pas laissé le Dr Hammond le saigner... Sebastian ne le voulait pas. Mais maintenant, je le regrette. Cela l'aurait peut-être soulagé. C'est juste que... je ne pouvais permettre qu'on lui fasse quelque chose contre son gré. La manière dont il m'a regardée quand le médecin insistait...

— Je doute que cela aurait amélioré son état, coupa Westcliff. Ça aurait pu aussi bien l'achever.

Lillian s'approcha. Elle tressaillit de nouveau à la vue de l'horrible plaie, puis du visage livide de Sebastian.

— Que peut-on faire pour lui, alors ?

— M. Rohan a suggéré de nettoyer la blessure avec une solution saline, répondit Evangeline en recouvrant avec précaution le trou fait par la balle, puis en ramenant les couvertures sur Sebastian. Et il connaît une plante qui pourrait aider à faire tomber la fièvre... Il essaye d'en trouver en ce moment même.

— Nous pourrions tamponner la plaie avec du jus d'ail cru, suggéra Lillian. Ma nourrice l'employait pour les éraflures et les coupures, et elles cicatrisaient beaucoup plus vite.

— Ma vieille gouvernante, Mme Faircloth, utilisait du vinaigre, murmura Westcliff. Ça brûlait abominablement, mais ça marchait. Je pense que nous allons utiliser un mélange des trois, et y ajouter un peu d'essence de térébenthine.

Lillian le regarda d'un air dubitatif.

— De la résine de pin ?

— Sous une forme distillée, répondit Westcliff. J'en ai vu guérir la gangrène.

Il fit pivoter Lillian face à lui et déposa un baiser sur son front avant d'ajouter :

— Je vais me charger de rassembler le nécessaire et réfléchir aux proportions.

Son expression était grave, mais ses yeux sombres irradiaient de chaleur tandis qu'il regardait sa femme.

— En attendant, je laisse la situation entre tes mains.

Tendrement, Lillian suivit du bout du doigt le col de sa chemise et frôla la peau bronzée de sa gorge.

— Tu ferais bien de te dépêcher. Si jamais Saint-Vincent se réveille et constate qu'il est à ma merci, il risque de mourir sur-le-champ.

Ils échangèrent un bref sourire et Westcliff quitta la chambre.

Le sourire s'attarda sur les lèvres de Lillian tandis qu'elle le suivait des yeux.

— Créature arrogante et despotique ! commenta-t-elle. Seigneur, je l'adore.

Evangeline vacilla légèrement.

— Comment as-tu…

— Il y a beaucoup trop de choses dont nous devons parler, ma chérie, l'interrompit Lillian avec brusquerie. C'est la raison pour laquelle nous devons laisser ça pour plus tard. Tu es à demi morte d'épuisement. Et, franchement, un bain ne serait pas superflu.

Elle chercha des yeux le cordon de sonnette et, l'ayant repéré, alla le tirer.

— Nous allons faire remplir une baignoire pour que tu puisses te laver, après quoi, tu prendras du thé avec des toasts.

Comme Evangeline secouait la tête et ouvrait la bouche pour protester, Lillian prévint ses objections avec fermeté.

— Je veillerai sur Saint-Vincent.

Se demandant comment et pourquoi son amie se proposait pour soigner un homme qui l'avait enlevée,

Evangeline l'observa d'un air méfiant. Lillian n'était pas du genre à pardonner et, bien que convaincue qu'elle ne s'en prendrait jamais à un homme malade, Evangeline avait quelques appréhensions à laisser Sebastian à sa merci.

— Je n'arrive pas à croire que tu puisses... après ce qu'il a fait...

Lillian eut un sourire ironique.

— Ce n'est pas pour lui que je le fais. C'est pour toi. Et pour Westcliff qui, pour une raison ou pour une autre, ne semble pas le considérer comme une cause perdue.

Elle leva les yeux au ciel avec impatience comme Evangeline continuait d'hésiter.

— Pour l'amour du ciel, va prendre un bain ! Et fais quelque chose pour tes cheveux. Tu n'as pas à t'inquiéter pour Saint-Vincent, je me montrerai aussi gentille avec lui que s'il s'agissait de mon propre mari.

— Je te remercie, murmura Evangeline, qui sentit les larmes lui picoter de nouveau les yeux.

— Oh, Evangeline...

Le visage de Lillian s'adoucit, exprimant une compassion qu'Evangeline ne lui avait encore jamais vue. Ouvrant les bras, Lillian l'enlaça de nouveau et parla contre ses boucles emmêlées.

— Il ne va pas mourir, tu sais. Il n'y a que les personnes gentilles et vertueuses qui connaissent une mort prématurée. Alors que les scélérats comme Saint-Vincent, ajouta-t-elle avec un petit rire, vivent pour torturer les autres pendant des *décennies*.

Avec l'aide d'une servante, Evangeline prit un bain et enfila une robe un peu vague qui ne nécessitait pas le port d'un corset. Elle natta ses cheveux propres et humides en une longue tresse qu'elle laissa pendre sur son dos, puis elle glissa les pieds dans une paire de chaussons tricotés. Quand elle retourna dans la chambre de Sebastian, elle constata que Lillian y avait mis de l'ordre et ouvert les rideaux. Le linge noué autour de sa taille en guise de tablier improvisé était plein de taches et d'éclaboussures, tout comme son corsage.

— Je lui ai fait boire un peu de bouillon, expliqua-t-elle. J'ai eu un mal de chien à le lui faire avaler – il n'était pas vraiment ce qu'on appelle conscient –, mais j'ai insisté. J'ai réussi à lui verser un quart de tasse ou à peu près dans la gorge. Je pense qu'il a cédé avec l'espoir que j'étais un mauvais rêve et qu'il se débarrasserait de moi s'il se montrait complaisant.

Evangeline avait été incapable de convaincre Sebastian de boire quoi que ce soit depuis le matin précédent.

— Tu es la plus merveilleuse...

— Oui, oui, je sais.

Comme toujours gênée par les louanges, Lillian balaya ses paroles d'un geste désinvolte de la main.

— On vient juste de te monter un plateau – il est là-bas, sur la table près de la fenêtre. Des œufs brouillés et des toasts... N'en laisse pas une miette, ma chérie. Je détesterais devoir utiliser la force avec toi aussi.

Tandis qu'Evangeline, docile, s'asseyait et croquait dans une tartine grillée légèrement beurrée, Lillian changea la compresse sur le front de Sebastian.

— Je dois admettre, murmura-t-elle, qu'il est difficile de le mépriser quand tu le vois dans cet état. Et que ce soit *lui* et non toi qui soit allongé dans ce lit est un point en sa faveur.

Après s'être installée dans le fauteuil qui se trouvait près du lit, elle considéra Evangeline avec une franche curiosité.

— Pourquoi a-t-il fait cela, je me le demande ? Il est d'un égoïsme forcené. Pas du tout du genre à se sacrifier pour quelqu'un d'autre.

— Il n'est pas complètement égoïste, marmonna Evangeline avant d'avaler une gorgée de thé.

— Westcliff pense que Saint-Vincent est amoureux de toi.

Evangeline faillit s'étrangler et n'osa pas lever les yeux de sa tasse.

— Qu'est ce qui… qui lui fait croire cela ?

— Il connaît Saint-Vincent depuis l'enfance et lit assez bien en lui. La raison pour laquelle ce serait toi qui, finalement, gagnerais le cœur de Saint-Vincent lui semble procéder d'une espèce d'étrange logique. Il prétend qu'une fille comme toi répondrait… mmm… comment a-t-il formulé cela ? Je ne me souviens pas de ses paroles exactes, mais c'était quelque chose comme… En fait, tu répondrais au fantasme le plus profond et le plus secret de Saint-Vincent.

Evangeline sentit ses joues s'empourprer tandis que la douleur et l'espoir se livraient bataille en elle. Elle s'efforça de trouver une réplique sarcastique.

— J'aurais pensé que ses fantasmes se résumaient à fréquenter le plus grand nombre de femmes possible.

— Ma chérie, répliqua Lillian avec un grand sourire, cela n'est pas un fantasme de Saint-Vincent, mais la réalité. Et tu es probablement la première fille gentille et convenable à laquelle il se soit intéressé.

— Il a passé beaucoup de temps avec Daisy et toi dans le Hampshire, lui rappela Evangeline.

La remarque fit naître un sourire amusé sur les lèvres de Lillian.

— Je ne suis pas du tout gentille, ma chérie. Et ma sœur non plus. Ne me dis pas que tu as entretenu cette idée fausse depuis le début ?

Juste au moment où Evangeline terminait son assiette, lord Westcliff et Cam pénétrèrent dans la chambre, les bras chargés de pots, de bouteilles, de potions et de tout un tas d'articles. Deux servantes les accompagnaient, portant des brocs d'eau fumante et des piles de serviettes pliées. Evangeline voulut les aider, mais ils lui ordonnèrent de rester à l'écart tandis qu'ils déposaient leur matériel près du lit, puis entreprenaient de draper des serviettes sur les flancs, les jambes et les hanches de Sebastian, ne laissant que la blessure exposée.

— Ce serait mieux s'il pouvait prendre un peu de morphine avant, observa Westcliff.

Il enroula une bande de lin à l'extrémité d'une baguette de bois afin de former un tampon et noua un fil pour le faire tenir.

— Cette intervention risque d'être beaucoup plus douloureuse que le coup de pistolet, précisa-t-il.

— On peut réussir à lui faire avaler, assura Lillian. Evangeline, veux-tu que je m'en charge ?

— Non, je m'en occupe.

Evangeline s'approcha du lit et versa une dose de sirop opiacé dans un verre. Cam lui tendit alors un papier plié contenant une poudre qui ressemblait à de la cendre vert foncé.

— La belle-de-nuit, expliqua-t-il. J'en ai trouvé chez le premier apothicaire où je suis entré. La mousse des tourbières a été un peu plus difficile à trouver, mais j'ai réussi quand même à m'en procurer.

Evangeline s'appuya de l'épaule contre lui en guise de remerciement muet.

— Quelle quantité de poudre dois-je lui donner ?

— Pour un homme de la taille de Saint-Vincent, je dirais au moins deux cuillerées.

Evangeline les versa dans le verre contenant le sirop et agita le mélange, qui devint noirâtre. Il ne faisait aucun doute que son goût devait être encore plus infâme que son apparence. Elle espérait simplement que si Sebastian consentait effectivement à l'avaler, il réussirait à garder cette mixture répugnante dans l'estomac. S'asseyant à côté de lui sur le lit, elle caressa ses boucles emmêlées, puis son visage brûlant à la peau parcheminée.

— Sebastian, chuchota-t-elle, réveillez-vous. Vous avez un médicament à prendre...

Il ne réagit pas, même lorsqu'elle glissa le bras derrière lui et essaya de lui relever la tête.

— Non, non, non, intervint Lillian derrière elle. Tu t'y prends de manière bien trop douce. J'ai dû le secouer sans ménagement avant qu'il s'éveille suffisamment pour avaler du bouillon. Laisse-moi te montrer.

Elle s'installa sur le lit à côté d'Evangeline et secoua le vicomte plusieurs fois jusqu'à ce qu'avec un gémissement, il ouvre à demi les yeux. Il les regarda toutes deux sans les reconnaître.

— Sebastian, dit Evangeline avec tendresse, j'ai un médicament à vous donner.

Il tenta de se tourner, mais, ce faisant, exerça une pression si douloureuse sur son flanc blessé qu'il réagit violemment. Evangeline et Lillian se retrouvèrent brutalement expulsées du lit quand il battit l'air d'un bras puissant.

Lillian étouffa un cri quand elles tombèrent sur le sol, tandis qu'Evangeline réussissait à grand-peine à ne pas renverser le contenu du verre.

Sebastian haletait et gémissait dans son délire, le corps parcouru de frissons. Bien que consternée par sa résistance, Evangeline voulut voir là la preuve qu'il lui restait quelques forces, ce qui était un signe encourageant après l'immobilité de mort de ces dernières heures.

— Il va falloir l'attacher, déclara Lillian d'un ton brusque. Nous ne parviendrons jamais à le tenir immobile quand nous nettoierons sa plaie.

— Je ne veux pas… commença Evangeline.

Mais Cam la surprit en abondant dans le sens de Lillian.

— Lady Westcliff a raison.

Evangeline se releva en silence, tendit la main à Lillian pour l'aider à se remettre debout, puis resta les yeux fixés sur le corps tremblant de Sebastian. Il avait de nouveau fermé les yeux et ses doigts se recroquevillaient convulsivement, comme s'il cherchait à agripper quelque chose. Elle reconnaissait à peine, dans ce masque livide, aux lèvres gercées et aux cernes bleuâtres, l'homme si plein de vitalité qu'il était il y avait si peu de temps auparavant.

Mais elle ferait tout ce qu'il fallait pour qu'il s'en sorte. Emplie d'une détermination nouvelle, elle se saisit de quelques bandes de tissu et les tendit à Cam par-dessus le corps à demi découvert de Sebastian.

La mine sombre, le jeune homme entreprit d'attacher solidement les bras de Sebastian ainsi que l'une de ses jambes à l'armature en fer du lit.

— Je lui donne son médicament ? demanda-t-il ensuite en reportant les yeux sur Evangeline.

— Je m'en charge, répondit-elle brièvement en s'asseyant sur le lit.

Après avoir glissé un oreiller sous la tête de Sebastian pour la surélever un peu, elle lui pinça le nez. Dès qu'il ouvrit la bouche pour inspirer, elle y versa l'épais liquide. Il s'étrangla, eut un haut-le-cœur, mais, à la grande satisfaction d'Evangeline, l'avala entièrement. Cam arqua les sourcils, comme impressionné par son efficacité, tandis que Sebastian jurait et tirait désespérément sur ses liens. Quand Evangeline s'inclina sur lui pour lui caresser le visage et lui murmurer des paroles apaisantes, son haleine chargée d'opium lui effleura le visage.

Il finit par se calmer, et lorsque la jeune femme releva la tête, elle s'aperçut que Lillian les contemplait avec une expression étrange. Elle avait les yeux plissés, et secoua imperceptiblement la tête. Son amie n'ayant connu Sebastian qu'en libertin splendide et arrogant, promenant avec nonchalance sa silhouette élégante dans la propriété de Westcliff, Evangeline en déduisit qu'elle n'arrivait pas à se faire à l'idée de le voir ainsi diminué.

Entre-temps, Westcliff avait ôté sa veste et roulé ses manches de chemise. Il était occupé à remuer une préparation dont la puanteur âcre se répandait dans toute la chambre. Lillian, qui avait l'odorat particulièrement sensible, fit la grimace et frissonna.

— C'est le mélange d'odeurs le plus infâme que j'aie jamais respiré, assura-t-elle.

— Essence de térébenthine, ail, vinaigre… et quelques autres ingrédients suggérés par l'apothicaire, notamment de l'huile essentielle de rose, expliqua Cam. Il a aussi préconisé d'appliquer ensuite un cataplasme de miel, car le miel empêche les blessures de s'infecter.

Evangeline écarquilla les yeux lorsqu'il ouvrit un coffret en bois et en retira un entonnoir de cuivre, ainsi qu'un objet cylindrique doté d'une poignée à une extrémité et de ce qui ressemblait à une aiguille à l'autre.

— Qu'est-ce… qu'est-ce que c'est ?

— Ça vient aussi de chez l'apothicaire, répondit Cam en élevant l'objet au niveau de ses yeux pour l'étudier d'un œil critique. Une seringue. Quand nous lui avons expliqué ce que nous comptions faire, il a dit qu'avec une blessure aussi profonde, la seule façon de la nettoyer complètement était d'utiliser ceci.

Il disposa plusieurs instruments, des fioles contenant différents produits, et une pile de linge et de serviettes pliés. Debout près du lit, Westcliff se tourna alors vers les deux femmes.

— Ça va être assez déplaisant, les prévint-il. En conséquence, si quelqu'un n'a pas le cœur très bien accroché…

Son regard s'attarda sur Lillian, qui fit la grimace.

— C'est mon cas, comme tu le sais fort bien, admet-elle. Mais je peux prendre sur moi quand c'est nécessaire.

Un sourire inattendu éclaira le visage impassible du comte.

— Nous pouvons nous passer de toi pour le moment, ma chérie. Préfères-tu aller dans une autre pièce ?

— Je vais m'asseoir près de la fenêtre, décida Lillian, qui s'éloigna du lit sans demander son reste.

Westcliff se tourna alors vers Evangeline et l'interrogea du regard.

— Où dois-je me mettre ? se contenta-t-elle de demander.

— À ma gauche. Nous aurons besoin de beaucoup de serviettes et de linge. Si vous voulez bien les remplacer au fur et à mesure…

— Oui, bien sûr.

Elle prit place à côté de lui tandis que Cam s'installait à sa droite. Levant les yeux sur le profil volontaire de Westcliff, il lui apparut soudain difficile de croire que cet homme puissant, qu'elle avait toujours trouvé si intimidant, était prêt à aller jusqu'à de telles extrémités pour aider un ami qui l'avait trahi. Submergée par une vague de gratitude, elle ne put s'empêcher de tirer légèrement sur sa manche.

— Milord… avant que nous commencions, je dois vous dire…

Westcliff inclina vers elle sa tête sombre.

— Oui ?

Il n'était pas aussi grand que Sebastian, aussi fut-il relativement facile pour Evangeline de se hisser sur la pointe des pieds afin de déposer un baiser reconnaissant sur sa joue.

— Je vous remercie de lui venir en aide, murmura-t-elle alors qu'il lui jetait un regard surpris. Vous êtes l'homme le plus honorable que j'aie jamais connu.

Ses paroles le firent rougir sous son hâle et, pour la première fois depuis qu'ils se connaissaient, le comte demeura à court de mots.

Lillian, qui les observait depuis l'autre bout de la pièce, ne put s'empêcher de sourire.

— Il n'a pas que des motifs héroïques, assura-t-elle à Evangeline. Je suis certaine qu'il se réjouit de cette occasion qui lui est donnée de verser du sel, au sens littéral du terme, sur la blessure de Saint-Vincent.

En dépit de sa remarque facétieuse, Lillian pâlit lorsque Westcliff, s'étant emparé d'une mince lancette brillante, entreprit d'ouvrir doucement la plaie pour la drainer.

Malgré la dose importante de morphine, Sebastian s'arqua et se contorsionna, le visage tordu de douleur, tout en balbutiant des protestations incohérentes d'une voix rauque. Toutefois, la vraie difficulté survint quand Westcliff commença à nettoyer la blessure à l'eau salée. Sebastian se mit à hurler en se débattant comme un beau diable pendant que Westcliff actionnait la seringue, jusqu'à ce que la solution saline qui trempait les serviettes placées sous lui se teinte du rose du sang frais et propre.

Calme, précis, Westcliff travaillait avec une sûreté et une efficacité que n'importe quel chirurgien aurait admirées. Dieu sait comment, Evangeline réussit à dominer son angoisse, la tenant à distance derrière une espèce d'engourdissement qui lui permit de travailler avec le même détachement apparent que Westcliff et Cam. Méthodiquement, elle enlevait les serviettes souillées et en plaçait des propres contre le flanc de son mari. À son immense soulagement, Sebastian ne tarda pas à s'évanouir, échappant ainsi aux abominables souffrances qu'on lui infligeait.

Quand Westcliff jugea que la chair à vif avait été correctement nettoyée, il trempa le tampon dans le mélange à la térébenthine et en satura la blessure. Puis il s'écarta et observa avec attention Cam qui, après avoir enveloppé un peu de mousse des tourbières dans un carré de mousseline propre, trempa le tout dans du miel, puis l'appliqua avec précaution sur la zone blessée.

— Et voilà, déclara le jeune homme non sans satisfaction.

Il dénoua les liens qui immobilisaient Sebastian tout en expliquant :

— La cicatrisation va commencer de l'intérieur. Nous continuerons à appliquer le cataplasme pendant quelques jours, puis nous enlèverons la mousse pour permettre à la plaie de se refermer.

Tous trois durent unir leurs efforts pour entourer la taille mince de Sebastian d'un bandage, puis changer les draps humides.

Quand ce fut terminé, Evangeline sentit s'évanouir la maîtrise impitoyable qu'elle exerçait sur elle-même, et commença à trembler de la tête aux pieds. Elle constata avec surprise que Westcliff lui-même semblait fatigué ; il laissa échapper un long soupir comme il passait un chiffon propre sur son visage en sueur. Lillian le rejoignit aussitôt, et l'étreignit brièvement en lui chuchotant quelques paroles affectueuses à l'oreille.

— Je pense qu'il serait bien de changer le cataplasme et le pansement deux fois par jour, fit remarquer Cam sans s'adresser à quelqu'un en particulier tout en se lavant les mains à l'eau et au savon. Si la fièvre ne baisse pas dans la soirée, nous doublerons la dose de belle-de-nuit.

Il fit signe à Evangeline de s'approcher et entreprit de lui laver les bras et les mains.

— Il s'en tirera, murmura-t-il. Quand le comte a nettoyé la plaie, je ne l'ai pas trouvée aussi vilaine que je le redoutais.

Evangeline secoua la tête avec lassitude, se laissant faire avec la passivité d'une enfant tandis qu'il essuyait ses mains mouillées.

— Je ne peux m'autoriser à espérer quoi que ce soit. Je ne peux croire...

Sa voix mourut quand le sol parut se dérober sous ses pieds, et elle eut un geste maladroit pour essayer de retrouver l'équilibre. Cam la rattrapa de justesse et la souleva dans ses bras.

— Au lit ! décréta-t-il en se dirigeant vers la porte.

— Sebastian... marmonna-t-elle.

— Nous veillerons sur lui pendant que tu te reposes.

Evangeline n'avait guère le choix, car son corps privé de sommeil refusait de lui obéir. Son dernier souvenir, ce fut Cam qui la déposait sur son lit, rabattait drap et couverture sur elle, et la bordait comme une petite fille. Dès que les draps froids eurent commencé à se réchauffer, elle sombra dans un sommeil sans rêves.

Quand Evangeline ouvrit les yeux, elle aperçut le vacillement joyeux d'une minuscule flamme. Une bougie était posée sur la table de nuit. Et quelqu'un était assis au bord du lit... Lillian... l'air las et les vêtements chiffonnés.

Evangeline se redressa lentement et se frotta les yeux.

— Est-ce que c'est le soir ? articula-t-elle d'une voix éraillée. J'ai dû dormir tout l'après-midi.

Lillian eut un sourire ironique.

— Tu as dormi un jour et demi, ma chérie. Westcliff et moi avons veillé sur Saint-Vincent pendant que M. Rohan s'occupait du club.

Evangeline humecta ses lèvres sèches et s'assit un peu plus droit. Le cœur battant sourdement, elle se risqua à demander :

— Sebastian... Est-il...

Lillian lui prit la main et demanda doucement :

— Que préfères-tu en premier : la bonne ou la mauvaise nouvelle ?

Evangeline secoua la tête, incapable de parler. Elle regarda fixement son amie, les lèvres tremblantes.

— La bonne nouvelle, annonça Lillian, c'est que la fièvre est tombée et que la blessure n'est plus infectée. La mauvaise, continua-t-elle avec un sourire jusqu'aux oreilles, c'est qu'il se peut que tu aies à le supporter jusqu'à la fin de tes jours.

Evangeline fondit en larmes. Elle se cacha les yeux de sa main libre tandis que ses épaules étaient secouées de sanglots. Elle sentit la main de Lillian presser la sienne.

— Oui, poursuivit celle-ci d'un ton railleur, je pleurerais moi aussi s'il s'agissait de mon mari – encore que ce serait pour des raisons complètement différentes.

Sa réflexion arracha à Evangeline un gloussement qui la fit hoqueter entre deux sanglots. Elle secoua la tête, la main toujours sur les yeux.

— Est-ce qu'il est conscient ? Est-ce qu'il parle ?

— Oui, il n'a cessé de te demander, et il était assez contrarié que j'aie refusé de te réveiller.

Baissant la main, Evangeline la regarda à travers un voile de larmes.

— Je suis certaine qu'il ne voulait pas paraître ing… ingrat, assura-t-elle en hâte. Après tout ce que tu as fait…

— Tu n'as pas besoin de présenter des excuses pour lui, répliqua Lillian, sarcastique. Je le connais quand même assez bien. Et c'est la raison pour laquelle je persiste à croire qu'il ne s'intéresse à personne d'autre qu'à lui-même… et peut-être un peu – *très peu* – à toi. Mais s'il te rend heureuse, je suppose qu'il me faudra m'accommoder de lui.

Elle fronça soudain le nez comme pour traquer une mauvaise odeur, avant d'en dénicher l'origine sur la manche de sa robe.

— Beurk… Heureusement que ma famille possède une fabrique de savon, parce qu'il va m'en falloir une centaine de pains pour me débarrasser de l'odeur de cet horrible cataplasme.

— Je ne pourrai jamais te remercier assez d'avoir pris soin de lui, dit Evangeline avec ferveur.

Lillian se leva, s'étira et haussa les épaules.

— N'y pense plus, répondit-elle d'un air joyeux. Ça en valait la peine, ne serait-ce que pour avoir Saint-Vincent comme débiteur. Il ne pourra plus jamais me regarder sans être humilié à la pensée que je l'ai vu nu et inconscient sur son lit de malade.

— Tu l'as vu nu ? s'exclama Evangeline.

— Oh, un coup d'œil par-ci par-là, lança Lillian d'un ton dégagé en se dirigeant vers la porte. Difficile de faire autrement, vu l'emplacement de sa blessure.

S'arrêtant sur le seuil, elle adressa à Evangeline un regard espiègle.

— Je dois admettre, concernant cette rumeur que l'on entend à l'occasion… qu'elle est fort, vraiment fort, au-dessous de la réalité.

— Quelle rumeur ? demanda Evangeline, interdite, tandis que Lillian quittait la pièce en riant.

20

Il ne s'écoula pas une semaine avant que Sebastian ne devienne le pire des patients. Il se remettait à une vitesse remarquable, mais pas encore assez rapidement à son goût. Il essayait donc de repousser ses limites par tous les moyens, avec pour résultat d'être excédé et d'excéder tout le monde. Il voulait porter ses vêtements habituels, manger de la nourriture normale... Il insistait pour quitter son lit et boitiller dans les appartements privés ou la galerie supérieure, ignorant obstinément les protestations d'Evangeline. Il avait beau savoir qu'il ne pouvait obliger ses forces à revenir, qu'il allait falloir du temps et de la patience, Sebastian ne parvenait pas à s'en empêcher.

Il n'avait jamais eu à dépendre de quiconque. Alors, devoir sa vie à Westcliff, Lillian, Cam et, surtout, à Evangeline ! Il était submergé de gratitude et de honte, sentiments totalement inconnus. Comme il se sentait incapable d'en regarder aucun dans les yeux, son seul recours était de chercher refuge dans une arrogance maussade.

Les pires moments ? C'était quand il se retrouvait seul avec Evangeline. Chaque fois qu'elle entrait dans la chambre, il sentait entre eux un lien effrayant, une émotion inconnue, qu'il combattait jusqu'à ce que cette bataille interne le laisse sans forces. Ç'aurait été plus facile s'il avait pu provoquer une dispute, n'importe quoi susceptible d'établir la distance nécessaire. Mais c'était impossible, vu qu'elle répondait à chacune de ses exigences avec une patience et une compassion infinies. Il ne pouvait l'accuser d'attendre de la gratitude, car pas une seule fois elle n'avait laissé entendre qu'elle la méritait. Et comment se plaindre qu'elle le harcelait, quand elle s'occupait de lui avec une tendre efficacité, puis se retirait avec tact jusqu'à ce qu'il l'appelle ?

Lui qui n'avait jamais eu peur de rien était terrifié par le pouvoir qu'elle détenait sur lui. Et par son propre désir de l'avoir près de lui à chaque minute de la journée, de la contempler, d'entendre sa voix. Il aspirait à ce qu'elle le touche. Sa peau semblait boire la caresse de ses doigts, comme si ce qu'il percevait d'elle en termes de sensations pouvait se tisser avec sa chair. C'était différent d'un simple besoin sexuel... C'était une espèce de dépendance pathétique contre laquelle il ne semblait pas y avoir de remède.

Sebastian était également hanté par la pensée que Joss Bullard avait tenté de tuer Evangeline, et sa réaction prenait naissance dans une zone primitive de son cerveau qui n'était pas accessible à la raison. Il réclamait le sang de Bullard. Il voulait mettre ce salaud en pièces. Le fait de se retrouver impuissant dans une chambre de malade alors que Bullard sillonnait Londres en toute liberté suffisait à le rendre fou. Les déclarations rassurantes de l'inspecteur de police en charge de l'affaire, assurant que tout était mis en œuvre pour le retrouver ne suffisaient pas à le calmer. Il avait donc fait venir Cam dans sa chambre pour lui ordonner d'engager davantage de détectives privés et de procéder à une recherche intensive. Depuis, ayant fait tout ce qui était en son pouvoir, Sebastian se morfondait, subissant son inactivité forcée.

Cinq jours après la disparition de la fièvre, Evangeline fit monter une baignoire sabot dans la chambre. Heureux de cette occasion qui lui était offerte de prendre un bain, Sebastian se détendit dans l'eau fumante pendant qu'Evangeline le rasait et l'aidait à se laver les cheveux. Quand il fut propre et sec, il retourna dans son lit qu'on venait de refaire et laissa Evangeline bander sa blessure. La plaie cicatrisait si rapidement qu'ils avaient cessé d'y appliquer de la mousse et qu'ils se contentaient de la couvrir d'un léger pansement pour des raisons d'hygiène. Même si elle le tiraillait encore fréquemment ou l'élançait un peu, Sebastian savait que d'ici un jour ou deux, il pourrait reprendre la plupart de ses activités habituelles. À l'exception de sa préférée qui, à cause de son pacte diabolique avec Evangeline, lui était encore interdite.

Le devant de sa robe ayant été largement éclaboussé par l'eau du bain, Evangeline était retournée dans sa chambre pour se changer. Par pure perversité, Sebastian agita la petite cloche d'argent qui se trouvait sur sa table de nuit environ deux minutes après qu'elle fut sortie.

Evangeline revint en toute hâte, enveloppée dans une robe de chambre.

— Qu'y a-t-il ? demanda-t-elle, à l'évidence inquiète. Il est arrivé quelque chose ?

— Non.

— Est-ce votre blessure ? Elle vous fait mal ?

— Non.

Son expression changea, l'inquiétude cédant la place au soulagement. Après s'être approchée du lit, elle prit doucement la cloche des mains de Sebastian et la reposa sur la table de chevet.

— Vous savez, l'avertit-elle sur le ton de la conversation, le battant de cette cloche va être enlevé si vous n'apprenez pas à en faire un usage plus judicieux.

— J'ai sonné parce que j'avais besoin de vous, répliqua Sebastian avec irritation.

— Oui ? interrogea-t-elle avec une patience exquise.

— Les rideaux. Je voudrais qu'on les ouvre davantage.

— Cela n'aurait pas pu attendre ?

— Il fait trop sombre, ici. J'ai besoin de davantage de clarté.

Evangeline alla vers la fenêtre, ouvrit en grand les tentures de velours, puis se retourna. Sa silhouette se détachait dans la lumière pâle de l'hiver. Avec ses cheveux défaits, boucles rousses qui cascadaient presque jusqu'à la taille, elle évoquait un personnage dans un tableau du Titien.

— Autre chose ?

— Il y a une poussière dans mon eau.

Pieds nus, Evangeline revint vers le lit et s'empara du verre à demi plein pour en scruter le contenu.

— Je ne vois pas de poussière.

— Il y en a une, pourtant, insista Sebastian d'un ton grincheux. Devons-nous débattre du problème ou irez-vous me chercher un peu d'eau propre ?

Ravalant une repartie mordante avec une admirable maîtrise de soi, Evangeline s'approcha de la table de toilette, vida l'eau dans la cuvette de porcelaine et versa de l'eau fraîche dans le verre. Elle le rapporta, le posa sur la table de chevet, puis regarda Sebastian d'un air interrogateur.

— Est-ce tout ?

— Non. Mon bandage est trop serré. Et l'extrémité est coincée dans le dos. Je ne peux pas l'atteindre.

Plus il se montrait exigeant, plus Evangeline paraissait faire preuve d'une patience exaspérante. Se penchant vers lui, elle lui demanda dans un murmure de se tourner légèrement. Il sentit qu'elle desserrait le bandage, puis en glissait avec précaution l'extrémité à l'intérieur. Le frôlement de ses doigts si frais et si délicats accéléra follement les battements de son cœur. L'une de ses boucles soyeuses lui caressa l'épaule. Quand il se remit à plat dos, Sebastian lutta contre la joie désespérée que sa proximité faisait naître en lui.

Pitoyable, il contempla son visage… sa bouche à l'arc parfait, sa peau de satin crémeuse, l'irrésistible constellation de taches de rousseur…

Elle posa une main légère sur sa poitrine, au-dessus de son cœur palpitant, et se mit à jouer avec l'alliance accrochée à la chaîne.

— Enlevez-la-moi, marmonna-t-il en détournant la tête. Cette maudite bague m'énerve. Elle me gêne.

— Pourquoi vous gêne-t-elle ? souffla Evangeline, les yeux fixés sur son profil.

Sebastian percevait le parfum de sa peau, son odeur chaude de femme propre, et il s'agita sur le matelas, tous ses sens aiguisés par sa proximité.

— Enlevez-la, c'est tout, et posez-la sur la table de toilette, réussit-il à dire après avoir pris une inspiration tremblante.

Ignorant son ordre, Evangeline s'assit à demi sur le matelas et s'inclina vers lui jusqu'à ce que ses cheveux lui frôlent le torse. Sebastian demeura immobile, mais il trembla intérieurement lorsqu'elle suivit le contour de sa mâchoire du bout de l'index.

— Je vous ai rasé convenablement, fit-elle remarquer sans dissimuler sa satisfaction. J'ai peut-être oublié quelques poils ici ou là, mais, au moins, je ne vous ai pas lacéré le visage. J'avoue que vous m'avez facilité la tâche en ne bougeant pas.

— Je ne m'y serais pas risqué ! J'avais bien trop peur, répliqua-t-il, lui arrachant un petit gloussement amusé.

Incapable de détourner plus longtemps les yeux, Sebastian s'obligea à plonger son regard dans celui, si étonnamment bleu, de sa femme.

— Pourquoi agitez-vous cette cloche si souvent ? s'enquit-elle avec douceur. Vous sentez-vous seul ? Il vous suffit de le dire.

— Je ne me sens jamais seul, répliqua-t-il avec une conviction empreinte de détachement.

À sa grande consternation, elle n'eut pas de mouvement de recul, et bien qu'il se fît interrogateur, son sourire demeura en place.

— Dois-je m'en aller, dans ce cas ? voulut-elle savoir.

Sebastian sentit une chaleur traîtresse monter lentement en lui, se déployer, se répandre dans toutes les parties de son corps.

— Oui, partez, dit-il en fermant les yeux, absorbant avec avidité son parfum, sa présence.

Evangeline ne bougea pas. Le silence se prolongea jusqu'à ce qu'il ait l'impression qu'on entendait les battements de son cœur.

— Voulez-vous savoir ce que je pense, Sebastian ? finit-elle par demander.

Il dut faire appel à toute sa volonté pour parvenir à contrôler sa voix.

— Pas particulièrement.

— Je pense que si je quitte cette pièce, vous allez agiter cette cloche de nouveau. Mais peu importe le nombre de fois où vous allez sonner ou celui où je vais accourir, vous ne vous résoudrez jamais à me dire ce que vous voulez vraiment.

Sebastian entrouvrit les paupières… Ce fut une erreur. Le visage d'Evangeline était tout proche, sa bouche pulpeuse à quelques pouces seulement de la sienne.

— Pour le moment, tout ce que je veux, c'est un peu de tranquillité, grommela-t-il. Alors, si cela ne vous ennuie pas…

Elle le fit taire en posant ses lèvres tièdes sur les siennes, et il sentit l'effleurement vertigineux de sa langue.

Un flot de désir déferla en lui et il fut submergé par un plaisir sans mélange, plus puissant que tout ce qu'il avait pu éprouver jusqu'à présent. Il leva les mains comme pour repousser Evangeline, mais ses mains tremblantes se refermèrent sur sa tête, l'empêchant de s'écarter. Ses boucles flamboyantes écrasées sous ses paumes, il l'embrassa avec une passion dévorante.

Mortifié, il découvrit qu'il haletait comme un jeune garçon sans expérience lorsque Evangeline mit fin à leur baiser. Ses lèvres pleines étaient roses et humides, et ses taches de rousseur brillaient telle de la poussière d'or sur ses joues empourprées.

— Je crois aussi, dit-elle d'une voix un peu chevrotante, que vous allez perdre votre pari.

Ramené à la raison par un accès d'indignation, Sebastian fronça les sourcils.

— Vous croyez vraiment que je suis en état de courir après d'autres femmes ? À moins que vous n'ayez l'intention d'en amener une jusqu'à mon lit, je ne risque pas de…

— Vous n'allez pas perdre votre pari en couchant avec une autre femme, l'interrompit-elle.

Une lueur espiègle s'alluma dans ses yeux comme elle portait la main à l'encolure de sa robe de chambre et, délibérément, commençait à défaire la rangée de boutons. Ses mains tremblaient juste un peu.

— Vous allez le perdre avec moi, conclut-elle.

Incrédule, Sebastian la regarda se lever, et se débarrasser de sa robe de chambre qu'elle laissa choir sur le sol. Elle était nue, et les pointes de ses seins se dressaient orgueilleusement. Même si elle avait perdu du poids, sa poitrine était toujours aussi ronde et adorable, et ses hanches s'épanouissaient toujours généreusement sous sa taille fine. Le regard de Sebastian effleura le triangle de poils roux entre ses cuisses, et une vague de désir le submergea.

— Vous ne pouvez pas me faire perdre mon pari. Ce serait tricher, observa-t-il d'une voix qui lui sembla incertaine, même à ses propres oreilles.

— Je n'ai jamais promis de ne pas tricher, rétorqua Evangeline d'un ton enjoué, avant de se glisser en frissonnant sous les draps.

— Sapristi, je n'ai pas l'intention de coopérer. Je...

Son souffle lui échappa dans un sifflement tandis que le corps souple d'Evangeline se pressait contre son flanc. Il sentit sa toison bouclée contre sa hanche lorsqu'elle glissa la jambe entre les siennes. Il rejeta la tête en arrière pour se soustraire à son baiser.

— Je ne peux pas... Evangeline... Je suis trop faible, finit-il par lui opposer, faute d'arguments plus convaincants.

Ardente et déterminée, Evangeline l'obligea à tourner son visage vers elle.

— Mon pauvre chéri, murmura-t-elle en souriant. Ne vous inquiétez pas, je serai la douceur incarnée.

— Evangeline, balbutia-t-il d'une voix rauque, à la fois excité, furieux et suppliant. Je dois prouver que je peux passer trois mois sans... Non, ne faites pas cela ! Bon sang, Evangeline...

Elle avait disparu sous le drap et semait des baisers le long d'une ligne qui allait de sa poitrine à son ventre, veillant bien à ne pas déplacer le bandage. Sebastian tenta de s'asseoir, mais un élancement douloureux dans le flanc le fit retomber sur l'oreiller avec un grognement. Quant aux grognements qui s'ensuivirent, ils furent dus à une tout autre raison... En effet, ayant atteint son sexe érigé, elle avait entrepris d'en taquiner délicatement l'extrémité.

Il était évident qu'elle n'avait encore jamais fait cela... Elle ne connaissait rien de la technique et très peu de l'anatomie masculine. Mais cela ne l'empêcha pas de continuer avec une ardeur innocente, distribuant de minuscules baisers le long de sa virilité, s'attardant quand elle entendait Sebastian gémir. Ses mains chaudes jouaient maladroitement avec ses testicules tandis que sa bouche et sa langue remontaient jusqu'à l'extrémité palpitante de son sexe. Elle se mit en tête de découvrir quelle longueur elle pouvait prendre dans sa bouche, et Sebastian s'agrippa aux draps, le corps légèrement arqué comme s'il était attaché à un chevalet de torture. Le plaisir sensuel se diffusait à chacun de ses nerfs et envoyait à son cerveau des messages frénétiques qui l'empêchaient de penser clairement.

Le souvenir de toutes les autres femmes fut définitivement banni de son esprit... Il n'y avait plus qu'Evangeline, ses cheveux lui caressant le ventre et les cuisses, ses doigts agiles et sa bouche joueuse lui procurant un plaisir comme jamais il n'en avait ressenti. Quand il fut incapable de retenir ses gémissements, elle vint sur lui avec précaution et le chevaucha comme une lionne toute chaude de soleil. À peine eut-il le temps d'apercevoir son visage échauffé qu'elle chercha sa bouche, la mordilla, l'aspira. La pointe rose de ses seins lui effleura le torse... Elle se frotta contre lui en ronronnant de satisfaction.

Sebastian faillit s'étrangler quand il sentit qu'elle glissait la main entre eux. Il était si excité qu'elle dut doucement écarter son sexe de son ventre avant de réussir à le positionner entre ses cuisses. Les boucles serrées de son mont de Vénus chatouillèrent sa peau exquisément sensible quand elle le guida entre les chauds replis de son intimité.

— Non, souffla-t-il, se rappelant leur marché. Pas maintenant. Evangeline, non…

— Oh, cessez de protester ! Je suis loin d'avoir fait autant de manières après notre mariage, et pourtant, j'étais vierge.

— Mais je ne veux pas… Oh, Seigneur ! Sainte mère de Dieu…

Elle avait introduit l'extrémité de son sexe en elle, dans ce fourreau si doux et délicieusement ajusté qu'il en eut le souffle coupé. Evangeline se tortilla un peu, s'efforçant de le guider plus profondément. Qu'elle ait quelques difficultés à le recevoir en elle ne fit qu'exciter davantage Sebastian, dont le corps se mit à fourmiller de désir. Puis vint le glissement lent, miraculeux, la virilité d'une dureté d'acier dans la chair moelleuse.

La tête de Sebastian retomba sur l'oreiller, et c'est d'un regard embrumé par le désir qu'il fixa son visage. Les yeux clos, Evangeline émit un petit son de gorge satisfait tandis qu'elle se concentrait sur sa pénétration. Elle bougeait avec précaution, trop inexpérimentée pour trouver ou soutenir le rythme. Sebastian, qui avait toujours été relativement discret dans ses ébats, se surprit à murmurer des encouragements, des supplications, des mots crus et des mots d'amour.

Il la poussa à s'incliner en avant et à s'appuyer davantage sur lui en ajustant l'angle de leurs deux corps. Evangeline résista de crainte de lui faire mal.

Alors il prit son visage entre ses mains et chuchota d'une voix tremblante :

— Si… Fais comme cela. Oui, mon cœur. Bouge sur moi… oui…

Elle sentit aussitôt la différence, et ouvrit de grands yeux, médusée.

— Oh, dit-elle dans un souffle avant d'inspirer brusquement. Oh, c'est tellement…

Elle s'interrompit comme Sebastian commençait à onduler en rythme, la pénétrant plus profondément, l'emplissant un peu plus à chaque assaut.

Le monde entier parut se réduire à ce point précis où leurs chairs intimes s'unissaient. Les paupières d'Evangeline se fermèrent lentement, dissimulant son regard flou. Sebastian contempla la rougeur intense qui envahissait son visage avec un émerveillement mêlé d'une tendresse violente.

— Embrasse-moi, dit-il dans un chuchotement guttural en amenant sa bouche gonflée vers la sienne pour la fouailler de la langue.

Elle eut un sanglot de jouissance alors que ses muscles intimes se contractaient follement autour de son sexe. Alors, à son tour, il s'abandonna à cette chair palpitante, et se laissa voluptueusement entraîner jusqu'au paroxysme de l'extase.

Quand Evangeline s'abattit sur lui, pantelante, il fit glisser paresseusement ses mains le long de son dos moite et caressa la courbe ronde de ses fesses. Ravi, il la sentit réagir, un spasme intime serrant son sexe. Si seulement il possédait sa force habituelle… Oh, les choses qu'il lui ferait…

Au lieu de cela, il demeura immobile, épuisé, et en proie à un vertige. Un peu gauchement, Evangeline se déplaça et vint se blottir contre son flanc. Puisant dans ses dernières forces, Sebastian referma la main sur ses cheveux et, les amenant vers son visage, frotta les boucles brillantes contre sa joue.

— Tu vas me tuer, marmonna-t-il, et il sentit ses lèvres s'incurver en un sourire contre son épaule.

— À présent que tu as perdu ton pari, dit-elle d'une voix enrouée, nous allons devoir penser à un autre gage, puisque tu as déjà présenté tes excuses à lord Westcliff.

Même si Sebastian avait failli s'étouffer en le prononçant, il avait réussi à offrir quelques paroles de repentir à Westcliff et à Lillian avant que ceux-ci ne quittent le club. Il avait alors découvert qu'il existait une chose pire que de présenter des excuses : se voir pardonné. Mais il avait délibérément choisi de battre sa coulpe alors qu'Evangeline était absente.

— C'est Lillian qui me l'a dit, reprit-elle comme si elle avait lu dans ses pensées.

Elle redressa la tête et ajouta avec un sourire ensommeillé :

— Je me demande quel sera ton nouveau gage…

— Je ne doute pas que tu trouveras quelque chose, grommela-t-il.

Quelques secondes plus tard, ses yeux se fermaient, et il sombrait dans un sommeil profond et réparateur.

Quand Westcliff arriva au club, le lendemain soir, il se montra surpris en apprenant que Sebastian s'était rendu dans la grande salle de jeu pour la première fois depuis le drame.

— C'est un peu tôt, non ? dit-il à Evangeline qui l'avait accompagné sur la galerie du premier étage.

Sur les ordres de Cam, un employé s'y tenait désormais en permanence. Tant que Bullard n'aurait pas été arrêté, tous les visiteurs feraient l'objet d'une surveillance discrète.

— Il abuse de ses forces, répondit Evangeline, les sourcils froncés. Il ne supporte pas l'idée d'apparaître impotent… et il est persuadé que rien ne peut être fait correctement sans son contrôle.

Une lueur amusée s'alluma dans le regard sombre de Westcliff.

— L'intérêt que porte Saint-Vincent à cet endroit semble sincère. Je l'avoue, je ne me serais pas attendu qu'il endosse une telle responsabilité de son plein gré. Il a passé des années dans l'oisiveté et le désœuvrement – un gaspillage complet de son intelligence considérable. Mais, apparemment, il n'avait besoin que d'un débouché qui convienne à ses talents.

Tous deux s'accoudèrent à la rampe et contemplèrent la salle en contrebas, remplie d'une foule compacte. Aux reflets d'or sombre de sa chevelure, Evangeline repéra Sebastian, à demi assis sur le bureau trônant dans l'angle. L'air détendu, il s'entretenait aimablement avec les clients qui se pressaient autour de lui. Le geste qu'il avait fait, dix jours auparavant, pour sauver la vie de son épouse, avait suscité un grand élan de sympathie et d'admiration, surtout après la parution d'un article du *Times* qui le présentait comme un héros. En outre, la rumeur s'étant répandue qu'il avait renoué avec le puissant Westcliff, il n'en fallut pas plus pour que Sebastian connaisse une vaste et immédiate popularité. Des piles d'invitations arrivaient tous les jours au club, priant lord et lady Saint-Vincent d'honorer de leur présence des bals, soirées et autres événements mondains. Invitations qu'ils déclinaient en raison de leur deuil.

Il y avait aussi d'autres lettres, lourdement parfumées, et dont l'écriture était indubitablement féminine. Evangeline ne s'était pas aventurée à en ouvrir une seule ni à s'enquérir de leurs expéditrices. Les lettres s'étaient accumulées sur le bureau, non décachetées, jusqu'à ce que, le matin même, elle se sente obligée d'en parler à Sebastian.

— Il y a une pile de courrier dont tu n'as pas encore pris connaissance, lui avait-elle dit alors qu'ils prenaient le petit déjeuner dans sa chambre. Il occupe la moitié du plateau du bureau. Qu'allons-nous faire de toutes ces lettres ? Veux-tu que je te les lise pendant que tu te reposes ? avait-elle ajouté avec un sourire malicieux.

Il avait plissé les yeux.

— Jette-les. Ou, mieux encore, renvoie-les non décachetées.

Evangeline s'était efforcée de dissimuler un sourire de satisfaction.

— Je ne verrais pas d'objection à ce que tu correspondes avec d'autres femmes. La plupart des hommes le font sans que les convenances s'y opposent…

— Pas moi.

Sebastian avait fixé sur elle un regard délibérément insistant, comme pour s'assurer qu'elle le comprenait bien.

— Plus maintenant.

Au coude à coude avec Westcliff, Evangeline couvait son mari d'un regard possessif. Il était encore trop mince, bien qu'il eût recouvré un appétit normal, et son élégant habit de soirée était un peu lâche. Mais ses épaules étaient larges, son teint coloré, et sa perte de poids ne faisait que souligner l'ossature magnifique de son visage. Même s'il se déplaçait avec précaution, il possédait toujours cette grâce de prédateur que les femmes admiraient et que les hommes essayaient en vain d'imiter.

— Je vous remercie de l'avoir sauvé, s'entendit-elle dire à Westcliff, sans quitter son mari des yeux.

Le comte lui glissa un coup d'œil oblique.

— C'est vous qui l'avez sauvé, Evangeline, la nuit où vous avez proposé de l'épouser. Ce qui prouve, je suppose, qu'un moment de folie peut parfois avoir des conséquences positives. Si cela ne vous ennuie pas, je voudrais descendre informer Saint-Vincent des derniers développements concernant M. Bullard.

— L'a-t-on retrouvé ?

— Pas encore. Mais cela ne saurait tarder. Après avoir nettoyé l'écusson ornant le pistolet dont Bullard s'est servi, je n'ai pas réussi à lire le nom gravé dessus. Je l'ai donc rapporté chez *Manton and Son's* et leur ai demandé de me donner des informations sur le propriétaire originel. Il est apparu que le pistolet avait dix ans, ce qui les a obligés à faire de longues recherches dans les nombreuses boîtes contenant les vieux reçus. Ils m'ont appris aujourd'hui que le pistolet avait été fabriqué pour lord Belworth, lequel rentre justement à Londres ce soir pour une séance du Parlement. J'ai l'intention de me rendre chez lui demain matin et de lui soumettre le problème. Si nous parvenons à découvrir comment Bullard est entré en possession du pistolet de Belworth, peut-être cela nous aidera-t-il à le localiser.

Evangeline afficha une expression dubitative.

— Cela paraît impossible de trouver un homme qui se cache dans une ville peuplée de plus d'un million d'habitants.

— Presque deux millions, rectifia Westcliff. Je n'ai quant à moi aucun doute que nous le retrouverons. Nous ne manquons ni de ressources ni de volonté.

Malgré son inquiétude, Evangeline ne put réprimer un sourire. Il ressemblait tellement à Lillian, qui n'acceptait jamais la défaite. Comme il haussait un sourcil interrogateur, elle lui expliqua :

— J'étais simplement en train de penser que vous étiez le compagnon parfait pour une femme aussi volontaire que Lillian.

L'allusion à son épouse adorée fit naître une flamme dans les yeux du comte.

— Je dirais qu'elle n'est pas plus déterminée ni volontaire que vous, répliqua-t-il, avant d'ajouter avec un sourire narquois : Il se trouve juste qu'elle fait beaucoup plus de bruit.

21

Laissant Westcliff rejoindre Sebastian, Evangeline regagna la grande chambre pour prendre un bain, dont elle adoucit l'eau avec une généreuse giclée d'huile parfumée. Elle s'y prélassa longuement, puis enfila sur sa peau moite et parfumée à la rose l'un des peignoirs de soie doublé de velours de Sebastian. Après avoir replié plusieurs fois les manches, elle s'installa dans un fauteuil devant l'âtre et se brossa les cheveux pendant que les servantes emportaient la baignoire. L'une d'elles, une brune prénommée Franny, s'attarda dans la chambre pour remettre un peu d'ordre. Elle passa une bassinoire entre les draps pour les chauffer.

— Dois-je… dois-je préparer votre chambre, milady ? s'enquit-elle prudemment.

Baissant la tête, Evangeline réfléchit un instant. Les domestiques n'ignoraient pas que Sebastian et elle faisaient chambre à part avant même sa blessure. Il leur restait encore à partager un lit pour la nuit. Bien qu'elle ne fût pas certaine quant à la manière d'aborder le sujet avec Sebastian, elle était sûre d'une chose : c'en était fini des petits jeux. La vie était trop incertaine pour perdre du temps. Rien ne garantissait que son mari lui serait fidèle. Elle ne pouvait se reposer que sur l'espoir – et sur son instinct, qui lui soufflait que, même si l'homme qu'elle avait épousé ne méritait pas une telle confiance, celui qu'il était en train de devenir en était peut-être digne.

— Je ne pense pas que ce soit nécessaire, répondit-elle à la servante sans cesser de se brosser les cheveux. Je passerai la nuit dans cette chambre, Franny.

— Bien, milady. Si vous voulez, je…

Franny s'interrompit, car la haute silhouette de Sebastian venait de s'encadrer dans l'ouverture de la porte. Il s'arrêta juste après le seuil et, s'appuyant contre le mur, contempla sa femme en silence. Malgré la chaleur prodiguée par le feu, Evangeline eut la chair de poule, et un frisson d'anticipation courut le long de sa colonne vertébrale.

Le col ouvert, sa cravate noire dénouée, Sebastian paraissait détendu. La lumière de l'âtre dansait sur sa silhouette élégante et jetait une lueur dorée sur ses traits, qui auraient pu appartenir à quelque idole païenne. Même s'il n'avait pas encore recouvré toute sa vigueur, il émanait de toute sa personne une virilité dangereuse qui fit trembler Evangeline. Pour ne rien arranger, il gardait un silence absolu tandis qu'il la détaillait de la tête aux pieds avec une lenteur troublante, le regard étincelant. Se souvenant malgré elle du satiné de sa peau sous ses doigts et des muscles durs qui se dissimulaient sous l'habit de soirée, Evangeline rougit.

Franny ramassa vivement la robe de sa maîtresse et s'esquiva sans demander son reste.

Sebastian ne quitta pas Evangeline des yeux tandis qu'elle posait sa brosse et se levait avec un murmure inarticulé. S'écartant enfin du mur, il franchit l'espace qui les séparait et posa les mains sur le haut de ses bras. Il les fit descendre lentement jusqu'à ses poignets. Le cœur d'Evangeline s'emballa, et sa peau se mit à la picoter à travers les épaisseurs de soie et de velours du peignoir. Elle ferma les paupières quand il l'attira plus près de lui et qu'il effleura de ses lèvres l'un de ses sourcils, sa tempe, puis sa pommette. Une caresse si légère, alors que son intense excitation – qui faisait écho à celle d'Evangeline – semblait les envelopper d'une brume torride. Ils demeurèrent ainsi un long moment, se touchant à peine, savourant la proximité de l'autre.

— Evangeline...

Son chuchotement fit frémir les minuscules boucles de son front.

— ... je veux te faire l'amour.

Le sang de la jeune femme se transforma en miel bouillant. À grand-peine, elle parvint à répondre en bégayant :

— Je... je croyais que tu n'appelais jam... jamais cela ainsi

Il leva les mains jusqu'à son visage, l'explora délicatement du bout des doigts. Elle resta immobile sous sa caresse, étourdie par le parfum frais, un peu boisé, de sa peau.

Sebastian fouilla sous sa chemise et sortit l'alliance accrochée à la fine chaîne. Il cassa celle-ci d'un coup sec et la laissa tomber sur le sol. La respiration d'Evangeline s'accéléra quand il s'empara de sa main gauche et glissa l'anneau d'or à son annulaire. Leurs mains se pressèrent l'une contre l'autre, paume contre paume, poignet contre poignet, comme lors de la cérémonie nuptiale. Inclinant le front vers le sien, il murmura :

— Je veux remplir chaque parcelle de ton corps... respirer l'air de tes poumons... laisser mes empreintes sur ton âme. Je veux te donner plus de plaisir que tu n'en peux supporter. Je veux faire l'amour avec toi, Evangeline, comme je ne l'ai jamais fait avec quiconque avant toi.

Elle tremblait si violemment, à présent, qu'elle tenait à peine debout.

— Ta bless... blessure... nous devons faire attention...

— Laisse-moi m'inquiéter de cela.

Il captura sa bouche et la gratifia d'un baiser à la fois doux et brûlant. Lui lâchant la main, il la plaqua étroitement contre lui, exerçant des pressions explicites sur ses épaules, son dos, ses hanches, jusqu'à mouler complètement son corps sur le sien. Evangeline le désirait avec une force si désespérée qu'elle en était presque effrayée. Elle essaya de s'emparer de sa bouche gentiment fureteuse et tira sur ses vêtements avec une hâte désordonnée qui lui arracha un petit rire.

— Doucement, murmura-t-il. La nuit commence tout juste... et j'ai l'intention de t'aimer longuement.

Evangeline, dont les jambes menaçaient de céder sous elle, tira plus fort sur sa veste.

— Je ne pourrai pas tenir très longtemps, dit-elle d'un ton plaintif.

Elle surprit l'éclat de son sourire tandis qu'il se débarrassait de sa veste et perçut la passion dans le timbre rauque de sa voix tandis qu'il chuchotait :

— Va t'étendre sur le lit, mon cœur.

Elle ne se le fit pas dire deux fois. Elle s'allongea et, appuyée sur les coudes, le regarda enlever le reste de ses vêtements. La vue du bandage blanc tranchant sur la musculature ferme de son abdomen lui rappela combien elle avait été près de le perdre. Son visage se crispa d'émotion. Il lui était si cher... La perspective de passer la nuit entière avec lui la remplissait d'un bonheur qui ressemblait presque à de l'angoisse.

Le matelas se creusa sous son poids quand il la rejoignit. Elle roula sur le flanc face à lui. Seul le peignoir séparait leurs deux corps. Elle tendit la main vers son torse, le caressa doucement.

Il fit courir ses lèvres sur son visage, et son souffle chaud sur sa peau lui arracha un frisson.

— Evangeline… ces derniers jours, je n'ai rien eu d'autre à faire que de rester allongé dans ce lit et de penser à des choses que j'ai passé ma vie entière à essayer d'éviter. Je t'ai dit un jour que je n'étais pas fait pour avoir une femme et une famille. Que je ne m'intéresserais pas à l'enfant si tu…

Il hésita un long moment, puis:

— Mais la vérité… c'est que je veux que tu portes mon enfant. Je ne me rendais pas compte à quel point je le souhaitais jusqu'à ce que je découvre que cela n'arriverait peut-être jamais. Je pensais…

Il se tut, esquissa un sourire empreint d'autodérision.

— Bon sang! Je ne sais pas comment être un mari ou un père. Mais comme tu ne sembles pas avoir de grandes exigences dans ces deux domaines, j'ai peut-être une petite chance de te convenir.

Il sourit de nouveau en la voyant froncer les sourcils, puis recouvra son sérieux.

— On peut utiliser différents moyens pour éviter de concevoir. Mais si jamais tu décides que tu es prête, je veux que tu me le dises…

Evangeline le fit taire d'un baiser. Dans les minutes ardentes qui s'ensuivirent, les mots furent inutiles. Elle se sentit perdre pied, submergée par un mélange d'émotion et de désir qui parut dilater ses sens à un point tel que toutes ses perceptions en furent douloureusement magnifiées.

Écartant les pans du peignoir, Sebastian caressa ses seins offerts, les frôlant à peine. Les pointes durcies se tendirent vers lui, réclamant davantage, et quand il consentit à refermer sur l'une des extrémités érigées sa bouche chaude, Evangeline gémit de soulagement. Il n'utilisa tout d'abord que la pointe de la langue, la titillant avec une délicatesse qui la fit se cambrer vers lui en une supplication muette. Peu à peu, il lui donna ce qu'elle demandait, léchant, tétant, jusqu'à ce que sa chair intime réponde en palpitant à chacune de ses sollicitations.

Le peignoir de velours lui sembla pesant, tout à coup, et elle s'efforça de s'en débarrasser avec des gestes exaspérés. Sebastian l'y aida, murmurant des paroles apaisantes. Avec un soupir d'aise, elle noua les bras autour de son cou et s'arqua contre lui. Ses grandes mains douces coururent sur son corps, lui arrachant des frissons de plaisir. Elle ne pouvait ni penser ni parler, seulement s'abandonner tandis qu'il lui disposait les jambes de manière à accéder plus aisément à son intimité.

Ses doigts fureteurs s'insinuèrent entre les replis veloutés de son sexe et dénichèrent la source humide de toutes les voluptés. Evangeline rougit et gémit lorsque, imprimant à son doigt des mouvements circulaires, il étala le miel de son désir.

— Sebastian… je t'en prie, je ne peux plus attendre, je…

Elle s'interrompit quand il la fit pivoter et cala de nouveau ses hanches contre lui afin qu'ils se retrouvent emboîtés l'un contre l'autre, sur le côté. Il referma les bras autour d'elle, et elle se sentit protégée, en sécurité, alors même qu'il lui écartait les cuisses de la main.

Evangeline se tortilla, embarrassée, lorsqu'elle sentit la pression de son sexe et comprit qu'il avait l'intention de la prendre par-derrière. Étouffant un petit cri, elle blottit son visage contre le bras musclé logé sous son cou.

— Du calme, chuchota Sebastian, qui écarta ses cheveux pour l'embrasser sous l'oreille. Laisse-moi t'aimer de cette manière, mon cœur.

De ses doigts caressants, il la massa doucement afin de l'aider à se détendre. Il la taquina avec la pointe de son sexe, la pénétrant à peine, puis se retirant juste au moment où elle croyait qu'il allait s'enfoncer plus profondément. Elle commença à onduler contre lui en rythme dans l'espoir de le pousser dans ses retranchements, et lorsqu'il se décida enfin à la pénétrer complètement, elle gémissait déjà bruyamment. Leur position ne permettant pas une grande variété de mouvements, il donna de puissants coups de reins tandis qu'elle s'arquait frénétiquement pour l'encourager.

Elle l'entendit rire doucement.

— Tu es trop impatiente, mon ange, chuchota-t-il. N'essaye pas de forcer le plaisir… Laisse-le venir à toi. Voilà, repose-toi contre moi…

Lui saisissant le haut de la cuisse, il posa celle-ci en travers de ses genoux afin que ses jambes soient très écartées, ses hanches reposant en partie sur les siennes. Elle gémit quand elle le sentit s'introduire encore plus profondément en elle tandis qu'il la caressait intimement, imprimant un subtil contrepoint au glissement de son sexe.

Au bord de la folie, les muscles tétanisés, Evangeline le laissa l'amener au plaisir à un rythme mesuré. Il la conduisit au bord de l'extase, et se retira. Il la ramena de nouveau tout près, la fit patienter encore et encore, jusqu'à ce que, enfin, il la laisse atteindre la jouissance dans une série de convulsions qui firent trembler le lit.

Il était encore dur quand il se retira.

Les cheveux en bataille, il la fit basculer sur le dos, s'inclina sur elle et promena sa bouche ouverte sur son ventre plat. Comme il lui repliait les genoux et les relevait, Evangeline secoua la tête, hébétée.

— Trop fatiguée, murmura-t-elle d'une voix pâteuse. Je… Attends, Sebastian…

Mais il n'attendit pas. De la langue, il chercha sa chair humide, la lécha, insistant jusqu'à ce que ses protestations meurent sur ses lèvres. Sous la douceur de ses caresses, elle recouvra son calme et les battements de son cœur reprirent un rythme normal. Après de longues et patientes minutes, il saisit le bouton gonflé de son clitoris entre ses lèvres et commença à le suçoter et à le mordiller. L'agression délicate arracha un tressaillement à Evangeline. Les bras serrés autour de ses cuisses, il la mena de nouveau vers le plaisir. Elle avait l'impression que son corps ne lui appartenait plus, qu'elle n'était plus que le réceptacle de sensations plus délicieuses les unes que les autres. *Sebastian*... Elle était incapable de prononcer son prénom à voix haute, pourtant, il parut entendre sa supplication silencieuse. En réponse, il fit quelque chose avec sa bouche qui provoqua une succession d'extases incandescentes. Chaque fois qu'elle croyait en avoir fini, une nouvelle vague la traversait, jusqu'à ce que, exténuée, elle le supplie d'arrêter.

Sebastian se redressa, les yeux brillants. Elle ouvrit les jambes pour l'accueillir en elle, entoura son corps musclé de ses bras. Il s'insinua dans sa chair gonflée, la remplit entièrement.

— Evangeline... lui chuchota-t-il à l'oreille, mais elle l'entendit à peine par-dessus les battements effrénés de son cœur. Je veux quelque chose de toi... Je veux que tu jouisses encore une fois.

— Non, dit-elle d'une voix faible.

— Si. J'ai besoin de te sentir jouir autour de moi.

Elle secoua vaguement la tête sur l'oreiller.

— Je ne peux pas... je ne peux plus.

— Mais si. Je vais t'aider.

Sa main glissa entre leurs deux corps jusqu'à l'endroit où ils étaient unis.

— Laisse-moi entrer plus profond en toi... plus profond...

Elle gémit, impuissante, en sentant la caresse de ses doigts habiles. Si habiles que son excitation redoubla et que son corps s'ouvrit à son invasion, l'acceptant sans la moindre réticence.

— Mmm... ronronna-t-il. Oui, c'est ça... Oh, ma chérie, tu es si douce...

Il se positionna entre ses genoux pliés, dans le berceau de ses hanches, et se mit à aller et venir avec force en elle. Les jambes nouées autour de sa taille, Evangeline pressa le visage contre sa gorge chaude et laissa échapper un cri de bonheur tandis que ses muscles intimes l'enserraient spasmodiquement pour le conduire au paroxysme de la jouissance. Il trembla entre ses bras et referma les mains sur sa chevelure déployée sur l'oreiller, se donnant à elle de tout son corps et de toute son âme.

Quand Evangeline s'éveilla, seule dans le grand lit, la première chose qu'elle vit fut un semis de points roses sur les draps d'un blanc neigeux. Elle battit des paupières, puis se redressa sur le coude et frôla l'une des taches roses du bout du doigt. C'était un pétale de rose à la douceur satinée, que l'on avait détaché délicatement d'un bouton pour le poser sur le lit. Regardant autour d'elle, elle découvrit que des pétales de roses avaient été versés en pluie sur elle. Un sourire sur les lèvres, elle se rallongea sur le lit qui embaumait.

Cette nuit d'une sensualité entêtante semblait appartenir à quelque rêve érotique prolongé. Evangeline avait du mal à croire qu'elle eût pu permettre à Sebastian de lui faire ce qu'il lui avait fait, ces gestes d'une intimité dont elle n'aurait jamais imaginé qu'elle fût possible. Dans l'engourdissement bienheureux qui suit l'amour, elle avait posé la tête sur sa poitrine et ils avaient parlé pendant ce qui lui avait semblé des heures. Elle était allée jusqu'à lui raconter cette réception au cours de laquelle Annabelle, les sœurs Bowman et elle-même étaient devenues amies, alors qu'elles s'étaient retrouvées une fois de plus assises côte à côte.

— Nous avons dressé une liste des soupirants potentiels, puis nous avons marqué leurs noms dans nos carnets de bal vides, avait-elle avoué. Lord Westcliff venait en tête de liste, bien sûr. Mais toi, tu étais tout en bas, parce que tu n'étais de toute évidence pas du genre à te marier.

Avec un rire rauque, Sebastian avait mêlé ses jambes aux siennes.

— J'attendais que tu me demandes ma main.

— Tu ne m'as jamais accordé le moindre regard, avait-elle rétorqué avec ironie. Il ne te serait jamais venu à l'idée de danser avec des filles qui faisaient tapisserie. – des « laissées-pour-compte », comme nous nous étions surnommées.

Après un silence durant lequel il lui avait caressé les cheveux, il avait fini par admettre :

— Non, c'est vrai. Je suis un imbécile de ne pas t'avoir remarquée. Si je m'étais donné la peine de passer ne serait-ce que cinq minutes en ta compagnie, tu ne m'aurais pas échappé.

Il avait entrepris de la séduire comme si elle était encore une laissée-pour-compte virginale, la cajolant jusqu'à ce que, progressivement, elle le laisse de nouveau lui faire l'amour.

Se remémorant rêveusement ces heures de tendresse brûlante, Evangeline accomplit ses ablutions matinales, puis enfila une robe de laine doublée de soie. Elle descendit ensuite au rez-de-chaussée à la recherche de Sebastian, qui se trouvait fort probablement dans le bureau, à éplucher les comptes de la soirée précédente. Le club était vide, à l'exception des employés qui remettaient de l'ordre et des ouvriers qui s'affairaient à poser de nouveaux tapis et à repeindre les boiseries.

Pénétrant dans le bureau, Evangeline trouva en effet Sebastian et Cam penchés sur les livres de comptes. Ils rayaient certaines lignes d'un trait de plume et portaient des annotations en marge des longues colonnes. Les deux hommes levèrent les yeux quand elle franchit le seuil. Elle ne croisa que brièvement le regard de Sebastian ; elle trouvait difficile de demeurer impassible face à lui alors que le souvenir de leurs ébats était encore tout frais dans sa mémoire. Il s'arrêta au milieu d'une phrase, la fixa du regard, et parut oublier ce qu'il était en train de dire à Cam. Apparemment, ni lui ni elle n'étaient encore à l'aise avec des sentiments qui étaient trop neufs et trop puissants. Après avoir salué les deux hommes d'un murmure, elle les pria de rester assis et, contournant le bureau, s'arrêta près de Sebastian.

— Avez-vous pris votre petit déjeuner, milord ? s'enquit-elle.

Il secoua la tête, un sourire dans le regard.

— Pas encore.

— Je vais aller à la cuisine voir ce que l'on nous propose.

— Reste un instant. Nous avons presque terminé.

Alors que les deux hommes discutaient d'une dernière affaire – un investissement éventuel dans une suite de boutiques censées se construire sur Saint-James Street –, Sebastian s'empara de la main d'Evangeline. D'un air absent, il la porta à son visage et frotta le dos de ses doigts le long de sa mâchoire tout en lisant la proposition écrite devant lui. Bien que Sebastian n'eût pas conscience de ce que la familiarité détendue de ce geste révélait, Evangeline se sentit rougir quand elle croisa le regard de Cam par-dessus la tête inclinée de son mari. Le jeune homme feignit de lui adresser un regard de reproche, comme celui d'une nourrice ayant surpris deux enfants à jouer au papa et à la maman, puis il sourit jusqu'aux oreilles quand sa rougeur s'intensifia.

Sans se rendre compte de rien, Sebastian tendit la proposition à Cam, qui recouvra aussitôt son sérieux.

— Cela ne me plaît guère, déclara le vicomte. Je doute qu'il y ait suffisamment d'activité dans le quartier pour remplir ces boutiques, surtout avec des loyers pareils. D'ici à un an, je crains que cela ne devienne un éléphant blanc.

— Un éléphant blanc ? interrogea Evangeline.

Une autre voix se fit entendre depuis la porte, celle de lord Westcliff.

— Un éléphant blanc est un animal rare, expliqua-t-il aimablement, qui est non seulement coûteux mais aussi difficile à entretenir. Historiquement, quand un roi voulait ruiner quelqu'un, il lui offrait un éléphant blanc.

Westcliff vint s'incliner sur la main d'Evangeline, puis s'adressa à Sebastian.

— Ton évaluation de ce projet me paraît correcte. Il y a peu, on m'a approché pour investir dans ces boutiques et j'ai décliné l'offre pour les mêmes raisons.

— Et il se révélera que nous nous trompons tous les deux, cela va de soi, répliqua Sebastian, pince-sans-rire. On ne devrait jamais essayer de prédire quoi que ce soit quand il s'agit des femmes et de leurs achats. Nous allions justement prendre le petit déjeuner, ajouta-t-il en se levant pour serrer la main du comte. J'espère que tu te joindras à nous.

— Je prendrai volontiers un peu de café, répondit Westcliff. Pardonnez-moi d'être passé ainsi sans prévenir, mais j'avais quelques nouvelles à vous apprendre.

Sebastian, Evangeline et Cam l'écoutèrent avec attention comme il poursuivait :

— J'ai finalement réussi à rencontrer lord Belworth ce matin. Il a reconnu être le premier propriétaire du fameux pistolet utilisé par Bullard. Il m'a ensuite avoué, en toute confidence, qu'il y a environ trois ans, il avait donné la paire de pistolets de duel à M. Clive Egan, ainsi que quelques bijoux de famille et autres babioles, afin que celui-ci lui accorde un délai supplémentaire pour régler ses dettes au club.

Evangeline cilla à la mention du nom de l'ancien chef de salle de l'établissement.

— Alors, M. Egan protège M. Bullard ?

— C'est possible.

— Mais pourquoi ? M. Egan pourrait-il avoir engagé M. Bullard pour attenter à mes jours ?

— Nous allons le découvrir, déclara Sebastian, le visage fermé. J'ai l'intention de rendre visite à Egan aujourd'hui même.

— Je t'accompagne, dit Westcliff. J'ai réussi à me procurer son adresse. Ce n'est pas très loin d'ici, d'ailleurs.

Sebastian secoua la tête.

— Je te remercie de ton aide, mais je ne veux pas que tu t'impliques davantage. Je doute que ta femme apprécierait que tu prennes des risques à cause de moi. Rohan viendra avec moi.

Evangeline s'apprêta à protester, consciente que, dans cette situation, Sebastian serait plus en sécurité en compagnie de Westcliff. D'une part, il commençait seulement à se remettre de sa blessure, et d'autre part, s'il lui prenait l'envie de se livrer à un acte déraisonnable, il ne serait pas facile pour Cam de l'en empêcher. Après tout, c'était son employé, et il avait huit bonnes années de moins que lui. Westcliff, en revanche, connaissait bien mieux Sebastian et avait infiniment plus d'influence sur lui.

Toutefois, avant qu'elle puisse dire un mot, Westcliff intervint.

— Rohan est certes un jeune homme plein de ressources ; c'est la raison pour laquelle il devrait se voir confier la sécurité d'Evangeline et rester ici avec elle.

Sebastian plissa les yeux, prêt à argumenter. Mais les mots ne franchirent pas ses lèvres, car Evangeline referma la main sur son bras et s'appuya légèrement contre lui.

— Je préférerais cette solution, avoua-t-elle.

Quand Sebastian baissa les yeux sur elle, son expression s'adoucit, et elle eut l'impression grisante qu'il ferait tout ce qui était en son pouvoir pour lui plaire.

— Très bien, murmura-t-il à contrecœur. Si la présence de Rohan peut te rassurer, qu'il en soit ainsi.

Une partie de la répugnance de Sebastian à emmener Westcliff chez Clive Egan provenait de la gêne qui subsistait dans leurs relations. Passer du temps en compagnie d'un homme dont vous avez autrefois enlevé la fiancée n'avait rien de très confortable. La correction que Westcliff lui avait infligée ensuite avait un peu allégé l'atmosphère, de même que les excuses présentées par Sebastian. Et il semblait que son mariage avec Evangeline, ainsi que son geste héroïque pour la protéger avaient incité le comte à faire montre d'une indulgence prudente qui laissait à penser que, peut-être, avec le temps, leur amitié renaîtrait. Toutefois, leurs relations avaient pris une forme nouvelle et ils ne retrouveraient peut-être jamais leur ancienne complicité.

Pour un homme qui s'était autrefois acharné à vivre sans regrets, Sebastian se posait malgré lui quelques questions sur ses agissements passés. Sa mésaventure avec Lillian Bowman avait été une erreur à tout point de vue. Quel idiot il avait été de sacrifier une amitié pour une femme qu'il n'avait même jamais vraiment désirée ! S'il s'était donné la peine de réfléchir à une alternative, il aurait pu découvrir Evangeline, qui se trouvait là, juste sous son nez.

À son grand soulagement, Westcliff et lui eurent une conversation plaisante tandis que la voiture traversait l'ouest de Londres pour gagner les environs, où l'on construisait sur des terrains encore vierges des résidences prisées par les classes moyennes. L'adresse de Clive Egan était celle d'un homme doté de solides moyens. Tout en résumant à Westcliff ce qu'il savait de l'ancien chef de salle, Sebastian ne put s'empêcher de songer avec amertume aux sommes considérables que ce dernier avait détournées à son profit. Ce sujet les conduisit à évoquer l'état actuel des finances du club et la restructuration nécessaire des investissements. C'était un plaisir pour Sebastian de se confier à Westcliff, qui était l'un des hommes les plus avisés du royaume en matière de finances et d'affaires. Il n'échappa ni à l'un ni à l'autre que cette discussion constituait une rupture franche avec le passé, quand Sebastian ne s'intéressait qu'aux femmes et aux scandales, ce qui amenait régulièrement Westcliff à le sermonner.

L'équipage s'arrêta sur une place nouvellement construite. Toutes les maisons avaient deux étages, une façade excessivement étroite – aucune ne faisait plus de quinze pieds de large – et donnaient sur une minuscule cour pavée. Une servante âgée, à l'air éreinté, ouvrit la porte et s'écarta avec un grommellement comme ils se ruaient à l'intérieur. Avec sa décoration et son ameublement quelconques, la maison était du genre de celles que louaient les hommes actifs de la bourgeoisie lorsqu'ils n'étaient pas encore mariés.

L'habitation ne comptant que trois pièces et un placard, il ne leur fut pas difficile de trouver Egan. L'ancien chef de salle était installé dans un grand fauteuil, près de la cheminée d'un salon où régnait une forte odeur d'alcool et d'urine. Une collection de bouteilles s'alignait sur les appuis des deux fenêtres et quelques autres étaient posées près de l'âtre.

Posant sur eux le regard vitreux de l'alcoolique invétéré, Egan les regarda entrer sans manifester la moindre surprise. Il arborait la même apparence que deux mois auparavant, quand Sebastian l'avait renvoyé : bouffi et négligé, les dents gâtées, le nez rouge et bulbeux, le visage strié d'un faisceau de veines violacées. Il porta le verre qu'il avait dans la main à ses lèvres, en but une longue gorgée, puis sourit.

— J'ai entendu dire qu'on vous avait troué le ventre, lança-t-il à Sebastian. Mais vu que vous n'avez pas l'air d'un fantôme, je suppose que l'histoire était fausse.

— En fait, elle est vraie, répliqua Sebastian, le regard froid. Mais le diable n'a pas voulu de moi.

À la pensée qu'Egan pouvait être responsable de la tentative d'assassinat de sa femme, il éprouvait de grandes difficultés à ne pas se jeter sur ce salaud. Seul le fait qu'il possédait des informations dont ils avaient besoin l'en empêchait.

Egan laissa échapper un ricanement et indiqua du menton la rangée de bouteilles.

— Servez-vous un verre, si vous voulez. C'est pas tous les jours que j'ai la visite de messieurs de la haute.

— Non, merci, répondit Westcliff avec calme. Nous sommes venus vous interroger sur l'un de vos précédents visiteurs. M. Joss Bullard. Où est-il ?

Egan avala une nouvelle lampée d'alcool tout en le regardant durement.

— Comment diable voulez-vous que je le sache ?

Westcliff tira alors le pistolet de sa poche et le lui présenta sur sa paume.

Le visage de l'ivrogne devint cramoisi.

— Où avez-vous eu ça ? siffla-t-il, les yeux exorbités.

— Bullard l'a utilisé l'autre soir au club, répondit Sebastian, luttant contre la fureur qui menaçait de le submerger. Et même si je doute que l'éponge posée sur vos épaules contienne quelque chose qui ressemble à un cerveau en état de marche, vous devriez être capable de comprendre quelles seront les conséquences de votre implication dans une tentative de meurtre. Un long séjour en prison, ça vous tente ? Cela peut s'arranger en moins de temps...

— Saint-Vincent, murmura Westcliff pour le mettre en garde, alors qu'Egan s'étranglait et crachait.

— Il a dû me le voler ! cria celui-ci avec un grand geste, répandant une partie du liquide contenu dans son verre sur le sol. Petit salaud de voleur – je savais pas qu'il l'avait pris ! C'est pas ma faute, je vous jure ! Je veux qu'on me laisse en paix, c'est tout. Qu'il aille au diable !

— Quand l'avez-vous vu pour la dernière fois ?

— Il y a peut-être trois semaines.

Egan liquida son verre, attrapa la bouteille posée sur le sol et se mit à la téter tel un nourrisson affamé.

— Il logeait ici de temps en temps après son départ de chez *Jenner's*. Il avait nulle part où aller. Ils ont même plus voulu de lui à l'asile de nuit quand la vérole a commencé à se voir.

Sebastian et Westcliff échangèrent un bref regard.

— La vérole ? répéta Sebastian d'un ton soupçonneux, car il existait de nombreuses maladies que l'on désignait sous ce nom. Quel genre ?

Egan le considéra avec mépris.

— La syphilis. La vérole qui rend fou. Même avant qu'il quitte *Jenner's*, on voyait les signes… Il avait du mal à parler, et des tremblements… Et aussi les creux et les bosses sur le nez… Il fallait être aveugle pour rien remarquer.

— Je n'ai pas pour habitude d'examiner le physique de mes employés d'aussi près, répliqua Sebastian, sarcastique, tandis que les pensées se bousculaient dans son esprit.

La syphilis était une terrible maladie qui se transmettait par contact sexuel, et conduisait à ce que les médecins désignaient comme « la parésie du dément ». Elle aboutissait à la folie, parfois une paralysie partielle, et à une détérioration des os et de la chair, en particulier des tissus du nez. Si Bullard était effectivement victime de la syphilis et qu'il en était à ce stade de la maladie, il n'y avait plus aucun espoir pour lui. Mais pourquoi, alors qu'il était en proie à la démence, s'en était-il pris à Evangeline ?

— Il a probablement perdu l'esprit à l'heure qu'il est, déclara Egan avec amertume, avant de porter de nouveau la bouteille à ses lèvres.

La brûlure de l'alcool lui fit fermer brièvement les yeux, et il laissa tomber son menton sur sa poitrine.

— Le pauvre garçon est venu ici la nuit où il vous a tiré dessus, et il vociférait comme quoi il vous avait tué. Il tremblait de tous ses membres, et il se plaignait d'un bruit dans sa tête, et aussi d'une douleur. Il délirait, alors j'ai payé un gars pour qu'il l'emmène dans un hôpital pour incurables – celui qui se trouve à la barrière de péage qui conduit à Knightsbridge. Bullard est là-bas, maintenant. Soit il est mort, soit il est dans un tel état que la mort, à côté, c'est une bénédiction.

— Pourquoi a-t-il essayé de tuer ma femme ? lâcha Sebastian d'un ton impatient plus que compatissant. Dieu sait qu'elle ne lui a jamais fait de mal.

— Il l'a toujours méprisée, le pauvre gars, répliqua Egan d'un ton morose. Même gamin. Après les visites d'Evangeline au club, Jenner avait l'air si heureux que Bullard se renfrognait et demeurait maussade pendant des jours. Il se moquait d'elle...

Egan s'interrompit et esquissa une espèce de sourire nostalgique.

— C'était une drôle de petite bonne femme, faut bien le dire. Toute ronde et timide, avec ses taches de rousseur... J'ai entendu dire que c'était une beauté, maintenant, mais j'ai du mal à...

— Jenner était-il le père de Bullard ? l'interrompit Westcliff, le visage indéchiffrable.

Cette question abrupte laissa Sebastian interdit. Il écouta la réponse d'Egan avec attention.

— C'est possible. Mary, sa mère, jurait ses grands dieux que c'était le cas.

Egan posa avec précaution la bouteille à côté de lui, puis il croisa les doigts sur son estomac proéminent.

— Mary était prostituée, elle travaillait dans une maison close. La nuit où elle a décroché le gros lot, c'est quand elle a eu Ivo Jenner pour client. Il s'est amouraché d'elle et a payé la mère maquerelle pour qu'elle lui en réserve l'usage exclusif. Un jour, Mary est allée le trouver pour lui dire qu'elle était grosse et que l'enfant était de lui. Et Jenner, qu'était pas mauvais bougre, lui a laissé le bénéfice du doute. Il l'a entretenue pendant tout le reste de son existence et a laissé le garçon travailler au club quand il a été en âge. Mary est morte il y a longtemps. Juste avant de passer l'arme à gauche, elle a dit à Bullard que Jenner était son père. Quand le garçon est allé le trouver, Jenner lui a répliqué que, vrai ou faux, ça resterait un secret. Il voulait pas reconnaître Bullard comme son fils. D'abord, le garçon était pas vraiment du genre qui promet, comme vous diriez, et puis… seule sa fille comptait aux yeux de Jenner. Il voulait que ce soit elle qui hérite de tout à sa mort. Bullard en a voulu à Evangeline, évidemment. D'après lui, si elle avait pas été là, Jenner l'aurait considéré comme son fils et en aurait fait davantage pour lui, lui aurait donné plus. Et sans doute qu'il avait pas tort. Quand elle vous a amené au club, milord, ajouta Egan, Bullard était déjà malade… Et c'est là que la démence a commencé. Une bien triste fin pour une vie malheureuse.

Egan les regarda tour à tour d'un air sombre, et conclut :

— Si vous voulez vous venger sur ce pauvre diable, vous le trouverez à l'hôpital de Tottenham. Tirez-en la satisfaction que vous pouvez, messieurs… Mais, si vous voulez mon avis, le créateur lui a déjà infligé la pire des punitions.

22

Evangeline profita de l'absence de Sebastian pour mettre un peu d'ordre dans le bureau. Elle tria la monnaie et les reçus, rédigea sa correspondance et, pour finir, s'attaqua à la pile de lettres non décachetées adressées à son mari. Naturellement, elle ne résista pas à l'envie d'en ouvrir quelques-unes. Elles étaient remplies de badinages et de sous-entendus, et deux d'entre elles suggéraient même que Sebastian devait, à l'heure qu'il était, s'être lassé de sa nouvelle épouse. Leur intention était si évidente qu'Evangeline finit par se sentir embarrassée pour les rédactrices des lettres.

Elles lui rappelèrent également le passé dissolu de Sebastian, quand sa principale occupation était de s'adonner au jeu des conquêtes amoureuses. Il ne lui était pas facile de faire confiance à un tel homme sans se sentir idiote et naïve. D'autant qu'il était évident que Sebastian serait toujours admiré et convoité par d'autres femmes. Elle considérait cependant qu'il méritait de se voir accorder une chance de faire ses preuves. Il était en son pouvoir de lui offrir un nouveau commencement – et si elle gagnait son pari, les bienfaits qu'ils en tireraient tous deux seraient infinis. Elle était assez forte pour prendre le risque de l'aimer, de se montrer exigeante avec lui, d'avoir des attentes qu'il trouverait peut-être parfois difficiles à combler. Et puis, Sebastian paraissait souhaiter qu'on le traite comme un homme ordinaire – que quelqu'un regarde au-delà de la beauté périssable de son physique et lui demande davantage que des prouesses érotiques. Non pas, songea Evangeline en réprimant un sourire, qu'elle n'appréciât pas son physique et ses prouesses.

Après avoir regardé, non sans une pointe de satisfaction, les lettres se réduire en cendres dans la cheminée, elle se sentit somnolente et gagna la grande chambre pour y faire la sieste. Malgré sa lassitude, elle eut un mal fou à se détendre. Elle s'inquiétait pour Sebastian, et ses pensées ne cessaient de tournoyer dans son esprit. Elle ne succomba au sommeil que lorsque son cerveau, fatigué de tourner à vide, rendit les armes.

Quand elle se réveilla, une heure plus tard ou à peu près, Sebastian était assis sur le lit à côté d'elle, et jouait doucement avec l'une de ses boucles rousses tout en la contemplant de ses yeux couleur du ciel à l'aube. Evangeline se redressa et lui sourit, un peu gênée.

D'un geste tendre, il repoussa les cheveux de son visage et murmura :

— Tu as l'air d'une petite fille quand tu dors. Cela me donne envie de veiller sur toi à chaque minute.

— Vous avez trouvé M. Bullard ?

— Oui et non. Mais d'abord, dis-moi ce que tu as fait pendant mon absence.

— J'ai aidé Cam à mettre de l'ordre dans le bureau. Et j'ai brûlé toutes les lettres de tes admiratrices. Ç'a été une telle flambée que je m'étonne encore que personne n'ait envoyé chercher les pompiers.

Les lèvres de Sebastian s'incurvèrent en un léger sourire, mais son regard sondait le sien avec prudence.

— En as-tu lu ?

Evangeline haussa une épaule avec détachement.

— Quelques-unes. On s'inquiète de savoir si tu es ou non déjà fatigué de ton épouse.

— Non, assura Sebastian en suivant de la main le contour de sa cuisse. Je suis fatigué de ces innombrables soirées passées à échanger les mêmes ragots et à badiner sans conviction ; je suis fatigué de ces rencontres dénuées de sens avec des femmes qui m'ennuient à périr. À mes yeux, elles se ressemblent toutes, tu sais. Je ne me suis jamais soucié de personne d'autre que toi.

— Je ne peux pas leur reprocher de soupirer après toi, admit Evangeline en nouant les bras autour de son cou. Mais je ne suis pas disposée à partager.

— Tu n'auras pas à partager.

Il prit son visage en coupe entre ses mains et déposa un rapide baiser sur ses lèvres.

— Dis-moi ce que tu sais de M. Bullard, le pria Evangeline, en lui caressant les poignets.

Elle demeura silencieuse tandis que Sebastian lui racontait leur visite chez Clive Egan. Quand il en vint aux révélations concernant Joss Bullard et sa mère, elle ouvrit de grands yeux, et la pitié l'envahit. Le pauvre garçon n'était pour rien dans ses origines, ni dans cette indifférence qu'on lui avait manifestée et qui l'avait empli de ressentiment.

— Comme c'est curieux, murmura-t-elle. J'ai toujours imaginé, et même espéré, que Cam était mon frère, mais jamais je n'avais envisagé la possibilité que Joss Bullard puisse l'être.

Il s'était toujours montré si hostile envers elle, si distant... Mais cette attitude n'était-elle pas en grande partie due au fait qu'Ivo Jenner avait refusé de le reconnaître ? Sentir que l'on n'est pas désiré, être considéré comme un secret honteux par l'homme qui est peut-être votre véritable père... il y avait là de quoi rendre amer n'importe qui.

— Nous sommes allés à l'hôpital de Tottenham. Au pavillon des incurables, plus précisément, continua Sebastian. C'est un endroit ignoble qui aurait grand besoin de fonds. Il y avait des femmes et des enfants qui...

Il s'interrompit et fit une grimace à ce souvenir.

— Je préfère ne pas te le décrire, en fait. Un administrateur nous a appris que Bullard avait été admis au dernier stade de la syphilis.

— Je veux l'aider, déclara Evangeline avec détermination. Nous pourrions au moins l'envoyer dans un meilleur hôpital...

— Non, mon ange, coupa Sebastian en lui effleurant du doigt le dos de la main. Il est mort il y a deux jours. On nous a montré l'endroit où il a été enterré avec deux autres patients.

Evangeline détourna le regard. À sa grande surprise, les larmes lui montèrent aux yeux et sa gorge se serra.

— Le pauvre garçon, murmura-t-elle d'une voix étranglée. Je suis navrée pour lui.

— Moi pas. Il a certes grandi sans recevoir d'affection de la part d'un de ses parents, mais il partage ce sort avec d'innombrables autres personnes qui ont dû se frayer un chemin dans l'existence sans l'aide de quiconque. C'était moins dur pour lui que pour Rohan, qui est l'objet de préjugés parce qu'il est gitan. Ne pleure pas, Evangeline. Bullard ne vaut pas une seule larme.

Elle laissa échapper un soupir tremblant.

— Je suis désolée. Je ne suis pas si émotive, d'ordinaire, mais les semaines qui viennent de s'écouler ont été très difficiles. Je suis à fleur de peau et je n'arrive apparemment pas à dominer mes sentiments.

Sebastian referma ses bras musclés autour d'elle et l'attira contre lui.

— Evangeline, mon ange, chuchota-t-il dans ses cheveux, ne t'excuse pas d'être sensible. Tu es passée par des moments horribles. Et seule une brute sans cœur comme moi peut vraiment apprécier le courage que cela demande d'être honnête au sujet de ses sentiments.

— Tu n'es pas sans cœur, répliqua Evangeline d'une voix assourdie, le visage contre son épaule.

Elle eut un petit soupir tremblé avant d'ajouter :

— Peut-être est-ce mal de ma part, mais même si je suis vraiment désolée pour M. Bullard, je suis soulagée qu'il soit mort. Parce qu'à cause de son geste, j'ai failli te perdre.

Sebastian repoussa ses boucles en désordre jusqu'à trouver le bord fragile de son oreille.

— Tu n'as pas eu cette chance.

— Arrête, répliqua Evangeline, incapable de sourire à cette taquinerie.

Elle renversa la tête en arrière pour le regarder.

— Il n'y a pas là matière à plaisanter. Je…

Elle dut prendre sur elle pour continuer d'une voix chevrotante :

— Je ne crois pas que je pourrais vivre sans toi, désormais.

Doucement, Sebastian lui ramena la tête vers son épaule, puis enfouit le visage dans ses cheveux.

— Ah, Evangeline, l'entendit-elle murmurer, je dois avoir un cœur, après tout… parce qu'à cet instant précis, il me fait un mal de chien.

— Juste ton cœur ? s'enquit-elle avec une ingénuité qui le fit rire.

Il l'allongea sur le lit, les yeux pétillants de malice.

— Non, pas seulement, concéda-t-il. Et en tant qu'épouse, il est de ton devoir de soulager toutes mes douleurs...

En réponse, elle leva les bras et l'attira sur elle.

Ignorant des problèmes personnels rencontrés par les propriétaires ou les employés du club, les clients continuèrent d'affluer tous les soirs, surtout quand le bruit se répandit que l'on n'acceptait plus de nouveaux membres, la limite ayant été fixée à deux mille cinq cents inscriptions. Ceux qui souhaitaient devenir membres étaient obligés de s'inscrire sur une liste d'attente.

L'association improbable d'un vicomte désargenté et d'un club de jeu sur le déclin avait eu un résultat étonnant. Les employés étaient soit entraînés dans le sillage dynamique de Sebastian, soit impitoyablement rejetés. L'établissement était dirigé avec une efficacité comme il n'en avait jamais connu. Même Ivo Jenner à son apogée n'avait jamais tenu son petit empire d'une main aussi ferme.

Dans le passé, le ressentiment secret d'Ivo Jenner envers l'aristocratie l'avait conduit à traiter de nombreux membres du club avec une servilité et une obséquiosité qui les mettaient vaguement mal à l'aise. Sebastian, lui, était l'un des leurs. Il était détendu et en même temps si plein d'allant que sa simple présence transformait l'atmosphère. Dès qu'il était là, les clients riaient davantage, dépensaient davantage, parlaient davantage et mangeaient davantage.

Alors que les autres clubs continuaient de servir les éternels steaks et tartes aux pommes, le somptueux buffet de *Jenner's* était sans cesse renouvelé : salade de homard chaud, faisan en cocotte, crevettes servies sur un lit de purée de céleri, cailles farcies de grains de raisin et de fromage de chèvre, et arrosées d'une sauce à la crème... Sans oublier le dessert favori d'Evangeline : un gâteau aux amandes couronné de framboises et d'une épaisse couche de meringue. Les mets et les divertissements proposés chez *Jenner's* s'étaient améliorés avec une telle rapidité que les femmes commençaient à reprocher à leurs époux de passer de trop nombreuses soirées au club.

La nature manipulatrice de Sebastian avait trouvé un parfait débouché avec *Jenner's*. Il savait comment créer un environnement dans lequel les hommes pouvaient se détendre et s'amuser, tout en les délestant au passage – et sans douleur – de leur argent. L'honnêteté la plus scrupuleuse régnait dans l'établissement puisque le jeu était, en théorie, interdit par la loi – quand bien même on s'y adonnait ouvertement dans tout Londres. Exploiter un club respectable était la meilleure manière d'éviter les poursuites.

Au début, Sebastian avait dû supporter quelques commentaires ironiques de la part de ses relations. Mais celles-ci n'avaient pas tardé à changer d'attitude lorsqu'elles s'étaient retrouvées dans la situation de devoir lui demander une extension de crédit ou un report de dettes. Pour un homme qui n'avait jamais eu beaucoup d'argent, Sebastian montrait des dispositions singulières pour le faire fructifier. Comme Cam l'avait fait remarquer avec admiration, il avait le flair d'un limier pour détecter un équilibre financier précaire ou tout ce qui pouvait affecter la capacité de paiement d'un client.

Un soir qu'Evangeline se tenait à côté du bureau de Cam, dans la grande salle, et regardait Sebastian présider une table où l'on jouait particulièrement gros, elle prit conscience d'une présence à côté d'elle. Tournant la tête, elle reconnut lord Haldane, un gentleman d'âge mûr que Sebastian lui avait présenté la semaine précédente.

— Bonsoir, milord, murmura-t-elle quand il s'inclina sur sa main. Quel plaisir de vous revoir.

Il sourit et posa sur elle ses yeux bruns empreints de gentillesse.

— Tout le plaisir est pour moi, lady Saint-Vincent.

Tous deux tournèrent leurs regards vers la table principale, où Sebastian venait juste de lancer un mot d'esprit pour alléger la tension du jeu. Une onde de rires se propagea parmi la foule. Evangeline s'émerveilla en silence du naturel avec lequel il tenait son rôle, comme s'il était né pour le jouer. Curieusement, il semblait davantage chez lui dans le club que son père. Ivo Jenner, avec son tempérament excitable, avait toujours trouvé difficile de dissimuler ses inquiétudes lorsqu'un membre du club connaissait une chance extraordinaire qui menaçait de faire sauter la banque. Sebastian, pour sa part, demeurait détaché et serein en toutes circonstances.

Les pensées de lord Haldane avaient sans doute suivi le même chemin car, les yeux fixés sur Sebastian, il observa d'un air absent :

— Je n'aurais jamais imaginé en revoir un autre de son espèce.

— Je vous demande pardon ? fit Evangeline avec un demi-sourire, au moment où, remarquant sa présence, Sebastian se levait pour la rejoindre.

Haldane semblait plongé dans les souvenirs d'un temps depuis longtemps révolu.

— De toute ma vie, je n'ai connu qu'un seul autre homme capable de traverser un club de jeu de cette manière. Comme s'il s'agissait de son terrain de chasse personnel et qu'il était le plus charmant des prédateurs.

— Faites-vous allusion à mon père ? s'enquit Evangeline, perplexe.

Haldane secoua la tête en souriant.

— Seigneur, non ! Pas à votre père.

— Qui… commença Evangeline, dont la question fut interrompue par l'arrivée de Sebastian.

— Milady, murmura-t-il en posant la main sur sa taille corsetée.

Il regarda Haldane avec une ombre de sourire tout en continuant à s'adresser à Evangeline :

— Apparemment, il faut que je vous mette en garde, ma chérie… Ce gentleman est un loup déguisé en agneau.

Alors qu'Evangeline se serait attendue que le vieux monsieur s'offense d'une telle remarque, Haldane gloussa de plaisir, visiblement flatté.

— Si j'avais vingt ans de moins, jeune homme impudent, je vous la volerais. Malgré votre charme tant vanté, vous ne valez pas celui que j'étais alors.

— L'âge ne vous a pas rendu plus sage d'un iota, répliqua Sebastian avec un grand sourire en éloignant Evangeline du vieux gentleman. Pardonnez-moi, milord, mais j'emmène ma femme vers un territoire plus sûr.

— Cela saute aux yeux que ce jeune homme insaisissable s'est bel et bien pris dans vos filets, déclara Haldane à l'adresse d'Evangeline. Allez donc rassurer son tempérament jaloux.

— Je… je vais essayer, répondit Evangeline d'un ton incertain.

Sans qu'elle en comprenne la raison, les deux hommes se mirent à rire et, la main toujours posée sur sa taille, Sebastian la guida hors de la grande salle.

Il inclina la tête vers elle tout en marchant.

— Tout va bien, mon cœur ?

— Oui. Je…

Elle s'interrompit, sourit et acheva piteusement :

— Je voulais juste te voir.

Sebastian s'arrêta avec elle derrière une colonne et se pencha pour lui voler un baiser.

— Que dirais-tu de faire une partie de billard ? lui proposa-t-il, les yeux brillants, avant de partir d'un rire rauque comme elle rougissait.

La popularité du club s'accrut de plus belle quand les journaux commencèrent à en faire l'éloge dans une prose ampoulée.

Jenner's *peut enfin figurer parmi les lieux de plaisir prisés par l'élite des gentlemen londoniens. Ce vénérable établissement se distingue par l'aspiration que manifeste chaque rejeton de l'aristocratie à faire partie des heureux élus. Avec une cuisine apte à combler les palais les plus délicats et une sélection de vins qui satisfera les goûts les plus variés…*

Dans un autre article :

On ne peut que louer la qualité d'une rénovation qui offre à ses membres un cadre digne de leur supériorité intellectuelle et personnelle. Aussi n'est-il guère surprenant que le nombre de candidats à l'admission au club excède de loin celui des places vacantes…

Et encore un autre :

Ils sont nombreux à avoir suggéré – et très peu à ne pas être d'accord – que la renaissance de Jenner's *n'aurait pu être menée à bien par un autre qu'un certain gentleman, lequel parvient, avec un charme diabolique, à concilier les mondes de la politique, de la mode, de la littérature et de l'aristocratie. Il s'agit, bien évidemment, du tristement célèbre lord Saint-Vincent, à présent propriétaire d'un club que la fréquentation de nos jeunes élégants promet d'élever au rang d'institution importante dans la vie du West End...*

Assise un soir dans le bureau, Evangeline parcourait les éditoriaux. Elle ne s'était pas attendue que Sebastian et le club fassent l'objet d'une telle attention. Même si elle se réjouissait de la réussite de son mari, elle ne pouvait s'empêcher de s'interroger sur ce qui allait se passer une fois que sa période de deuil serait achevée et qu'ils commenceraient à participer à la vie mondaine de Londres. Elle ne doutait pas qu'ils seraient invités un peu partout. Et, il fallait bien l'avouer, avoir fait tapisserie pendant des années ne lui avait pas vraiment donné l'occasion d'exercer ses talents en société. Il lui faudrait surmonter sa maladresse et sa timidité, apprendre l'art de la repartie... et celui d'être charmante et sûre de soi.

— Pourquoi fronces-tu les sourcils, mon cœur ?

Sebastian vint se percher sur le bureau, un sourire interrogateur aux lèvres.

— Tu as lu quelque chose de déplaisant ?

— Au contraire, répondit Evangeline d'une voix lugubre. Tout le monde se répand en éloges dithyrambiques sur le club.

— Je vois, murmura-t-il en lui caressant la joue de l'index. Et cela t'ennuie parce que... ?

Les paroles se bousculèrent dans la bouche d'Evangeline tandis qu'elle expliquait :

— Parce que tu de... deviens très célèbre – je veux dire comme autre chose qu'un coureur de jupons –, et donc, tu vas être très recherché et, un jour, la période de deuil sera terminée et nous nous rendrons dans des bals et des soirées, et je ne crois pas être cap... capable de ne plus me cacher dans les coins. Je suis encore une laissée-pour-compte, tu sais. Je dois apprendre à être spirituelle et sûre de moi et à parler aux gens, sinon tu seras fâché contre moi ou, pire, tu auras honte de moi et...

— Evangeline... Chut ! Seigneur Dieu...

Du pied, Sebastian rapprocha une chaise, puis s'assit en face d'Evangeline, lui emprisonnant les genoux entre les siens. Il lui prit les mains et plongea son regard dans le sien.

— Tu as du mal à rester vingt minutes sans trouver une raison de t'inquiéter, pas vrai ? sourit-il. Evangeline, tu n'auras pas à être autre chose que ce que tu es.

Il se pencha pour lui embrasser les mains et, quand il releva la tête, son sourire s'était évanoui. Une flamme brûlait dans son regard. Du pouce, il caressa doucement les mots gravés sur son alliance.

— Comment pourrais-je avoir honte de toi ? reprit-il. C'est moi qui me suis conduit en scélérat. Toi, tu n'as jamais rien fait de blâmable de ta vie. Et quant aux minauderies en usage dans les salons... j'espère que tu ne deviendras jamais comme ces sottes à la cervelle d'oiseau qui ne cessent de pépier sans jamais parvenir à dire quelque chose d'intéressant.

L'attirant plus près de lui, il enfouit le visage dans son cou, goûta sa peau de la langue, et quand il chuchota contre la tache humide que celle-ci y avait laissée, Evangeline frissonna.

— Tu n'es pas une laissée-pour-compte. Mais tu as ma permission pour te cacher dans les recoins, ma douce, à condition que tu m'y emmènes avec toi. En fait, je te le demande instamment. Je préfère t'avertir : je me conduis très mal dans ce genre de situation. Je te débaucherai probablement sur un balcon, dans une gloriette, sous un escalier et derrière tout un assortiment de plantes en pot. Et si jamais tu t'en plains, je me contenterai de te rappeler que tu aurais mieux fait de ne pas épouser un vaurien dépourvu de conscience.

Evangeline pencha légèrement la tête en arrière sous la caresse légère de ses doigts.

— Je ne me plaindrai pas, assura-t-elle dans un souffle.

Sebastian sourit et lui mordilla tendrement le cou.

— Quelle petite femme dévouée… Je vais avoir une très mauvaise influence sur toi. Pourquoi ne pas me donner un baiser et monter prendre ton bain ? Le temps que tu aies terminé, je serai là.

La baignoire n'était qu'à moitié remplie quand Evangeline pénétra dans la grande chambre. Chargées chacune de deux brocs à la poignée en bois, Franny et une autre servante s'apprêtaient à refaire un voyage à la cuisine. Se remémorant les baisers de Sebastian, Evangeline commença à déboutonner les manches de sa robe d'un air rêveur.

— Je vous aiderai à vous déshabiller dès que je serai revenue avec l'eau, milady, proposa Franny.

Evangeline la remercia d'un sourire.

S'étant approchée de la table de toilette, elle s'empara d'un flacon de parfum – un cadeau que Lillian lui avait récemment envoyé. Dotée d'un odorat exceptionnel, Lillian se passionnait pour tout ce qui touchait aux odeurs et aux parfums, et elle s'essayait depuis quelque temps à créer ses propres mélanges. Celui-ci avait une fragrance luxuriante, avec une dominante de rose et d'épices. Evangeline en versa avec précaution quelques gouttes dans l'eau du bain et inhala avec bonheur la vapeur odorante.

Revenue à sa table de toilette, elle s'assit sur le petit tabouret et entreprit de se débarrasser de ses chaussures et de ses bas. Sa position ne lui permettait pas de voir ce qui se passait dans la pièce... pourtant, un brusque frisson le long de son dos et un bruit de pas assourdis sur le tapis la firent se hérisser. Apercevant une ombre fugitive glisser sur le sol, elle se redressa abruptement. Un cri étranglé lui échappa quand elle découvrit un homme vêtu de guenilles. Elle bondit sur ses pieds, renversant le tabouret dans sa hâte.

— Pas un mot, ou je t'ouvre le ventre, la prévint-il d'une voix grinçante.

Un long couteau à la lame effilée brillait dans sa main. Il se tenait à quelques pas seulement d'Evangeline – il aurait pu l'atteindre en plongeant en avant.

Aucune image née d'un cauchemar ou d'une terreur enfantine n'aurait pu être plus monstrueuse que la vision du corps atrocement rongé de l'intrus. Evangeline se déplaça lentement vers la baignoire sabot dans l'espoir de se retrancher derrière. Les vêtements de l'intrus n'étaient guère plus qu'un tas de chiffons. Bizarrement, il paraissait n'utiliser que le côté gauche de son corps, telle une marionnette dont on aurait coupé la moitié des fils. Chaque parcelle de peau visible – ses mains, sa gorge, son visage – offrait la vision de plaies suintantes, comme si sa chair pourrissait sur ses os. Le plus horrible, cependant, c'étaient les lambeaux de ce qui avait été un jour un nez. L'homme ressemblait à une chimère, à un assemblage de chair, de membres et de traits qui n'allaient pas ensemble.

En dépit de sa saleté, de ses plaies et de son visage en ruine, Evangeline le reconnut. Elle dut faire un immense effort sur elle-même pour garder son calme alors qu'elle était en proie à une panique sans nom.

— Monsieur Bullard, croassa-t-elle. L'hôpital avait dit que vous étiez mort.

La tête de Bullard pendait curieusement sur son épaule tandis qu'il continuait de la fixer.

— Je suis parti de ce trou de l'enfer, gronda-t-il. J'ai cassé une fenêtre et je me suis sauvé une nuit. J'en avais assez de ces démons qui versaient leurs maudites potions dans ma gorge.

Il s'avança vers elle de son pas irrégulier. Evangeline fit lentement le tour de la baignoire, le cœur cognant dans la poitrine.

— Mais j'allais pas crever dans cette saleté d'endroit sans t'avoir envoyée en enfer d'abord.

— Pourquoi ? demanda-t-elle en s'efforçant de ne pas regarder vers la porte, où elle avait distingué un mouvement du coin de l'œil.

« Ce doit être Franny », songea-t-elle fiévreusement. La silhouette disparut sans un bruit, et Evangeline pria pour que la domestique ramène de l'aide au plus vite. En attendant, son seul recours était de rester à distance de Joss Bullard.

— Tu m'as tout pris, éructa-t-il, les épaules voûtées, tel un animal acculé contre la paroi d'une cage. Y t'a tout donné, ce salaud… Y voulait juste une moche petite bégayeuse alors que j'étais son fils. Son *fils*, et y me cachait comme un pot de chambre dégoûtant. J'ai tout fait ce qu'il me demandait, continua-t-il, le visage tordu, j'aurais tué pour lui plaire… mais ça servait à rien. C'est toujours toi qu'y voulait, espèce de maudit parasite !

— Je suis désolée, dit Evangeline.

Le regret sincère qui transparaissait dans sa voix dut le désorienter momentanément, car il s'immobilisa et l'observa, la tête inclinée selon un angle bizarre.

— Monsieur Bullard... Joss... Mon père tenait à vous. Avant de mourir, il a demandé que l'on vous apporte de l'aide et que l'on prenne soin de vous.

— C'est trop tard pour ça !

Il laissa échapper un cri haletant et porta les mains à sa tête sans lâcher le couteau, comme si une douleur insupportable lui vrillait le crâne.

— Nom de Dieu... Ah... Que le diable...

Voyant là l'occasion de s'enfuir, Evangeline s'élança vers la porte. Bullard se jeta aussitôt sur elle et la plaqua durement contre le mur. Evangeline eut l'impression que son cerveau explosait comme sa tête heurtait la surface dure. Une pluie d'étincelles noires et grises obscurcit sa vision. Elle battit des paupières en gémissant. Elle avait conscience d'une pression désagréable en haut de sa poitrine et d'une piqûre sur le côté de sa gorge. Peu à peu, elle se rendit compte que le bras de Bullard lui enserrait le cou et que la lame de son couteau fermait le cercle. Sa pointe aiguisée appuyait sur sa peau à chaque inhalation. Bullard haletait, et il expulsait à grand-peine de ses poumons un air fétide, empestant la pourriture. Des tremblements violents le parcouraient et elle sentait qu'il luttait pour les dominer.

— On va aller le voir ensemble, dit-il contre son oreille.

— Qui ? marmonna Evangeline dont la vision s'éclaircissait progressivement.

— Notre père. On va aller le voir en enfer... toi et moi. Y sera en train de jouer aux cartes avec ce vieux Satan en personne, ajouta-t-il avec un rire éraillé.

Il pressa davantage le couteau contre sa chair et parut se réjouir de la manière dont elle tressaillit.

— Je vais te crever, marmonna-t-il, et moi après. Ça va lui plaire, à Jenner, de nous voir débarquer en enfer bras dessus bras dessous, tu crois ?

Alors qu'Evangeline cherchait les mots susceptibles de le ramener temporairement à la raison, une voix calme leur parvint du seuil de la chambre.

— Bullard…

C'était Sebastian, l'air étonnamment posé, le visage indéchiffrable. Même si le danger demeurait, Evangeline éprouva un soulagement indicible du simple fait de sa présence.

Il entra dans la pièce à pas lents.

— Apparemment, la tenue des registres de l'hôpital de Tottenham laisse à désirer, commenta-t-il sans accorder un regard à Evangeline.

Il fixait sur le visage de Bullard ses yeux pâles, hypnotiques.

— Je croyais vous avoir mis une balle, lança ce dernier.

Sebastian eut un haussement d'épaules désinvolte.

— Une égratignure. Dites-moi… comment avez-vous réussi à pénétrer dans le club ? Nous avons placé des hommes à chaque porte.

— La cave à charbon. Y a un soupirail qui donne sur Rogue's Lane. Personne le connaît. Même pas ce sang-mêlé de Rohan. Reculez ou je l'embroche comme un pigeon.

Sebastian venait d'avancer d'un pas. Son regard se porta sur le couteau de Bullard, que celui-ci inclinait à présent comme s'il voulait le plonger dans la poitrine d'Evangeline.

— Très bien, dit-il en reculant. Du calme… Je ferai ce que vous demanderez.

Il parlait d'une voix douce, amicale, et son expression demeurait calme, même si des gouttes de sueur commençaient à lui perler au front et aux tempes.

— Bullard… Joss… écoutez-moi. Vous n'avez rien à perdre à me laisser parler. Nous sommes vos amis. Tout ce que votre… votre sœur et moi désirons, c'est d'honorer le vœu de votre père de vous aider. Dites-moi ce que vous voulez. Je peux vous obtenir de la morphine pour soulager vos souffrances. Vous pouvez rester ici aussi longtemps que vous le souhaitez, avec un lit propre pour dormir et des gens pour prendre soin de vous. Demandez ce que vous voulez et vous l'aurez.

— Vous voulez me jouer un tour, répliqua Bullard, visiblement méfiant.

— Non. Je vous le jure. Je vous donnerai ce que vous voulez. En revanche, si vous faites du mal à Evangeline… je ne pourrai plus rien pour vous.

Tout en parlant, Sebastian se déplaça lentement vers la fenêtre, obligeant Bullard à se tourner.

— Lâchez-la et…

— Arrêtez ! aboya Bullard d'un air mauvais en secouant la tête avec impatience.

Un tremblement le parcourut de la tête aux pieds, et il laissa échapper un grognement animal.

— Ce foutu bruit dans mes oreilles…

— Je peux vous aider, répéta Sebastian d'un ton patient. Vous avez besoin de médicaments. Et de repos. Baissez le bras, Joss… Vous n'avez pas besoin de blesser quiconque. Vous êtes ici chez vous. Baissez le bras et je vous aiderai.

Incrédule, Evangeline sentit le bras de Bullard commencer à se détendre tandis qu'il se soumettait à la voix apaisante de Sebastian. Au même moment, il se tourna davantage vers ce dernier.

Un bruit assourdissant déchira le silence. Evangeline se retrouva si soudainement libre qu'elle tituba en arrière. L'esprit embrumé par la peur, elle eut à peine le temps d'entrapercevoir Cam, dans l'encadrement de la porte, qui abaissait un pistolet fumant. Sebastian s'était délibérément déplacé dans la pièce afin que la position de Bullard permette à Cam de l'atteindre.

Avant qu'elle puisse regarder le corps affalé sur le sol, elle sentit qu'on l'empoignait, la faisait pivoter, et elle se retrouva écrasée contre la poitrine de Sebastian. Toute la tension qu'il avait réprimée durant ces dernières minutes se libéra à travers de violents tremblements tandis qu'il la serrait contre lui, s'accrochait à son dos, ses bras, ses cheveux qui s'échappaient des épingles. Le souffle coupé, incapable de parler, elle demeura pressée contre lui pendant qu'il jurait et gémissait contre sa chevelure.

Elle avait l'impression que son pouls ne recouvrerait jamais un rythme normal.

— Franny est allée te chercher, parvint-elle finalement à balbutier.

Sebastian hocha la tête et glissa ses doigts tremblants dans sa chevelure.

— Elle m'a dit qu'il y avait un homme dans la chambre. Elle ne l'a pas reconnu.

Lui tirant doucement la tête en arrière, il aperçut la minuscule entaille que le couteau avait faite sur sa gorge. Toute couleur reflua de son visage quand il comprit que Bullard avait été tout près de toucher l'artère principale. Il s'inclina pour embrasser la trace rouge, puis déposa une pluie de baisers fiévreux sur son visage.

— Bon sang ! chuchota-t-il. Evangeline. Evangeline. Je ne peux pas le supporter.

Elle pivota entre ses bras pour regarder Cam, qui venait juste de draper sa veste sur la tête et les épaules de Bullard pour les dissimuler.

— Cam, tu n'avais pas besoin de tirer sur lui, articula-t-elle. Il allait me laisser partir. Il baissait le bras…

— Je n'avais aucun moyen d'en être certain, répondit le jeune homme d'une voix monocorde. J'ai dû tirer quand j'en ai eu la possibilité.

Son visage était sans expression, mais ses yeux d'ambre brillaient de larmes contenues. Evangeline se rendit compte qu'il avait été forcé de tuer un homme qu'il connaissait depuis l'enfance.

— Cam… commença-t-elle avec compassion.

Il fit un geste pour qu'elle reste là où elle était et secoua la tête.

— C'était mieux pour lui, murmura-t-il sans la regarder. Aucune créature ne devrait endurer une telle souffrance.

— Oui, mais tu…

— Ça va, affirma-t-il, la mâchoire durcie.

Mais ce n'était pas vrai. Il était pâle sous son hâle, et paraissait si bouleversé qu'Evangeline ne put s'empêcher d'aller vers lui et de glisser les bras autour de ses épaules en un geste maternel. Il ne la repoussa pas, mais ne lui rendit pas son étreinte, et, graduellement, le tremblement qui l'agitait se calma. Elle sentit ses lèvres lui effleurer brièvement les cheveux.

C'était apparemment tout ce que Sebastian était prêt à permettre. S'avançant vers eux, il attira Evangeline à lui et s'adressa d'un ton brusque à Cam :

— Envoyez quelqu'un chercher un employé de la morgue.

— Oui, répondit le jeune homme d'un air presque absent.

Après une hésitation, il ajouta :

— Ils auront entendu le bruit en bas. Il faudra fournir une explication…

— Dites-leur que quelqu'un nettoyait un pistolet et que le coup est parti accidentellement. Et que personne n'a été blessé. Quand l'employé de la morgue arrivera, faites-le entrer par la porte de service. Et payez-le pour qu'il garde le silence.

— Bien, milord. Et si un agent de police venait à poser des questions…

— Envoyez-le dans mon bureau. Je m'entretiendrai avec lui.

Cam hocha la tête et disparut.

Entraînant Evangeline hors de la pièce, Sebastian ferma la porte à clef et glissa celle-ci dans sa poche. Il conduisit sa femme dans une autre chambre, un peu plus loin sur le palier. Elle se laissa faire, hébétée, encore incapable de croire à ce qui venait de se passer. Sebastian gardait le silence, le visage de marbre, tandis qu'il s'efforçait de se ressaisir.

Avec beaucoup de précautions, il la fit asseoir dans un fauteuil.

— Reste ici. Je vais t'envoyer une domestique pour qu'elle s'occupe de toi. Et un verre de cognac. – je veux que tu le boives jusqu'à la dernière goutte.

Evangeline leva vers lui un regard anxieux.

— Tu me rejoindras plus tard ?

Il fit un bref signe de tête.

— Je dois régler quelques affaires d'abord.

Mais il ne revint pas de toute la nuit. Evangeline l'attendit en vain avant de se résoudre à se coucher. Son sommeil fut entrecoupé de nombreux réveils au cours desquels elle tâtait l'espace vide à côté d'elle à la recherche du corps tiède de Sebastian. Quand le matin arriva, elle était inquiète et épuisée. En ouvrant les yeux, elle aperçut la servante occupée à allumer le feu dans la cheminée, elle demanda d'une voix cassée :

— Avez-vous vu lord Saint-Vincent ce matin ?

— Oui, milady. Lord Saint-Vincent et M. Rohan sont restés debout une grande partie de la nuit, à parler.

— Dites-lui que je souhaiterais le voir.

— Oui, milady.

La jeune fille déposa un broc d'eau chaude sur la table de toilette et quitta la pièce.

Evangeline sortit du lit, fit ses ablutions matinales et lissa ses boucles désordonnées avec ses mains. Sa brosse, son peigne et ses épingles à cheveux étaient restés dans la chambre où…

Elle frissonna de répulsion et de pitié au souvenir des événements de la veille. Dieu qu'elle était heureuse que son père n'ait pas vécu assez longtemps pour voir ce qu'était devenu le pauvre Joss Bullard ! Quels avaient été ses vrais sentiments envers le jeune homme ? s'interrogea-t-elle. S'était-il jamais autorisé à croire que Bullard était son fils ?

— Papa… murmura-t-elle en fixant dans le miroir son regard bleu.

Le même que celui d'Ivo Jenner. Il avait emporté tellement de secrets dans la tombe, et laissé si peu d'explications. Evangeline regretterait éternellement de ne pas l'avoir mieux connu. Elle éprouvait toutefois un certain réconfort à la pensée qu'il aurait été heureux de savoir que *Jenner's* avait finalement atteint la gloire à laquelle il avait toujours aspiré… et que sa propre fille avait mis en branle les événements qui avaient permis de sauver le club.

Au moment où ses pensées se tournaient vers Sebastian, il pénétra dans la chambre, toujours vêtu des vêtements qu'il portait la veille au soir. Sa chevelure était une masse désordonnée d'or et d'ambre, et des cernes profonds soulignaient ses yeux clairs. Il paraissait épuisé mais résolu, tel un homme qui a pris des décisions pénibles et qui est déterminé à les mettre en œuvre.

— Comment te sens-tu ? s'enquit-il.

Evangeline s'apprêtait à courir vers lui, mais quelque chose dans son expression l'en empêcha. Elle demeura près de la table de toilette et l'observa avec curiosité.

— Un peu fatiguée, répondit-elle. Mais moins que toi, apparemment. La domestique m'a dit que tu étais resté debout une grande partie de la nuit. De quoi avez-vous discuté, Cam et toi ?

Sebastian se frotta la nuque.

— Il a du mal à accepter ce qui est arrivé. Mais ça va aller.

Evangeline hésita à s'approcher de lui. Pourquoi s'acharnait-il aussi visiblement à paraître distant ? Comme il parcourait du regard son corps uniquement vêtu d'une chemise de nuit légère, il ne put cependant dissimuler la flamme du désir dans son regard. Elle en fut rassurée.

— Viens ici, dit-elle à mi-voix.

Au lieu de s'exécuter, Sebastian alla vers la fenêtre, loin d'elle. Il observa en silence la rue où se pressaient les voitures et les piétons.

Perplexe, Evangeline contempla sa silhouette élancée, et remarqua la ligne rigide de ses épaules.

Finalement, Sebastian se tourna vers elle, le visage soigneusement dépourvu d'expression.

— J'en ai assez, déclara-t-il. Tu n'es pas en sécurité ici – je l'ai dit depuis le début. Et je viens d'en avoir la preuve une fois de trop. J'ai pris une décision irrévocable : tu partiras dès demain matin. Je t'envoie quelque temps à la campagne, dans le domaine familial. Mon père veut faire ta connaissance. Il est de compagnie plutôt agréable et il y a quelques familles aux alentours qui te permettront de te distraire…

— Et toi ? Tu as l'intention de rester ici ? s'enquit Evangeline, les sourcils froncés.

— Oui. Je dirigerai le club et je viendrai te voir de temps à autre.

Incapable de croire qu'il suggérait une séparation, Evangeline arrondit les yeux.

— Pourquoi ? demanda-t-elle d'une voix faible.

— Je ne peux pas te laisser vivre dans un endroit comme celui-ci, répondit-il, le visage fermé, à m'inquiéter en permanence de ce qui pourrait t'arriver.

— Il y a aussi des accidents à la campagne.

— Je n'ai pas l'intention de discuter avec toi, répliqua-t-il d'un ton bourru. Tu te rendras là où je veux que tu ailles, un point c'est tout.

L'ancienne Evangeline aurait probablement été effrayée, blessée, et sans doute aurait-elle obéi sans plus de protestations. Mais la nouvelle Evangeline était beaucoup plus forte… et, qui plus est, désespérément amoureuse.

— Je ne pense pas pouvoir rester loin de toi, déclara-t-elle d'un ton égal. Surtout quand je n'en comprends pas la raison.

Une fêlure apparut dans la contenance de Sebastian, qui se manifesta par une brusque rougeur. Il fourragea dans ses cheveux, les ébouriffant davantage encore.

— Ces derniers temps, je suis si distrait que je suis incapable de prendre la moindre décision. Je n'arrive plus à penser clairement. J'ai des nœuds à l'estomac et des douleurs constantes dans la poitrine, et chaque fois que je te vois parler à un homme, ou sourire à quelqu'un, je deviens fou de jalousie. Je ne peux pas vivre ainsi. Je…

Il s'interrompit et la regarda avec incrédulité.

— Bon sang, Evangeline, tu trouves qu'il y a là de quoi sourire ?

— Non, répondit-elle en se mordant la lèvre pour réprimer le sourire qui menaçait. C'est juste que… on dirait que tu essayes de me dire que tu m'aimes.

Le terme parut choquer Sebastian au plus haut point.

— Non ! répliqua-t-il avec force, de plus en plus rouge. Pas du tout. Ce n'est pas ce dont je parle. J'ai simplement besoin de trouver un moyen de…

Il s'arrêta et prit une brusque inspiration quand elle s'approcha de lui.

— Evangeline, non !

Un frisson le parcourut lorsqu'elle leva les mains vers son visage qu'elle prit en coupe avec une infinie douceur.

— Ce n'est pas ce que tu penses, dit-il d'un ton mal assuré.

Elle distingua une trace de peur dans sa voix. La peur qu'un petit garçon avait dû éprouver quand toutes les femmes qu'il aimait avaient disparu de son existence, emportées par une fièvre impitoyable. Elle ne savait comment le rassurer ni comment le consoler de ce chagrin qui remontait à si loin. Se hissant sur la pointe des pieds, elle chercha sa bouche. Il la prit par les coudes comme pour la repousser, mais il parut incapable de s'y résoudre. Son souffle était chaud et rapide quand il détourna le visage. Sans se laisser affecter, Evangeline déposa des baisers sur sa joue, sa mâchoire, sa gorge. Il laissa échapper un juron assourdi.

— Bon Dieu ! Je dois t'envoyer au loin, articula-t-il, au désespoir.

— Tu n'essayes pas de me protéger, observa-t-elle avec douceur. Tu essayes de te protéger toi-même. Mais, ajouta-t-elle en se blottissant contre lui, tu peux t'obliger à prendre le risque d'aimer quelqu'un, non ?

— Non, murmura-t-il.

— Si. Tu le dois.

Evangeline ferma les yeux et pressa son visage contre le sien.

— Parce que je t'aime, Sebastian… et que j'ai besoin que tu m'aimes en retour. Et pas à… à moitié.

Elle entendit son souffle s'échapper en sifflant entre ses dents. Il posa la main sur ses épaules, puis les retira précipitamment.

— Il faudra que tu me laisses poser mes propres limites, sinon…

Evangeline s'empara de ses lèvres et l'embrassa lentement, délibérément, jusqu'à ce qu'il succombe avec un grognement en l'enveloppant de ses bras. Il répondit à son baiser avec une fièvre qui embrasa son corps entier d'un tendre feu. Quand il s'arracha à sa bouche, il haletait.

— *Pas à moitié*... Mon Dieu. Je t'aime tant que je me noie ! Je ne peux pas me défendre contre ça. Je ne sais plus qui je suis. La seule chose certaine, c'est que si je m'y abandonne entièrement...

Il s'efforça de contrôler sa respiration erratique.

— Tu comptes trop pour moi, conclut-il, le souffle court.

Evangeline posa la main à plat sur son torse musclé et décrivit des cercles apaisants. Elle comprenait son désespoir – il était en proie à des émotions si peu familières, si puissantes, qu'elles le submergeaient. Cela lui rappela une confidence d'Annabelle : au début de leur mariage, M. Hunt avait été totalement déconcerté par l'intensité des sentiments qu'il ressentait pour elle, et il lui avait fallu un certain temps pour s'y habituer.

— Sebastian, ce ne sera pas comme cela tout le temps, risqua-t-elle. Cela... cela semblera plus naturel, plus confortable après un moment.

— Non, ce n'est pas possible.

Il paraissait si passionné, si convaincu, qu'elle dut dissimuler son sourire contre son épaule.

— Je t'aime, répéta-t-elle, et elle sentit un tremblement le parcourir. Tu peux m'envoyer à la camp... campagne, mais tu ne pourras pas m'empêcher de revenir en courant vers toi. Je veux passer chaque jour avec toi. Je veux te regarder te raser le matin ; je veux boire du champagne et danser avec toi ; je veux repriser les trous dans tes bas ; je veux partager ton lit chaque nuit et porter tes enfants.

Elle s'interrompit un instant, puis :

— Ne crois-tu pas que j'ai peur, moi aussi ? Peut-être qu'un matin, tu te réveilleras et que tu m'annonceras que tu en as assez de moi. Peut-être que toutes les choses que tu supportes si bien maintenant te paraîtront exaspérantes – mon bégaiement, mes taches de rousseur…

— Ne sois pas stupide, coupa Sebastian. Ton bégaiement ne m'ennuiera jamais. Et j'adore tes taches de rousseur. J'adore…

Sa voix se cassa. Il étreignit Evangeline avec force.

— Bon Dieu ! marmonna-t-il. Je souhaiterais être quelqu'un d'autre que moi, ajouta-t-il après une pause, avec une véhémence pleine d'amertume.

— Pourquoi ?

— *Pourquoi ?* Mon passé est un cloaque, Evangeline.

— Ce n'est pas vraiment une découverte.

— Je ne peux même pas expier pour toutes ces choses que j'ai faites. Seigneur, si seulement j'avais la possibilité de tout recommencer ! Pour toi, je m'efforcerais d'être un homme meilleur. Je…

— Tu n'as pas à être autre chose que ce que tu es.

Levant la tête, Evangeline le contempla à travers un voile scintillant de larmes.

— Est-ce que ce n'est pas ce que tu m'as dit un peu plus tôt ? Si tu peux m'aimer sans conditions, Sebastian, ne puis-je t'aimer de même ? Je sais qui tu es. Je pense que nous nous connaissons l'un l'autre mieux que nous ne nous connaissons nous-mêmes. Ne t'avise pas de m'envoyer à la campagne, espèce de cou… couard. Qui d'autre aimerait mes taches de rousseur ? Qui d'autre s'inquiéterait de mes pieds gelés ? Qui d'autre me déshonorerait dans la salle de billard ?

Lentement, les résistances de Sebastian cédèrent. Elle perçut le changement dans son corps, la tension qui refluait, ses épaules qui s'incurvaient autour d'elle comme s'il voulait l'absorber. Murmurant son prénom, il s'empara de sa main et enfouit le visage dans sa paume, les lèvres posées sur l'anneau d'or de leur mariage.

— *Mon amour veille sur toi,* chuchota-t-il.

Elle sut alors qu'elle avait gagné.

Cet homme imparfait, extraordinaire, passionné, était à elle, et il remettait son cœur tout entier entre ses mains. C'était là une marque de confiance qu'elle ne trahirait jamais. Submergée par le soulagement et la tendresse, Evangeline s'accrocha à lui alors qu'une larme solitaire roulait sur sa joue. Sebastian la cueillit du bout du doigt, les yeux rivés sur le visage qu'elle levait vers lui, et ce qu'elle lut dans son regard scintillant lui coupa le souffle.

— Eh bien, dit-il d'une voix mal assurée, il se peut que tu aies raison en ce qui concerne la salle de billard.

Evangeline sourit quand il la souleva dans ses bras et l'emporta vers le lit.

Épilogue

La fin de l'hiver approchait. Comme la période de deuil d'Evangeline coïncidait avec la réclusion imposée à Annabelle par sa grossesse, toutes deux avaient passé beaucoup de temps ensemble. Elles étaient exclues des événements mondains tels que les bals ou les grands dîners, mais cela leur convenait assez bien, car il faisait un froid mordant depuis Noël et le printemps tardait à arriver. Plutôt que de se promener en ville, elles s'installaient tout près de la grande cheminée, dans la luxueuse suite d'hôtel occupée par les Hunt, ou, plus souvent, elles retrouvaient Lillian et Daisy dans l'un des salons confortables de Marsden Terrace, l'hôtel particulier des Westcliff. Elles lisaient, bavardaient et cousaient tout en avalant d'innombrables tasses de thé.

Cet après-midi-là, Lillian était assise devant un secrétaire et rédigeait laborieusement une lettre pour l'une de ses belles-sœurs tandis que Daisy, allongée sur un canapé, un plaid en cachemire drapé autour de sa frêle silhouette, lisait un roman. Annabelle occupait un fauteuil au coin du feu, la main posée sur son ventre proéminent. Assise sur un tabouret devant elle, Evangeline massait ses pieds douloureux.

Annabelle tressaillit et soupira avant de murmurer:
— Oh, quel bonheur! Personne ne m'avait prévenue que l'on avait mal aux pieds quand on était enceinte. Encore que j'aurais dû m'y attendre, avec tout le poids supplémentaire que je suis obligée de transporter. Merci, Evangeline. Tu es la meilleure amie du monde.

De là où elle se tenait, Lillian lança d'une voix sarcastique:

— Elle m'a dit exactement la même chose, Evangeline, la dernière fois que je lui ai massé les pieds. Sa dévotion ne dure que jusqu'au massage suivant. Admets-le, Annabelle, tu es un cœur volage.

Cette dernière eut un sourire paresseux.

— Attends simplement d'être enceinte, ma chérie. Tu quémanderas un massage des pieds auprès de tous ceux qui seront disposés à t'en faire.

Lillian ouvrit la bouche pour répliquer, sembla se raviser et but une gorgée de vin du verre posé sur son secrétaire.

Sans lever les yeux de son roman, Daisy murmura:

— Oh, vas-y, dis-leur!

Annabelle et Evangeline tournèrent la tête vers Lillian d'un même mouvement.

— Nous dire quoi? demandèrent-elles en chœur.

Lillian répondit par un petit haussement d'épaules embarrassé et leur adressa un sourire timide.

— Quand l'été viendra, Westcliff aura finalement son héritier.

— Sauf si c'est une fille, ajouta Daisy.

— Toutes mes félicitations! s'exclama Evangeline en abandonnant momentanément Annabelle pour aller serrer Lillian dans ses bras avec exubérance. Quelle merveilleuse nouvelle!

— Westcliff déborde de bonheur, même s'il essaie de ne pas le montrer, avoua Lillian en lui rendant son étreinte. Je suis sûre qu'à cet instant précis, il est en train de l'annoncer à Saint-Vincent et à M. Hunt. Il a l'air de croire que tout est entièrement de son fait.

— Eh bien, sa contribution a été essentielle, non ? fit remarquer Annabelle avec amusement.

— Certes, répliqua Lillian, mais c'est clairement sur moi que pèse la plus grande part de l'affaire.

Annabelle lui sourit.

— Tu te débrouilleras magnifiquement, ma chérie. Pardonne-moi de ne pas bondir vers toi. Sache simplement que je suis sincèrement enchantée. J'espère que tu auras le contraire de moi, afin que nous puissions arranger un mariage.

Son ton se fit chagrin et enjôleur tandis qu'elle ajoutait :

— Evangeline... reviens. Tu ne peux pas m'abandonner après m'avoir massé un seul pied.

Levant les yeux au ciel, Evangeline se dirigea vers le tabouret devant la cheminée. Comme elle jetait un coup d'œil à Daisy au passage, elle surprit le regard tendre et pensif que celle-ci fixait sur sa sœur aînée. Percevant sa soudaine mélancolie, Evangeline reprit sa place aux pieds d'Annabelle en observant :

— Au milieu de toutes ces discussions sur les maris et les bébés, nous ne devons pas oublier qu'il faut trouver un époux à Daisy.

La jeune fille lui adressa un sourire affectueux.

— Tu es un amour, Evangeline. Et cela m'est égal d'avoir dû attendre mon tour. Après tout, il fallait bien que quelqu'un soit la dernière des laissées-pour-compte. Mais je commence à me demander si je trouverai jamais un homme convenable à épouser.

— Bien sûr que si, assura Annabelle d'un ton raisonnable. Je ne prévois aucune difficulté, Daisy.

Nous avons toutes élargi notre cercle de connaissances, et nous ferons tout ce qui est nécessaire pour te trouver le mari parfait.

— Garde tout de même à l'esprit que je ne veux pas épouser un homme comme lord Westcliff, répliqua Daisy. Il est trop autoritaire. Ni, non plus, un homme comme lord Saint-Vincent. Trop imprévisible.

— Et quelqu'un comme M. Hunt ? hasarda Annabelle.

Daisy secoua fermement la tête.

— Trop grand.

— Tu commences à te montrer un peu difficile, tu ne crois pas ? fit remarquer Annabelle, les yeux pétillants de malice.

— Pas le moins du monde ! Mes attentes sont tout ce qu'il y a de plus raisonnables. Je veux un homme gentil, qui aime les longues marches et les livres, et qui est adoré par les chiens, les enfants…

— Et toutes formes supérieures de vie aquatique et végétale, acheva Lillian, ironique. Tu peux me dire, ma chérie, où nous sommes censées dénicher ce parangon ?

— Dans aucun des bals où je me suis rendue jusqu'à présent, en tout cas, répliqua Daisy d'un ton morose. Je ne l'aurais jamais cru possible, mais la cuvée de cette année est encore pire que celle de l'année dernière. Je commence à penser que ce n'est pas à l'occasion de ce genre d'événements que je trouverai un homme qui vaut la peine qu'on l'épouse.

— Je crois que tu as raison, reconnut Lillian. Il y a trop de compétition – et les proies intéressantes se raréfient. Il est temps de changer de terrain de chasse.

— Il y a dans le bureau du club un dossier sur chacun de ses membres, intervint Evangeline.

Approximativement deux mille cinq cents gentlemen aisés. Un grand nombre d'entre eux sont mariés, bien entendu... Mais je suis certaine de pouvoir trouver les noms de nombreux célibataires.

— Tu crois que lord Saint-Vincent te permettrait d'avoir accès à des informations aussi personnelles ? demanda Daisy d'un ton dubitatif.

— Est-ce qu'il lui refuse *quoi que ce soit* ? lança Lillian.

Evangeline, qui subissait de nombreuses taquineries de leur part concernant la dévotion évidente de Sebastian, sourit et baissa les yeux sur l'alliance qui brillait à la clarté des flammes.

— Rarement, admit-elle.

Cela lui valut un rire moqueur de Lillian.

— Franchement, quelqu'un devrait dire à Saint-Vincent qu'il est un cliché vivant. Il est l'incarnation vivante de tout ce que l'on raconte au sujet des libertins repentis.

Annabelle s'adossa à son fauteuil et demanda à Evangeline :

— Est-il repenti, ma chérie ?

Songeant au mari tendre, malicieux, aimant qui l'attendait au rez-de-chaussée, Evangeline sentit son sourire s'élargir.

— Juste ce qu'il faut, répondit-elle doucement, refusant d'en dire davantage.

9186

Composition
CHESTEROC LTD

Achevé d'imprimer en Italie
par GRAFICA VENETA
le 21 février 2013

Dépôt légal : février 2013
EAN 9782290069233
L21EPSN001012N001
1er dépôt légal dans la collection : février 2009

ÉDITIONS J'AI LU
87, quai Panhard-et-Levassor, 75013 Paris

Diffusion France et étranger : Flammarion